Sur l'auteur

Anne Perry, née en 1938 à Londres, est aujourd'hui célébrée dans de nombreux pays comme la reine du polar victorien grâce au succès de ses deux séries, les enquêtes de l'inspecteur amnésique William Monk, et celles du couple Charlotte et Thomas Pitt – dont le fils, Daniel, a pris ensuite la relève à l'orée du XXe siècle. Elle s'est également intéressée à d'autres périodes historiques telles que le Paris de la Révolution française (*À l'ombre de la guillotine*), la Première Guerre mondiale (la saga des Reavley), ou encore Byzance au XIIIe siècle (*Du sang sur la soie*). Anne Perry partage sa vie entre Inverness (Écosse) et Los Angeles.

ANNE PERRY

DANS L'ŒIL DU CYCLONE

Traduit de l'anglais
par Florence Bertrand

10
18

Grands détectives

créé par Jean-Claude Zylberstein

Titre original :
Death in Focus

ISBN 978-2-264-07434-8
Dépôt légal : avril 2020

À Anna Maria Palombi,
grâce à qui j'ai découvert Naples.

LISTE DES PERSONNAGES

Elena Standish – photographe.
Margot Driscoll – sa sœur, veuve de guerre.
Charles Standish – leur père, ambassadeur.
Katherine Standish – leur mère.
Ian Newton – journaliste spécialisé en économie.
Walter Mann – idem.
Lucas Standish – grand-père d'Elena et de Margot.
Josephine Standish – grand-mère d'Elena et de Margot.
Peter Howard – travaille pour le MI6.
Pamela Howard – son épouse.
Roger Cordell – attaché culturel à l'ambassade de Grande-Bretagne à Berlin.
Winifred Cordell – son épouse.
Cecily Cordell – sa fille.
Winston Churchill – ancien homme politique.
Jerome Bradley – directeur du MI6.
Cossotto – agent du MI6 en Italie.
Jacob Ritter – journaliste américain.
Zillah Hubermann – juive allemande qui cache des fugitifs traqués par les nazis.
Eli Hubermann – son mari, chercheur en chimie.
Marta – gouvernante des Hubermann.
Adolf Hitler – chancelier d'Allemagne.

Joseph Goebbels – ministre allemand de l'Éducation du peuple et de la Propagande.
Commandant Beimler – policier berlinois.
Mitzi Kopleck – vieille amie de Katherine à Berlin.
Kurt Weissmann – fiancé de Cecily Cordell, membre de la Gestapo.
Max – faussaire.

1

1933

Elena plissa les yeux, éblouie par le reflet étincelant du soleil sur la mer. L'air était doux à Amalfi en cet après-midi de mai, la lumière infiniment plus délicate qu'elle ne l'aurait été sur la côte anglaise, dans son pays. D'éclatantes gerbes de bougainvillées se détachaient sur le ciel, aux mauves et aux magentas ardents, dépourvues de parfum mais vibrantes de couleur. Elles recouvraient des pans de murs centenaires, de vieilles maisons en pierre chaude, bordaient les volées de marches qui menaient à la mer murmurant en contrebas. Sur des trottoirs en mosaïque vieux de deux mille ans, des enfants jouaient aux billes. Au-dessus d'eux, des mouettes planaient au gré du vent, à l'affût de miettes.

Elena fixait du regard une femme plus bas dans la montée. Vêtue d'une robe écarlate, elle dansait toute seule, au gré de sa propre fantaisie, perdue dans le temps, peut-être, dans cette ravissante ville des bords de la Méditerranée, qui avait attiré les césars loin de la richesse et des intrigues de Rome.

— Vous pensez qu'elle est réelle ? demanda tout bas un homme derrière elle, d'une voix hésitant entre le plaisir et le rire. Ou n'est-elle que le fruit d'une imagination trop fiévreuse ?

Elena se tourna vers lui. Il était nettement plus grand qu'elle, le soleil accentuait les mèches auburn de son épaisse chevelure. Son visage était dans l'ombre, mais elle en discernait les contours, les traits résolus.

— Oh ! elle est bien réelle, affirma-t-elle avec un grand sourire. Devrais-je m'en excuser ? Une vision serait-elle préférable ?

— Seulement pendant un bref instant. La réalité reprend toujours ses droits. Si ce n'était pas le cas, on vous considérerait comme fou.

— Oh, mon Dieu ! s'exclama-t-elle, réprimant une envie de rire. Et moi qui pensais que danser en robe rouge prouvait qu'on avait toute sa raison.

Il haussa les épaules.

— Une vieille femme portant un sac d'oignons serait plus intéressante que la plupart des délégués à la conférence économique à laquelle j'assiste !

Cette fois, Elena éclata de rire.

— Je vais répéter ce que vous avez dit à Margot !

— Margot ? C'est son nom ?

— Une femme en robe rouge qui danse toute seule ? Cela ne peut être que ma sœur, Margot !

Elle avait à dessein usé d'un ton à la fois admiratif et exaspéré et, pourtant, elle regretta fugacement de ne pas être cette silhouette.

L'homme parut stupéfait, comme s'il ne savait pas s'il devait la croire.

Elle s'en aperçut et rit de nouveau.

— Je vous assure que oui.

Margot était sa sœur aînée, venue assister sur un coup de tête à cette conférence. Elle s'ennuyait et elle avait envie de venir à Amalfi de toute manière, si bien qu'elle avait proposé d'accompagner Elena, qui était chargée de photographier les participants.

« Ce sera plus amusant ensemble, avait-elle insisté. Tu ne peux pas passer tout ton temps à prendre des photographies », avait-elle ajouté, avec la légère pointe de dédain qu'elle affectait toujours lorsqu'elle parlait de la profession d'Elena.

Aux yeux de Margot, la photographie était pour sa sœur une occupation, ainsi qu'une manière de gagner modestement sa vie. Cependant, elle savait aussi que c'était une passion qu'elle-même ne comprenait pas.

Elena n'avait pas protesté. Margot lisait trop aisément en elle, du moins tout ce qui était gênant, comme les mensonges destinés à se protéger. Peut-être parce qu'elle avait quelques années de plus.

Et, bien sûr, Margot était au courant pour Aiden Strother. Elle ne savait pas tout. Seule Elena savait tout, même s'il était probable que d'autres avaient deviné. En sortant de l'université, Elena avait débuté à un poste haut placé au ministère des Affaires étrangères, en partie dû non seulement à ses brillants succès académiques, mais aussi à la situation de son père, lequel avait été ambassadeur de Grande-Bretagne dans certaines des villes les plus importantes d'Europe : en particulier Berlin, Paris et Madrid.

Elena était tombée amoureuse d'Aiden, son supérieur. Cela avait été facile. Il était séduisant, charmant, drôle et intelligent. Très intelligent. Il les avait tous trompés, même Elena. Elle avait été trop amoureuse pour remarquer les signes qui, avec le recul, lui sautaient maintenant aux yeux. Il les avait tous trahis, et elle avait été assez sotte pour l'aider, sans en avoir conscience, évidemment. Quand elle y pensait, elle était submergée de honte. Seul point positif de l'affaire, personne ne l'avait crue coupable de complicité, uniquement d'avoir été jeune et incroyablement naïve.

Tout de même, au grand embarras de son père, Charles, elle avait été priée de démissionner. De ses deux filles, il avait pressenti Elena pour suivre ses traces, s'élever aussi haut qu'une femme pouvait le faire aux Affaires étrangères. En mettant fin à ces espoirs, le bref engouement d'Elena pour Aiden avait érigé une barrière entre eux deux. Elle avait fait preuve de la dernière stupidité et ne s'en était pas défendue. C'était toujours douloureux lorsque quelqu'un y faisait allusion, non à cause de l'amour perdu, ni même de l'illusion de cet amour, mais parce qu'elle avait été idiote et qu'elle avait déçu tout le monde, à commencer par elle-même.

Quant à sa fille aînée, Margot, Charles ne l'avait jamais tout à fait comprise, mais il l'avait toujours adorée et admirée, et tous avaient partagé l'immense chagrin qui s'était abattu sur elle à la mort de son mari d'une semaine, tombé lors du dernier mois de la guerre.

Seule sur la place, Margot avait cessé de danser et commençait à gravir lentement les marches en direction d'Elena et du jeune homme, disparaissant ici et là au coin d'un mur, ou sous une exubérante arche de fleurs aux couleurs vives.

— Vous n'allez pas me dire qu'elle est économiste ?

L'amusement perçait dans la voix du jeune homme, mais il avait parlé plus bas, comme s'il s'était rendu compte qu'Elena s'était momentanément perdue dans ses pensées. Quinze ans après la guerre, la douleur demeurait : chacun avait perdu, sinon un être cher, du moins une partie de son espoir ou de son innocence. On avait peur pour l'avenir. Le chagrin flottait dans l'air, dans la musique, dans l'humour, et même dans la lumière magnifique du jour déclinant.

— Certainement pas, répondit Elena, s'efforçant de parler sur un ton léger. Et je vous en prie, ne me demandez pas si je le suis aussi.

— Cela ne me viendrait pas à l'esprit.

Il lui tendit la main.

— Ian Newton. Journaliste économique. Parfois.

Elle la serra. Sa poignée de main était ferme et chaude.

— Elena Standish. Photographe. Parfois.

— Enchanté, dit-il, avant de lâcher sa main.

— Et voici ma sœur, Margot Driscoll.

— Pas Standish… elle est ici avec son mari ?

— Margot est veuve. Son mari, Paul, est mort à la guerre.

Ian Newton hocha la tête. Bien sûr… c'était une situation que chacun rencontrait chaque jour, même encore maintenant, si longtemps après la fin du conflit. Il regarda Margot, destinée à danser seule dans un monde peuplé de femmes en surnombre.

— Mrs. Driscoll et vous accepteriez-vous de dîner avec moi ce soir ?

— J'en serais ravie, répondit Elena, parlant pour elles deux. Merci. Nous séjournons au *Santa Catalina.*

— Je sais.

— Vous… ?

— Bien entendu. Je vous ai suivie jusqu'ici.

Elle ne savait pas du tout si elle devait le croire, mais l'idée était plaisante.

— Huit heures ? Dans la salle à manger ? suggéra-t-elle.

— Je vous attendrai.

Sur quoi, il pivota et remonta la colline d'un pas tranquille, le dos bien droit.

L'instant d'après, Margot apparut sur les marches. Elle était aussi différente d'Elena que deux sœurs peuvent l'être. Margot avait les yeux sombres et des cheveux qui ressemblaient à de la soie noire. Elle était svelte et élégante quoi qu'elle portât. Elena était de la même taille et possédait une certaine grâce, mais pas autant que Margot. Ses yeux étaient d'un bleu tout à fait ordinaire, ses cheveux presque blonds. Elle se sentait fade en comparaison de sa sœur, si femme fatale.

— Encore dans la lune ? demanda Margot, avec un agacement à peine voilé.

Elle oubliait rarement qu'elle était l'aînée.

— Si tu veux être une vraie photographe, il va falloir que tu prennes des photos acceptables, ce que tu ne vas pas faire en restant flâner ici.

— Je ne sais pas, répondit Elena patiemment.

Ce n'était pas la première fois que sa sœur la harcelait à ce sujet, et Elena savait qu'elle avait raison, tout comme elle savait qu'un mélange d'affection et de frustration sous-tendait ses paroles.

— J'en ai pris deux d'une femme qui dansait toute seule sur la place. Elle portait une robe écarlate. Un peu folle, mais une jolie étude.

La colère se lut dans les yeux de Margot, avant de s'évanouir aussitôt.

— Je les veux, s'il te plaît.

— Ne sois pas stupide ! s'écria Elena, agacée. Je ne gaspille pas mes pellicules pour toi. C'est juste que j'aime bien te regarder t'amuser.

C'était la vérité.

Margot passa un bras autour d'Elena. Sans rien dire, elles remontèrent la colline en direction de l'hôtel.

Après le déjeuner, Elena sortit, espérant glaner quelques photographies qui rendraient le charme d'Amalfi. D'origine très ancienne, la ville avait autrefois été un des ports les plus importants de la Méditerranée. On y percevait une solidité, une permanence qui offrait un décor ironique à la frénésie de gaieté des vacanciers venus échapper, le temps d'une brève saison, à la réalité. La grisaille laissée par la crise de 1929 s'y dissipait au soleil. La musique américaine, avec ses mélodies entêtantes, ses paroles intelligentes, douces-amères, jaillissait des bars, décrivant parfaitement les émotions du moment. Dans son imagination, Elena dansait au son de cette musique dans les bras du jeune homme aux mèches auburn.

Comment montrer la fragilité de ce lieu, la beauté qui le hantait, qui vous enveloppait de son étreinte ?

Elle avait vu des photographies poignantes de la faim et du désespoir, d'êtres humains aux prises avec des forces qui les dépassaient, et ces clichés l'avaient émue jusqu'aux larmes. Mais quelle image incarnerait ceci ? De toute façon, il faudrait que le Vésuve fût à l'arrière-plan. Près de deux mille ans s'étaient écoulés depuis que ce monstre endormi, qui dominait Naples et qu'on reconnaissait à l'horizon de chaque photographie, avait submergé Pompéi et Herculanum sous un fleuve de feu, de gaz et de lave incandescente. Pourtant, il attendait !

Elle songea à une libellule au soleil. Une créature exquise qui vit l'espace de quelques jours seulement. Elle devait trouver un visage qui refléterait cela, mais qui aurait aussi la conscience de sa propre fugacité. Il existait forcément, c'était à elle d'avoir assez d'imagination pour le reconnaître. Et pour capturer en noir et blanc, en lumière et en ombre, tout l'éclat et toutes les nuances de la couleur.

C'était pourquoi elle n'avait pas photographié Margot vêtue de rouge, en train de danser toute seule. La touche de couleur était nécessaire pour communiquer ce qu'elle voulait dire. Une femme, courageusement vêtue d'écarlate, dansant seule. C'était la parfaite illustration d'un million de femmes en Grande-Bretagne – près de deux millions, plutôt. On disait d'elles qu'elles étaient « en surnombre ». Cela signifiait « par rapport aux besoins », parce qu'il n'y avait pas assez d'hommes pour qu'elles puissent se marier. Elena en faisait partie, elle aussi.

Mais peut-être était-ce préférable à être prisonnière des bras d'un homme qui voulait vous faire marcher au pas.

Dans la lumière étirée de la fin d'après-midi, Elena vit la scène exacte qu'elle voulait saisir. Une jeune femme d'une vingtaine d'années se tenait debout, le visage à demi tourné vers la lumière douce, presque dorée, qui l'effleurait délicatement, exaltant sa jeunesse, son teint immaculé. Sous sa crinière de cheveux fauves, la clarté se reflétait dans ses pâles yeux noisette. Autour d'elle, toutes les lignes étaient droites, angulaires, classiques. Seules les volutes de fumée de sa cigarette s'enroulaient dans l'air devant elle, vagues et errantes, mais elle ne les voyait pas. Elena sortit son Leica, fit la mise au point et, les pieds bien plantés sur le sol, prit la photographie.

La jeune fille entendit le déclic de l'obturateur et se retourna. Le charme était rompu.

— J'espère que cela ne vous ennuie pas, s'excusa Elena. Vous êtes si ravissante et la scène était si parfaite…

La fille haussa les épaules.

— Ça m'est égal.

Elle lui adressa un demi-sourire et s'éloigna.

Elena songeait encore à ce cliché lorsqu'elle remonta dans la chambre qu'elle partageait avec Margot. Il était l'heure de se changer pour le dîner avec Ian Newton. Il y avait un certain temps qu'elle n'avait pas été aussi impatiente de passer la soirée avec quelqu'un.

Margot était prête. Elle avait troqué sa robe rouge contre une robe longue, violette, agrémentée de strass, outrageusement moulante et pourtant flatteuse. Sur une autre femme, elle aurait pu paraître vulgaire, mais Margot était si mince que la tenue suggérait sa forme plutôt qu'elle ne la révélait. Elle était superbe, et en avait parfaitement conscience, comme toujours.

— Où étais-tu ? demanda-t-elle à l'entrée d'Elena. Aucun économiste ne peut être intéressant à ce point.

— J'ai fait une photo d'une jeune femme qui pourrait être très bonne. Les ombres accentuaient les contours de son visage, répondit Elena. L'espace d'un moment, elle a été vraiment belle… et jeune… et désespérée. Comme si elle voyait le temps s'enfuir sous ses yeux, s'évanouir avant même qu'elle ait eu le temps de le toucher.

— C'est exactement ça, déclara Margot sur un ton sec. Nous allons être en retard pour le dîner si tu ne te dépêches pas.

Dix minutes plus tard, Elena sortait de la salle de bains, les cheveux brossés, légèrement maquillée, sans aucun bijou hormis la bague qu'elle portait toujours à la main droite.

Margot la toisa d'un œil critique.

— Enfin, Elena ! Tout dans cette robe bleue crie l'ennui ! « Ne me lancez pas de défi, dit-elle. J'observe, mais je ne joue pas. Je ne prends pas de risques, ne me troublez pas. »

Sa sœur s'avança vers elle.

— On pourrait t'enterrer avec, et personne n'aurait peur que tu sois encore en vie !

— C'est méchant, protesta Elena.

— C'est la vérité. Sans ta poitrine, tu aurais l'air d'avoir douze ans. Mets ma robe noire ; je ne l'ai pas encore portée. Et fais vite.

— Elle ne m'ira pas.

Elle savait que ce n'était pas vrai. Que la robe lui irait un peu trop bien, au contraire.

— Oh ! cesse de te plaindre et enfile-la ! ordonna Margot. Elle va réveiller quelques personnes. Tu prendras peut-être même une photographie intéressante. Je suppose que tu ne comptes pas te séparer de ton appareil pour la soirée ?

Elena obéit. Margot avait raison au sujet de la robe bleue. Elle était sage ; Elena s'efforçait d'être sage depuis Aiden. Margot avait eu le tact de ne pas le dire. Quelques minutes de plus, et ç'eût été chose faite.

Elles descendirent l'escalier et pénétrèrent dans la salle à manger. Elena se sentait gênée dans la tenue de Margot. Elle eut conscience des regards qui convergeaient sur elles à leur entrée, mais elle n'aurait su dire si c'était elle qu'on fixait. La robe violette de Margot était tout aussi remarquable.

Ian attendait près de la porte, ainsi qu'il l'avait dit. Il leur tournait à demi le dos et parlait à un homme brun, grand et assez séduisant, qui avait environ le même âge que lui. Ce fut ce dernier qui vit Elena et écarquilla les yeux.

Ian pivota, la reconnut et s'avança.

— Vous êtes superbe, dit-il simplement. Et vous devez être Margot.

Il lui tendit la main, sans faire allusion au fait qu'il l'avait vue danser plus tôt.

— Ian Newton. Enchanté.

Margot sourit.

— Margot Driscoll. Ravie de faire votre connaissance, Mr. Newton.

Ian se retourna vers son compagnon.

— Walter Mann, Margot Driscoll et Elena Standish.

Walter Mann mit quelques secondes à se ressaisir, ce qui surprit et amusa Elena. La robe noire était-elle frappante à ce point ?

— Enchantée, Mr. Mann.

— Moi de même, Miss Standish, se hâta-t-il de répondre avant de s'adresser à Margot : Miss Driscoll.

Il avait des sourcils droits, des yeux très foncés.

— Mrs. Driscoll, corrigea Margot avec un sourire.

Ian prit le bras d'Elena.

— Je me suis permis de réserver une table pour quatre, annonça-t-il en regardant Elena et Margot. J'espère que cela ne vous ennuie pas ?

— Bien sûr que non, répondit Margot.

Qu'aurait-elle pu dire d'autre ?

2

Margot se dirigea vers l'autre bout de la salle à manger, d'où l'on jouissait d'une magnifique vue sur la baie. Walter Mann était charmant et ne faisait pas mystère de son admiration pour elle, ce qui ne l'émut guère : cela arrivait assez souvent.

Lorsqu'ils atteignirent la table qui leur avait été réservée, Ian tira une chaise à l'intention d'Elena, tandis que Walter Mann demandait à Margot si elle préférait faire face à la mer ou à la salle.

— Oh ! la salle, s'il vous plaît, répondit-elle. J'adore la mer, mais elle ne change pas beaucoup. Les gens, en revanche, changent constamment.

— Vous aimez observer les gens ? demanda-t-il avec un sourire, attendant qu'elle eût pris place avant de s'asseoir à son tour.

Margot se mit à rire.

— Cela, c'est plutôt le domaine de ma sœur. Elle est photographe professionnelle. La moitié de son attention est concentrée sur les expressions, la lumière et l'ombre, et le cadrage d'une photographie.

— Elle est douée ? demanda-t-il, l'air sincèrement intéressé.

Margot constata qu'Elena et Ian étaient déjà en grande conversation.

— Voulez-vous que je sois tout à fait honnête ?

— Oh ! ai-je mis le pied en terrain dangereux ? plaisanta Walter.

Il était trop poli pour rire, mais l'amusement était visible dans son regard.

— Oui. En fait, elle est sur le point de devenir très bonne. Il suffirait qu'elle se fie à ses émotions autant qu'à sa technique.

C'était la vérité.

Le dîner fut commandé, et elle mangea avec plaisir, mais son attention demeura en partie focalisée sur Elena. Celle-ci était entièrement absorbée par Ian Newton. Margot ne se souvenait pas de l'avoir vue aussi gaie, aussi vivante, depuis qu'Aiden avait trahi son pays et, de manière plus personnelle, Elena elle-même. Elle avait tellement peur de souffrir de nouveau. N'en était-il pas ainsi pour chacun ? Et pourtant, nier cette angoisse revenait à tuer une partie de soi.

Margot avait pensé qu'elle trouverait quelqu'un d'autre à aimer un jour, après avoir porté le deuil de Paul pendant une période raisonnable. Mais combien de temps était « raisonnable » ? Quinze ans avaient passé depuis sa mort et aucune relation ne dépassait jamais pour elle le stade de l'aventure. Stupidement, elle avait espéré qu'il pourrait y avoir un nouvel amour alors même qu'elle se sentait coupable d'envisager cette possibilité. Comment pouvait-elle continuer à vivre alors que Paul n'était plus ? En fin de compte, il n'y avait eu personne d'autre d'important. Peut-être la moitié de l'Europe était-elle dans cette situation, si on savait regarder entre les rires et les verres de vin. Pour Elena, c'était différent. Elle n'avait pas de souvenirs parfaits avec Aiden. Tous étaient douloureux et avaient besoin d'être effacés, remplacés par une relation qui, au moins, serait honnête.

Tout en prêtant une attention de façade à Walter Mann, elle observait Ian Newton. D'après le peu qu'elle avait entendu, il avait fait ses études à Cambridge. De nombreux membres de sa famille avaient fréquenté cette université, dont son grand-père, Lucas Standish. Elle ne savait pas ce qu'il avait étudié, sans doute l'histoire ou les lettres, ou quelque chose de ce genre. Son père, Charles, avait choisi les langues et l'histoire moderne, une évidence au fond pour qui voulait entrer aux Affaires étrangères. Quant à Mike, son frère, la guerre ne lui avait pas laissé le temps d'entrer à l'université.

Elena aussi était allée à Cambridge et avait étudié les lettres par amour des études. Margot les imaginait, sa sœur élégamment assise dans une barque à fond plat, Ian debout à l'arrière, une perche à la main, en train de glisser sans heurt sur la rivière étincelante. Peut-être se connaissaient-ils, au moins de vue ? Elle devait poser la question à Elena.

Margot n'avait pas fréquenté Cambridge, pas plus qu'aucune autre université. Elle avait été jeune mariée à dix-huit ans, et veuve une semaine plus tard.

Walter Mann la dévisageait. Était-ce de la compassion dans ses yeux ? Elle n'avait que faire de sa pitié, enfin ! Elle sourit, feignant d'être heureuse, elle était douée pour cela. Elle avait eu assez d'entraînement.

Un orchestre jouait en sourdine. La musique était américaine, délicieusement rythmée, irrésistible. Sur la piste exiguë, des jeunes gens dansaient avec abandon. Leurs visages étaient beaux à leur manière.

Pourquoi les observait-elle au lieu de se joindre à eux ? Tout le monde avait terminé de dîner ; il était temps de s'amuser.

Comme s'il avait déchiffré ses pensées, Walter se leva et lui sourit, son regard rencontrant le sien.

— Puis-je vous inviter à danser ? Cette robe est ravissante. Elle appelle la grâce, le mouvement. Et elle vous va à la perfection.

Elle lui rendit un sourire soudain, sincère. Il n'avait pas prononcé les paroles auxquelles elle s'attendait.

— Merci. C'est une pensée plutôt plaisante : la perfection est si rare.

— Je ne suis pas d'accord, répliqua-t-il d'une voix enjouée. Tout ici est parfait : la lumière, la musique, la pointe de désespoir sous-jacente, comme si tout risquait de s'évanouir à l'instant où nous cesserions de l'apprécier. Comme le soleil au mois d'avril en Angleterre. Il est précieux parce que nous savons que, tôt ou tard, il va recommencer à pleuvoir. Que la lumière disparaîtra et que, soudain, il fera plus froid encore qu'auparavant.

Elle le considéra soudain avec un réel intérêt, scrutant son visage.

Il maintint le même sourire charmant.

— S'il était permanent, nous le tiendrions pour acquis et nous n'y prêterions plus aucune attention.

L'orchestre était sur le point d'entamer un nouvel air.

— J'adorerais danser, dit Margot en faisant un pas vers lui.

Il l'enlaça avec délicatesse. La musique commença pour de bon, presque telle une marée qui les aurait entraînés dans son courant. C'était un danseur accompli et, par bonheur, il eut le bon goût de rester silencieux. Margot se laissa simplement aller au rythme de la mélodie, avec plaisir, épousant ses gestes.

Un nouvel air succéda au premier, la cadence changea, mais peu importait. Walter passa de l'un à l'autre avec la même aisance qu'elle. C'était là un des secrets du succès, non seulement dans l'art mais dans la vie – passer d'un rythme à un autre sans hésitation.

Margot émit un petit rire ravi.

Il la tint plus près de lui, de quelques centimètres seulement.

Elle se pencha en arrière et leva la tête vers lui. Il avait des yeux remarquables. Y discernait-elle des souvenirs douloureux, ou son imagination y voyait-elle le reflet des siens ? Il l'attira un peu plus près encore, avec douceur.

Peut-être avait-il perdu quelqu'un, lui aussi. Qui avait été épargné ? Ils devraient se serrer plus étroitement l'un contre l'autre, laisser leurs corps s'épouser et se perdre dans la musique.

Elena dansait aussi, sans même y songer, évoluant avec autant d'aisance dans les bras de Ian que si elle le connaissait depuis toujours. Comme Margot, elle détestait parler en dansant. Toute la conversation était dans le mouvement, et seule comptait la musique.

Autour d'elle, les convives étaient en majorité des hommes : civilisés, intelligents, assommants. Certains avaient un peu trop bu, mais avaient l'air plus endormis qu'excités. C'était à croire que leur propre conversation les avait fait mourir d'ennui !

La musique se tut. Les membres de l'orchestre se levèrent, indiquant qu'ils avaient fini de jouer.

Ils regagnèrent leur table. Après avoir pris congé de Walter et de Margot, Ian se tourna vers Elena et lui offrit son bras :

— Puis-je vous raccompagner à votre chambre ?

Ils sortirent et gravirent les marches du premier étage.

— Merci pour cette merveilleuse soirée, dit Elena en pivotant vers lui.

Ce n'était pas une simple formule de politesse. Il y avait des années qu'elle ne s'était pas sentie aussi heureuse.

— Nous nous sommes bien amusés, répondit-il sur un ton léger, qui contrastait avec la gravité de son regard. Je crois que je vais devenir assistant photographe. C'est infiniment plus satisfaisant que d'écrire des articles sur l'économie.

— C'est très aléatoire, observa-t-elle, feignant d'être sérieuse.

— La vie est très aléatoire, rétorqua-t-il, toute trace d'humour ayant déserté ses traits un instant. Il faut s'accrocher aux meilleurs moments.

Ce qu'il s'apprêtait à ajouter fut étouffé par un hurlement perçant, teinté d'horreur, qui venait du palier au-dessus d'eux. Un instant, ils restèrent figés sur place, puis Ian s'élança et se mit à courir en direction des cris qui continuaient.

Elena le suivit en sortant son appareil photo de son étui. Il était clair qu'il se passait quelque chose de grave.

Soudain, Ian s'arrêta net. Une jeune femme de chambre en robe noire et tablier blanc se tenait, livide, une main sur la bouche, devant le placard à linge béant. À l'intérieur était recroquevillé le corps d'un homme. À en juger par l'angle bizarre de la tête et du cou, il ne pouvait être en vie.

Blanc comme un linge, Ian passa doucement un bras autour des épaules de la femme de chambre en pleurs et la serra contre lui.

— Venez. Vous ne pouvez pas l'aider, dit-il d'une voix à demi étranglée. Ne regardez pas…

Il la guida fermement vers le couloir, hors de vue.

Elena resta seule, le regard rivé sur le cadavre étendu par terre. La porte fermée avait dû le maintenir en place et, quand la jeune femme l'avait ouverte, il avait basculé hors du placard. C'était un homme d'âge moyen, aux traits quelconques. Il avait le teint mat et les cheveux noirs, le front un peu dégarni. Il était sans doute italien, mais il aurait pu venir de n'importe où. Ian le connaissait-il ? Était-ce pour cette raison qu'il était si bouleversé ? Il avait paru totalement choqué. Quant à Elena, elle tremblait, et ne prit qu'une seule photo avant de ranger son appareil. Elle était photographe, certes, mais photographier une scène de crime telle que celle-là pouvait paraître déplacé et, d'ailleurs, peut-être était-ce illégal.

— Signorina… Miss… je vous en prie, venez vous asseoir.

Un homme lui effleurait le bras d'un geste hésitant.

Elle se tourna vers lui.

— Ça va, je vous remercie, mais il…

Elle prit une inspiration.

— … est évident qu'il est mort. Qui est-ce ?

— Je n'en ai pas la moindre idée.

L'homme était un des adjoints du directeur. Elle le connaissait pour l'avoir vu dans l'hôtel ces derniers jours.

— S'il vous plaît… je désire alerter les autorités. Il ne peut s'agir d'un accident. L'endroit où il se trouve…

— Non, non, bien sûr, s'empressa-t-elle de répondre, reconnaissante qu'il n'eût pas essayé de la réconforter en lui débitant des mensonges. Je vais retourner à ma chambre.

— Vous sentez-vous bien ? Avez-vous besoin de quelqu'un ?

— Non, je vous remercie. Je suis ici avec ma sœur.

Après l'avoir remercié de nouveau, elle s'engagea dans le couloir où Ian parlait doucement en italien à la femme de chambre. Toujours très pâle, il avait gardé une main sur le bras de la jeune femme, mais les jointures de ses doigts étaient toutes blanches. On aurait presque dit qu'elle le soutenait autant qu'il la soutenait, elle. Une autre employée apparut au bout du couloir et, prenant le contrôle de la situation, remercia Ian et le congédia sans façon.

Deux agents de police en uniforme la dépassèrent et s'adressèrent à lui en anglais.

— Pouvez-vous nous dire ce qui s'est passé, monsieur ?

Ian s'exécuta, relatant la scène honnêtement.

— Et cette jeune dame était avec vous ? demanda l'homme en regardant Elena.

— Oui, confirma-t-elle.

Le policier désigna la forme allongée sur le sol.

— Connaissez-vous ce malheureux ?

— Non, monsieur, répondit Ian.

Les muscles de sa mâchoire étaient crispés, sa voix tremblait légèrement.

Il mentait. Elena en était quasi certaine.

3

Assis dans son cabinet de travail, Lucas Standish contemplait le jardin. Le dessin des feuilles qui se détachaient sur le ciel lui avait toujours plu. Même en hiver, les branches dénudées possédaient une délicatesse unique. À cette époque-ci, les arbres étaient au summum de leur perfection printanière.

La pièce ressemblait au bureau d'un homme âgé ordinaire qui coulait une retraite agréable, ne s'en différenciant peut-être que par le nombre remarquable de livres qui s'alignaient sur les murs. Lucas était silencieux et lisait beaucoup sur la vie. Du moins était-il perçu ainsi par les autres, y compris les membres de sa propre famille.

En réalité, il avait été à la tête des renseignements militaires – l'organisation connue sous l'acronyme MI6 – durant une bonne partie de la guerre. Dans ses pensées, il la nommait toujours « la dernière guerre », car il redoutait qu'il n'y en eût une autre. À soixante-dix ans passés, il ne faisait plus officiellement partie du service, mais il n'avait jamais cessé de s'y intéresser et il était très bien informé de ce qui se passait. Il avait de nombreuses sources, indépendamment des conclusions auxquelles il pouvait parvenir en étudiant les journaux où, parfois, les demi-vérités, les choses tues, dissimulaient des mensonges de plus grande ampleur.

Winston Churchill était le seul politicien qui lui inspirât confiance. Il le connaissait personnellement, l'aimait bien et jugeait ses opinions fiables. Cependant, Churchill était écarté du pouvoir depuis un certain temps et, fait plus important, ne semblait pas devoir y revenir dans un avenir prévisible. Personne au gouvernement ne l'écoutait, personne ne voulait croire que ce qu'il affirmait pût être vrai.

Lucas ne comprenait que trop bien cette attitude, malheureusement. Il aurait donné cher pour se persuader que l'ascension météorique d'Adolf Hitler ne représentait pas un danger pour l'Europe, encore moins pour l'Angleterre. Mais tous ses sens, tous ses instincts, lui affirmaient que c'était le cas, et que le danger s'accroissait d'une semaine à l'autre. Quatre mois plus tôt à peine, à la fin de janvier, Hitler avait pris les rênes du gouvernement en Allemagne.

De nouvelles idéologies surgissaient partout en Europe dans le sillage des pertes dévastatrices de la guerre. Depuis l'assassinat du tsar de Russie, la peur du communisme nourrissait les idéologies de droite sur le continent. En Italie, après avoir apporté certains changements bénéfiques, Benito Mussolini resserrait déjà son contrôle sur le pays, et l'oppression jetait les bases de la folie qu'était la dictature. Lucas avait entendu des histoires qui frôlaient le ridicule mais qui, pourtant, étaient véridiques : les rires seraient de courte durée.

En Espagne, diverses factions politiques se disputaient le pouvoir. Qui savait où cela allait mener ? L'Allemagne, quant à elle, était la source de sa plus grande inquiétude. Le traité signé à la fin de la guerre avait été trop sévère. Des millions de gens qui n'étaient pas responsables de la soif de gloire du Kaiser avaient été punis. Le blâme était futile. Sans doute nul ne pouvait-il y échapper tout à fait, ne fût-ce que pour avoir fermé les yeux ; non pour son action, mais pour son inaction.

Un petit coup frappé à la porte interrompit les réflexions de Lucas.

— Entrez, dit-il aussitôt.

Il savait que c'était son épouse, Josephine, venue lui rappeler que leur fils Charles et leur belle-fille Katherine venaient dîner et qu'il devait se préparer, physiquement d'une part, en enfilant une chemise propre, et émotionnellement ensuite, pour affronter les divergences d'opinion qui ne manqueraient pas de se présenter. Cela arrivait chaque fois, bien qu'il se promît toujours de ne pas se laisser entraîner dans une discussion.

Josephine entra. Elle avait le même âge que lui. Ils étaient mariés depuis plus d'un demi-siècle, pourtant il prenait toujours plaisir à la contempler. Plus que du plaisir, c'était une chaleur, une reconnaissance pour tout ce qu'ils avaient partagé. Nombre d'hommes ne l'auraient peut-être pas trouvée belle, mais lui si. Sa beauté était dans ses yeux, dans la vivacité de son sourire, dans la vitalité qui émanait d'elle, même lorsqu'elle était assise immobile. Son franc-parler en effrayait plus d'un, mais il plaisait à Lucas. Pour lui, elle était un repère d'honnêteté, une pureté de l'esprit, de l'âme. Sa petite-fille Elena possédait une partie de cette qualité, qui avait sauté une génération : il n'y en avait pas trace chez Charles.

— Je sais, dit-il avant qu'elle eût pu articuler un son. Ils seront ici dans une demi-heure. Il est toujours ponctuel.

Il ne savait pas si c'était un compliment ou une critique. À dire vrai, la perspective de cette visite ne l'enchantait guère. Ces derniers temps, son fils et lui semblaient constamment en désaccord sur les questions politiques. Naturellement, Charles ignorait le rôle que Lucas avait joué au sein des services secrets. L'on ne parlait pas à sa famille de ces choses-là. En ce qui concernait les siens, il avait été haut fonctionnaire, à un poste trop fastidieux pour qu'on l'évoquât. L'existence même du MI6 n'était pas connue du grand public.

Charles avait choisi de faire carrière dans le service diplomatique et y avait excellé. Il avait détenu des postes prestigieux dans nombre de capitales européennes et, brièvement, à Washington. Son épouse américaine, aussi charmante qu'intelligente, avait été un atout. Rien de tout cela n'était un secret. Lorsque Lucas était entré dans le service, il avait trouvé difficile de maintenir un silence total concernant son travail, mais au fil du temps il en avait pris l'habitude. Indépendamment de tout le reste, il ne souhaitait pas faire peser sur sa famille la nature et le secret de son activité, le genre de décisions qu'il devait prendre. Plus il s'élevait dans la hiérarchie, plus la discrétion était nécessaire. Chacun savait qu'« une langue trop bien pendue pouvait faire couler un navire » et personne ne mentionnait les mouvements de troupes, pas plus que ce qui était fabriqué dans les usines, ou des sujets du même ordre.

Josephine semblait s'être lassée d'attendre une réponse.

— Toby, c'est l'heure du dîner ! lança-t-elle gaiement, sur quoi le chien assis à côté de Lucas bondit sur ses pieds et la suivit avec enthousiasme.

Son vocabulaire de mots humains était assez vaste, et « dîner » y occupait une place prépondérante. Il la talonnait au point que, si elle s'était arrêtée, il serait entré en collision avec elle.

Lucas sourit et se leva à son tour. Il quitta la pièce à pas lents, passa devant la bibliothèque qui contenait ses ouvrages favoris, les livres qu'il avait lus et relus. Parmi eux se trouvaient de nombreux recueils de poésie, notamment des œuvres récentes comme celles de Housman, Sassoon et Chesterton. Celles-là restaient gravées dans son cœur. Il y avait un très ancien Shakespeare qui s'ouvrait de lui-même à *Hamlet* ou à *Jules César* et un Dante tout aussi usagé, surtout *L'Enfer*. Tellement approprié. Si seulement chacun pouvait apprendre qu'on est puni non pour son péché mais par lui, et qu'on devient ainsi un être inférieur à celui qu'on aurait pu être, combien en serait-il changé !

Ce qui figurait là aussi, et qu'il n'avait pas toujours le courage de regarder, c'était la photographie de Mike, son unique petit-fils. Un portrait qu'Elena avait réalisé pour s'entraîner. Âgé de dix-neuf ans, il portait l'uniforme de l'armée et souriait au monde qui l'entourait. C'était une des dernières photos de lui, et elle avait parfaitement saisi sa chaleur et son optimisme. Il était difficile de croire qu'il ne reviendrait plus jamais à la maison.

Cette fois-là, Lucas sortit sans regarder le cliché, bien que cela ne fît aucune différence : il le voyait en pensée, même s'il avait les yeux fermés. Il se souvenait de la dernière permission de Mike. Il s'était tant amusé, il avait profité de chaque instant, presque comme s'il avait su qu'il ne reviendrait pas. Mais, en temps de guerre, tous les hommes éprouvent cela. Tous avaient perdu des amis, des gens avec qui ils avaient grandi et d'autres, à qui ils s'étaient liés dans l'horreur et la solitude des combats. Cette camaraderie-là ne ressemblait à aucune autre. Mike avait toujours été enclin à faire des plaisanteries décalées, idiotes. Il avait été si intensément vivant que Lucas, lorsque le télégramme était arrivé, avait eu du mal à y croire.

Chacun passait-il par là ? Par le déni ? La stupeur ? Et puis la longue, lente douleur du chagrin qui vous ronge. Qui vous ronge le cœur, l'âme.

La même semaine, Margot avait perdu son mari, sur le même front. Lucas se souvenait de son visage comme si la scène avait eu lieu la veille. Cette expression revenait parfois, quand elle ne se savait pas observée. Pauvre Margot, elle était encore à la dérive, à bien des égards. Ni Lucas ni personne n'y pouvait rien. Elena avait essayé, Josephine aussi. Et même Charles, qui avait été proche d'elle.

Toutes les familles de leur entourage avaient perdu un être cher. Il se remémora cela alors qu'il traversait le vestibule et s'engageait dans l'escalier, car il devait se montrer patient avec Charles, et avec la détermination de son fils à vouloir éviter à tout prix un nouveau conflit. D'autres hommes ne devraient pas avoir à pleurer leur fils comme lui. C'était la seule chose décente que la guerre pût apporter à la génération suivante : la conviction qu'elle ne devait jamais plus avoir lieu.

Lucas connaissait une foule d'hommes qui partageaient ce point de vue. Qui pensaient qu'il devait y avoir une autre solution, quel que fût son prix. Ceux qui s'étaient battus et étaient revenus du front en étaient si profondément convaincus qu'il suffisait de les regarder en face, dans les yeux, pour que tout argument meure sur ses lèvres.

Charles avait perdu son fils unique. Lucas avait encore le sien et, quelles que fussent leurs divergences, il ne devait pas se quereller avec lui.

Il ne devait pas le faire par égard pour Josephine. Elle en savait assez long sur la guerre pour en avoir une vision réaliste. Elle avait passé une grande partie de ces années-là à travailler dans un centre de décryptage en dehors de Londres. Lucas était vaguement au courant de ses activités, même s'il ne pouvait pas le lui avouer.

Peter Howard était un de ceux avec qui il pouvait parler librement, et ils étaient toujours amis. Howard était son lien avec le MI6 et les secrets qu'il savait encore, les actions auxquelles il contribuait encore. La technologie avait progressé, les codes avaient évolué, mais la nature humaine demeurait la même, dans ses faiblesses et dans ses points forts.

Alors que Lucas se préparait à la soirée à venir, il considéra son visage mince dans la glace, son nez aquilin, son air austère de prime abord. C'était seulement en l'observant de plus près qu'on discernait de l'humour et une certaine bonté dans son regard.

Ainsi que Lucas s'y attendait, Charles et son épouse arrivèrent pile à l'heure convenue. Katherine était une femme exceptionnellement élégante, pas tout à fait belle, mais, mieux que cela, pleine de personnalité. Un peu plus grande que la moyenne, très mince, elle parvenait à paraître gracieuse et s'habillait dans un style très personnel. Ce soir-là, elle arborait une longue robe gris anthracite en soie, au tombé souple, qui flattait sa silhouette anguleuse. Sa fluidité semblait tout à fait naturelle, cela aussi faisait partie des dons de Katherine.

Elle venait d'entrer, apportant la fraîcheur de la brise nocturne. Elle les salua amicalement, se déclara ravie à la perspective d'une plaisante soirée, sourit à Lucas et lui donna un baiser rapide sur la joue. Il fit de même, comprenant que, comme toujours, il n'avait pas la moindre idée de ce qu'elle pensait réellement, en dépit de ses paroles.

Charles était juste derrière elle.

— Bonsoir, Père, dit-il en souriant.

Il était l'image même du diplomate : distingué, impeccablement habillé, sa moustache noire bien taillée ajoutant du caractère à son visage.

Lucas ouvrit la porte en grand.

— Entre. Comment vas-tu ?

Charles pénétra dans le vestibule. Les deux hommes se serrèrent la main avec chaleur, et Charles embrassa Josephine. Elle lui rendit son étreinte avec un élan d'affection qui parut la prendre elle-même par surprise.

Ils gagnèrent le salon. Les tons rouges et bleus du tapis turc avaient résisté à toute une génération ; une marine hollandaise représentant une scène portuaire, en nuances de gris et de bleus, était accrochée au mur depuis plus longtemps qu'aucun d'eux ne s'en souvenait, à la manière d'une fenêtre qui offrait toujours la même vue. Il s'en dégageait une paix, une permanence qui gouvernait tout le reste. La porte-fenêtre donnait sur le jardin, mais bien qu'on fût en mai, les rideaux étaient tirés, isolant la pièce du reste du monde, visuellement du moins. Émotionnellement, c'était impossible.

À peine étaient-ils assis que Charles se mit à parler des dernières nouvelles.

— Je sais que ses manières sont un peu excentriques, commença-t-il, faisant allusion, comme ils le savaient tous, à Oswald Mosley. Mais il est le seul à prendre le taureau par les cornes. Nous ne pouvons continuer à dilapider l'argent ainsi. La crise de 1929 ne nous a-t-elle donc rien appris ? C'est tout sauf le moment de songer au réarmement, sans parler de la construction de nouveaux navires ! Nous n'en avons simplement pas les moyens !

— Cela fournirait du travail à des hommes qui en ont désespérément besoin, lui fit remarquer Josephine. Sur les chantiers navals en particulier.

— Nous n'avons pas besoin de vaisseaux de guerre, Mère, répliqua Charles patiemment. La guerre est finie depuis belle lurette et nous avons tous compris que nous ne pouvons permettre à un désastre mondial de cette ampleur de se reproduire.

Ses traits étaient pincés. Il ne pouvait mentionner la guerre sans se remémorer les malheurs qu'elle avait causés, non seulement à lui personnellement, mais à presque chaque homme qu'il avait fréquenté sur les bancs de l'école, ou à l'université, à chacun des amis connus au cours de sa vie.

Lucas souffrait pour lui. Étant lui-même profondément touché par le chagrin, il comprenait, mais n'était tout simplement pas d'accord. Malgré tout, il s'obligea à garder le silence, résolu à passer au moins une soirée en famille sans que jaillisse la colère qui affleurait à la surface de tous leurs débats politiques.

Josephine considéra son fils d'un air calme.

— Il sera un peu tard pour les construire quand le

besoin s'en fera sentir, observa-t-elle. La construction navale exige beaucoup de temps et de main-d'œuvre.

— Et beaucoup de fer, d'acier et d'autres matériaux qui pourraient être utilisés à meilleur escient pour des logements, des trains ou, si on doit construire des bateaux, pour la marine marchande, répliqua Charles.

Sans regarder Lucas, il enchaîna :

— Tu écoutes Père, et il écoute Churchill.

Au prix d'un effort visible, il baissa la voix et se radoucit.

— Churchill est fini, Mère. C'est l'homme du passé, qui a des idées du passé. Je sais que Mosley est un peu… vulgaire par moments, mais une grande partie de ce qu'il affirme est vrai. Et voyez ce que Mussolini a fait pour l'Italie ! Quand on met en place l'infrastructure, les routes, les trains, l'assèchement des marais, la construction de maisons et d'usines, qu'on rassemble le peuple et qu'on lui instille une discipline, on peut accomplir des miracles.

— Cela fonctionne peut-être pour les Italiens… commença Josephine.

— Il n'y a pas de « peut-être » ! coupa Charles. Cela fonctionne pour eux. Demandez à Margot ce qu'elle en a pensé quand elle sera de retour. Elle vous le dira.

— Ou à Elena… suggéra Katherine.

Charles lui adressa un bref sourire.

— Chérie, Elena n'aura rien remarqué. Elle est trop occupée à chercher des visages à prendre en photo. Elle s'est mis en tête de devenir une grande photographe. Elle ne va pas s'intéresser aux usines neuves ni aux trains qui circulent à l'heure, encore moins voir là une œuvre d'art. Je suis seulement soulagé qu'elle ait trouvé une occupation inoffensive…

Cette allusion indirecte au fiasco qu'elle avait connu aux Affaires étrangères confirma à Lucas que Charles ne l'avait pas oublié, et qu'il n'avait pas pardonné à sa fille de l'avoir plongé dans l'embarras.

— Avez-vous eu des nouvelles d'elle ? intervint Josephine avant qu'il puisse parler. Ou de Margot ?

— Il est encore un peu tôt, répondit Katherine avec un haussement d'épaules. Margot nous a envoyé un télégramme lorsqu'elles sont arrivées, mais c'était il y a trois jours. Je suppose qu'elles s'amusent. Amalfi est un endroit superbe, et très à la mode à cette saison. Tous les gens plus ou moins en vue vont à Capri.

— Dans ce cas, Margot y sera, déclara Charles avec un sourire.

Les références à la vivacité de Margot, à son élégance, lui faisaient toujours plaisir. Elle avait connu le chagrin tout autant que lui.

— Il n'y a pas de raison qu'elle ne s'amuse pas.

Se méprenant sur le sens des paroles de Charles, Katherine s'était ruée à la défense de sa fille. Il lui tardait que Margot trouvât le bonheur. Elle avait une conscience aiguë de la douleur de ses enfants, mais ne révélait que rarement cette facette d'elle-même.

— Bien entendu, acquiesça Josephine. S'amuser fait partie de la survie. Et une touche d'esprit et de classe ne nuit à personne. Chacun peut y aspirer.

Charles ouvrit la bouche pour protester, puis sembla se raviser. Dans l'immédiat, la discussion était close.

Désireuse de changer de sujet, même si sa tactique était évidente, Josephine demanda à leurs invités s'ils étaient allés au cinéma récemment.

— J'ai vu *Dr. Jekyll et Mr. Hyde*, répondit Katherine, prenant immédiatement le relais. Fredric March était brillant.

Elle s'employa à décrire le talent de l'acteur et déclara qu'il méritait tout à fait l'oscar qu'on lui avait décerné pour ce rôle.

Lucas sourit et s'efforça de paraître intéressé, alors qu'il était surtout amusé. Il admirait le don de Katherine pour la diplomatie autant que sa bonne volonté. Charles se rendait-il compte de l'atout qu'elle constituait pour sa carrière ? Sans doute. En regardant son fils, il constata que toute l'attention de ce dernier était focalisée sur sa femme. Son respect pour elle était évident. Il devait bien se rendre compte qu'elle maintenait la paix, dans leur intérêt à tous. Personne ne pouvait remédier à leurs désaccords, mais elle savait les ignorer. Peut-être était-ce là le véritable rôle de la diplomatie ? Trouver les terrains où l'entente était possible et laisser de côté ceux où elle ne l'était pas, car la confrontation impliquait nécessairement un gagnant et un perdant. Dans un bon accord, il n'y avait pas de perdant.

Peu après, ils se rendirent dans la salle à manger. Josephine s'absenta un instant pour aller apporter les dernières touches au repas. Katherine lui offrit son aide, comme toujours, et celle-ci fut refusée, comme toujours aussi. Maintenant que Lucas et elle étaient seuls à la maison, Josephine préférait se charger de toute la cuisine, qui l'intéressait et qu'elle faisait très bien. En revanche, elle employait du personnel pour d'autres tâches ménagères.

Ils avaient mis de côté les meilleurs ingrédients, ainsi qu'ils avaient coutume de le faire lorsqu'ils avaient des invités, de sorte qu'ils dégustèrent une excellente selle de mouton accompagnée des premiers légumes du jardin.

Ce fut Katherine qui ramena la conversation sur *Dr. Jekyll et Mr. Hyde*.

— Le jeu est extraordinaire, dit-elle avec admiration. Il n'y a ni maquillage ni effets spéciaux. On peut pour ainsi dire voir le personnage se métamorphoser sous nos yeux. Au début, c'est un être doux, inoffensif, et puis le côté sombre de sa personnalité prend peu à peu le dessus et, en quelques secondes, moins d'une minute, il se transforme en brute, toute son humanité évanouie, remplacée par une créature vile. Qui échappe totalement à son contrôle.

— C'était décrit ainsi dans le texte, observa Charles,

mais c'est brillant tout de même. Je me demande combien de temps il lui a fallu pour obtenir cet effet ?

Lucas ne répondit pas. Une question lui semblait tout à coup infiniment plus fondamentale que celle du simple talent d'un acteur et de l'imagination de l'écrivain.

— Le craignait-il en lui-même, à votre avis ?

— Quoi ? demanda Charles, intéressé mais légèrement perplexe.

— Stevenson, expliqua Lucas. Jekyll savait-il qu'il abritait en lui un monstre sur lequel il n'avait aucun contrôle ? Est-ce là ce que Stevenson nous montrait ? La connaissance et, en même temps, l'impuissance.

— Qu'est-ce qui diable a pu te faire penser à cela ?

Les traits décidés de Charles trahissaient sa détermination. Il avait flairé un sens réel, plus profond qu'une discussion polie autour de la table. Était-ce aussi ce qu'il avait eu en tête ?

— Toutes sortes de choses peuvent déclencher en nous des émotions qu'il nous est impossible de maîtriser, répondit Lucas. Un bon artiste le sait, de même qu'un bon politicien – ou un bon démagogue.

— Une contradiction en soi, commenta Josephine en secouant la tête. La démagogie n'est pas bonne, par définition. La seule manière civilisée de gouverner se fait par consentement.

— Je me suis mal exprimé, rectifia Lucas. Elle n'est pas bonne du point de vue moral. Peut-être aurais-je dû dire compétent, efficace, capable d'arriver à ses fins.

— Il y a beaucoup à dire en faveur de cela, à certains moments, rétorqua Charles calmement. À l'heure actuelle, par exemple. Nourrir ceux qui ont faim, loger les sans-abri, créer des emplois pour donner un but à ceux qui n'en ont pas et leur rendre un certain honneur. Est-ce de la démagogie ?

Le défi se lisait dans ses yeux, s'entendait dans sa voix.

La température dans la pièce s'était considérablement

rafraîchie, à moins que ce ne fût un effet de la lumière qui avait baissé. Tous fixaient Lucas. Josephine tenait encore sa fourchette à dessert à la main, mais elle avait oublié le gâteau dans son assiette. Elle observait Lucas, le connaissant trop bien pour s'imaginer qu'on pût l'empêcher de répondre.

Lucas choisit ses mots avec soin, son regard rivé sur Charles.

— La question n'est pas de savoir quel usage un individu fait de son pouvoir, certainement pas pour commencer. C'est de savoir si, une fois qu'il l'a, ceux qui le lui ont donné auront la possibilité de le freiner quand il en abusera, ce qui se produira inévitablement un jour.

Charles éluda la question.

— Préféreraient-ils avoir faim et froid ? Il ne sert pas à grand-chose de s'inquiéter pour un lendemain problématique si on n'a pas de quoi survivre à la nuit. N'importe quelle mère qui a des enfants affamés accrochés à sa jupe te le dira, Père.

Sa voix était pénétrée de douleur et de colère.

— Si on accule les gens et qu'on les prive de toute dignité, de tout espoir, tôt ou tard, ils vont se rebeller… et se battre jusqu'à la mort si on les y pousse ! On ne leur a rien laissé à perdre. Il faut toujours laisser une issue à un peuple, pour qu'il puisse sauver la face. C'est l'essence même de la diplomatie. Tu vis dans ce château tranquille qu'est la fonction publique, et tu ne vois pas les réalités, sans parler d'en connaître le goût.

Sur le point de rétorquer, Josephine prit une brève inspiration, puis baissa les yeux sur la table et garda le silence.

Bien entendu, Charles ignorait tout du rôle que Lucas avait joué pendant la guerre, des nuits sans sommeil qu'il avait passées à s'inquiéter pour les hommes – et les femmes – qu'il avait envoyés effectuer des missions insensées, trop souvent sans espoir, derrière les lignes ennemies. Jamais il ne savait s'ils allaient revenir. Ils étaient trop nombreux à avoir disparu. Charles ignorait tout des réunions secrètes, de l'attente, des jugements qui pouvaient signifier la victoire ou la défaite, sauver des vies ou en coûter. Il ignorait combien de fois Lucas était monté à bord d'un petit bateau pour traverser la Manche en pleine nuit et débarquer en secret sur les plages, derrière les lignes de front, en Belgique ou aux Pays-Bas occupés afin d'assister à des réunions, de démentir des informations erronées, d'affronter des trahisons de toutes sortes. Était-ce plus difficile qu'en plein jour, lorsqu'on voyait son ennemi ? Ou ses amis, du moins ? Que pouvait dire Lucas sans trahir les secrets qu'il gardait depuis toutes ces années et qu'il devait continuer à garder ? Celui qu'il se dissimulait à lui-même, c'était que tout cela lui manquait, qu'il regrettait la passion qui va de pair avec la poursuite d'un but, la conscience d'être un participant à la lutte et non un observateur. Il lisait la colère, et un certain mépris, dans les yeux de son fils. C'était le mépris qui le blessait.

Josephine parla bas, un reproche dans la voix.

— Tu ne sais rien de ce que ton père a fait ou n'a pas fait pendant la guerre, Charles, et il est déplacé de ta part de t'arroger le droit d'en juger. Peut-être que, si les diplomates avaient été un peu plus compétents et un peu plus diligents, nous n'aurions pas eu de conflit. As-tu songé à cela ?

Charles la dévisagea. C'était une attaque à laquelle il ne s'était pas attendu, certainement pas venant d'elle, et Lucas vit la stupeur traverser ses traits. Il se tourna vers Josephine, mais elle ne le regardait pas.

— Je sais que beaucoup de gens ont faim et froid, dit-il, rompant le silence brûlant, mais s'efforçant de parler sans colère. Et que les sans-abri n'ont aucun espoir de décrocher un emploi. Il faudrait être inconscient pour ne pas avoir de craintes quant à l'avenir. Hitler offre de l'espoir et je suppose qu'à sa manière, Mosley aussi. Nous redoutons tous la guerre car, Seigneur, nous savons ce qu'elle est. Nous sommes bien loin d'avoir surmonté la dernière. Nous sommes épouvantablement vulnérables à une peur qui nous fait oublier notre bon sens, nos valeurs, ce qu'il y a de meilleur en nous, en somme ce qui nous a sauvés la dernière fois. Je sais cela, Charles. J'ai vu la guerre aussi. Je sais que la faim sévit en Allemagne, et ici. Et je sais combien il est facile de croire qu'il y a un responsable à tout ce malheur, et que si nous l'éliminons, tout s'arrangera.

— Vraiment ?

Charles le fixa calmement, la tête légèrement inclinée d'un côté.

— Vraiment ? répéta-t-il. Pardonne-moi, Père, je suis sûr que tu sais tout cela en théorie, mais je ne crois pas que tu aies la moindre idée de ce que cela veut dire en pratique.

Lucas devait être prudent. Il était si facile de laisser sa vanité, son besoin de susciter le respect de ceux qu'on aime vous pousser à en dire plus qu'on n'en avait l'intention. D'un geste délibéré, il se cala contre le dossier de sa chaise.

— Ne va pas imaginer que tu sois le seul à savoir certaines choses, Charles. C'est une attitude dangereuse. Je ne veux pas plus que toi d'une autre guerre. Mais je suis moins certain que toi de la meilleure manière de l'éviter, ou du prix que je suis prêt à payer…

— Pensez-vous que nous en arriverons là ? intervint Katherine.

Assise immobile, elle paraissait parfaitement maîtresse d'elle-même, mais la tension perçait dans sa voix rauque. Lucas la connaissait assez bien pour s'en rendre compte. Il l'avait vue affronter le deuil de son fils unique et puis, bien qu'en proie à son propre chagrin, tenter avec une immense volonté de réconforter sa fille, non seulement pour la perte de son frère, mais aussi celle de son mari.

Jamais il n'avait sous-estimé son courage, et il décelait maintenant l'angoisse en elle, en dépit de sa sophistication et de la façade qu'elle s'efforçait de présenter.

— Non, ma chère, je ne crois pas, répondit-il, priant le Ciel pour avoir raison. Mais nous devons être prudents malgré tout. Cette fois, nous sommes avertis. Nous devons dominer la peur, ne pas la laisser nous pousser à agir par panique, ou sans égard pour les autres. Le chemin le plus facile est parfois le bon mais, le plus souvent, ce n'est pas le cas.

Charles se redressa.

— Bien entendu, acquiesça-t-il.

Lui aussi devait avoir perçu la tension présente dans la voix de Katherine et même aperçu la fugitive lueur d'inquiétude dans son regard.

— J'ai passé un certain temps à notre ambassade à Berlin. Les Allemands sont des gens solides. Ils sont en train de retrouver leur voie.

Il sourit à son épouse, puis se tourna vers Josephine.

— Mère, puis-je t'aider à servir le café ?

Josephine accepta, et le malaise se dissipa. Lorsque Charles et Katherine s'en allèrent, une heure et demie plus tard, l'atmosphère s'était de nouveau détendue, en surface du moins. C'était le mieux que l'on pût espérer.

Josephine attendit dans le vestibule que Lucas eût refermé la porte sur eux et l'eût verrouillée pour la nuit.

— Tu parlais sérieusement à propos de la peur, n'est-ce pas ? demanda-t-elle avec douceur.

Il lui avait caché bien des choses, par nécessité, à cause de son poste, mais jamais il ne lui avait menti. Cela aurait détruit un lien entre eux qui aurait laissé un vide irremplaçable dans sa vie.

— Oui. La peur engendre la violence, et la haine, répondit-il. C'est la solution de facilité. Blâmer autrui. Les Tziganes, les juifs, les communistes, tout le monde sauf nous-mêmes. Débarrassons-nous d'eux, et tout ira bien. C'est une idée vieille comme le péché, et à peu près aussi utile !

Il ponctua ses paroles d'un sourire et passa un bras autour de ses épaules.

— Pardon. Je n'apprends pas ma leçon. Je le laisse toujours me mettre en colère.

Elle lui enlaça la taille et se blottit contre lui.

— Oui, reconnut-elle. Si tu ne le faisais pas, je suppose que ça voudrait dire que tout t'est indifférent. Je ne veux pas que tu sois comme ça, jamais.

4

Le lendemain, Lucas reçut un appel téléphonique de bonne heure, avant même d'avoir pris le petit déjeuner. Il émanait d'un autre faubourg de Londres et fut très bref.

— Retrouvez-moi à dix heures, à l'endroit habituel.

Lucas savait que c'était Peter Howard, et qu'il était inutile de dire quoi que ce fût, hormis confirmer qu'il irait.

Josephine ne mit pas sa parole en doute lorsque, à neuf heures et demie, il annonça qu'il allait promener le chien.

Toby ne protesta pas davantage. En voyant la laisse dans la main de Lucas, le chien quitta précipitamment son panier pour venir à sa rencontre en remuant la queue. C'était une belle matinée de printemps et le soleil vif, la brise encore fraîche étaient parfaits pour une promenade dans le petit bois voisin. Il n'y avait pas d'endroit plus magnifique sur terre et, pour Lucas, il ne pouvait pas y en avoir au ciel non plus.

Le trajet prenait une vingtaine de minutes et il partit d'un pas rapide, tout en veillant à ne pas trop solliciter le ligament tordu de sa cheville, une vieille blessure qui ne guérirait plus.

— On ne musarde pas, avertit-il Toby. Tu pourras courir où tu voudras quand nous serons arrivés. Allez, viens !

Toby était toujours content qu'on lui parlât. Habitué à

ces sorties, il ne tira sur sa laisse qu'une seule fois pour renifler une odeur particulièrement prometteuse avant d'accepter qu'ils formaient une équipe et qu'ils avaient une tâche à accomplir. Être de la partie lui suffisait.

Après le départ de Lucas du MI6, Peter Howard avait été le seul collègue avec qui il était resté en contact. Pour que Howard eût réclamé un rendez-vous immédiat, il fallait que ce fût important.

Ils atteignirent la barrière. Lucas l'ouvrit et la referma avec soin derrière lui, puis retira sa laisse à Toby.

— Ne va pas trop loin !

Toby agita la queue et décrivit quelques cercles, savourant toutes les odeurs présentes dans la terre humide.

Des hêtres se dressaient autour d'eux. Ils avaient toujours été les arbres préférés de Lucas. Leurs branches longues et droites lui rappelaient des jambes de danseur, naturellement belles, fières de leur force, de leur grâce infinie. Le ciel pommelé était tantôt nuageux, tantôt dégagé, le sol tapissé de jacinthes au point que Lucas devait rester sur l'étroit sentier pour ne pas les piétiner. Il détestait écraser une créature vivante, à plus forte raison une créature offrant tant de beauté. Leur parfum avait beau être presque inexistant, il avait l'impression de le respirer. Le centre de la cité ne se trouvait qu'à un court trajet en métropolitain, en direction de l'est, mais ici il pouvait oublier jusqu'à son existence.

Peter Howard était debout près du chêne, à une vingtaine de pas du petit ruisseau, à l'endroit précis où Lucas s'attendait à le voir. D'apparence quelconque, il pouvait à tout moment se fondre dans une foule, et pourtant, aux yeux de Lucas, on ne pouvait le confondre avec personne d'autre. Un peu plus grand que la moyenne, il avait des cheveux châtain clair, des yeux bleus, des traits réguliers. On aurait probablement pu en dire autant d'environ la moitié des hommes en Angleterre. Comme il se tenait debout là, c'était son immobilité totale qui était inhabituelle, l'angle de sa tête. On discernait de l'humour dans son expression et, quand il ne se sentait pas observé, une certaine sensibilité.

Cependant, ces observations étaient le fruit de vingt ans de collaboration remontant à l'époque dorée, innocente et ignorante qui avait précédé la guerre. Maintenant, 1913 semblait appartenir à un autre siècle.

Howard se redressa, fit quelques pas et retrouva Lucas à l'endroit où le sentier tournait et se mettait à serpenter le long du ruisseau, avant de replonger au cœur de la forêt.

Ils s'abstinrent des politesses d'usage, des phrases vides sur le temps qu'il faisait, des « Comment ça va ? ». Tout cela serait considéré comme dit. Leur amitié était solide et ils se comprenaient trop bien pour se soucier de ces formalités. Si Howard avait sollicité cette rencontre, il avait quelque chose d'important à dire. À en juger par la gravité de son regard, la nouvelle n'était pas bonne.

— Que savez-vous de Roger Cordell ?

Sa voix était distincte, empreinte d'un formalisme très anglais et pourtant d'un certain détachement, comme s'il évoquait une connaissance quelconque.

— De l'ambassade de Grande-Bretagne à Berlin ? demanda Lucas, désireux de s'assurer qu'il songeait au même homme. Diplômé d'Oxford, me semble-t-il. Titulaire d'une licence ès lettres et langues vivantes, si mes souvenirs sont exacts.

Un bref sourire traversa le visage de Howard et s'évanouit.

— L'histoire moderne lui aurait peut-être été plus utile, reprit Lucas, ironique. Pourquoi ?

Howard regarda le tapis de fleurs droit devant lui.

— J'ai la désagréable impression qu'il joue sur les deux tableaux, ou…

Lucas attendit, tandis que Howard continuait à avancer d'un pas lent, veillant à ne pas écraser les jacinthes.

— Ou quoi ? demanda Lucas, impatient.

Une lente marée de peur montait en lui et il la sentait comme le souffle glacé du vent qui annonce la pluie.

Howard était-il traqué par des ombres ? Les renseignements militaires étaient un champ de bataille où les idées comptaient autant que les armements ou le sabotage industriel, les explosions ou les déraillements. La menace d'un ennemi invisible était toujours présente, la crainte d'être trahi par ceux qu'on prenait pour des amis.

La truffe au ras du sol, Toby gambadait librement et semait la panique parmi les oiseaux, lesquels s'envolaient à tire-d'aile et se perchaient sur les hautes branches, s'avertissant les uns les autres du danger. Le spectacle était si beau, si normal que Lucas le contempla avec une pointe de douleur. Ce décor aurait dû être immuable, et il savait qu'il n'en serait rien. Les jacinthes ne dureraient que quelques semaines. Ensuite, elles commenceraient à se faner et retourneraient à la terre jusqu'au printemps prochain. Il y aurait d'autres fleurs, et d'autres feuilles, mais pas comme celles-ci.

Bien sûr, les haies seraient bientôt lourdes d'aubépines aux fleurs aussi blanches que la neige. Déjà les premières apparaissaient. Et, en juin, le sentier serait envahi d'églantines roses et rouges.

Des poèmes s'imposèrent à son esprit, exprimant l'amour qu'avaient porté à leur pays de jeunes hommes qui ne le reverraient jamais. Trop nombreux. On n'avait pas surnommé la Grande Guerre « la guerre des poètes » sans raison. Il comprenait que certains fussent prêts à payer n'importe quel prix pour éviter un nouveau conflit. Il ne pouvait cheminer dans ces bois sans penser à Mike. Pas plus qu'il ne pouvait écouter de bonne musique, raconter une plaisanterie ou assister à un match de cricket sur le terrain communal d'un village, voir tous ces jeunes gens en blanc sans être assailli par les souvenirs. Il y avait des moments où il pouvait tout permettre à Charles parce qu'il comprenait le chagrin dont il ne parlait presque jamais. Certains sentiments étaient trop forts pour les partager autrement qu'à travers un regard, ou un silence.

— Êtes-vous sûr de vous ?

— Non, admit Howard à voix basse. Mais j'en ai peur. En général, quand on est sûr, il est trop tard. Ce ne sont que de petites choses. Des non-dits plutôt que l'inverse.

Lucas saisissait parfaitement. Il avait senti cela : un silence là où on attendait une réponse, l'expression d'un désaccord, ou une réaction autre que celle qu'on voyait. Parfois, c'était seulement de la circonspection, ou même une colère qu'on taisait parce qu'on savait qu'elle ne servirait à rien, sinon à blesser quelqu'un sans raison.

Ils parcoururent en silence une nouvelle centaine de mètres. Toby revint, en quête d'attention. Lucas se baissa et ramassa un bâton qu'il envoya aussi loin qu'il le put. Le chien détala à sa poursuite, causant un mouvement de panique dans les branches.

Un petit bosquet de bouleaux se dressait au soleil, pareil à un croquis au fusain sur du papier blanc, immobile dans l'air calme. Cédant à la même impulsion, les deux hommes s'arrêtèrent pour l'admirer.

— Je ne peux pas me permettre de lâcher prise, dit enfin Howard. Je ne m'attends pas à ce que vous fassiez quoi que ce soit.

Une pointe de déception perçait-elle dans sa voix ? Il avait dit à plusieurs reprises à Lucas qu'il était regretté. Parfois de manière directe, à d'autres moments par des chemins plus détournés.

— Je voulais seulement vous informer au cas où vous auriez confiance en lui, reprit-il. Chaque rapport en provenance de Berlin est plus affligeant que le précédent. Je savais que la république de Weimar ne pouvait pas durer. Elle ne reposait que sur l'espoir et les rêves, et rien d'autre. Mais cet ordre nouveau me fiche une peur bleue.

Il y a là une cruauté qui s'étend comme un champignon sur un mur humide. Si on arrache le papier, je crains qu'on ne trouve de la moisissure partout.

— Les gens ont peur, répondit Lucas, qui savait que Howard en était aussi conscient que lui. Le Traité était trop draconien. Nous avons semé les graines d'une autre guerre à ce moment-là, mais nous étions trop aveugles, trop blessés pour nous en rendre compte. Dieu sait combien d'Allemands sont morts depuis lors, de faim ou de désespoir. Hitler leur rend le respect d'eux-mêmes, et la plupart des gens feraient presque n'importe quoi pour cela.

Howard enfonça les mains dans ses poches.

— Je sais. Et je suppose qu'à leur place, soumis à autant d'humiliation, condamné à voir lentement mourir ce que nous avons été, je serais révolté aussi. Rien de tout cela ne peut être résolu par le genre de violence intérieure que prêchent les nazis, et je crois que vous le savez aussi bien que moi. Ce qui m'effraie, Lucas, ce ne sont pas les Allemands qui y croient, mais les Anglais ! Je m'inquiète de tout soutien apporté à la politique d'apaisement.

— Oui, moi aussi. La paix coûte que coûte, soupira Lucas. Beaucoup d'entre nous qui avons connu la guerre, la vraie, le sang et la douleur, la mort, le chagrin absolu qu'elle apporte, pensons que rien sur terre ne pourrait être pire. Surtout la génération de Charles, qui a été confrontée à cette réalité-là. Il pense que je ne sais pas ce qu'il en est d'envoyer au combat des hommes qui ont une totale confiance en vous, jusqu'à la mort. Qui comprennent ce qu'on leur demande de faire, et le font quand même.

— Peut-il vraiment y avoir pire ?

Howard le fixa, chaque contour et chaque ride de son visage accentué par l'éclat du soleil. L'espace d'un moment, il parut infiniment vulnérable. Puis un lambeau de nuage traversa le ciel, atténuant la dureté inquisitrice de la lumière, et ce fut terminé.

— Nous avons encore besoin d'hommes compétents pour donner les ordres, Lucas. Vous étiez l'un des meilleurs. Revenez. Aidez-nous à faire notre travail comme il faut !

— Je ne peux pas. Je suis trop âgé. Vous avez de nouveaux éléments…

— Qui ne se sont jamais battus, coupa Howard. Qui ne savent pas à quel moment il faut se cramponner à l'impossible ni quand il faut lâcher prise.

— Et qui ne me demanderaient certainement pas mon avis là-dessus, rétorqua Lucas. Ils ont des idées nouvelles.

— Les fondamentaux sont vieux comme le monde, déclara Howard en lui lançant un regard de biais. Élisabeth Ire avait des maîtres espions qui pourraient nous donner quelques leçons.

Lucas ne répondit pas.

Une cinquantaine de mètres plus loin, ils atteignirent le cerisier devant lequel ils passaient souvent. Ses fleurs commençaient déjà à se faner, mais il était encore superbe. En le voyant, Lucas était toujours saisi d'une certaine mélancolie. Il songeait au caractère fugitif de la beauté, aux amours de jeunesse perdues. Soudain, le poème de Housman lui revint en mémoire :

Et puisque, pour contempler ce qui est en fleurs,
Cinquante printemps ne suffisent guère…

Écrits à vingt ans, en imaginant une longue vie. Qui, à vingt ans, peut croire qu'il ne lui reste qu'une année à vivre ?

Il sentait que Howard l'observait. Pensait-il aussi à ces vers : *Pour voir le cerisier lourd de neige* ? Ou ses réflexions avaient-elles suivi un tout autre chemin ? Il se tourna légèrement et rencontra le regard de son compagnon. Il fut certain que leurs pensées étaient les mêmes.

— Espérer ne suffit pas, dit Howard. Il faut que je

sache, pour Cordell. Méfiez-vous de lui en attendant, c'est tout.

On percevait une bonté chez lui, voire une sorte de compassion. Lucas s'avisa que, s'il connaissait Peter à bien des égards, il ignorait qui ce dernier avait perdu au cours de la guerre. Il était marié. Lucas avait rencontré son épouse, une femme distante, aux cheveux clairs, dont Peter ne parlait presque jamais. Ils étaient polis l'un envers l'autre, mais ils ne semblaient pas partager beaucoup de rires. Ils n'avaient pas d'enfants. Était-ce aussi une blessure ?

Dans l'esprit de Lucas, dans les émotions qu'il s'autorisait rarement à examiner, Peter était le fils qu'il eût voulu avoir en Charles. Il le comprenait tellement mieux. Il régnait entre eux une sorte de complicité, jamais envahissante, un sens de ce qui comptait sans qu'il y eût besoin de l'expliquer. Et pourtant Lucas sentait que ces silences recelaient aussi une part de souffrance.

Lucas aimait Charles – bien sûr –, mais ce n'était pas une affection facile. Au fil des années, ils s'étaient éloignés l'un de l'autre. Il ne pouvait guère prétendre que c'était une question d'âge. Charles n'avait que cinq ans de plus que Howard. Il appartenait à la même génération que lui. La différence, c'était que Howard et Lucas avaient connu la même solitude, les mêmes sentiments de culpabilité face à l'échec, la même excitation face à la victoire.

Quant à sa petite-fille Elena, elle avait vingt-huit ans et, Josephine exceptée, il l'aimait plus profondément que quiconque. En un sens, Elena était celle avec qui il était le plus à l'aise, le plus détendu. Il n'avait jamais su quoi faire avec les bébés mais, dès qu'elle avait commencé à parler, ils étaient devenus amis. Elle l'adorait. Elle posait sans cesse des questions, qui toutes commençaient par « Pourquoi » ou « Comment ». Margot était moins curieuse. Elle essayait de se débrouiller par elle-même, refusant son aide.

Il regarda Howard lancer le bâton pour Toby. Howard lui avait dit ce qu'il avait besoin de lui dire. Il était temps de rentrer à la maison. Une absence si longue qu'elle exigeait une explication était une erreur. Lorsque Howard pivota vers lui, il hocha la tête et ils firent demi-tour parmi les jacinthes, en direction du chêne et de l'endroit où leurs chemins se séparaient.

Le lendemain après-midi, Lucas se rendit à un rendez-vous dont il était convenu après sa rencontre avec Peter Howard. Il partit dans son vieux cabriolet Armstrong Siddeley. Il aimait ses longues courbes élégantes, sa capote un peu capricieuse et, par une journée comme celle-là, conduire était un pur plaisir.

À vol d'oiseau, il eût été plus rapide de traverser une partie de Londres, mais il n'était jamais tenté. Les routes de campagne étaient beaucoup plus calmes et les kilomètres supplémentaires filaient à toute allure. Il chantait en roulant, souvent des airs burlesques tirés des opérettes de Gilbert et Sullivan. Cela lui rappelait des vacances passées avec Elena quelques années plus tôt. Ils étaient allés jusque dans les Highlands, en Écosse, en faisant des détours ici et là, où bon leur plaisait. Ils s'étaient notamment arrêtés à Fountains Abbey et à Rievaulx Abbey, dans le Yorkshire. Bizarrement, les tours brutalisées, amputées de leur toit, qui s'élançaient vers le ciel, étaient plus impressionnantes, plus poignantes que si elles avaient été complètes. L'imagination dépassait la réalité.

Ils achetaient du pain frais et croustillant, des fromages du pays, des fruits, et pique-niquaient dans les herbes hautes qui bordaient une rivière ou sous un bouquet d'arbres, bercés par le murmure des feuilles, une fois même parmi des étendues de bruyère, les abeilles bourdonnant tout près d'eux. Ils avaient parlé de centaines de sujets, depuis la distance entre les étoiles jusqu'à la meilleure variété de pommes. Ils avaient cité Shakespeare et Lewis Carroll, raconté d'interminables plaisanteries et inventé des limericks aux rimes impossibles.

Lucas se demanda si elle y avait songé aussi souvent que lui depuis lors, et avec autant de plaisir.

Il avait silencieusement remercié le Ciel qu'elle fût une fille, et non un garçon, et trop jeune de toute façon pour partir à la guerre. L'idée de la perdre était trop insupportable pour qu'il pût l'imaginer.

La journée était ensoleillée, le paysage verdoyant. Certains prés n'étaient qu'une brume de boutons d'or, mais il les remarqua à peine. Il pensait à la situation politique, et à l'avenir qu'il redoutait.

S'il aimait bien Churchill, il avait aussi peur pour lui. Les années passées à l'écart du pouvoir se faisaient sentir. Lucas craignait de le trouver d'humeur sombre. Il n'avait rien à annoncer qui pût lui donner matière à espérer, et les platitudes étaient au-dessous d'eux.

Au détour du dernier virage, la maison se dressa droit devant lui, entourée de son jardin. Même de là où il était, il apercevait le mur en briques dont la construction apportait tant de réconfort à son propriétaire.

Un quart d'heure plus tard, il était debout à côté de Churchill, d'un baquet plein de mortier et d'un tas de briques. Son hôte, un homme trapu et nettement moins grand que lui, paraissait, ce jour-là, âgé et las. S'il faiblissait et perdait le combat qu'il avait mené toute sa vie durant, Lucas ne saurait vers qui d'autre se tourner.

— Il avance bien, commenta-t-il, regardant le mur.

— Je peux construire un sacré bon mur, rétorqua Churchill sans plaisir. Mais qu'est-ce que je vais mettre à l'intérieur ? Ou maintenir au-dehors ? Je n'en ai pas la moindre idée. Je le fais parce que je n'ai rien d'autre à faire.

— Cela viendra, dit Lucas aussitôt, avant de se demander s'il était sincère et, surtout, comment Churchill allait interpréter sa remarque.

Il avait déjà le « chien noir[1] » habituel à ses trousses. Pouvait-on mourir de manque d'espoir ? Peut-être.

Churchill se retourna et lui lança un regard sombre.

— Vous avez entendu Mosley avant-hier ?

— Oui.

Le souvenir était net et déplaisant. Mosley admirait Hitler et tout ce qu'il incarnait. Certains disaient que l'uniforme des chemises brunes de Hitler avait été copié sur l'armée en chemise noire de Mosley. Il y avait eu trop de visages enthousiastes, pleins de conviction, à la manifestation dans le West End. Ils croyaient ce qu'ils voulaient croire, ce qu'ils avaient besoin de croire, car c'était une alternative à l'horreur qu'ils avaient laissée derrière eux.

Churchill attendait qu'il poursuivît. « Oui » ne suffisait pas. Que pouvait dire Lucas qui fût honnête ?

— J'ai peur de lui, admit-il, mais si on lui donne un peu plus de mou, je pense que Mosley va finir par se pendre tout seul.

— Vraiment !

Churchill le foudroyait du regard. C'était un défi, et non une question.

— Nous devons faire en sorte que ce soit le cas, déclara Lucas fermement, comme s'il n'avait aucun doute. Je reçois toujours des nouvelles d'Allemagne, ajouta-t-il.

Sa curiosité piquée, Churchill écouta.

— Les choses vont très mal. L'opposition est éliminée peu à peu, soit par Hitler à mesure qu'il s'arroge plus de pouvoirs, soit par les individus épouvantables qu'il a nommés. Himmler, par exemple. Il élevait des poules

1. Winston Churchill parlait de sa dépression comme d'un « chien noir ». (*N.d.T.*)

autrefois et, maintenant, il se pavane dans son uniforme comme un coq sur un tas de fumier et exerce son autorité partout où il le peut.

— Je suppose que chaque culture a des individus dans son genre : des hommes esclaves de leurs insuffisances, qui ne seront jamais satisfaits, parce que le vide est en eux.

— Oui. Il y en a toujours, de ces gens qui n'arrivent à trouver une place nulle part. C'est à ça qu'on mesure un chef, au choix de ses lieutenants… Dans le cas de Hitler, ce sont des hommes qui se considéraient comme des ratés et qui ont désormais une chance de se venger de la société.

— Des gens aigris… commenta Churchill.

Lucas se tourna à demi, regardant autour de lui, puis reporta son attention sur Churchill.

— Où s'arrêtera-t-elle, cette marée de… violence ? dit-il. Jusqu'à quand allons-nous attendre avant d'intervenir ? Jusqu'au jour où elle dépassera les frontières de l'Allemagne ? Celles de l'Allemagne et de la Belgique, ou de l'Autriche, ou de la Pologne ? Quand elle arrivera en France aussi ? Il sera un peu tard lorsqu'elle aura atteint les falaises de Douvres.

— Vous croyez qu'on en arrivera là ?

La voix de Churchill était basse, presque dénuée d'expression, son visage pareil à celui d'un gentil bouledogue.

— Qu'est-ce qui l'en empêchera ?

— La flotte britannique, bon sang ! rugit Churchill. À condition d'obtenir du gouvernement qu'il recommence à construire des navires. Dieu sait que je n'ai pas ménagé mes efforts pour le convaincre !

— Mais pas telle qu'elle est, acquiesça Lucas.

— Vous avez encore des gens à vous en Allemagne ? demanda Churchill. Des gens en qui vous avez confiance ?

Il paraissait sceptique. Il savait précisément quel rôle Lucas avait joué pendant la guerre, et depuis combien de temps il avait quitté le MI6. Lucas ne lui avait pas révélé combien il avait de sources ; ce que Churchill voulait savoir, c'était quel poids leur prêter.

— Que se passe-t-il, Lucas ? Que se passe-t-il ?

— Le pouvoir de Hitler ne fait que s'accroître. Il est porté par une vague de popularité, et cela va empirer.

Churchill répondit par un grognement.

Lucas n'hésita qu'un instant.

— Ce sera la plus rude de toutes les batailles que nous avons menées, et Dieu seul sait si nous la gagnerons.

Churchill le fusilla du regard.

— Essayez-vous de me manipuler, Lucas ?

Lucas lui sourit.

— Oui. Ça marche ? Que Dieu me vienne en aide, je crois que c'est la vérité.

Churchill grogna de nouveau. Il détailla Lucas des pieds à la tête, ses vieux souliers, usés et confortables, son pantalon en velours plutôt froissé, à la couleur devenue indéfinissable, et enfin sa veste aux manches renforcées par des coudières en cuir et dont les poches bâillaient un peu.

— Ça vous dirait de m'aider à construire mon mur ?

— J'en serais ravi, répondit Lucas, se découvrant étonnamment ému.

— Eh bien, qu'est-ce que vous attendez ? Les briques et le mortier sont là !

— J'aurai besoin de votre brique dans mon mur, le jour venu, observa Lucas.

— Vous l'aurez. Maintenant, mettez-vous au travail.

Lucas étala le mortier avec soin, rattrapant le surplus qui coulait sur le côté pour le remettre là où il devait être. Il posa la brique, la cala à un centimètre en arrière, puis l'aligna.

— Pas mal, commenta Churchill en hochant la tête.

Lucas le regarda. Il se tenait un peu plus droit qu'auparavant.

— La violence s'aggrave dans les rues, surtout contre les minorités : les syndicalistes, les Tziganes, les juifs, les homosexuels connus. Il va y avoir beaucoup de souffrance.

Churchill arqua les sourcils.

— Et vous pensez que cela fera changer d'avis les gens ici ? Les gens comme Mosley et ses partisans ? Les hésitants, comme Chamberlain ? Les abrutis de fanatiques d'extrême droite haut placés ? Les idéalistes comme Eden ? C'était un excellent officier, vous savez ? Ça lui a brisé le cœur de voir tant de ses hommes réduits en pièces.

Sa voix était amère. On eût presque dit qu'il était au bord des larmes, mais le défi se lisait dans son regard.

— C'est ça que vous êtes venu me dire ?

— Non… pas exactement.

Lucas eut un mince sourire.

— Mais je suppose que ça s'en approche.

— Eh bien ?

— Je suis venu vous avertir que je crois que nous avons un traître à l'ambassade à Berlin. Méfiez-vous de ce que l'ambassadeur pourrait vous dire, et inversement.

— Il est peu probable que nous ayons une conversation, répondit Churchill lentement. Mais la mise en garde tombe à point nommé. Au fond, vous êtes venu me dire que la bataille est réelle… et qu'elle a déjà commencé.

— Plus ou moins, admit Lucas.

— Et que diable y puis-je ?

— Aujourd'hui, rien. Mais demain ou le jour d'après…

Il haussa les épaules.

— Dieu seul le sait. Tenez-vous prêt…

Churchill grogna de nouveau.

— Venez boire un bon whisky.

— Merci, dit Lucas en réglant son allure sur la sienne.

5

Elena sommeilla un peu, mais la journée avait été bien trop mouvementée pour qu'elle pût se reposer aisément. Ses émotions lui échappaient. Après la disgrâce d'Aiden, et la douleur et l'humiliation qui s'étaient ensuivies, elle avait résolu de ne plus jamais tomber amoureuse… du moins pas au point que son jugement en fût affecté. Elle aimerait, certainement. S'interdire la possibilité de le faire revenait à choisir de mourir de froid.

Et elle avait aimé Aiden, n'est-ce pas ? Ou avait-elle seulement été amoureuse de celui qu'elle le croyait être ? Il avait trompé tant de gens, surtout le personnel des Affaires étrangères ! Tous ceux avec qui il travaillait avaient eu confiance en lui.

Cependant, la confiance et l'amour sont deux sentiments bien différents. Quand on est amoureux, l'instinct nous souffle d'être prudent, de prêter l'oreille aux notes discordantes, aux détails qui ne devraient pas avoir besoin d'explication, mais qui les requièrent. Certains gestes heurtent notre sensibilité et, au lieu d'y voir un avertissement, on se reproche d'être intolérant, étroit d'esprit, et on continue à se mentir aussi longtemps qu'on le peut. On évite à dessein les questions dont on préférerait ne pas connaître les réponses. On appelle cela la confiance. On découvre trop tard que c'est de la lâcheté. Le séduisant, charmant, trompeur Aiden les avait tous abusés. Elena était en faute car elle aurait dû mieux le connaître.

Elle frissonna et se pelotonna sur elle-même, remontant les genoux sur sa poitrine, comme pour se défendre contre les souvenirs.

Elle était tour à tour brûlante de honte, et glacée. Tout était là, tout lui aurait crevé les yeux si seulement elle n'avait pas été éblouie par sa gentillesse, sa bonne humeur et sa sophistication. Et, elle devait l'admettre, flattée aussi. De toutes les jeunes femmes bien éduquées, ambitieuses et intelligentes qui l'entouraient, pourquoi l'avait-il choisie ? Lui avait-elle réellement plu ? Ou avait-elle été la plus naïve ?

Non. Elle avait été la mieux placée pour lui procurer les informations qu'il désirait. Elle était la fille de Charles Standish. Comme c'était douloureux ! Son père ne le lui avait pas encore pardonné.

Cela étant, pourquoi était-elle maintenant en train de tomber amoureuse de Ian Newton, qu'elle connaissait à peine, et qui avait été si ébranlé la veille par la mort d'un homme qu'il prétendait n'avoir jamais vu ? Certes, il était séduisant. Il était aussi charmant, intelligent et drôle, en plus d'être un bon danseur et de savoir écouter. Il avait su saisir ce qui intéressait Elena à Amalfi de sorte que leur dîner ensemble avait paru détendu et naturel en dépit du fait qu'ils venaient de se rencontrer. Il pouvait y avoir une foule de raisons à sa réaction lorsqu'il avait vu le mort, des explications innocentes qu'elle n'avait pas le droit de réclamer. Peut-être ressemblait-il tout simplement à quelqu'un d'autre. Une fois, elle avait hélé dans la rue un homme qui, de dos, ressemblait de manière frappante à son grand-père. Quand il s'était retourné, il était complètement différent. Il était grand et il avait les cheveux gris, c'était tout. Voilà qu'elle recommençait ! Qu'elle faisait taire la voix de la peur en lui opposant un froid raisonnement, parce qu'elle aimait déjà énormément

Ian. Elle devait essayer d'apaiser ses inquiétudes et se rendormir.

Elle se réveilla de bonne heure, lorsque les premières lueurs du jour apparurent derrière ses fenêtres sans rideaux. Elles étaient munies de volets en bois qu'elle avait délibérément laissés ouverts à la douceur de la nuit et à l'odeur de la mer. Maintenant, une clarté pâle et fragile emplissait la pièce, mais ce n'était pas encore l'aube.

Elle se leva, fit sa toilette et s'habilla rapidement et sans bruit pour ne pas déranger Margot. Ensuite, elle sortit sur la pointe des pieds et referma le battant derrière elle, dans l'intention d'aller faire une promenade. L'hôtel faisait face à l'est, plus ou moins : elle pourrait contempler le lever du soleil sur la terre, la lumière qui jaillissait soudain à l'horizon et inondait le ciel, choisissant chaque fenêtre, chaque dôme, chaque mur tourné vers l'est pour y projeter son éclat rose pâle ou d'une délicate couleur pêche.

L'air était frais, et Elena avait à peine atteint la première volée de marches qui descendait de l'hôtel qu'elle vit Ian debout à la rambarde. Il entendit le son léger de ses sandales et se retourna. Son visage s'illumina de plaisir lorsqu'il la reconnut.

— Venez voir, murmura-t-il.

D'un geste, il désigna un peu plus loin sur la terrasse un endroit d'où l'on jouissait d'un panorama splendide sur la ville qui s'élevait derrière l'hôtel.

Il lui offrit son bras.

Refoulant ses anxiétés, elle alla le rejoindre.

La lumière se propageait rapidement. Alors qu'ils étaient là, immobiles, elle bascula sur la ville et fit un bond dans le ciel, traçant un sentier argenté sur les flots au loin, sur les murs blancs devant eux, sur les rouges et les mauves flamboyants des bougainvillées. Quelle photographie cela ferait, si l'appareil pouvait reproduire la couleur ! Ou le silence, ou l'air marin.

Toutes sortes d'idées se bousculaient dans l'esprit d'Elena au sujet de la clarté et de l'obscurité, mais elle ne dit rien. C'était un de ces moments où les mots n'étaient pas nécessaires. Comme par un accord tacite, Ian ne parla pas non plus.

Une demi-heure plus tard, il faisait grand jour. Ils trouvèrent un café qui servait du pain croustillant, tout juste sorti du four, du beurre, de la confiture d'abricots maison et du café brûlant. Les mots étaient encore superflus, une intrusion ou même un malentendu.

Quand ils eurent terminé le dernier petit pain et bu une deuxième tasse de café, ils s'en allèrent, prenant à dessein la direction opposée à celle de l'hôtel. Ils auraient dû rentrer et se mettre au travail mais, sans avoir besoin d'échanger un regard, ils savaient qu'ils n'avaient aucune intention de le faire. Au lieu de cela, ils se dirigèrent vers la vieille ville, tantôt dans un silence tranquille, tantôt échangeant leurs réflexions. Elena lui annonça qu'après la conférence de clôture prévue le lendemain elle projetait de se rendre à Paris avant de regagner Londres. L'air était tiède, traversé par une légère brise. Le temps était infiniment changeant le long de la côte ouest de l'Italie, et c'était un sujet de discussion favori parmi les habitants, qui pouvaient le prévoir avec un talent peaufiné au fil des générations. Il ferait beau toute la journée, avait affirmé la serveuse du café.

Ils admirèrent les mosaïques des trottoirs, les innombrables statues de madones qui souriaient aux visiteurs avec une patience bienveillante, les églises aux sols carrelés, polis depuis un millénaire par le passage des fidèles, des âmes en deuil, des pénitents, et de tous ceux qui cherchaient à échapper aux difficultés du quotidien.

— Saviez-vous, demanda brusquement Ian, qu'un dicton local dit que, quand les gens nés ici meurent et vont au paradis, c'est juste un jour comme un autre pour eux ?

Elena le regarda, se demandant s'il avait réellement entendu le dicton ou s'il l'inventait de toutes pièces. Elle comprit à son regard – rieur, tendre, presque mélancolique – que les gens disaient réellement cela, ou du moins, que quelqu'un le disait…

— Non, répondit-elle, mais je veux bien le croire.

Ils poursuivirent leur chemin, s'arrêtant de temps à autre pour contempler un tableau, un dôme qui se détachait sur le ciel immaculé, la grâce d'une statue. Elle sentait son bras autour d'elle, parfois sa main dans la sienne, et rien d'autre n'était nécessaire.

Quand ils rentrèrent à l'hôtel, la police était en train d'interroger le personnel et les résidents au sujet du mort retrouvé dans le placard à linge.

Elena jeta un coup d'œil en direction de Ian. Celui-ci hésita, et une ombre traversa son visage.

— Vous le connaissiez ? demanda-t-elle tout bas.

Le silence de Ian s'étira pendant une bonne demi-minute.

— Non. J'ai été frappé par sa ressemblance avec quelqu'un que je connaissais. C'était stupide de ma part, car cet homme-là est mort. Je l'ai vu mort… et cet inconnu m'a rappelé ce moment-là. Je suis désolé, j'aurais dû…

— Ne vous excusez pas, coupa-t-elle. C'est normal de ne pas pouvoir oublier les gens que nous avons connus, ou même ceux que nous n'avons guère connus. Ce n'est pas… il ne faut pas s'en vouloir d'avoir du chagrin à cause des morts.

Il lui sourit avec une soudaine douceur, une chaleur dans les yeux qui coupa le souffle d'Elena.

L'instant d'après, un des policiers s'adressa à lui :

— *Signor* Newton ? Je crois que c'est vous qui avez découvert le mort hier soir ? C'est bien ça ?

— Pas tout à fait, répondit Ian. C'est la femme de chambre qui l'a trouvé. Elle a poussé un cri. Je remontais à ma chambre et je l'ai entendue.

— Vous avez reconnu cet homme ? Vous avez été bouleversé par sa mort ? Pouvez-vous nous en dire plus long sur lui ?

L'homme était courtois, mais son visage était solennel, sévère. En l'observant avec attention, Elena discernait le soupçon dans son regard.

— J'ai été secoué, oui, admit Ian d'une voix tout aussi grave. Il était évident qu'il était mort…

— Évident ? interrompit le policier. C'était à ce point clair pour vous ? Parce que vous avez l'habitude de ces choses-là ?

— Non, rétorqua Ian sans se départir de son calme. Mais je vois mal un homme s'enfermer dans un placard, et puis sombrer dans l'inconscience au point de basculer la tête la première, selon un angle impossible, au moment où la porte s'ouvre…

— Oui. Oui. Oui, je comprends. Vous avez compris qu'il était mort en voyant l'angle de sa tête, c'est cela ?

— Oui. Et l'endroit où il se trouvait.

— Mais vous l'avez reconnu ?

— Non, je n'ai aucun souvenir de l'avoir vu avant. Mais il est possible que je fasse erreur, bien sûr. Si c'est un vendeur de rue ou…

Il laissa sa phrase en suspens, comme si le reste allait de soi.

Debout à côté de lui, Elena avait envie de glisser son bras sous le sien pour lui témoigner son soutien, voire le montrer au policier aussi. Cependant, la raison de son geste serait par trop évidente. Mieux valait se taire à moins qu'on ne l'interrogeât. Un excès d'empressement éveillerait les soupçons – du moins, ce devrait être le cas.

Le policier sentait-il que, quelque part dans ces paroles, il y avait un mensonge ? Peut-être un mensonge important ? Puisque l'homme avait manifestement été assassiné, qui savait ce qui était important et ce qui ne l'était pas ?

Il reporta son attention sur Elena.

— Et vous, *signorina*… Standish, c'est ça ?

— Oui.

— Aviez-vous déjà vu cet homme ? Vous avait-il importunée ? Harcelée pour que vous lui achetiez quelque chose ?

Elle avait eu le temps de réfléchir. Elle eut un petit sourire attristé.

— Non, j'en suis certaine, car personne ne m'a importunée. À moins qu'il ne soit serveur quelque part, je ne l'ai jamais vu.

— Vous pensez qu'il était serveur ?

— Je dis que je ne me souviens pas de l'avoir vu, mais je ne me souviens pas de tous les visages que je croise. J'ai assisté à une conférence d'économie pour y prendre des photographies, et je peux affirmer qu'il ne faisait pas partie des délégués.

— Pourquoi prenez-vous des photos d'économistes ?

— C'est mon travail.

— Je vois. Merci, *signorina*, *signore*.

D'un geste, il les invita à partir. Ils le firent, Elena avec une pointe de soulagement. Elle sentit que Ian éprouvait la même chose, bien qu'il n'eût rien dit.

Chacun regagna sa chambre et ils se retrouvèrent un quart d'heure plus tard dans la salle à manger. Tout le monde semblait déjeuner tard et la salle était bondée. Les rires fusaient, et il y avait même quelques personnes qui dansaient, bien qu'il ne fût que deux heures de l'après-midi. Elena chercha Margot des yeux, en vain. Sa sœur s'était-elle rendue à Sorrente, un peu plus loin sur la côte ? Elle avait évoqué cette possibilité une ou deux fois.

Elena commanda des fruits de mer accompagnés d'une

salade légère et de petits pains, ainsi qu'un verre de vin pétillant, sans lequel elle n'aurait pas eu la force d'affronter cette gaieté frénétique, ce désir presque désespéré de goûter toutes les saveurs, de profiter du soleil et d'un univers consacré au plaisir. Elle regarda Ian et vit son sourire empreint de regret. Il partageait ses sentiments. La salle était pleine de gens qui n'habitaient pas en ce lieu. Ils vivaient un rêve, et le moment du réveil viendrait bien trop tôt. C'était l'heure précédant l'aube qui allait se lever sur un monde nouveau, plus dur. Peut-être ne voyaient-ils pas les choses ainsi, mais ils n'avaient pas besoin d'en être conscients. Si cet univers disparaissait derrière eux, ils n'en sauraient rien.

Un petit incident se déroulait dans un coin de la piste, entre un homme un peu ivre et trop amoureux et une grande femme affligée d'un embonpoint impressionnant. Elle se dandinait au rythme de la musique, les bras levés au-dessus de sa tête blonde, une guirlande de fleurs accrochée autour du cou. Plusieurs personnes s'esclaffaient, trop éméchées pour se rendre compte que la scène avait cessé d'être amusante.

À côté d'Elena, Ian les observait avec une fascination mêlée de consternation. Le vernis des apparences commençait à se fendiller. Il se leva à demi.

— Asseyez-vous.

Elle se pencha et lui tira le bras.

— Vous ne pouvez rien faire. Vous ne savez pas qui ils sont ni quel lien les unit.

Ian la regarda, et sa tension se dissipa.

La fille aux cheveux jaunes riait fort, sa poitrine se balançait.

Un homme cria quelque chose à propos de sa silhouette.

— C'est un peu trop, murmura Ian.

— Les jardins suspendus de Babylone, souffla Elena, disant la première pensée qui lui venait à l'esprit.

Ian la fixa, et faillit s'étrangler de rire. Cette facette

d'elle-même était nouvelle pour lui, mais elle n'éprouvait aucun besoin de la cacher.

Soudain, un serveur apparut à côté de Ian.

— Mr. Newton ?

Voyant que Ian ne l'entendait pas, il répéta et lui effleura l'épaule. Ian pivota vers lui.

— Oui ? Qu'y a-t-il ?

— Un télégramme pour vous, monsieur. Il porte la mention « Urgent ».

Il lui tendit un plateau sur lequel reposait une unique enveloppe, à l'adresse écrite à la machine.

— Il vient d'arriver, monsieur.

— Merci.

Ian prit l'enveloppe et la décacheta. Aussitôt, toute joie déserta ses traits. Lorsqu'il releva la tête vers Elena, ses yeux étaient vides, comme s'il avait été dépouillé de quelque chose de précieux.

La peur surgit en elle. Son cœur manqua un battement, elle cessa de respirer.

— Que se passe-t-il ?

— Il faut que je parte. Sur-le-champ. Je... je suis désolé... je ne peux pas vous donner d'explication. Ce serait trahir la confiance qu'on a placée en moi. Venez avec moi ! jusqu'à Paris, au moins.

Il se tut brusquement, peut-être conscient de ce qu'il lui demandait.

La musique et les rires s'entendaient toujours autour d'eux, comme s'il ne s'était rien passé.

Elle songea à Margot, mais un instant seulement.

— Jusqu'à Paris ?

— Oui. Il faudra que je continue mon voyage ensuite. Mais si vous allez à Paris... et puis à Londres... je vous en prie.

Sa réponse fut immédiate.

— Oui. Bien sûr que je vous accompagne.

6

Elena monta dans sa chambre, fit ses bagages et rédigea un mot expliquant à sa sœur qu'elle avait décidé de partir avec un jour d'avance et de voyager avec Ian jusqu'à Paris avant de rallier Calais où elle embarquerait à bord d'un ferry. Elle termina en souhaitant à Margot une bonne fin de séjour, puis signa.

Cela fait, elle descendit au rez-de-chaussée et régla sa note à l'accueil. Ian, qui avait eu la délicatesse de l'attendre dehors, était déjà là, debout à côté d'une voiture, le chauffeur au volant.

Il mit sa valise dans le coffre, avec la sienne, et lui tint la portière pendant qu'elle montait à l'arrière. Un instant plus tard, il était assis près d'elle et priait le chauffeur de les conduire à la gare des chemins de fer de Naples.

Comme d'un accord tacite, ils parlèrent de tout et de rien durant le trajet, hormis de la raison qui l'avait poussé à partir. Elena ne mentionna qu'une fois Margot, en précisant lui avoir laissé une missive pour qu'elle ne s'inquiète pas. Quant à savoir si elle serait en colère, c'était une autre question.

Ils évoquèrent l'histoire d'Amalfi et de toute la côte, surtout Naples, et bien sûr le Vésuve, un des volcans les plus dangereux au monde. En sommeil depuis des siècles, il ne lâchait qu'un grondement, ou un jet de feu et de fumée de temps à autre, tel un géant endormi et maussade, mais lorsqu'il était entré en éruption, il avait détruit des villes en l'affaire de quelques minutes, immortalisant animaux et êtres humains dans la mort. Il avait noirci le ciel et envoyé des fleuves de lave incandescente jusqu'à la mer, emportant des villages entiers sur son passage. Deux mille ans plus tard, nul ne l'avait oublié. Si les Napolitains affectionnaient la musique lyrique plus que d'autres peuples, et dansaient un peu plus vite, c'était peut-être parce qu'ils savaient que la vie pouvait cesser sans crier gare.

Arrivés à Naples, ils réglèrent la course et n'eurent qu'une brève attente pour le train express à destination de Rome. Là, ils auraient une correspondance pour Milan, où ils changeraient pour Paris. Ils n'avaient pas envisagé la suite. Elena s'efforçait de ne pas y penser. Le moment n'était pas encore arrivé.

Le train était à peine sorti de la gare que Naples lui manquait déjà. Elle avait entamé son voyage de retour vers la réalité. Le regret d'avoir abandonné Margot en ne lui laissant qu'un mot sur son oreiller n'était pas assez vif pour gâcher la chaleur éveillée en elle par le sentiment d'espoir qu'elle éprouvait. Ian lui plaisait plus qu'aucun autre homme dans son souvenir. Plus ils bavardaient, plus il lui paraissait gentil et intéressant. C'était presque comme s'ils se connaissaient depuis longtemps et que les plaisanteries qu'ils échangeaient étaient l'écho de bons moments passés ensemble.

Il regardait par la fenêtre, penché sur son siège pour apercevoir la partie de l'horizon dominée par le volcan. Enfin, il se redressa.

— C'est donc la précarité de l'instant qui le rend plus intense ? suggéra Elena, reprenant naturellement le fil de la conversation interrompue plus tôt.

— Oui, je crois.

Elle lui sourit.

Une ombre voila soudain les traits de Ian. Pensait-il aux mêmes choses qu'elle ? À ces jeunes gens qui dansent trop près l'un de l'autre, trop vite, leurs pas compliqués en parfait accord avec la musique, et qui espèrent que la chanson ne finira jamais tout en sachant que c'est inévitable ?

Dans son esprit, l'image s'estompa, remplacée par celle de Mike lors de sa dernière permission. Il avait savouré chaque minute, plaisanté désespérément, ri trop volontiers, tantôt quêtant son regard, tantôt l'évitant. Il ne pouvait pas savoir qu'il ne reviendrait jamais à la maison mais, comme tous les jeunes gens qui partaient à la guerre, il devait sentir que c'était une possibilité. Il avait vu mourir trop de ses amis pour ne pas l'envisager.

— Elena ?

La voix de Ian interrompit sa rêverie.

Elle leva la tête.

— Pardon.

Elle cilla avec force, consciente des larmes dans ses yeux.

— Je…

Elle ne voulait pas le lui dire. Il avait ses propres chagrins ; comme tout le monde.

— Il ne s'agit pas que du Vésuve, n'est-ce pas ? demanda-t-il tout bas. C'est tout le reste…

Elena le regarda, frappée par l'immense douceur qu'elle lisait sur son visage.

— Mon frère vous aurait plu.

Elle n'avait pas eu l'intention de dire cela, mais il était trop tard pour revenir en arrière.

— Et je regrette de n'avoir pas été un peu plus gentille avec Margot avant de partir. Elle a perdu son mari le jour même où Mike est mort. Ils n'étaient mariés que depuis une semaine. Je crois que c'est pour cela qu'elle… boit un peu trop et s'amuse un peu trop… parfois. Si la même chose m'était arrivée, je ferais peut-être pareil.

— Cela se produit souvent ? demanda-t-il, d'une voix non pas critique, mais empreinte de bonté.

— Oui, et on ne peut pas lui en vouloir, répondit-elle, sur un ton trop sec, trop sur la défensive. Le chagrin ne s'en va pas seulement parce que le temps passe et qu'on vieillit, et qu'il semble que la vie soit belle et gaie et… dépourvue de sens. On ne…

— Elena ! coupa-t-il fermement. Si cela arrive souvent et que vous lui avez pardonné par le passé, elle sait que vous lui pardonnerez cette fois-ci encore. Vous la comprenez, et elle le sait.

Elle saisit subitement ce qu'il voulait dire.

— Oh ! vous avez raison. Je suis désolée.

— Arrêtez ! dit-il aussitôt.

— Quoi ?

— Arrêtez d'être désolée. Ceux qui sont partis nous aimaient. Pour rien au monde ils ne voudraient nous voir porter leur deuil au lieu de vivre !

Elle savait que c'était vrai, mais cela ressemblait aussi un peu trop à une excuse.

— Comment était-il, votre frère ? reprit-il.

Les souvenirs surgirent, teintés d'une immense douleur.

— Mike était drôle – il racontait les meilleures blagues. Je crois qu'il tenait cela de notre grand-père. Il disait : « Je vous ai raconté celle sur… ? » et puis il partait dans une longue histoire totalement folle. Il savait imiter tous les accents, de tous les endroits qu'on pouvait imaginer. Il adorait la musique. Il jouait assez bien, des airs classiques et des morceaux plus légers. Il inventait au fur et à mesure. Il n'avait qu'un an de plus que Margot, mais cinq de plus que moi. Il a été tué à dix-neuf ans.

— C'est terrible…

— Vous avez dû perdre des proches aussi. Tout le monde a perdu quelqu'un.

— Mon père, assez longtemps après. Il avait été gravement blessé, mais surtout il souffrait d'obusite. Il n'est jamais redevenu lui-même, et je ne me rappelle guère comment il était avant cela. Il y avait une peine profonde dans ses yeux, comme s'il se sentait coupable d'être rentré à la maison en laissant tant de ses camarades derrière lui.

Elle se pencha et mit la main sur la sienne, qui reposait sur son genou. Il la retourna et prit les doigts d'Elena. Ils restèrent ainsi pendant quelques minutes alors que le paysage défilait sous leurs yeux, puisant un étrange réconfort dans le grondement du train.

Au bout d'un moment, elle retira sa main et se redressa un peu.

— Vous n'avez pas de frères ?

— Seulement des sœurs. Trois en tout, plus âgées que moi. Elles me gâtent terriblement, mais elles m'ont aussi inculqué un respect considérable envers les filles. Elles sont toutes intelligentes, et aucune d'elles ne tolérait l'insolence d'un petit garçon.

Il eut un sourire penaud.

— Je sais comment sont les sœurs aînées.

— Parlez-moi d'elles… si ça ne vous ennuie pas.

Il le fit, pendant une heure environ. Ses anecdotes étaient amusantes, personnelles et, surtout, remplies de tendresse. Quand il se tut, Elena avait l'impression de les connaître.

Ils se rendirent au wagon-restaurant et trouvèrent une table près du fond.

— Les Italiens savent faire des repas un plaisir, déclara Ian en piquant sa fourchette dans un morceau de melon sucré autour duquel il roula une mince tranche de jambon de Parme.

Elena acquiesça.

— Les Français aussi. C'est un art qui nous rendrait plus heureux si nous l'apprenions.

— Vous connaissez bien la cuisine française ?

— Oui, du moins pour la manger. Je ne saurais pas la préparer même si c'était une question de vie ou de mort. Mais mon père a été un temps ambassadeur à Paris. C'était merveilleux. Pourtant, la guerre venait de s'achever et tout était plutôt triste. Rien comparé à l'Allemagne, évidemment. Quelles que soient les pertes subies, il y a un monde entre la victoire et la défaite.

Il demeura silencieux quelques minutes, et elle redouta de l'avoir offensé d'une manière ou d'une autre. Elle ne comprenait pas en quoi ses propos avaient pu le contrarier. Se sentait-il vaincu lui-même à un certain égard, et en souffrait-il toujours ?

Quand il reprit la parole, sa voix était différente, et elle lut une profonde tristesse dans son regard.

— Vous parlez comme si vous aviez observé cela personnellement, et non comme si c'était une remarque sur la politique en général. Le pensez-vous vraiment ?

Elle fronça les sourcils.

— Oui, bien sûr. Quand on a gagné, on est soutenu par l'assurance du vainqueur, quel que soit le coût de la victoire, et il a été terrible. Nous avons perdu des êtres aimés et nous ne saurons jamais précisément ce qui est arrivé à certains, comment ni où ils ont été enterrés, et même s'ils l'ont été. D'autres ont survécu, mais marqués à jamais parce qu'ils ont été témoins d'horreurs qu'ils ne peuvent même pas décrire par des mots, qu'ils ont fait face à toutes les peurs possibles, à la douleur et au deuil, ou vu mourir la moitié de leurs amis. Ils ne peuvent pas nous en parler, et ils ne pourront jamais l'oublier. Cela s'apparenterait à trahir les morts.

Elle secoua la tête. Peut-être parlait-elle trop, mais elle voulait lui faire comprendre qu'elle avait une certaine conscience de la réalité.

— Je n'ai pas connu cela, pas avec mon cœur, ma peau ou mes os, seulement avec mon imagination…

Il se pencha par-dessus l'étroite table et lui effleura la main, très doucement, un bref instant.

— Et les perdants ? Ils ont tout cela aussi…

— Oui. Mais ils ont aussi le remords et l'incompréhension…

— Admettent-ils que ce sont eux qui ont commencé ?

Il paraissait surpris, voire sceptique.

— Je n'en ai pas la moindre idée ! Je ne pensais pas à cela. Mais ils doivent admettre qu'ils ont perdu ! Même si certains pensent que c'est dû à une trahison politique plutôt qu'à la défaite de leur armée.

— Vous êtes très bien informée. La plupart des Britanniques que je connais ne le sont pas du tout.

— J'ai vécu en Allemagne dans les années vingt, quand mon père était à l'ambassade. J'avais des amis là-bas. Ce n'est pas si vieux.

Elle avait chassé les souvenirs autant qu'elle l'avait pu, mais certains, profondément personnels, refusaient d'être bannis. Les gens avaient peur et faim, ils étaient à la fois fiers de leur passé et honteux de ce qu'ils étaient devenus : de leurs vêtements rapiécés, de leur constante pauvreté.

Elle secoua la tête.

— C'est terrible de perdre, dit-elle, les mots lui venant difficilement. Je suis contente que les Allemands se relèvent, même si Adolf Hitler est un personnage assez ridicule, avec ses gesticulations et son absurde petite moustache. Au moins, ils ont recouvré leur volonté, et un certain respect d'eux-mêmes.

Ian semblait sans voix. Il y avait de la patience dans ses yeux, comme s'il regardait une enfant.

— L'espoir, dit-il après un silence, et un exutoire à leur colère ? Ce n'est pas tout à fait pareil.

Il lui adressa un sourire forcé, sans plaisir.

— C'est plutôt destructeur de s'accabler de blâmes.

Mais cela ne vaut pas mieux de blâmer autrui, surtout un groupe en particulier.

— Il faut connaître la cause des événements pour les empêcher de se reproduire, lui fit-elle remarquer. L'Histoire se répète si on la laisse faire.

— Je sais. Mais pas exactement de la même manière. Il y a toujours des différences. Cette guerre n'était pas la faute des Tziganes ; en fait ils n'y étaient strictement pour rien.

Elle fut stupéfaite.

— Qui blâme les Tziganes ? s'écria-t-elle, incrédule.

— Ou les syndicalistes, ou les homosexuels… ou les juifs, poursuivit-il, le visage grave. C'est ce que font les gens qui est bien ou mal, et non qui ils sont.

Elle comprit soudain qu'ils avaient cessé de parler d'eux-mêmes, ou d'évoquer leurs souvenirs. Ils parlaient maintenant de leurs convictions les plus fortes, des questions pour lesquelles ils étaient prêts à se battre.

— Y a-t-il une grande différence ?

Ce n'était pas une attaque, elle voulait savoir. Cela la surprenait – l'effrayait – de constater combien l'opinion de Ian comptait à ses yeux.

Il pesa ses mots avant de répondre.

— Eh bien, pour certains, très peu. Nous ne pouvons être tenus responsables que de ce que nous savons… ou de ce que nous saurions si cela nous importait assez. Il est terriblement tentant de ne regarder que ce que l'on veut voir et d'être aveugle à tout le reste. « Je ne savais pas » est la plus vieille excuse au monde.

— Vraiment ? le défia-t-elle. En est-ce vraiment une ?

Il sourit de nouveau.

— Suis-je le gardien de mon frère ? Caïn n'a-t-il pas posé cette question au sujet d'Abel ? Eh bien, la réponse est : « Oui, tu l'es ! Tu es responsable de ce que tu aurais pu faire si tu n'avais pas fermé les yeux. »

La colère perçait dans sa voix, et le chagrin.

Elena resta silencieuse pendant quelques instants.

Les gens passaient à côté d'eux, négociant prudemment l'allée étroite entre les tables, se penchant un peu pour ajuster leur corps au mouvement du wagon.

Il reprit, sur un ton d'excuse :

— Pour paraphraser Milton : « Ils pèchent aussi, ceux qui regardent et attendent. »

Il se redressa.

— Voudriez-vous une liqueur avec votre café ? Quelque chose de très italien ?

— Nous serons tout à l'heure dans le train de nuit de Rome à Milan. Attendons jusque-là, voulez-vous ?

Il acquiesça, content qu'elle se réjouît à l'avance de ce voyage. Ils s'en retournèrent, aussi gracieusement que possible, vers leur compartiment.

À Rome, ils eurent tout juste le temps d'attraper la correspondance à destination de Milan. En temps normal, le voyage aurait paru fastidieux à Elena, mais avec Ian c'était complètement différent. Anecdotes amusantes, vieux souvenirs, moments de tristesse, découvertes étonnantes, ils avaient tant de choses à partager, et tant d'autres à apprendre l'un sur l'autre. Elena se surprit à parler longuement de son grand-père, peut-être parce qu'il lui avait inculqué les valeurs qui comptaient le plus à ses yeux. Leurs esprits semblaient suivre un cheminement similaire, si bien qu'ils se comprenaient sans avoir à s'expliquer. Qui n'aimait pas les airs de Gilbert et Sullivan ? Qui ne savait pas exactement à quelle distance la Terre se trouvait de la Lune, ou n'admirait pas les peintres français d'avant-guerre ?

Ian évoqua de nouveau ses sœurs et la fit rire. Il était évident qu'il avait énormément d'affection pour elles et qu'il était un peu gêné de l'adoration qu'elles lui vouaient. C'était autant d'aperçus sur la vie du cœur, de petites vignettes semblables aux enluminures d'un manuscrit.

À Milan, ils eurent deux heures d'attente et en profitèrent pour se dégourdir les jambes et dîner dans l'un des restaurants de la gare. Non sans étonnement, Elena remarqua, à une table à trois mètres d'eux, un homme qu'elle reconnut pour l'avoir vu à Amalfi. Il lui fallut un instant pour se remémorer son nom, mais il lui vint enfin : Walter Mann.

Il croisa brièvement son regard, puis détourna les yeux afin de héler un serveur. Il avait dû la reconnaître aussi, car il avait souri. Son visage plutôt grave en avait été illuminé. Elle lui rendit son sourire. L'instant d'après, un serveur le dissimula à sa vue et elle reporta son attention sur Ian. Ils se racontaient en riant les aventures et mésaventures qui avaient marqué leur enfance.

— Je me rappelle qu'une fois Mike et moi étions à la fenêtre, en train de regarder un orage, reprit-elle. Nous avions deux chiens à l'époque, et ils se sont mis à hurler à la mort. Nous avons fait comme eux.

Elle gloussa en y songeant. Ils étaient agenouillés sur la banquette placée sous la fenêtre, épaule contre épaule, les chiens à côté d'eux, produisant un merveilleux vacarme à l'unisson.

— Maman est venue voir ce qui diable se passait, ajouta-t-elle. On devait faire un affreux tintamarre, mais on avait un tel fou rire qu'on était incapables de parler. Même les chiens étaient trop contents pour avoir peur. Maman voulait être furieuse, elle disait que nous avions réveillé tout le quartier, et puis elle s'est mise à rire aussi. On se souvient de choses idiotes, n'est-ce pas ?

— Ce sont de bons souvenirs, répondit-il. Les moments qui comptent le plus sont parfois insignifiants, mais ils sont comme les mots-valises : ils portent toutes sortes de sens qu'on ne peut pas expliquer.

Ils se dirigèrent vers leur train et prirent leurs places. Peut-être auraient-ils pu faire un petit somme mais pourquoi gaspiller un temps précieux alors qu'ils avaient tant de choses à se dire ? Ils dormiraient plus tard.

— Avez-vous visité l'Amérique ? demanda Ian alors que le train filait à travers l'ouest de l'Italie en direction des montagnes et de la frontière française.

— Pas encore, mais je compte bien y aller. J'ai des grands-parents là-bas, que je n'ai vus que deux fois, lorsqu'ils nous ont rendu visite. La deuxième fois était merveilleuse parce qu'ils sont restés près d'un mois et nous ont emmenés dans toutes sortes d'endroits que nous n'aurions sans doute jamais vus sans eux. Vous savez comment c'est – on peut aller à Kew Gardens n'importe quand, et on remet le moment. La Tour de Londres est là depuis que Guillaume le Conquérant l'a construite. Pourquoi se hâter ? Mais j'étais fière de leur montrer tout cela.

— Vraiment ?

Il avait envie de l'écouter, comprit-elle avec une bouffée d'émotion. Et cela comptait beaucoup pour elle qu'il veuille partager les sentiments qu'elle avait éprouvés alors, parce qu'ils avaient contribué à faire d'elle la personne qu'elle était devenue.

Ils bavardèrent jusque bien après minuit. Ils étaient les seuls occupants du compartiment, aussi ils ne dérangeaient personne. Enfin, ils sommeillèrent un peu.

Elena se réveilla en sursaut et vit que Ian s'était levé. Elle lui sourit. C'était agréable de le voir là.

— Que diriez-vous d'un thé, si je peux en trouver ?

Elle songea subitement que rien ne lui ferait plus plaisir.

— J'en meurs d'envie. Voulez-vous que je vous accompagne pour voir ce qu'il y a ?

— Non, ne vous dérangez pas.

Elle avait retiré ses chaussures et s'était pelotonnée dans le coin de la banquette, ses pieds sur le siège.

— Merci, murmura-t-elle, encore à demi endormie.

Elle dut s'assoupir de nouveau, et s'éveilla avec un choc : il n'était pas encore revenu, mais la porte du compartiment était ouverte et Walter Mann était là, debout dans l'encadrement, l'air troublé. Ses cheveux bruns retombaient sur son front et elle apercevait sa chemise froissée sous sa veste.

— Je suis désolé de vous déranger, Miss Standish.

— Ce n'est pas grave.

Elle secoua la tête et repoussa les mèches qui lui tombaient dans les yeux.

Ainsi, il se rendait à Paris aussi.

— Qu'y a-t-il ? Vous paraissez contrarié. Quelque chose ne va pas ?

Il entra et referma la porte du compartiment.

— Je cherchais Newton, dit-il avec embarras, sans s'asseoir. Je l'ai vu voilà quelques instants et maintenant je ne le trouve plus. Je pensais qu'il revenait par ici. Il apportait du thé ou quelque chose…

Elena se leva et mit ses chaussures. Il lui offrit sa main pour l'aider à ne pas perdre l'équilibre. Sa prise était étonnamment forte.

— Il est peut-être dans le couloir ? suggéra-t-elle en entrouvrant la porte pour jeter un coup d'œil.

Elle se tourna d'un côté puis de l'autre, mais ne vit qu'une femme âgée qui s'éloignait d'un pas incertain dans la direction opposée à celle du wagon-restaurant.

— Je suis sûr qu'il venait par ici, répéta Walter.

— Dans ce cas, il doit être…

Elle réfléchit. Il ne serait pas allé aux toilettes après avoir acheté du thé, mais avant.

— Il ne peut pas être loin.

— Je vais l'attendre, déclara Walter. Mais si… ?

— Je vais aller le chercher, coupa-t-elle avec une pointe d'impatience. Il a dû s'arrêter parler à quelqu'un.

Elle lui adressa un bref sourire, referma la porte et enfila le couloir, scrutant l'intérieur des compartiments, au cas où Ian se serait trouvé dans l'un d'entre eux, en train de discuter. Elle ne vit que des passagers occupés à lire ou, le plus souvent, endormis, un journal ou un livre sur les genoux.

Parvenue au dernier compartiment, juste avant le passage fermé qui menait à la voiture suivante, elle marqua une pause et jeta un coup d'œil à l'intérieur. Elle discerna une forme recroquevillée sur le siège. Sans doute plongée dans un sommeil de plomb.

Il lui fallut plusieurs secondes pour reconnaître la veste de Ian, et puis elle le vit bouger maladroitement.

Elle ouvrit la porte à la volée, entra et alla droit à lui, laissant le battant claquer derrière elle. Il était plié en deux sur la banquette, et une flaque écarlate s'étendait sur le sol. La panique submergea Elena.

— Ian !

Il remua de nouveau, avec raideur, de quelques centimètres à peine, mais assez pour qu'elle voie que sa chemise était couverte de sang, et que son pantalon en était imprégné jusqu'aux cuisses. Il continuait à couler. Que pouvait-elle faire pour stopper l'hémorragie ? *N'importe quoi.* L'horreur qui l'avait envahie lui embrumait le cerveau. Instinctivement, elle tendit la main vers la poitrine de Ian pour endiguer le flot de sang.

— Elena... dit-il dans un souffle. Non ! Vous ne pouvez rien faire... à part m'écouter...

— Il faut que j'arrête le sang ! s'écria-t-elle, bouleversée.

— Non ! Écoutez...

Son visage était livide, moite de sueur. C'était seulement au prix d'un effort suprême qu'il se cramponnait à la conscience.

— Elena…

— Je vous écoute.

Elle se refusait à croire qu'elle ne pouvait pas l'aider et pourtant, déjà, elle le savait. C'était comme si les ténèbres se refermaient sur elle aussi.

— Vous aviez raison. Je connaissais l'homme qui a été tué à l'hôtel. Je travaille pour les renseignements militaires. Il était mon contact à Amalfi. Le télégramme que j'ai reçu me disait de me rendre immédiatement à Berlin. Je n'ai pas pu en vérifier l'authenticité avec lui… je n'avais pas d'autre choix que de partir, ajouta-t-il d'une voix rauque, presque inaudible.

Elle se pencha davantage vers lui.

— Pour transmettre un message aux Britanniques…

Il avait du mal à respirer. Le sang ne cessait de couler.

— Ambassade. Roger Cordell. Il est dans le MI6… comme moi.

Il tenta de sourire, mais ses forces le quittaient.

— Pour empêcher l'assassinat de Friedrich Scharnhorst… mardi à midi. Il doit donner un discours. C'est l'homme de Hitler, il est odieux. Mais s'il est tué, on nous fera endosser le crime.

— Nous ?

Elle se pencha encore et le prit dans ses bras, indifférente aux larmes qui roulaient sur ses joues. Elle connaissait Roger Cordell pour l'avoir rencontré des années plus tôt, mais elle n'avait pas le temps de le dire.

— Les Britanniques, murmura-t-il si bas qu'elle le lut sur ses lèvres. MI6. Je vous en prie… vous devez aller à Berlin avertir Cordell. Il… il saura… quoi faire.

Il saisit la main d'Elena et y poussa un morceau de papier plié.

— Ian ! s'écria-t-elle, révoltée. Non ! Je vous en prie…

Il était trop tard. Il avait fermé les yeux, son corps était trempé de sang, son teint de cendre. Aucun souffle ne franchissait ses lèvres.

Elena le serra contre elle, comme si elle pouvait lui insuffler sa propre vie. Elle savait que cela ne servirait à rien, mais elle ne pouvait se résoudre à le lâcher.

— Je le ferai… chuchota-t-elle. Je le ferai. Je vous le promets.

Puis, incapable de réprimer son chagrin, elle se cramponna à lui, secouée d'incontrôlables sanglots.

7

Elena resta à genoux, serrant Ian contre elle aussi fort qu'elle le pouvait. Elle avait perdu toute notion du temps. Plusieurs minutes avaient pu s'écouler, ou bien seulement quelques secondes, lorsqu'un bruit s'éleva derrière elle. Même alors, elle ne se retourna pas.

— Mon Dieu ! Que s'est-il passé ?

C'était une voix d'homme.

Elle entendit la porte du compartiment se refermer, et sentit qu'on la prenait par l'épaule. Avec douceur, mais fermement, quelqu'un détacha ses mains, chacune à son tour, du corps de Ian, puis, lentement et non sans effort, la releva.

Elle pivota et, à travers ses larmes, reconnut Walter Mann. Blanc comme un linge, il paraissait bouleversé, quoique plus calme qu'elle. Mais il n'avait pas été amoureux de Ian, tandis qu'elle savait qu'elle l'avait été.

Il la détailla des pieds à la tête et elle s'aperçut brusquement qu'elle était couverte de sang : ses mains étaient cramoisies, le devant de sa robe aussi. Le sang de Ian.

Elle chancela, étourdie, envahie par la nausée.

Le regard de Walter la dépassa et s'arrêta sur le corps qui gisait sur le sol avant de se reposer sur elle.

— Que s'est-il passé ? répéta-t-il, d'une voix rugueuse qu'il semblait avoir du mal à contrôler.

— Il est…

Elle aussi trouvait les mots trop difficiles. Elle avait l'esprit engourdi, éperdu.

— Nous devons sortir d'ici, dit-il, plus fermement. Vous ne pouvez plus rien faire pour l'aider, et si vous êtes interpellée par la police des chemins de fer, elle risque de vous retenir pendant des heures, sinon davantage. Je suppose que vous ne savez pas qui a fait ça ?

— Qui a fait ça ? Non… non… qui aurait voulu… ?

Ses pensées étaient confuses. Elle ne sut que dire d'autre. Son cerveau refusait de fonctionner.

— Dans ce cas, les policiers s'intéresseront à vous, lui fit-il remarquer. Vous étiez avec lui. Ils penseront que vous savez forcément quelque chose.

Il considéra sa robe imprégnée de sang.

— Dès que la voie sera libre, je vous escorterai jusqu'au cabinet de toilette. Vous devez essayer de laver votre robe autant que faire se peut. Je vous conseille de la retirer et de la mettre tout entière dans le lavabo. Faites partir le sang, du moins tout ce que vous pouvez. Il y aura du savon. Ensuite, tordez-la et remettez-la sur vous. Vous serez transie, je sais, mais c'est plus sûr. Où est votre manteau ?

— Quoi ? demanda-t-elle, sans comprendre.

Quelle importance cela avait-il ?

— Où est votre manteau ? Dans le filet à bagages de votre compartiment ?

— Non… je… non, il était sur le siège à côté de moi.

— Bien. Je vais aller le chercher. Je resterai dans le couloir, à côté du cabinet de toilette. Nous devons sortir d'ici, baisser le store et fermer la porte. La prochaine gare n'est pas loin. Nous descendrons là et nous prendrons un autre train. Débarrassez-vous simplement de ce sang… Et ne parlez à personne. Vous comprenez ?

Elle le dévisagea.

— Elena ! Vous comprenez ? Vous ne pouvez plus

rien pour l'aider. Et il y a à bord de ce train quelqu'un qui lui a fait cela ! Vous devez fuir, sinon vous pourriez être la prochaine victime ! Vous êtes témoin.

Sa voix insistante l'aida à recouvrer un peu de son calme, de sa raison. Elle devait tenir la promesse qu'elle avait faite à Ian. Il ne lui restait que cela. Elle devait reprendre le contrôle d'elle-même, cesser de se conduire comme une enfant. Elle avait les jambes en coton, elle était glacée jusqu'à la moelle, mais peu importait. Tout ce qui comptait, c'était qu'elle avait promis à Ian de terminer à sa place la mission qu'il n'avait pu accomplir.

— Elena !

La voix de Walter était plus sèche. Elle y percevait de la peur aussi, maintenant.

— Oui, répondit-elle très vite. Oui, je vais me laver. S'il vous plaît, allez voir si le cabinet de toilette est libre. Je ne peux pas attendre dans le couloir que quelqu'un en sorte.

Il eut un mince sourire peiné.

— Non, en effet. Ne bougez pas. Refermez la porte et n'ouvrez à personne d'autre. Vous comprenez ?

— Oui… oui, bien sûr. Faites vite.

C'était une prière, et non un ordre.

Il lui effleura le bras doucement, sortit sans répondre et referma le battant d'un geste sec, si bien qu'Elena entendit le loquet retomber. Puis elle fut seule, le papier encore froissé au creux de sa paume. Elle le déplia et découvrit le nom d'un hôtel et un numéro de chambre à Berlin.

Elle n'avait pas la force de regarder le corps de Ian. Elle était déchirée entre l'horreur et le désir de le serrer dans ses bras, comme s'il pouvait sentir qu'elle était là et savoir qu'il n'était pas seul.

Seuls, les morts l'étaient-ils plus que les vivants ? Ses parents se rendaient à l'église presque chaque dimanche. Cela dit, son père était un diplomate britannique, très haut placé, et cela faisait partie de la conduite qu'on attendait de lui. Ils n'avaient jamais discuté de ses convictions personnelles ; c'était un des nombreux sujets qu'ils n'abordaient pas. Parce qu'il était si sûr de sa foi ? Ou qu'il ne croyait pas ? Ou parce que la religion était un domaine que les Anglais respectables évitaient ? Trop personnel ? Trop grave ?

Ou dénué de la moindre importance ?

Sa mère était différente. Toutefois, les Américains en général étaient plus ouverts concernant ces questions-là, même les Américains bien élevés de la Nouvelle-Angleterre, comme Katherine. Mais qu'est-ce que cela signifiait, hormis qu'elle voulait croire ? Il aurait peut-être été plus exact de dire qu'elle en avait besoin.

Son grand-père ne croyait pas à la vie après la mort. Elena le savait. Il nourrissait une colère silencieuse vis-à-vis de toute forme de religion organisée, lui reprochant de juger sans en avoir le droit et trop souvent sans bonté. Il croyait en la bonté. Elle savait cela pour l'avoir observé. Il croyait en la bonté, au respect de la différence, il comprenait que nombre d'actes répréhensibles étaient le fruit de l'ignorance et de la douleur plutôt que d'une méchanceté délibérée. Cependant, quel réconfort ce credo apportait-il quand on était ravagé par le chagrin, dévoré par le besoin de penser que la séparation ne serait pas éternelle ? Qu'il existait un Dieu pour prendre soin de ceux qui avaient échappé à votre étreinte, à votre cœur, comme Mike ? Et comme Ian ?

Il y eut un petit coup bref à la porte du compartiment. Elle tendit la main, prête à ouvrir, avant de se figer. Et si ce n'était pas Walter ? Si c'était un autre passager à la recherche d'une place où s'asseoir ? Ou encore le contrôleur ?

Elle dut se racler la gorge pour parvenir à parler d'une voix audible.

— Qui est-ce ?

— Walter. Ouvrez, la voie est libre.

Elle releva le loquet avec tant de force qu'elle en eut mal à l'épaule. Walter était debout dans le couloir ; sa silhouette se découpait sur les fenêtres noires derrière lui comme sur un miroir.

— Venez, reprit-il vivement. Le cabinet de toilette est libre. Nous devons faire vite.

Il avait son manteau sur le bras, et la plus petite de ses valises à la main.

— Venez ! répéta-t-il, sur un ton plus sec encore.

Elle sortit et claqua la porte. Le temps pressait trop pour qu'elle pût faire ses adieux ou jeter un regard en arrière. Elle passa devant Walter, gagna le cabinet de toilette au bout du couloir et s'y enferma. L'endroit était exigu, à peine assez grand pour remplir son office, et elle eut du mal à retirer sa robe, mais elle n'avait pas le choix. Par chance, l'eau au robinet d'eau chaude était réellement chaude, en revanche il n'y avait pas de savon. Elle commença par se laver. Elle avait du sang sur les mains, sur les bras et, par endroits, sur la poitrine et le ventre, là où il avait imbibé la robe jusqu'à passer à travers le tissu. Elle se servit d'un mouchoir pour l'enlever de son mieux. Il lui fallut remplir le lavabo par trois fois, et puis une quatrième fois pour laver la robe. Certaines taches résistaient. Peut-être ne s'en iraient-elles jamais. De toute façon, elle ne voudrait plus jamais la porter ! Elle aurait dû demander à Walter de fouiller dans sa valise et de lui en apporter une autre, mais il n'aurait pas pu prendre le risque d'être surpris, ç'aurait été fini pour eux deux. Comment auraient-ils pu s'expliquer ?

Elle frottait de toutes ses forces, et son esprit vagabondait. Les taches s'atténuaient peu à peu, néanmoins ce n'était pas encore suffisant.

Elle devait se hâter. Quelqu'un d'autre pouvait vouloir

utiliser le cabinet de toilette. Et ils devaient descendre à la gare suivante. Déjà, le train ralentissait.

Elle tordit le vêtement, puis, grelottante, le fit passer par-dessus sa tête. Le tissu mouillé lui collait à la peau comme autant de doigts glacés et elle faillit le déchirer à force de tirer. La robe devait être affreuse, mais tout était préférable au sang.

Un instant, elle crut suffoquer de panique. Elle inspira à fond et lentement à plusieurs reprises. Enfin, elle ouvrit la porte. Walter n'était qu'à un mètre ou deux de là. Il avait toujours son manteau sur le bras et, dès qu'elle fut sortie, il le lui tint pour qu'elle y glisse les bras. Elle le boutonna. Par chance, il était long et lui arrivait à mi-jambe, comme sa robe lorsqu'elle était sèche, et qu'elle ne collait pas à son corps comme un linceul glacial.

Le train ralentissait nettement. Elle avait son sac à main – elle n'aurait pas quitté le compartiment sans lui – mais ses autres bagages ? Et surtout, son appareil photo !

Elle pivota, prête à aller le chercher.

— Je dois…

Il la saisit par le bras, et la maintint fermement.

— Non ! Il est impossible de retourner là-bas. Dès que le train s'arrêtera, nous devons descendre… sans perdre de temps.

— Il faut que j'aille récupérer mes valises, insista-t-elle.

Il ne desserra pas sa prise.

— Elena ! Nous ne pouvons pas en porter plus d'une chacun. Il va falloir nous dépêcher. Courir, peut-être.

— Mais… mon appareil photo. Je ne peux pas le laisser !

— Je sais. Le Leica. Je l'ai mis dans celle-ci, et j'ai transféré quelques affaires dans la grande à la place. Je suis désolé, mais nous ne pouvons pas nous tracasser pour ce qui est perdu. Vous êtes en vie, voilà l'essentiel. Jusqu'ici, la police ne sait rien de vous, mais cela va changer. Les gens vont se souvenir de vous, et que vous étiez avec Newton. Vous êtes une femme qu'on remarque.

Il parlait bas, mais l'inquiétude s'entendait clairement dans sa voix.

— Je suis désolée…

C'était vrai. Après tout, rien ne l'obligeait à lui venir en aide. Ni à croire qu'elle n'avait pas tué Ian elle-même ! Il ne lui demandait pas d'être reconnaissante, mais il méritait au moins qu'elle obéît à ses instructions, et qu'elle se souciât de son propre sort puisque, désormais, elle l'avait impliqué dans cette histoire. Qui savait quelles conclusions la police allait tirer du fait qu'elle avait été vue en compagnie de Ian, et maintenant de Walter ? Et quoi d'étonnant à cela ?

Elle aurait pu attendre et s'expliquer, même si cela aurait pris plusieurs jours, n'eût été la promesse qu'elle avait faite à Ian, et qui comptait infiniment plus à ses yeux. D'ailleurs, elle n'aurait été d'aucun secours à la police. Elle ne savait pas qui avait tué Ian. Elle songea brusquement qu'elle ne savait même pas si on l'avait dépouillé. Peut-être l'assassin était-il aussi celui qui avait tué l'homme à l'hôtel ?

— Venez, dit Walter, radouci. Nous devons être les premiers à descendre et nous trouver aussi loin que possible avant qu'on découvre le décès. Prenez seulement votre sac à main. Je me charge des valises. Marchez la tête baissée, ne regardez personne. Faites comme si vous vous dépêchiez pour attraper la correspondance pour… je ne sais où. Il n'y aura pas beaucoup de choix. Dieu sait où nous sommes, mais nous ne pouvons pas rester à bord de ce train.

— Berlin, lâcha-t-elle sans l'ombre d'une hésitation. Il faut que j'aille à Berlin. J'ai… j'ai du travail là-bas. C'est important.

Donnait-elle l'impression d'être froide ? Du travail ?

Alors que Ian venait de mourir. Cependant, elle ne pouvait fournir d'explication.

— Il est encore plus important de nous éloigner, lui rappela-t-il. Cela dit, ne vous inquiétez pas. J'ai beaucoup voyagé par ici. Nous trouverons un train, mais il serait préférable de monter à bord du premier en partance, même si nous devons changer par la suite. C'est…

— Je sais, s'empressa-t-elle de dire. Je comprends.

Le train eut un sursaut et ralentit encore.

Elena faillit perdre l'équilibre et fut reconnaissante à Walter d'avoir passé un bras autour d'elle ; si elle s'était effondrée sur le marchepied, elle aurait attiré l'attention alors qu'elle devait être invisible. En fait, elle voulait se réveiller, découvrir que rien de tout cela n'était réel, qu'elle avait fait un épouvantable cauchemar et qu'elle était transie parce que la couverture de son lit avait glissé sur le sol. Le spectacle de Ian se vidant de son sang, l'horreur, le chagrin, ces vêtements mouillés qui lui collaient à la peau et la peur, tout s'évanouirait.

Cela n'arriverait pas, bien sûr : c'était la réalité. Elle devait y faire face et la surmonter, comme la mort de Mike et celle de Paul, le mari de Margot. La vie continuait, avec ou sans vous, et cela ne changerait jamais.

Une femme la heurta et s'excusa en italien. Elena n'eut pas assez de présence d'esprit pour répondre. Walter le fit, mais elle ne saisit pas ses paroles.

Elle se conduisait mal. Ian méritait mieux. Elle se força à se redresser. Personne ne savait que sa robe était trempée, glacée, encore tachée du sang de Ian. Elle ne devait pas éveiller les soupçons.

Le train cahota de nouveau. Ils étaient au bout d'un quai, elle entrevit le nom d'une gare, qui fila trop vite pour qu'elle pût le lire. Ils étaient quelque part à l'est de Paris, c'était tout ce qu'elle savait. Il fallait bien que ce fût le cas, puisque Paris était le terminus.

Le couloir se remplissait. Au moins une demi-douzaine de passagers voulaient descendre. Pourquoi ? Où étaient-ils ? Elle pria silencieusement pour que personne n'ouvrît la porte du compartiment où Ian se trouvait. Elle avait l'impression de l'avoir trahi en l'abandonnant là, seul, à même le plancher, comme si nul ne se souciait de lui. Elle devait s'obliger à refouler ces pensées, mais c'était une douleur insupportable, qui la déchirait.

Mourir ainsi était-il pire, ou plus anonyme, que périr sur le champ de bataille ?

Oui. Il était seul – et pourtant sa mort était intensément personnelle : quelqu'un l'avait assassiné.

Il n'y avait rien qu'elle pût faire, hormis se ressaisir et tenir sa promesse.

Dans un ultime à-coup, le train s'immobilisa. Aussitôt, Walter ouvrit la portière et descendit sur le quai. Il posa les valises, pivota et tendit le bras à Elena pour l'aider. La marche était haute, mais il soutint son poids un instant. Puis, comme elle se redressait et ajustait son sac à main, il reprit les bagages et s'avança. Il faisait encore nuit. Elena n'avait qu'une très vague idée de l'heure, mais la gare était suffisamment éclairée pour qu'ils voient où ils allaient. Loin devant eux, la locomotive crachait un jet de vapeur dans l'air. On eût dit un pâle brouillard argenté à la lueur des lampes.

D'un pas vif, Walter gagna le côté opposé du quai, s'écartant des portières et des autres voyageurs.

Elena trottina un peu pour rester à sa hauteur et marcha sur sa gauche, de façon qu'il la protégeât des regards. Elle était plus visible que lui, avec son col remonté et le rebord de son chapeau un peu baissé. On était en mai, presque en été mais, à cette heure-ci, il était normal qu'un homme portât un pardessus, surtout s'il voyageait en direction du nord. Il passait complètement inaperçu. Elle en revanche, avec son manteau de bonne coupe, dont la couleur verte était bien visible lorsqu'elle passait sous les lampes, et ses cheveux ondulants, blondis par le soleil, se remarquerait bien plus aisément.

Il avait dit qu'elle avait un visage qu'on n'oubliait pas. Vraiment ? Était-ce un compliment, en temps normal ? À cet instant précis, elle aurait de loin préféré être une de ces Anglaises au teint et à la chevelure quelconques dont le souvenir s'effaçait immédiatement, tout comme dix mille autres.

— Allons sur cet autre quai, dit-il, là où la lumière clignote. On dirait qu'un train va arriver d'une minute à l'autre.

— Pour où ?

— C'est sans importance. Dans l'immédiat, n'importe où fera l'affaire. Nous descendrons au prochain arrêt si nécessaire.

Il n'avait pas demandé à savoir pourquoi elle se rendait à Berlin, alors qu'ils étaient dans un train à destination de Paris. Sans doute s'en moquait-il. Pourquoi s'en serait-il soucié ?

Elle devrait le remercier. Elle le ferait, plus tard, lorsqu'elle aurait recouvré son souffle et qu'elle ne se hâterait pas le long d'un quai mal entretenu, au goudron crevassé, à l'éclairage parfois manquant. Au moins, elle se réchauffait un peu à marcher si vite, même si le jupon mouillé de sa robe claquait sur ses jambes comme de la glace.

Ils gravirent l'escalier aussi vite qu'ils le purent. Les autres voies étaient desservies par une passerelle branlante, à la surface inégale, traîtresse. Derrière eux, un coup de sifflet annonça le départ du train qu'ils venaient de quitter. Des portières se refermèrent bruyamment. Était-il possible que personne n'eût encore découvert Ian ?

Elena était soulagée, mais en même temps un terrible sentiment de solitude s'abattit sur elle. Il était effrayant qu'on pût mourir de manière aussi affreuse, sans que personne ne s'en aperçût.

Walter marchait trop vite pour qu'elle pût le suivre. Il dut s'en rendre compte, car il ralentit un peu l'allure. Il n'y avait personne alentour, personne dans la volée de marches qui redescendait.

Aucun train n'était visible. Pourquoi les gares étaient-elles toujours aussi venteuses ? L'enfer ressemblait-il à cela ? À un quai de gare glacial dans la nuit, où l'on attendait un train qui n'arrivait jamais ? Soudain, un silence menaçant semblait régner autour d'eux.

Sur le quai opposé, elle apercevait un employé. L'unique lampe en état de marche illuminait le rebord de sa casquette. Une mince volute de fumée s'élevait au-dessus de lui et, de temps à autre, on voyait rougeoyer le bout de sa cigarette lorsqu'il tirait dessus.

Walter alla consulter les horaires affichés, puis revint attendre à côté d'Elena.

Immobile et muette, de plus en plus transie, elle perdit toute notion du temps. Peut-être quelques minutes seulement s'étaient-elles écoulées lorsqu'elle discerna un mouvement au loin, dans la direction du nord, un vacarme diffus. L'employé laissa tomber son mégot et l'écrasa d'un coup de talon.

— Sommes-nous du bon côté ? s'inquiéta Elena.

— Il n'y a qu'une voie, répondit Walter, rassurant. C'est un train régional. Nous descendrons à la prochaine gare importante. C'est la deuxième. Il nous faudra attendre une demi-heure environ, mais de là, nous pouvons prendre un train pour Munich, et Munich-Berlin sera un jeu d'enfant.

— Nous ? Vous venez ? balbutia-t-elle, soudain consciente de désirer ardemment sa présence.

Elle était incapable de réfléchir avec lucidité. Le chagrin la submergeait.

— Les douaniers italiens sauront que vous étiez avec Newton, déclara-t-il. Une fois le corps découvert, il ne faudra pas longtemps aux autorités pour comprendre que vous avez disparu. Quelles que soient leurs conclusions – que vous l'ayez tué ou que vous ayez été enlevée –, on voudra vous retrouver. Si on vous surprend à franchir la frontière allemande seule, on conclura nécessairement que vous l'avez tué… je sais que ce n'est pas vrai.

Il sourit, comme pour chasser cette idée absurde, terrifiante.

— Voulez-vous courir ce risque ?

— Non !

Elle n'y avait même pas songé, mais il avait raison. Et elle devait aller à Berlin sur-le-champ. C'était tout ce qu'elle pouvait faire pour Ian désormais. Si peu de chose.

Walter sourit. Elle ne distinguait que les contours de son visage, là, sur le quai, où ils s'étaient délibérément placés à l'écart des lumières. Ses dents blanches, le sommet de son chapeau furent momentanément éclairés par les feux du train qui s'approchait.

— Je pourrai vous faire passer pour mon épouse – ou ma fiancée, si vous préférez. Ils ne m'arrêteront pas. J'ai la nationalité allemande.

Elle s'apprêtait à lui demander pourquoi il était prêt à faire tout cela pour elle, mais déjà les fanaux de la locomotive les baignaient d'une clarté éblouissante, et leurs paroles étaient noyées par le grondement des roues sur l'acier.

Le noir revint, le convoi s'immobilisa enfin. Walter ouvrit la portière la plus proche et l'aida à monter, puis lui emboîta le pas. Sans rien dire, il la précéda dans le couloir pour leur trouver des places.

— Merci, murmura-t-elle lorsqu'ils furent assis, et que le train se fut ébranlé.

Il eut un brusque sourire.

— Je n'aurais pas pu faire moins ! Quelle épouvantable tragédie…

Sa voix tremblait.

Elle tenta de sourire, mais les larmes coulaient sur ses joues. Se laissant aller contre le côté de son siège, elle se mit à pleurer sans bruit.

8

Peter Howard toqua doucement à la porte de Jerome Bradley. Dès qu'il eut entendu la voix de ce dernier, teintée d'un soupçon d'impatience, il entra et referma la porte derrière lui.

Le sourire officiel de son supérieur se figea un peu. L'expression de son visage séduisant demeura la même, mais son regard avait perdu de son éclat.

— Bonjour, Howard. Que puis-je faire pour vous ?

C'était la tactique habituelle de Bradley : laisser son interlocuteur donner le ton et, par conséquent, s'engager. Il réclamait rarement un rapport, sauf en cas de retard important. Cette méthode avait pour effet de pousser ses subalternes à quêter son approbation avec plus d'ardeur que s'ils avaient su précisément ce qu'il voulait.

C'était une façon de manipuler autrui que Howard méprisait.

— Bonjour, monsieur.

S'il s'était adressé à n'importe qui d'autre, il se serait excusé, par simple courtoisie, d'être porteur de mauvaises nouvelles. C'était l'usage. S'agissant de Jerome Bradley, il alla droit au but.

— J'ai assez d'informations émanant de Berlin à l'heure qu'il est pour émettre de sérieux doutes sur la fiabilité de Roger Cordell.

Comme Bradley ouvrait la bouche pour protester, Howard reprit :

— Une ou deux choses ont mal tourné là-bas récemment, et les explications ne sont pas tout à fait convaincantes. Ce sont seulement de petites…

— … incohérences, acheva Bradley à sa place.

Ce n'était pas la première fois que Howard lui faisait part de ses doutes.

— Et vous seriez tout aussi soupçonneux s'il n'y en avait pas, poursuivit-il avec un sourire sans joie. Je me souviens que vous étiez venu vous plaindre auprès de moi que les rapports de Feltham étaient trop parfaits. Vous aviez l'impression qu'il les retouchait pour qu'ils collent aux circonstances. Vous n'êtes jamais content, Howard. Très franchement, je pense que vous procédez vous-même à des retouches, en cherchant matière à causer des ennuis. Et quand il n'y a rien, vous inventez !

L'accusation avait le mérite d'être franche, enfin. Cela faisait trois ou quatre ans au moins qu'elle flottait dans l'air, à peine sous-entendue.

Howard attendit quelques secondes avant de répondre. Il y avait un peu de vrai dans les propos de son supérieur, mais pas beaucoup. Il n'aimait pas Bradley parce qu'il n'était pas Lucas Standish. Lucas avait été son ami, son collègue, presque un membre de sa famille à ses yeux. Il n'avait pas été congédié ; il était parti à la retraite à cause de son âge. Cependant, c'était comme s'il avait aussi été remercié. Ses méthodes s'alliaient mal aux idées nouvelles, du moins aux idées de la plupart des hommes au pouvoir, surtout aux Affaires étrangères, à savoir qu'il ne devait jamais plus y avoir de guerre comme la dernière. Pour eux, elle devait mériter son nom légendaire : la der des ders.

Howard n'avait jamais été soldat. Il était passé directement de l'université au MI6. Cela faisait-il une différence que sa guerre eût été secrète ? Il avait perdu autant d'amis et, indubitablement, vu autant de violence et de chagrin que n'importe qui en uniforme. Malgré tout, il était réaliste. La perspective de la guerre ne s'évanouit pas, si passionnément qu'on le souhaite.

— Ne faites pas semblant d'être un simple d'esprit ! aboya Bradley. Que croyez-vous donc savoir ? Qu'aurait fait Cordell, d'après vous ? Ses informations sont-elles erronées ? Ne serait-ce qu'une partie d'entre elles ? Cela est-il jamais arrivé ?

— Je n'ai pas suggéré que c'était un imbécile, répliqua Howard sur un ton sec. Il est extrêmement intelligent. Mais c'est un idéaliste…

— Tandis que vous vous plaisez à vous considérer comme un réaliste, Howard, lâcha Bradley avec amertume. Parfois, je me demande si vous ne souhaitez pas à moitié une nouvelle guerre, pour vous rendre de nouveau nécessaire et jouer à l'aventurier avec la vie d'autrui. Je sais combien vous admiriez Standish. C'est un homme qui, plus que tout autre, vivait dans sa tête ! Dieu sait combien ont péri dans des missions idiotes à cause de ses lubies.

Howard perdit patience.

— Dieu le sait, et moi aussi ! riposta-t-il, les dents serrées. Nous avons peur d'une autre guerre et vous devriez en avoir peur aussi. Vous devriez être d'accord avec nous…

— « Nous » ?

Bradley s'était raidi sur sa chaise. Cette querelle mijotait depuis longtemps, gagnant en intensité.

— Qui diable est ce « nous » ? Il ne s'agit pas d'« eux » et de « nous », Howard. Vous ne pouvez pas vous mettre ça dans la tête ? La guerre est terminée ! Terminée !

Il fit le geste de trancher quelque chose avec sa main.

— Terminée ! Nous avons gagné… vous vous rappelez ? Vous étiez absent sans permission à l'époque, ou quoi ?

C'était du sarcasme à l'état pur. Ils avaient participé aux réjouissances après la victoire, regardé ensemble le défilé à travers Whitehall. Et, bien sûr, Lucas était là, discret, à l'arrière-plan, comme toujours.

— Dieu et moi, répéta Howard. Et Lucas, bien sûr. Il l'a toujours su. Cela l'a hanté.

Bradley, un instant perplexe, prit un air dégoûté.

— Vous vous placez au même niveau que Dieu, vous et Standish ? Votre arrogance me dépasse.

— Tous les hommes en savent aussi long que Dieu sur leur culpabilité, murmura Howard, même vous.

— Ne soyez donc pas si pompeux ! Vous comparer à Dieu en quoi que ce soit ! C'est… ridicule !

— De penser à Dieu ?

Howard arqua les sourcils.

— Vous parlez souvent de Lui, pourtant, mais pour vous Il n'est bon qu'à être de sortie le dimanche ! Lucas a perdu plus d'hommes que vous et en a sauvé cent fois plus. Eh bien, vous feriez mieux d'être prêt à ajouter à vos pertes si vous ne gardez pas Cordell à l'œil. Certains voient ce qu'il y a de meilleur chez autrui, mais notre travail consiste aussi à voir ce qu'il y a de pire.

Il se redressa un peu, presque au garde-à-vous.

— Ce n'est pas tant ce qu'il dit, c'est ce qu'il tait…

— S'il le tait, coupa Bradley, comment savez-vous que cela existe ? Vous venez de vous contredire !

— Croyez-vous que Cordell soit ma seule source de renseignements ? s'écria Howard, incrédule. Vous auriez vite fait de pointer ses incohérences, et à raison, si je ne vérifiais pas ses dires par deux fois quand je le peux.

Bradley demeura silencieux pendant de longues secondes. Son hostilité envers Howard était palpable mais, au fond, il avait un certain respect pour lui et il se fiait à sa loyauté, sinon à son jugement.

S'il était honnête avec lui-même, Howard pourrait en dire autant à son sujet.

— De quoi précisément le soupçonnez-vous ? demanda enfin Bradley.

— De porter un jugement quelque peu partial sur la situation, répondit Howard. De fermer les yeux sur certaines facettes des admirateurs de Hitler. Notamment Goebbels. Peut-être Cordell désire-t-il si ardemment préserver la paix qu'il ne voit rien d'inquiétant dans la construction des camps d'internement pour les Tziganes, les juifs… quiconque ne correspond pas au profil aryen classique. C'est la tactique la plus éculée du démagogue que de faire endosser tous les ennuis du pays à un groupe identifiable, de détourner l'attention du peuple sur des gens qu'il peut haïr. Ainsi, il vous laissera tranquille, surtout si vous faites en sorte qu'il se sente justifié en les tuant.

— N'est-ce pas la faute des communistes ? objecta Bradley, radouci. Ne constituent-ils pas une force destructrice, presque nihiliste ?

— Si, admit Howard. Mais s'abaisser à leur niveau de violence, c'est les rejoindre et non les vaincre…

Il savait tout en parlant que sa réponse n'en était pas vraiment une.

Bradley aussi.

— Et n'est-ce pas irrationnel, de toute manière ?

— Pour le moment. Mais je crois que ça ne va pas durer éternellement. Le pouvoir de Hitler s'étend d'une semaine à l'autre. Il est en train de galvaniser un flot énorme d'énergie, de violence et de haine. Encore quelques années, et il faudra qu'il le dirige ailleurs.

Bradley resta songeur pendant quelques instants. Puis il soupira.

— Je ne vous apprécie guère, Howard. Et je sais que vous ne m'aimez pas, principalement parce que je ne suis pas Lucas Standish, mais je pense que vous avez raison, sur ce point du moins. Et j'irai jusqu'à dire que, si Hitler continue dans la même voie, je perdrai autant d'hommes que Standish. Je serai heureux de pouvoir en sauver autant ! Et d'obtenir d'eux la même loyauté ! acheva-t-il en regardant Howard dans les yeux.

Celui-ci se sentit rougir, mais ne détourna pas le regard.

— Vous aurez la mienne, monsieur. Sinon l'estime, la loyauté. Avant que je parte, il faut que je vous dise que notre homme à Amalfi, Cossotto, a été assassiné. J'ignore par qui et pourquoi. Il est possible que cela n'ait rien à voir avec nous, mais il serait dangereux de le supposer.

Bradley pâlit un peu.

— Que se passe-t-il donc à Amalfi, bon sang ?

— Rien, que je sache.

— Qui vous a informé ? Pas la police italienne ?

— Non, bien sûr que non. Un des nôtres. Peut-être n'y a-t-il aucun lien avec nous. Le corps a été découvert dans un hôtel, caché dans un placard à linge. Il a pu être tué par un mari jaloux… ou un voleur.

— C'est ce que vous croyez ?

— Non.

— Par qui, dans ce cas ? demanda sèchement Bradley, exaspéré.

— Je ne sais pas…

— Et que faites-vous pour le découvrir ?

— Il y a très peu de choses que je puisse faire sans révéler mon jeu, répondit Howard, une pointe d'excuse dans la voix. Je suis plus soucieux de limiter les dégâts concernant la mission dont Newton est chargé. Et aussi, de savoir comment quelqu'un a pu faire le lien entre Cossotto et nous. Je tiens à être aussi discret que possible pour toute une série de raisons, la première étant de ne pas trahir notre intérêt pour cet homme au cas où sa mort n'aurait aucun rapport avec nous. Ou même si c'était un test pour voir si nous confirmons ce lien, intentionnellement ou non, en nous mêlant de l'affaire.

— Un piège ? demanda Bradley tout bas.

— C'est possible. Nos relations avec les autorités

italiennes sont… un peu floues. Mussolini est de notre côté pour certaines choses et tout à fait contre nous pour d'autres.

— Les Italiens étaient de notre côté pendant la guerre, lui fit remarquer Bradley. La moitié du pays est amoureuse de l'Italie depuis des siècles !

— L'amour et la politique se rencontrent souvent, répondit Howard avec un sourire un peu tordu. Ils sont interchangeables, et extrêmement volatils. Et se terminent souvent par une sorte de guerre ou une autre.

Bradley le regarda calmement et Howard devina que, l'espace d'un instant au moins, ils s'étaient compris. Il prit congé pendant qu'il avait encore l'avantage, dans la mesure où on pouvait jamais l'avoir avec Bradley.

Howard songea à Cordell en rentrant chez lui. Il était en retard, comme d'habitude, mais pas assez pour que Pamela s'en émût. Les querelles entre eux étaient rares désormais. Ils savaient l'un et l'autre que personne ne gagnerait.

Il arriva à sa barrière, l'ouvrit et remonta l'allée. La maison était jolie et le jardin rempli de fleurs, comme toujours en mai, d'ailleurs Pamela avait choisi les plantes de manière qu'il y eût toujours de la couleur. Au-dessus de la porte d'entrée, un rosier jaune était en pleine floraison. Sans doute exhalait-il un parfum, mais Peter ne le sentait pas.

Il ouvrit la porte et entra. Devait-il s'excuser pour son retard ? Il le faisait régulièrement.

Elle sortit du salon. Elle portait une robe verte, qui seyait à ses cheveux clairs et lisses, à son teint immaculé.

— Désolé d'arriver si tard, dit-il.

— Tu arrives à la même heure que les autres jours, répondit-elle, le visage empreint d'une tristesse qui lui donna des remords.

Il s'assit dans son fauteuil habituel, en cuir usagé,

infiniment confortable. Il redoutait le jour où il faudrait le remplacer. Y avait-il beaucoup de choses qui étaient ainsi dans sa vie ? Usagées, familières, irremplaçables ? Il n'avait pas cette impression. C'était seulement l'extérieur. Son esprit, son imagination, parfois même ses émotions, lui paraissaient plus vifs, plus aiguisés que jamais.

Pamela lui apporta un petit verre de xérès, très sec, comme il l'aimait. Elle connaissait toutes ses habitudes ; il n'avait jamais besoin de lui demander quoi que ce fût. Le verre était en cristal, conçu exprès pour le xérès. Du Waterford. Ils en avaient six. Un cadeau de mariage, vestige d'une autre époque. Ils étaient amoureux alors, ou pensaient l'être. La pérennité faisait-elle partie de la définition de l'amour ? Peut-être pas.

— Merci, murmura-t-il.

Il aurait voulu ajouter quelque chose, mais il y avait belle lurette qu'ils avaient épuisé les sujets de conversation. Une remarque forcée, émise dans le seul but de meubler le silence, ne ferait que l'alourdir. Autrefois, elle l'interrogeait sur sa journée, sa semaine, demandait du moins si tout allait bien. Cependant, il ne pouvait s'enorgueillir de ses victoires et trouvait gênant de ne lui raconter que la moitié des faits, de devoir taire les détails qui donnaient un sens à l'ensemble. Elle était intelligente, bien éduquée, encore que dans les matières destinées au loisir plutôt qu'à l'utile, telles que l'histoire de l'art européen. À l'époque où ils bavardaient, il les avait trouvées intéressantes.

Il l'avait toujours tenue à l'écart des choses qui importaient à ses yeux. Il n'avait pas le choix. La confidentialité, même envers les membres de sa propre famille, était une règle qu'il ne fallait jamais enfreindre. Par égard pour leurs sentiments. Partager son anxiété concernant ce qui échappait à son contrôle aurait été épuisant et inutile. De temps à autre, sa langue fourchait, et il laissait échapper un mot qui menait à un second et, en fin de compte, elle comprenait. En somme, il se taisait pour ne jamais avoir à la soupçonner d'une erreur accidentelle, ou d'une trahison délibérée. Malheureusement, son incapacité à expliquer cela avait encore contribué à creuser un fossé entre eux.

Maintenant, il l'excluait depuis si longtemps que son silence était comme une porte qui avait rouillé à force de ne plus être ouverte. Il avait même envisagé de lui dire combien il était désolé, mais cela rendrait leur perte plus évidente encore. Ce serait comme retirer le pansement d'une vieille plaie pour voir si elle s'était cicatrisée, alors qu'elle faisait encore mal de temps en temps et qu'on savait pertinemment qu'elle ne s'était pas refermée.

Il sirota son xérès, encore préoccupé par la pensée de Roger Cordell.

— As-tu toujours des nouvelles de Winifred Cordell ? demanda-t-il soudain.

— Comment ?

Pamela était stupéfaite. Elle était à l'évidence plongée dans ses propres réflexions.

Il répéta sa question. Elle parut surprise, et une brusque étincelle de vie anima le tableau parfait de son visage. Il le trouvait beau autrefois. Ses traits bien proportionnés, sa peau soyeuse ne laissaient en rien deviner la femme sensible qui se cachait derrière cette apparence et pouvait être blessée aussi profondément que lui.

— Pourquoi ? demanda-t-elle. Il est arrivé quelque chose ?

Peter se sentit gêné. Il n'aurait pas dû essayer de l'interroger de manière détournée. Il y avait des facettes de lui-même – vastes, fermées, vulnérables – dont elle ignorait l'existence, mais pour ce qui était des choses ordinaires, du quotidien, elle le connaissait bien mieux que lui ne la connaissait, elle.

— Peter ! répéta-t-elle, avec une pointe d'angoisse dans la voix. Est-il arrivé quelque chose ?

— Pardon. Pas que je sache.

Il devait lui fournir une raison valable pour avoir posé la question. Si elle était réellement en relation avec Winifred, elle avait peut-être une idée des opinions de Cordell. Il fallait poursuivre, non seulement pour satisfaire Pamela, mais pour apaiser la sourde inquiétude qui rôdait en marge de son esprit. Il comprit soudain combien celle-ci était vive. Imputer le meurtre d'Amalfi à un fait divers était tellement facile. Il était trop avisé pour commettre ce genre d'erreur paresseuse.

Elle ne le croyait pas. Cela se voyait dans son regard.

— Roger pourrait me conseiller au sujet d'un certain problème.

Il devait faire attention à ce qu'il disait. Elle se souvenait par trop précisément de ce qu'il lui confiait.

— Te conseiller ? répéta-t-elle en le dévisageant avec plus d'attention.

— C'est une question diplomatique.

Sa réponse était prête maintenant.

— Il est à Berlin depuis assez longtemps. Il parle très bien allemand, saisit les références culturelles, les sous-entendus d'une conversation…

— C'est la première fois que je t'entends dire tant de bien à son propos.

Il y avait un monde d'émotion derrière cette observation. Elle ignorait tout de ses rêves, des pensées avec lesquelles il se débattait seul le soir, des souvenirs qui hurlaient dans sa tête. En revanche, elle reconnaissait les sentiments qu'il trahissait dans ses paroles, et dans ses silences. Trop tard pour faire machine arrière et essayer de recommencer. Pendant la guerre, il s'était réfugié dans la solitude pour supporter le poids du commandement et de ses décisions, la douleur de se savoir en sécurité alors qu'il envoyait des hommes en territoire occupé, peut-être à leur mort. Lucas était le seul à comprendre cela. D'ailleurs, Peter ne voulait pas de la pitié de Pamela. Il avait vu d'autres hommes dans cette situation. Très vite, la pitié se muait en irritation, en ressentiment dans le cœur de l'épouse, qui se voyait contrainte d'endurer en seconde main la souffrance causée par une expérience dont elle avait été exclue à l'époque.

— Berlin est un poste difficile, répondit-il.

— C'est vrai depuis des années, lui fit-elle remarquer.

— Il devient plus difficile.

— Depuis qu'Adolf Hitler est au pouvoir ?

L'intérêt perçait dans sa voix. Soudain, il eut envie de partager ce qu'il savait avec elle, de parler honnêtement, pour une fois. Mais on ne peut pas commencer à être franc, ouvert, et puis s'arrêter. Elle était beaucoup trop intelligente, et c'était important pour elle. Elle ne pourrait pas lâcher prise même si elle le souhaitait.

Elle l'observait, attendant sa réponse.

— Je crois. La violence est devenue monnaie courante, et il doit forcément le savoir.

— N'est-elle pas nécessaire ? Après le chaos, la faim, le désespoir, les gens ont besoin d'ordre. On ne peut pas l'obtenir sans avoir la main lourde.

— Je crois que c'est un peu plus grave que cela. Mais je me demandais comment allait Roger. Et Winifred. Elle a perdu une bonne partie de sa famille pendant la guerre. Le climat actuel doit lui peser.

Pamela eut un sourire triste, mais son regard s'emplit d'une soudaine chaleur.

— Oui. La pauvre a perdu son père, ses deux frères et un cousin. Au moins un. Je doute qu'elle parvienne à surmonter tous ces deuils.

Elle se tut, hésitant à poursuivre. La compassion se lisait sur son visage.

— Roger l'aide ?

Elle resta un instant songeuse, cherchant les mots qui exprimaient le mieux ses pensées.

— Lui aussi a perdu des proches à la guerre, commença-t-elle. Pas autant de membres de sa famille, mais des gens qu'il connaissait et qu'il aimait. Des hommes qui avaient servi avec lui. C'était un bon officier, tu sais…

Son visage était presque impénétrable. Presque, mais pas tout à fait. Il y lut la seule raison pour laquelle elle ne pouvait pas le comprendre, ni le défendre devant ses amis. Elle était accoutumée à contourner les choses. Allait-elle rompre avec une habitude vieille de vingt ans maintenant, après tant de douleur ? Il aurait compris.

— Je sais, dit-il. Peut-être est-ce plus facile pour lui parce qu'il a le sentiment de faire quelque chose.

— Quoi ?

Elle fronça les sourcils, perplexe.

Il devait choisir ses mots avec soin.

— Il est attaché culturel, non ? J'imagine qu'il travaille dur pour promouvoir la compréhension entre l'Allemagne et la Grande-Bretagne, avec ce nouveau pouvoir en place. Ils ont eu une guerre contre nous ; ils n'en veulent pas d'autre, avec personne.

Elle sourit et ses épaules se détendirent.

— Oui. C'est plus ou moins ce que Winifred a dit. Et c'est un grand réconfort pour elle, pour autant qu'elle trouve du réconfort à quoi que ce soit. Il fera tout pour éviter une autre guerre… de notre vivant.

Il sut qu'elle disait la vérité. C'était précisément ce qu'il avait craint. Il lui rendit son sourire sans répondre.

9

Lorsque, deux jours seulement après leur dernière rencontre, au terme d'un rapide appel téléphonique de Peter Howard, Lucas enfila sa veste et ordonna à Toby d'aller chercher sa laisse, ce dernier ne se le fit pas dire deux fois.

— J'emmène le chien en promenade, lança-t-il à Josephine, occupée à rédiger des lettres.

Elle était une fidèle correspondante. Elle conservait des liens avec nombre de femmes avec qui elle avait servi pendant la guerre. Si certaines de ces amitiés forcées, nées des circonstances de l'époque, avaient pris fin après l'armistice, d'autres avaient perduré, parfois parce que les femmes concernées avaient traversé ensemble des défaites et des victoires qu'elles ne pouvaient partager avec personne d'autre. Pour beaucoup d'entre elles, ç'avait été une extraordinaire expérience de solidarité. Les barrières habituelles créées par l'origine sociale ne comptaient pas. Elles s'étaient senties unies comme cela arrivait rarement en temps de paix.

Josephine avait commencé à expliquer cela à Lucas un jour, avant de lire sur son visage qu'il savait déjà. Elle ne le questionnait pas sur sa relation à Howard, et Lucas ne savait pas du tout si elle savait qu'ils continuaient à se voir de temps en temps. Il ne pouvait le lui révéler, et elle ne le lui avait jamais demandé, pas plus qu'elle n'avait insisté pour qu'il lui expliquât exactement quel avait été son rôle lors de ces sombres et frénétiques journées. Elle avait ses propres secrets à garder et respectait les siens. Il ne l'en aimait que davantage.

Tout en garant sa voiture à l'entrée du champ, il songea une fois de plus combien il admirait sa femme. Bien qu'ils fussent mariés depuis très longtemps, elle parvenait encore à le surprendre, moins en exprimant de nouvelles idées qu'en discernant dans les anciennes des facettes qu'il n'avait jamais perçues. Il savait que c'était son imagination exceptionnelle qui lui avait valu d'être choisie pour occuper le poste qui avait été le sien, et il était fier d'elle.

Il avait du mal à comprendre qu'elle eût pu donner naissance à un homme comme Charles, qui semblait si affreusement orthodoxe à tous points de vue. Son attitude n'était-elle que le reflet de l'époque ? Du besoin ambiant de conformité, du désir de préserver les vieilles valeurs et la sécurité qu'elles nous apportaient, dans nos souvenirs du moins ? Ou le service diplomatique et la guerre l'avaient-ils rendu ainsi ? Il avait rapidement gravi les échelons de la hiérarchie, accédé à une situation importante et trouvé l'épouse idéale. Katherine était intelligente, charmante, toujours élégante et, surtout, intensément loyale. Margot tenait d'elle à cet égard. Elle avait aussi hérité de son sens du style, et de son originalité.

Lucas ouvrit la barrière, pénétra dans le pré et la referma avec soin derrière lui. Cela fait, il détacha Toby, qui s'élança joyeusement, la truffe au ras du sol et la queue en l'air.

Ce jour-là, Peter Howard et lui avaient décidé de ne pas se retrouver en forêt. Ils avaient beau apprécier tous les deux sa beauté et la paix qui s'en dégageait, les habitudes étaient dangereuses quand on tenait à la discrétion. Ils avaient donc opté pour un circuit à travers champs que Toby aimait tout autant. En fait, du moment qu'on lui parlait, le chouchoutait, puis l'ignorait à point nommé, le laissant libre de gambader tout seul à la poursuite de merveilleuses odeurs, n'importe quel endroit lui plaisait. Il ne s'éloignait jamais beaucoup. C'était le chien de Lucas, et il aimait savoir où celui-ci était. Il considérait comme son devoir de veiller sur lui.

Lucas pouvait comprendre pourquoi Charles, comme tant d'autres – Roger Cordell, par exemple –, avait juré de ne plus jamais participer à une autre guerre, quoi que fît Hitler. Mike avait été l'unique fils de Charles, l'unique petit-fils de Lucas. Mais, surtout, il avait été un individu unique, et chéri. Lucas entendait toujours la voix de Mike, son rire, ses plaisanteries absurdes. Il était si jeune, si débordant d'optimisme, à l'aube de la vie.

Katherine avait rarement parlé de la mort de son fils, mais elle aussi avait été anéantie, comme n'importe quelle mère à sa place. Après tant de chagrin, il n'était guère étonnant de voir Margot mener parfois une vie un peu débauchée, aller d'aventure en aventure. Lucas ne savait pas jusqu'où elle les poussait et ne voulait pas le savoir. Elle ne se fixait jamais sur quiconque. Qui pourrait rivaliser avec Paul ? Il n'avait pas vécu assez longtemps pour cesser d'être parfait. Aurait-elle le sentiment de commettre une trahison en épousant un autre homme ? Il le comprenait aussi, si irrationnel que cela pût paraître. Quant à Elena, il s'était toujours senti plus proche d'elle que de ses autres petits-enfants. Elle lui avait manqué lorsqu'elle avait emménagé dans son propre appartement à Londres. Elle avait l'esprit si vif, si infatigable. Ils étaient complices, et pourtant, par certains côtés, elle était totalement différente de lui, l'émotion et l'imagination incarnées, des images plein la tête.

Les rares fois où il avait vu Aiden Strother, ce dernier ne lui avait guère plu, mais Lucas lui aurait tout pardonné s'il avait rendu Elena heureuse. Au contraire, il l'avait trahie, comme il avait trahi son pays. Bizarrement, la trahison personnelle était la plus douloureuse !

Elena surmonterait cette déception. Bien sûr que oui. La plupart des gens connaissaient des peines de cœur, à un moment ou à un autre. Peut-être se réaliserait-elle dans la photographie, découvrirait-elle enfin son véritable talent. Elle travaillait tant l'ombre et la lumière, s'efforçait de montrer une scène d'une manière originale, d'en faire ressortir une dimension nouvelle.

Elle n'allait pas tarder à rentrer d'Amalfi. À cette pensée, Lucas eut soudain le cœur plus léger.

Toby s'était immobilisé et aboyait. Brusquement, il reconnut quelque chose ou quelqu'un et détala. Lucas le suivit, priant pour qu'il ne s'agît pas d'une vache ou d'un mouton égaré !

Il gravit la légère côte, boitant un peu à cause de sa mauvaise cheville. Parvenu au sommet, il vit le chien bondir avec enthousiasme sur Peter Howard, arrivé par l'autre bout du champ. À demi déséquilibré, ce dernier fléchit les genoux pour amortir le choc alors que Lucas le rejoignait.

Il parla à Toby d'abord avant d'adresser à Lucas, par-dessus la tête du chien, un sourire sombre, très mesuré. Il caressait doucement les oreilles de l'animal, son attention encore toute au plaisir que lui procurait cette marque d'affection.

— Vous devriez avoir un chien, commenta aussitôt Lucas.

Ce serait un compagnon sur qui déverser un trop-plein de tendresse, et qui lui offrirait une confiance qu'il ne trouverait nulle part ailleurs. Un chien n'avait pas besoin d'explications. Il voulait seulement qu'on lui donne à manger, qu'on le promène, qu'on lui parle et qu'on l'aime, qu'on l'aime constamment. Il ne vous critiquait jamais.

Howard ne leva pas la tête.

— Pamela n'aime pas les animaux, murmura-t-il.

Lucas saisit la douleur sur son visage et s'en voulut d'avoir parlé sans réfléchir. Il n'avait rencontré Pamela Howard qu'une dizaine de fois depuis qu'il connaissait Peter. D'abord fondée sur la confiance et le respect mutuel de leur intellect, leur amitié s'était approfondie avec le temps. Un sens partagé de l'ironie, un grand amour d'une certaine musique, notamment Beethoven et Liszt, les avaient aidés à traverser les périodes de tension ou de défaite. Ils puisaient aussi l'un et l'autre un sentiment de paix dans la compagnie des animaux, et s'étaient découvert au fil des années une foule d'autres petites choses en commun qui en disaient presque trop long sur leur caractère.

Lucas aurait dû savoir que, aux yeux de Pamela Howard, un chien serait source de désordre, de dérangement et de travail supplémentaire. Et peut-être aussi que Peter montrerait à l'animal une tendresse qu'elle n'avait jamais éveillée chez lui. À moins qu'ils ne se fussent blessés une fois de trop ? Un chien pardonne et revient toujours. Un enfant aussi, parfois, et est blessé de nouveau. Il n'en vient que lentement à comprendre que certains se refusent toujours à aimer réellement, parce que l'amour porte en soi un risque de souffrance.

Lucas ne savait pas d'où venait la souffrance entre Peter et sa femme. Il ne voulait pas le savoir. Chacun avait droit à sa vie privée. Certaines plaies se refermaient à la lumière, d'autres ne pouvaient être endurées qu'en restant cachées.

D'ailleurs, Peter voyageait trop souvent pour avoir un chien. Il n'aurait pas laissé un animal aux soins de quelqu'un qui ne l'aimait pas, ne lui parlait pas, ne le caressait pas.

Ils se mirent à marcher le long du pré. L'herbe était déjà haute. Bientôt, elle serait parsemée de fleurs de coquelicots écarlates, telles des gouttes de sang répandues sur l'herbe dorée. Éclatantes, magnifiques, et déchirantes pour la mémoire, comme toujours, depuis les Flandres.

— Vous avez un plan pour Cordell ? demanda Lucas.

Howard continua à cheminer lentement, les mains dans les poches. Le soleil était haut et éblouissant. Dans six semaines, ce serait le jour le plus long.

Lucas ne réclama pas de détails. Howard les lui confierait s'il le désirait.

Ils marchèrent encore un peu en silence. Au loin, des agneaux bêlaient. Hormis ce bruit, on n'entendait que le léger murmure du vent dans l'herbe.

— Ce n'est pas seulement pour cela que je suis venu...

Lucas garda le silence. Quelque part en son for intérieur, il avait su que le plan concernant Cordell n'était pas la vraie raison de leur rencontre.

— J'ai eu un message du jeune Newton, expédié de la gare de Rome. Je vous ai déjà parlé de lui. Il me disait être en route pour Berlin. Il a reçu des informations suggérant qu'on projette d'assassiner Scharnhorst et de faire porter le chapeau aux Britanniques. Plus précisément, au MI6... C'est un bon agent ; il a les choses en main.

Lucas s'immobilisa. Howard l'imita et se tourna vers lui.

— Vous ne m'aviez rien dit de cela, observa doucement Lucas. Pourquoi ? Voulez-vous dire que vous n'étiez pas au courant ? Scharnhorst est un gros bonnet. Voire un des pires individus proches de Hitler...

— Le pire, confirma Howard.

— Non. Le pire, c'est Goebbels. Si vous ne vous en rendez pas encore compte, cela ne va pas tarder. Mais à supposer qu'il y ait un complot visant Scharnhorst, pourquoi n'en avons-nous pas eu vent ?

— Je ne sais pas. En tout cas, nous le savons à présent...

— Je suppose qu'il va entrer en contact avec Cordell.

— Forcément... Sauf si les informations de Newton suggèrent que Cordell savait et qu'il ne lui a rien dit...

— Ou qu'il est derrière ce complot ?

Il n'avait d'autre choix que de mentionner cette possibilité.

La mâchoire de Howard se crispa et, soudain, tout plaisir déserta son expression.

— Cette idée m'est venue aussi. Si je n'ai pas de nouvelles, je me rendrai peut-être à Berlin, dit-il enfin. Cela me déplaît énormément d'aller en Allemagne, c'est une telle tragédie… Mais si Cordell est un traître, nous devons soit nous débarrasser de lui, soit nous servir de lui. C'est une décision qu'il faudra prendre rapidement.

— Je n'y suis pas allé depuis longtemps, murmura Lucas, songeur. J'entends des histoires, mais ce ne sont que des bribes. Je ne discerne pas le tableau d'ensemble. Churchill a peur que tout ne se termine par une autre guerre, ou une sorte de capitulation qui serait pire encore pour nous.

Howard se tourna brusquement vers lui et le regarda, d'un air interrogateur.

— Que nous ne battions en retraite encore et encore, moralement, jusqu'à ce que plus rien ne nous distingue d'eux, expliqua Lucas. Que nous ne devenions comme eux, en somme. Ce dont on est témoin, et qu'on laisse faire sans s'y opposer, c'est ce qu'on devient soi-même. Moralement, quelle différence y a-t-il entre l'homme qui brûle vif son voisin, et celui qui le regarde faire sans intervenir ?

Le visage de Howard refléta son émotion.

— Il n'y en a aucune, répondit-il. En tout cas, aucune que je puisse défendre. Mais les Allemands meurent de faim ; les honnêtes gens veulent travailler, pourtant il n'y a rien pour eux. Ou plutôt, il n'y avait rien. Le réarmement offre des emplois, Lucas. Et Dieu sait que l'Allemagne se réarme ! Nous le saurions si nous osions voir les choses en face, seulement nous n'osons pas !

Il hésita un instant.

Lucas ne l'interrompit pas. Il avait besoin de parler.

— La violence s'intensifie, et l'oppression aussi. On construit des camps pour y emprisonner des gens dont le seul crime est d'être tzigane, juif ou, Dieu nous aide, homosexuel. Pourquoi diable nous soucions-nous de ce que les gens font dans l'intimité de leur chambre à coucher ? Je sais, je sais…

Il eut un geste de rejet, fendant l'air avec sa main.

— Nous avons peur de ce que nous ne comprenons pas. Et l'instinct nous pousse à les prendre pour cibles parce qu'ils sont vulnérables. Combien de malheureux sont visés juste parce que leur apparence ou leur manière de parler diffère des nôtres, ou qu'ils ne se conforment pas à ce que nous considérons comme normal ?

Lucas ne prit pas la peine de répondre.

— Ce sont des proies faciles, reprit Howard. Les gens sont effrayés, ils en ont honte et, faute de pouvoir agir, se réfugient dans la colère. Il est plus facile d'en rendre autrui responsable. Les communistes ou les juifs. Qu'on se débarrasse d'eux, et tout ira bien.

— Les choses vont-elles vraiment aussi mal ?

La question était pour la forme, mais Lucas la posa quand même. Howard lui adressa un sourire penaud.

— Pardon. Avez-vous vu Churchill récemment ?

— Hier. Il est dans une de ses phases de « chien noir ». Personne ne veut l'écouter. Il y a trop d'admirateurs des nazis au gouvernement et à d'autres postes influents. Leurs idées gagnent du terrain. Nous avons une capacité infinie à croire ce qu'il nous faut croire pour garder notre monde tel que nous avons besoin qu'il soit, pour notre propre santé mentale. Nous voulons penser que Hitler est quelqu'un de bien, et que, lorsqu'il aura remis l'Allemagne sur pied, il dirigera sa colère vers l'Est et les communistes, ce qui nous arrangera tous.

Howard lâcha un juron étouffé.

— Peter, personne ne veut d'une autre guerre, dit Lucas à voix basse. Nous ne pouvons pas en repasser par là. Il faut un certain courage pour espérer. Plus la réalité est contre vous, plus il faut de courage.

— L'espoir…

Howard tourna l'idée dans sa tête, songeur.

— Et la réalité, qu'en faites-vous ? Je sais ! Je sais… vous allez me dire « la réalité de qui ? ». Et que vaut la foi, si elle est placée dans l'impossible ?

Lucas sourit.

— En fait, j'aurais dit que la foi n'a de valeur que si elle semble impossible. Du moins, c'est ce que Josephine dirait.

Howard lui décocha un de ses rares et magnifiques sourires, aussi éblouissant qu'un rayon de soleil. L'instant d'après, il s'était effacé.

— Qui oserait contredire Josephine ?

— Personne, acquiesça Lucas. En tout cas, pas moi. Même Elena ne discute pas avec sa grand-mère.

— Il faudra que je fasse la connaissance de votre Elena un jour. Elle a l'air remarquable.

— Elle l'est. Elle ne lâche jamais prise dans une discussion.

— Et vous l'adorez, observa Howard.

— Je l'ai toujours adorée. Il est trop tard maintenant pour en perdre l'habitude.

Il haussa les épaules d'un geste bref.

— Qu'allez-vous faire concernant Cordell ?

— Il pourrait nous être utile, je suppose, admit Howard à regret. Si on lui transmettait des informations erronées, encore que ça ne soit pas sans risques. Ce sera encore plus difficile de lui dissimuler de vraies informations. Il est haut placé. Il faudra éventuellement le rapatrier. La question est de savoir ce que nous ferons de lui ensuite. Nous ne sommes pas en temps de guerre.

— Il vous faudra être très prudent… avertit Lucas.

— Je suis toujours prudent. Enfin… presque toujours.

Il avait fait des choses un peu folles pendant la guerre et Lucas le savait.

Toby s'élança à la poursuite de ce qui était peut-être un lapin, plus vraisemblablement une ride causée par le vent dans le champ de blé.

Les deux hommes s'arrêtèrent pour admirer le paysage pommelé d'ombre et de lumière, baignant dans une totale sérénité, comme un chat au soleil.

Il était inutile de prolonger leur conversation. Ils savaient l'un et l'autre comment les choses se passeraient. Chacun était las de la guerre, meurtri par le deuil, hébété de pauvreté et de peur. Peur de la faim, du chaos, du changement, des idées politiques inconnues venant de Russie et de l'Est, peur d'un retour à la violence et au chagrin. Plût au Ciel que Churchill se trompât.

Et pourtant Lucas croyait qu'il avait raison. Que ce fût le cas ou non, on ne pouvait pas, on ne devait jamais persécuter des gens pour leurs opinions. Si on s'abaissait à cela, on causait plus de destruction qu'eux. Et contrairement à eux, peut-être, on le faisait en connaissance de cause, en sachant que c'était mal.

Il se tourna vers Howard qui regardait le blé frémir là où Toby fendait les épis pour revenir gaiement vers eux, la queue en l'air. Il n'avait rien attrapé – il n'attrapait jamais rien –, mais il était le dernier à s'en soucier. Il s'arrêta en dérapant devant Howard, qui se baissa et le serra subitement contre lui dans un élan d'émotion, d'affection entière et candide que Lucas avait rarement vue chez lui, et qu'il observa sans rien dire.

Howard se releva et ils retournèrent vers la haie dans un silence paisible.

Lucas rentra chez lui, prêt à savourer un peu de tranquillité au piano, voire à tenter un de ses morceaux favoris de Chopin.

Josephine vint l'accueillir en secouant la tête.

— Tu as oublié, n'est-ce pas ?

C'était une constatation plus qu'une question.

— Oublié quoi ?

Il n'avait pas la moindre idée de ce dont elle parlait.

— J'étais censé rapporter quelque chose ?

Toby attendait patiemment qu'on lui retirât sa laisse.

— Oublié quoi ? répéta-t-il en défaisant le fermoir pour que le chien pût aller manger.

Il savait précisément où sa gamelle se trouvait et qu'il était l'heure.

Josephine secoua la tête de nouveau et le considéra avec une affection mêlée de lassitude.

— Nous dînons avec Charles et Katherine…

— Encore ? s'écria-t-il, surpris. Mais nous les avons vus il y a seulement quelques jours. Tu ne t'es pas trompée ?

Il gagnait du temps. Bien sûr qu'elle ne s'était pas trompée. Josephine ne commettait pas ce genre d'erreurs. Et elle n'aurait pas été prête à sortir si la soirée n'avait pas été convenue au préalable. Elle était très élégante. Elle avait conservé son maintien et ses beaux cheveux, non moins magnifiques maintenant qu'ils étaient complètement argentés. Elle arborait une robe bleu foncé qui tombait bien au-dessous du genou, mais dont la coupe épousait ses formes. En temps ordinaire, il ne remarquait guère les vêtements, cependant il voyait que cette tenue était de celles qu'on réserve aux occasions spéciales.

— C'est l'anniversaire de Katherine, lui rappela-t-elle.

— Oh ! Oh, mon Dieu ! J'avais oublié. Nous aurions dû lui acheter quelque chose…

— Il est un peu tard pour cela, observa-t-elle sur un ton ironique, sans pouvoir empêcher son sourire de la trahir.

— Tu as un cadeau pour elle ? demanda-t-il avec l'assurance que conférait une longue habitude.

— Bien entendu ! L'anniversaire d'Elena est le seul que tu n'oublies jamais !

— Eh bien, c'est le 5 novembre ! objecta-t-il, raisonnable. Le jour de Guy Fawkes. Si un des autres était né à Noël, ou à la Saint-George, ou une date de ce genre, je m'en souviendrais aussi.

— Quand est la Saint-George ? demanda-t-elle innocemment.

Il ouvrit la bouche pour répondre, puis comprit qu'elle le taquinait.

— Qu'as-tu choisi ? Mieux vaudrait que je n'aie pas l'air surpris lorsqu'elle ouvrira le paquet.

— Un long collier de perles roses dont je sais qu'elle avait envie. À dire vrai, il me plaît beaucoup aussi, encore que je préfère les perles blanches. Je trouve que le rose est un peu… je ne sais pas… enfin, c'est ce qu'elle voulait.

— Le rose ressemble un peu à la chair nue, commenta-t-il, tout en notant intérieurement : « long collier, perles blanches ».

Il monta se changer, content d'avoir une idée pour un futur cadeau. Il ne savait jamais quoi offrir aux autres, surtout aux femmes. Pour Mike, ç'avait été facile : n'importe quel objet mécanique. Il se rappelait nettement sa première boîte de Meccano, et les heures qu'ils avaient passées ensemble à assembler des objets.

Une douleur soudaine l'envahit. Mike lui manquait affreusement. Ces moments-là étaient si lointains. Vingt-cinq ans s'étaient écoulés depuis qu'il avait offert ce Meccano à Mike, un quart de siècle. Il traversa le palier pour entrer dans la chambre, songeant qu'il devrait s'appliquer à faire bonne figure lors de cette soirée chez Charles. Peu importait l'effort que cela lui coûterait.

Ils arrivèrent à l'heure précise et furent accueillis avec chaleur. Outre qu'elle était une cuisinière accomplie, Katherine réussissait toujours à donner l'impression que le repas avait été un jeu d'enfants. Elle avait du personnel domestique mais, comme Josephine, elle se réservait l'art de la cuisine et de la présentation des plats, qu'elle rehaussait souvent de touches de couleur particulièrement agréables à l'œil.

Enchantée par le collier, elle les remercia tous les deux avec enthousiasme, bien qu'elle sût pertinemment que c'était Josephine qui l'avait choisi.

Ils étaient à table, en train de déguster un potage froid à la laitue qui, à la stupéfaction de Lucas, était délicieux, quand Charles s'adressa à lui, les sourcils froncés.

— Je pensais qu'Elena serait rentrée à l'heure qu'il est. Avez-vous eu de ses nouvelles ?

— Non, répondit Lucas. Elle a pu décider de s'attarder un peu à Amalfi. C'est un endroit extraordinairement beau.

— Non, dit Charles aussitôt. Nous avons eu un appel de Margot, qui nous expliquait qu'Elena était partie avant elle. Qu'elle était allée à Rome avec un jeune homme.

Katherine sourit.

— Ne t'inquiète pas, mon cher, je suis sûre qu'elle va bien. Si elle s'amuse un peu, pour une fois, c'est une bonne chose. Peut-être ce garçon est-il amoureux d'elle. Je préférerais de loin la voir fonder un foyer avec un brave homme plutôt que de s'évertuer à avoir une carrière.

Elle n'ajouta pas *surtout après le désastre des Affaires étrangères*, mais le sous-entendu était là.

— Et toi aussi !

Elle lui effleura doucement le bras, et il recouvrit aussitôt sa main de la sienne.

— Oui, naturellement. C'est juste que… cela ne lui ressemble guère.

— Les gens changent, rétorqua-t-elle. Tu dis toujours que Margot est trop facile à contenter, et Elena trop difficile. D'après Margot, ce jeune homme lui plaisait beaucoup, et il paraissait à la fois charmant et bien sous tous rapports.

— Il est italien ? s'enquit Charles, non sans une certaine inquiétude.

— Non, anglais. Il a fait ses études à Cambridge, selon Margot. En fait, il lui plaisait aussi.

— Eh bien, elle pouvait laisser celui-ci à sa sœur, lâcha-t-il sur un ton un peu sec. Et Elena aurait pu avoir la courtoisie de nous informer qu'elle passait quelques jours à Rome.

Il regarda Lucas, assis en face de lui.

— Elle ne t'a rien dit, je suppose ? demanda-t-il, avec une pointe de tension dans la voix.

— Non, répondit Lucas, étonné.

Il n'aurait pas dû l'être, pourtant. Il savait qu'Elena était plus proche de lui que de son père.

La conversation se porta sur Rome, puis sur Paris. Tous avaient vécu dans les deux villes pendant la guerre et après. Charles et Katherine avaient passé deux ans et demi à l'ambassade à Paris. C'était une ville qui vous enchantait, qu'on veuille ou non tomber sous le charme.

Katherine déclina l'aide qu'on lui proposait pour desservir les assiettes creuses, mais permit à Charles d'apporter le jambon cuit aux pêches. En revanche, ce fut elle qui le découpa.

Bien que peu séduit par l'association de ces deux ingrédients, Lucas avait assez de bonnes manières pour taire ses réticences et eut de nouveau l'agréable surprise de trouver le plat excellent. Il en fit compliment à Katherine, dont le plaisir fut visible.

Non sans habileté, Josephine parvint à maintenir la conversation à l'écart de la politique jusqu'au dessert, la meilleure mousse au chocolat que Lucas se souvînt d'avoir mangée. Là encore, il le dit. Charles lui adressa un coup d'œil rapide, assez critique, mais les deux femmes connaissaient suffisamment Lucas pour ne pas douter de sa sincérité.

D'une manière ou d'une autre, il fut question de luxe,

puis de communisme. Peut-être à cause du chocolat. Il semblait être un plaisir coupable, du moins lorsqu'il était servi ainsi.

— Je crois que le communisme est le plus grand des dangers, déclara Charles avec conviction. En fait, il n'y a aucun doute à ce sujet.

— Ici ? se récria Katherine.

— Pas forcément. Je pense que Herr Hitler et ses amis vont y mettre bon ordre avant qu'on en arrive là. Et nous devons leur en être reconnaissants. Ce sont pour ainsi dire des barbares.

— Les hommes de Hitler ? demanda Josephine poliment, sans paraître étonnée.

— Non, Mère, répondit Charles patiemment. Les communistes ! Hitler ne fait que ce qu'il est obligé de faire. Si tu te souvenais de l'Allemagne telle qu'elle était après la guerre, au lieu de refuser de voir les choses en face – de les voir vraiment –, tu te rendrais compte que le pays est enfin en train de se ressaisir, que les gens recommencent à avoir du travail, qu'ils se relèvent et retrouvent le respect d'eux-mêmes. Tous les peuples méritent cela, les Allemands comme les autres. J'ai dit à l'époque que le traité de 1918 était beaucoup trop dur et qu'il ne ferait que causer des ennuis à tout le monde plus tard. Je n'éprouve aucune satisfaction à avoir eu raison. Personne ne voulait écouter, du moins parmi ceux qui avaient le pouvoir d'y changer quelque chose.

Pour une fois, Lucas n'était pas en désaccord avec lui, en tout cas en ce qui concernait la sévérité du traité. Le sujet de Hitler et des communistes était une tout autre question, et mieux valait l'éviter.

Josephine lui décocha un coup de pied d'avertissement sous la table.

— As-tu des nouvelles de l'ambassade à Berlin ? demanda-t-il, s'efforçant de ne pas manifester trop d'intérêt.

— Je suis encore en relation avec Cordell, répondit Charles. C'est quelqu'un de bien. Il voit les deux côtés du tableau, on ne peut pas en dire autant de tout le monde.

— Tout le monde ? Les diplomates en général ? Ou ceux qui sont postés à Berlin en particulier ?

Le sourire de Charles s'était un peu tendu.

— Les diplomates que je connais.

Il était habitué à la précision de Lucas et, ces derniers temps, il se laissait rarement prendre en faute.

Lucas lui sourit, espérant dissiper la tension soudaine. Toutefois cette allusion au point de vue de Cordell ne pouvait être ignorée. Elle confirmait les dires de Peter Howard.

— Donc, Cordell a une vision assez juste de la situation ?

— Oui. C'est un des rares à percevoir d'où vient la véritable menace, si nous n'agissons pas contre elle dès maintenant. Et les communistes sont très doués pour faire diversion. Écoute, Père, reste en dehors des questions dont tu ne sais rien. Je sais que tu penches à gauche bien plus qu'à droite et que tu apprécies Churchill, mais tu ne te doutes pas de ce qui est en jeu ! Si tu écoutais Cordell, tu comprendrais ce qui se passe en Europe…

Lucas prit une inspiration, puis exhala l'air de ses poumons. Charles avait été un bon ambassadeur, parfois même excellent. Il savait jouer les médiateurs dans les affaires les plus délicates, dont la portée était souvent considérable. Lucas avait eu l'occasion, professionnellement, d'en apprendre plus long à son sujet que son fils ne le soupçonnait.

Charles, lui, n'avait aucune idée du poste que Lucas avait occupé par le passé, ni du rôle qu'il jouait maintenant, même s'il était officieux.

Pas étonnant que Peter Howard fût si seul, songea Lucas en se remémorant la douleur qu'il avait lue sur ses traits. Que savait Pamela Howard, ou que devinait-elle ?

Peut-être seulement que l'esprit de son mari était plein de pensées qu'il ne partageait pas avec elle. Peut-être que ses raisons lui étaient indifférentes.

Josephine ne lui avait jamais posé de questions. Était-ce parce que, en un sens, elle savait ? Il la regarda. Elle lui rendit son sourire sans qu'il pût deviner ce qu'elle pensait, seulement qu'elle ne l'interrogerait pas. Et il lui en fut reconnaissant.

10

Elena grelottait toujours, le regard rivé sur l'obscurité. Elle ne distinguait rien au-delà du verre sombre. Elle aurait pu être n'importe où. Comme le train ralentissait, puis s'immobilisait, elle plissa les yeux pour déchiffrer le nom de la gare, mais aucun panneau n'était visible.

Tout était flou derrière les sillons que la pluie dessinait sur les vitres. On n'apercevait que quelques lumières. Elle crut entendre les portières s'ouvrir et se refermer, mais personne n'entra dans leur compartiment. En face d'elle, Walter semblait dormir. Pourquoi faisait-on circuler des trains pour si peu de voyageurs ? Pour leur faire atteindre un endroit d'où ils transporteraient des gens qui allaient au travail le lendemain matin ? L'espace d'un instant, elle envia ceux qui menaient une existence si simple, si ordinaire. Mais peut-être étaient-ils las et inquiets aussi ? La France avait affreusement souffert de la guerre. La population ne s'en était pas plus remise qu'en Angleterre. Bientôt, Elena roulerait vers le nord de nouveau, vers les Flandres et les champs de bataille dont les noms pesaient lourdement sur le cœur : Verdun, Ypres, la Somme, la Marne, Passchendaele.

Les coquelicots y repoussaient-ils, l'été venu ? Fallait-il y voir un symbole de la vie et de son infinie valeur ? Ou de la mort ?

Elle garda les yeux fixés sur la vitre alors qu'ils repartaient, résolue à rester éveillée : ils allaient descendre à la gare suivante afin de trouver un train en partance pour le nord, l'Allemagne et, de préférence, Berlin même. Il était impératif qu'elle atteigne l'ambassade de Grande-Bretagne avant la fin de la journée. En fait, avant la fin de l'après-midi, car elle ne pouvait remettre son message qu'à Cordell. Ian l'avait bien précisé. Elle n'aurait pas le temps de faire halte à l'hôtel, de prendre un bain chaud et d'enfiler une tenue plus présentable que la robe froissée qu'elle portait, irrémédiablement tachée du sang de Ian.

Il était mort en essayant d'empêcher l'assassinat de ce Scharnhorst. Le moins qu'elle pût faire était de cesser de s'apitoyer sur elle-même et d'accomplir sa mission ! Peu importait qu'elle fût épuisée, glacée et anéantie par le chagrin. Elle entendait la voix de Mike dans sa tête. *Allons, ma vieille ! Il y a une tâche à accomplir. Tu n'as pas le droit de décevoir les tiens*. Les soldats étaient transis, trempés et exténués le plus clair du temps, et auraient, à n'en pas douter, été submergés de chagrin s'ils s'étaient permis de l'être. Chaque jour, ils voyaient tomber des camarades. Vers la fin, l'espérance de vie moyenne allait de dix à quatorze jours ! Quel genre de femmelette était-elle pour se plaindre ? Elle était vivante, saine et sauve, et avait une mission à remplir.

Dieu merci, Walter était intervenu pour l'aider. Sans lui, aurait-elle été de la moindre utilité ?

Il remua, sa position étant manifestement inconfortable, puis ouvrit les yeux et parut mettre quelques secondes à se souvenir de l'endroit où il était. Enfin il lui sourit, la sollicitude gravée sur ses traits.

— Ça va ? demanda-t-il, juste assez fort pour être entendu par-dessus le vacarme des roues.

— Oui, merci. Pourquoi faites-vous tout cela ? Où alliez-vous… avant… ?

Elle haussa les épaules imperceptiblement.

— J'ai du travail à Hambourg. Mais rien ne presse, assura-t-il.

— Où habitez-vous ?

— À Londres. Cela dit, je voyage souvent.

— Je suis désolée…

— Ne soyez pas ridicule ! s'écria-t-il en souriant de nouveau.

Son sourire illuminait son visage, le faisait paraître beaucoup plus jeune.

— À quoi vous attendiez-vous ? Pensiez-vous que j'allais vous laisser là-bas, seule et dans les pires ennuis ? J'aurais facilement pu me trouver à votre place ! Nous allons nous en sortir. Veillez seulement à ne pas attirer l'attention sur vous.

Elle hocha la tête et s'efforça de lui sourire en retour.

La gare suivante arriva vite. Elena se leva, ramassa la petite valise qui contenait son précieux appareil photo.

Ils descendirent et se tinrent ensemble sur le quai presque désert. Déjà, le ciel s'éclaircissait à l'est.

Les passagers, peu nombreux, semblaient tous avoir hâte de s'en aller. Elena et Walter s'approchèrent d'un employé à l'air fatigué, à demi endormi. Walter lui demanda en français s'il pouvait leur indiquer le prochain train vers le nord.

L'homme réfléchit un instant, puis voulut savoir où ils se rendaient.

— À Berlin, déclara Walter sans hésitation.

L'employé maugréa quelque chose et le regarda d'un œil torve. Haïssait-il les Allemands ? Peut-être avait-il perdu des parents à la guerre… qui en France avait été épargné ? Et pourtant, comment éviter d'être pris pour des Allemands ?

— S'il vous plaît, intervint Elena à mi-voix. Nous devons atteindre l'ambassade de Grande-Bretagne. Un de nos amis a des ennuis.

Une entorse à la vérité, certes, mais quelle importance désormais ? Elle ne pouvait faire de mal à personne.

— Vous êtes anglais ?

— Oui.

— Pressés ?

— Oui… s'il vous plaît.

— Si vous faites vite, vous pourrez attraper le premier train au quai n° 4. Il vous emmènera jusqu'à Hambourg. Le voyage est long mais, de là, il devrait y avoir des correspondances pour Berlin.

— Merci beaucoup, dit Elena, suivant du regard son doigt pointé sur la passerelle.

— Dépêchez-vous !

— Merci, répéta-t-elle par-dessus son épaule, tandis que Walter passait devant.

Elle avait les jambes raides, elle se sentait à bout de forces. Par deux fois, elle trébucha et faillit manquer une marche, et seule l'intervention de Walter lui évita une chute. Son sac n'était pas très lourd, mais il lui semblait contenir du plomb.

Elle s'accrocha à Walter pour descendre l'escalier. Si elle tombait, ce serait la fin de son entreprise. Elle se voyait déjà à terre, une cheville brisée, n'ayant plus aucune chance d'arriver à bon port ni d'empêcher l'assassinat et l'accusation dont les Britanniques seraient l'objet.

D'après le peu qu'elle avait lu concernant Scharnhorst, il ne serait guère regretté. Celui qui l'avait choisi comme cible avait son approbation. En temps normal, elle l'eût encouragé ! Mais si la Grande-Bretagne devait servir de bouc émissaire et se retrouver mêlée à un incident international, c'était différent.

En arrivant en bas des marches, elle aperçut les feux du convoi qui approchait.

— Venez ! pressa Walter.

Il se mit à courir, la traînant à demi derrière lui sous

l'arche du quai n° 4. Elle chercha du regard un panneau indiquant le prochain train. Il n'y en avait pas. Elle pivota et ne vit rien dans l'autre direction, hormis le fanal rond de la locomotive qui grossissait à vue d'œil.

N'y avait-il personne qui pût les renseigner ? Elle ne voyait ni portiers ni chef de gare. Le train s'était arrêté. Elle sentit la panique l'envahir. Ils devaient monter à bord ! Mais si elle se retrouvait en Suisse ? ou en Autriche ?

Walter ouvrit la portière du compartiment le plus proche juste au moment où un vieux monsieur s'apprêtait à descendre, une petite valise à la main.

— *Pardon*[1] *!* s'exclama-t-il, surpris.

— Excusez-moi, monsieur, dit Walter. Ce train va bien vers le nord ? Je ne vois aucun panneau indiquant sa destination.

— Il va à Hambourg, monsieur. Pourriez-vous, s'il vous plaît, vous écarter et me laisser passer ? Je n'ai aucune envie d'aller là-bas.

— Bien sûr. *Pardon*[1] *!*

Walter s'effaça. Dès que le voyageur fut sur le quai, il gravit les marches, tenant fermement sa valise d'une main et Elena de l'autre. Une fois à bord, ils enfilèrent le couloir à la recherche d'un compartiment inoccupé. Ils en trouvèrent un vers le bout du wagon et mettaient leurs bagages dans le filet au-dessus d'eux quand un coup de sifflet retentit. Le train s'ébranla dans un sursaut. Prise au dépourvu, Elena faillit perdre l'équilibre. Walter la retint et l'aida à s'asseoir, le visage soucieux.

— Ça va, affirma-t-elle, irritée contre elle-même.

Un peu de courage, enfin, se morigéna-t-elle.

— Vous en êtes sûre ?

— Oui. Vraiment. Merci, répondit-elle, résolue à faire en sorte que ce fût vrai.

1. En français dans le texte.

Après l'avoir dévisagée un instant, il s'installa à côté d'elle.

Elle était obligée de garder son manteau sur elle, et boutonné, afin de cacher les taches de sang restées sur sa robe. Au moins, celle-ci n'était plus trempée, seulement humide. Elle avait mal à la tête et l'impression d'avoir du sable plein les yeux. Peut-être était-ce le cas ? Dans une gare, on se salissait et on prenait froid en l'affaire de quelques minutes. Elle était à bord d'un train après l'autre depuis si longtemps qu'Amalfi, sa chaleur et son soleil, les moments merveilleux qu'elle avait passés là-bas semblaient appartenir à un monde lointain dont elle n'avait fait que rêver.

Si seulement le présent n'était qu'un cauchemar et qu'elle fût sur le point de se réveiller, de se découvrir propre et sèche, Ian en face d'elle, riant de sa maladresse, mais gentiment, une tasse de thé à la main ! Si seulement elle s'était endormie pendant qu'il allait l'acheter et qu'ils fussent encore dans la campagne italienne, verdoyante et baignée de soleil…

Toutefois l'aube pointait à peine, et Elena traversait la France, roulant vers le nord sous le ciel pâle où le soleil n'apparaissait pas encore. Elle était transie, elle frissonnait. Ian était mort. Seul Walter Mann était assis à côté d'elle dans ce compartiment.

— Vous êtes sûre de ce que vous faites, Elena ? demanda-t-il avec douceur.

Elle reporta son attention sur lui.

— À quel sujet ?

— Au sujet de ce voyage à Berlin. Tout a changé depuis que vous avez pris cette décision.

Elle prit une inspiration, prête à lui avouer que c'était l'inverse, en réalité. Que c'était à cause de la mort de Ian qu'elle se rendait en Allemagne au lieu de rentrer chez elle. Cependant, Ian avait dit qu'il était membre du MI6, le service de renseignements militaires. Un service secret.

Il lui avait confié la mission qu'il n'avait pas pu accomplir. Celle-là même qui lui avait valu d'être assassiné.

— Merci. C'est gentil de votre part de vous en inquiéter. Mais ça ira. J'ai absolument l'intention d'aller à Berlin, répondit-elle, en se forçant à esquisser un sourire.

Il parut inquiet.

— Vraiment ? Vous pourriez aisément envoyer un message à quiconque vous attend…

— Oui, je sais. Mais non, merci. Peut-être pourrai-je me reposer un peu pendant le voyage. Nous avons… un long chemin à faire…

— Vous avez besoin d'un bain chaud et d'un lit, et non de dormir recroquevillée sur une banquette.

Il eut un sourire de regret.

— Et nous avons laissé tant de vos effets à bord de l'autre train. Nous n'avions pas le choix. Vous n'avez même pas de quoi vous changer…

— Je sais. J'ai assez d'argent pour remplacer tout cela. Je vous en prie, n'essayez pas de me dissuader de faire ce voyage. Il faut que j'y aille. C'est tout.

Il dut entendre la détermination dans sa voix. Il resta silencieux quelques minutes, mais elle sentait son regard sur elle.

— C'est une promesse faite à Newton, n'est-ce pas ? demanda-t-il enfin.

Comment le savait-il ? Elle comprit soudain que c'était une évidence. Elle était partie plus tôt que prévu avec Ian. Elle avait modifié ses projets à cause de lui. Maintenant qu'il était mort, elle les modifiait de nouveau. Pas besoin d'être particulièrement brillant pour arriver à cette conclusion. Elle avait un billet pour Paris, et non pour Berlin. Elle n'avait même pas prévu de correspondance pour Berlin.

— Il est mort, dit-elle, d'une voix qui tremblait légèrement.

— Et vous lui avez fait une promesse ?

Il poursuivit avant qu'elle eût pu lui répondre, ou lui mentir.

— Et parce qu'il est mort, vous devez la tenir ?

— Beaucoup de gens sont morts, et beaucoup de promesses ont été enfreintes, répliqua-t-elle. Surtout par des gens qui n'étaient pas obligés de les tenir.

— Comme l'homme dans le placard à linge de l'hôtel ?

Elle eut soudain plus froid encore, mais là non plus, il ne lui laissa pas le temps de répondre.

— Ian le connaissait. Vous le savez, n'est-ce pas ?

Devait-elle mentir ? Walter posait des questions auxquelles elle ne voulait pas songer.

— Je ne sais pas…

Elle n'allait pas le nier. Ç'aurait été gênant, et elle aurait donné l'impression d'être sur la défensive.

— Pourquoi ?

— Il a été assassiné, vous êtes au courant ?

— Oui, bien sûr. On ne se rompt pas le cou en tombant dans un placard à linge. Où voulez-vous en venir ? Suggérez-vous que celui qui l'a tué a aussi tué Ian ?

Maintenant, elle était assez furieuse pour le regarder en face.

— Et vous pensez que mon voyage à Berlin a un rapport avec tout cela ?

— Je n'en ai pas la moindre idée.

Il posa la main sur son poignet. C'était un geste doux, pas du tout déplacé, comme ç'aurait pu être le cas s'il lui avait touché la main.

— Cela dit, deux personnes ont été assassinées. Je veux que vous soyez à l'abri, non seulement de la police, mais de l'auteur de ces crimes. Il faut que l'enjeu soit important pour provoquer tant de violence dans un hôtel, et à bord d'un train plein de voyageurs.

C'était vrai. Et Ian avait commencé par mentir au sujet de l'homme du placard.

— Ian n'a pas pu tuer l'homme de l'hôtel puisqu'il a

passé tout l'après-midi avec moi. Et il est évident qu'il ne s'est pas donné la mort !

Elle faillit s'étrangler sur ces mots. Puis elle se demanda pourquoi elle les avait prononcés. Walter n'avait rien sous-entendu de tel !

— Bien sûr que non, dit-il fermement, en accentuant sa prise sur le poignet d'Elena. Et vous savez quand l'homme du placard a été tué ?

Elle comprit son erreur.

— Non. Je suppose qu'il aurait pu être là depuis le matin… depuis la dernière fois que quelqu'un avait ouvert le placard. Je sais qu'il y a là quelque chose de déplaisant…

— De déplaisant ! Oui, de déplaisant et de dangereux. Elena, vous ne savez pas où vous mettez les pieds ! Personne n'a le droit de vous demander cela. Vous ne savez même pas de quoi il s'agit, n'est-ce pas ?

Si. Tout ce qu'elle avait à faire, c'était de remettre un message à Cordell à Berlin. Qui n'était pas un inconnu pour elle. Pas plus que les membres du personnel de l'ambassade. Elle avait vécu là, enfin !

— C'est une très petite chose, et je vais la faire, dit-elle très calmement. Je vous en prie, ne me traitez pas comme si j'étais une enfant… ou une incapable. J'ai été bouleversée par la mort de Ian. Mais je suis parfaitement capable de continuer.

Elle prit une longue inspiration.

— Cela dit, je vous suis reconnaissante pour votre aide.

Il soupira et se laissa aller contre le dossier de son siège, l'air résigné, un sourire ironique aux lèvres qui semblait insinuer qu'il allait jusqu'à l'admirer.

Elena s'assoupit, et fut réveillée en sursaut par la portière qui s'ouvrait bruyamment. Levant les yeux, elle vit qu'un contrôleur la fixait.

Elle avait glissé un peu sur le côté. Comme elle se redressait, les pans de son manteau s'étaient écartés.

Étaient-ce ses jambes, trop exposées, que l'homme regardait ? Ou la tache de sang indélébile sur le tissu de sa robe ? Les joues en feu, elle se pencha pour refermer les pans du manteau.

Le contrôleur réclama leurs passeports. Après les avoir examinés avec attention, il reporta son attention sur Elena, les sourcils froncés.

— *Fraülein* Standish ?

— Oui.

Il ne pouvait pas être déjà au courant de la mort de Ian. Ni la soupçonner !

— Pourquoi vous rendez-vous en Allemagne, *Fraülein* ?

Il la regardait calmement, interrogateur. Elle avait une conscience aiguë des taches de sang sur sa robe. Allait-il lui demander de déboutonner son manteau ?

— C'est ma fiancée, déclara Walter tranquillement. Elle va faire la connaissance de certains membres de ma famille pour la première fois. Nous sommes un peu… nerveux, vous comprenez ?

Le contrôleur sourit.

— Oh, oui ! Je me souviens.

Il eut un petit haussement d'épaules.

— Bonne chance, *Fraülein*. Je suis sûr qu'ils seront enchantés.

Il leur rendit les passeports et continua son chemin.

— Merci, murmura Elena, la gorge nouée, tremblant si violemment qu'elle faillit laisser échapper le document.

— Vous voyez ? Ce n'était pas si difficile. Mais n'oubliez pas de dire cela quand vous arriverez à Berlin. Pourrez-vous vous débrouiller là-bas ?

— Oui. Merci. On m'aidera à l'ambassade.

— À obtenir un nouveau passeport ? Ce serait sage. Lorsqu'on découvrira le corps de Newton, ce qui doit être chose faite à l'heure qu'il est, des recherches seront entreprises pour retrouver la femme qui l'accompagnait. C'est inévitable.

— Oui, je sais. Et les douaniers italiens se souviendront peut-être de moi. Mais mon père a été ambassadeur à Berlin. Tout ira bien. Merci.

Elle songea qu'elle devrait dormir encore un peu, si possible. Le train n'était pas un rapide, sinon il n'aurait pas fait halte dans la petite gare qu'ils venaient de quitter. Hambourg était le terminus, elle devrait descendre là, et être bien réveillée, reposée et lucide. Au moins, elle avait de l'argent, et elle connaissait assez bien Berlin pour trouver l'ambassade aisément. Il fallait seulement qu'elle arrive avant que Cordell s'en fût allé. Elle avait environ onze heures devant elle.

Elle se pelotonna sur la banquette, utilisant son sac à main en guise d'oreiller et son manteau comme couverture. Walter l'ajusta et la borda. Le claquement rythmé des roues sur la voie la berçait, presque pareil à un être vivant qui lui aurait tenu compagnie.

Elle dormit bel et bien – l'épuisement l'emporta –, mais ne put refouler les cauchemars. Elle se réveilla plusieurs fois, tenta de trouver une position plus confortable, s'estimant heureuse d'avoir trois sièges sur lesquels s'allonger. Dormir là où l'on pouvait. Mike lui avait souvent dit cela. Il lui avait raconté comment les choses se passaient au front, lui en avait dit plus long qu'à quiconque. En partie parce qu'il n'avait pas voulu imposer ce fardeau aux siens. Et qu'il ne voulait pas savoir qu'ils y pensaient chaque fois qu'ils le regardaient. Si c'était le cas, il ne pourrait pas oublier lui non plus, quand il en aurait besoin.

« Mais pourquoi me dis-tu tout cela à moi ? » avait-elle demandé.

Elle se souvenait de son expression amusée, ironique, comme si la scène s'était déroulée la veille.

« Parce que j'ai besoin que quelqu'un me comprenne, avait-il répondu. Quand tout sera terminé, les gens voudront oublier. Mais ceux d'entre nous qui étions là ne pourront jamais oublier, jamais tout à fait. J'aurai besoin de quelqu'un qui me comprendra quand je ferai des bêtises. » Et puis, il avait ri. « Ne t'en fais pas, mon chou. Sois là, c'est tout, hein ? »

Elle avait promis d'être là.

C'était Mike qui était parti.

Elle se réveilla en sursaut. Le train ne bougeait plus et Walter, debout devant elle, lui secouait doucement l'épaule.

— Oh ! Merci.

Elle se leva en hâte, enfila son manteau et jeta un coup d'œil par la vitre. Un gros panneau indiquait « HAMBOURG ». Elle attrapa son sac et sa valise et, Walter sur ses talons, se joignit à la foule de passagers qui descendaient.

Elle entendit les sonorités familières de l'allemand autour d'elle et n'eut aucun mal à les retrouver elle-même. Walter eut tôt fait de se renseigner pour le départ du prochain rapide à destination de Berlin, et de changer de l'argent en monnaie allemande.

Ils n'eurent que quelques minutes d'attente avant le départ de leur train. Avait-on fait en sorte que les horaires concordent, ou était-ce une coïncidence ? À en croire les rumeurs, Adolf Hitler avait présidé à bien des améliorations. L'ordre avait toujours été une source de fierté dans le pays. Peut-être la correspondance était-elle conçue ainsi. Lorsque les choses fonctionnaient comme elles le devaient, c'était une source de satisfaction. De confiance. D'espoir peut-être.

Le train arriva à Berlin avec quelques minutes d'avance. Si le rang de taxis était toujours situé au même endroit, elle n'aurait aucun mal à en trouver un, et n'importe quel chauffeur connaîtrait les principales ambassades.

La gare semblait telle que dans ses souvenirs, et Elena

n'avait pas le temps d'observer les petits changements intervenus, les nouveaux restaurants ou magasins. Elle avait une heure, ou un peu moins, pour atteindre l'ambassade. En principe, c'était aisément faisable, mais encore fallait-il compter avec d'éventuels embouteillages, files d'attente, fonctionnaires réticents ou trop pressés pour écouter.

Elle se tourna vers Walter.

— Je ne pourrai jamais assez vous remercier pour tout ce que vous avez fait. Je dois continuer seule à présent.

— Je comprends... enfin, non... je vous crois. Faites attention à vous, Elena Standish !

Il sourit et se pencha vers elle pour déposer un léger baiser sur son front. Puis il pivota et s'éloigna d'une démarche élégante, tranquille.

En quelques instants, il disparut dans la foule. Elle ne s'autorisa pas à le regretter. Elle avait faim et soif, mais cela devrait attendre. L'important était d'arriver à l'ambassade à temps, et de trouver un endroit où se rafraîchir et tâcher de se rendre un peu plus présentable.

Six personnes se trouvaient à la station de taxis lorsqu'elle y parvint. Elle ne distinguait que quatre voitures. Combien de temps allait-elle devoir patienter ? Pouvait-elle demander si quelqu'un se rendait à proximité de l'ambassade ? Sinon, elle risquait d'arriver trop tard ! Le grand rassemblement où Scharnhorst devait apparaître aurait lieu le lendemain à midi. Si elle manquait Cordell ce soir-là, elle n'aurait peut-être pas le temps de le voir avant l'événement. Pourtant, était-il sage d'attirer l'attention sur elle ? Le premier homme dans la file portait un complet austère. Tous avaient l'air las, pressés de rentrer chez eux. *Au diable l'embarras !* songea-t-elle.

— Excusez-moi, mesdames et messieurs, dit-elle distinctement. J'ai un rendez-vous pour lequel je suis en retard, à l'ambassade d'Angleterre. L'un d'entre vous va-t-il dans cette direction ? Je serais heureuse de régler toute la course, plutôt que de manquer mon… rendez-vous.

Tous parurent un peu surpris. La panique perçait dans sa voix. Elle l'avait entendue elle-même. Pourvu que l'un d'eux préfère l'argent au temps !

Le silence sembla s'étirer interminablement, mais dura sans doute moins d'une minute. Puis une femme hocha la tête.

— Je vais dans ce quartier. Si vous me déposez, le chauffeur pourra vous y emmener en quelques minutes.

— Merci ! s'écria Elena, débordante de reconnaissance. Merci, répéta-t-elle, ajoutant la formule de politesse « *Gnädige Frau* ».

Le trajet lui parut long, bien qu'en réalité il durât moins de vingt-cinq minutes. Les rues étaient animées, pleines de ménagères qui faisaient leurs courses, de piétons qui marchaient d'un pas vif. Certains avaient la tête baissée, comme s'ils s'efforçaient de passer inaperçus. Un vieil homme portant une barbe blanche mit le pied dans le caniveau à l'approche d'un groupe d'hommes en chemises brunes. Le visage détourné, il s'avança plus loin sur la chaussée pour ne pas être bousculé. Les hommes ne lui accordèrent pas la moindre attention.

Deux femmes coupèrent court à leur conversation et se hâtèrent de partir dans la direction opposée.

Le chauffeur de taxi marmonna quelque chose. Supposant qu'il s'adressait à elle, Elena lui demanda de répéter, mais il secoua la tête et pressa l'allure.

Il s'arrêta devant l'ambassade. Elle régla la course et y ajouta le pourboire d'usage.

— Merci, dit-elle en descendant.

Il partit sans répondre, la laissant sur le trottoir dans sa robe tachée, la petite valise contenant son appareil photo à ses pieds.

11

Roger Cordell était seul dans son bureau de l'ambassade de Grande-Bretagne à Berlin. C'était une belle pièce, spacieuse, au décor ancien, peut-être légèrement suranné, mais qui respirait l'élégance et le bon goût. Il ne voulait pas la faire repeindre, ni remplacer le mobilier par du neuf. Il s'y sentait bien, à l'instar des visiteurs qu'il appréciait, des hommes sûrs d'eux, peu enclins à l'ostentation.

Avait-il besoin d'assister au rassemblement prévu le lendemain à midi ? Scharnhorst était un personnage important en Allemagne et, malheureusement, allait sans doute le devenir encore davantage. Au fur et à mesure que le pouvoir de Hitler s'accroissait, celui de Scharnhorst aussi. Ce dernier affectait une sorte d'hystérie, portait le culte de Hitler au paroxysme, et vouait une haine tout aussi violente à l'égard de ceux qu'il percevait comme ses ennemis. S'il était sincère, on avait affaire à un dément, mais si ces débordements d'émotion étaient calculés, cela faisait de lui un individu infiniment plus dangereux. Loin d'être hors de contrôle, il avait au contraire la situation bien en main.

Cordell avait rencontré Hitler plusieurs fois dans le cadre de ses obligations en tant qu'attaché culturel. Presque tous les aspects de la culture britannique lui étaient à la fois chers et familiers, et il ne demandait pas mieux que de la promouvoir. Il était également un admirateur de la culture allemande, qu'il s'agît de musique, de poésie, de philosophie ou de théâtre. Les deux nations avaient beaucoup en commun. Nul n'avait jamais composé de musique égale à celle de Beethoven. Elle était véritablement sublime. En revanche, aucun pays ne pouvait se targuer de posséder un théâtre et une poésie comparables aux œuvres de Shakespeare. Celui-ci était si souvent cité que même les moins célèbres de ses textes semblaient d'une manière ou d'une autre connus de chacun.

Le nationalisme allemand apparaissait parfois arrogant, voire injurieux. Cependant, après les exigences ruineuses du traité de Versailles, comment eût-on pu s'en étonner ? Cordell à l'époque était trop jeune pour en saisir l'énormité. Tout juste sorti de l'armée après quatre années où il avait vu l'enfer devenir réalité et perdu plus d'amis qu'il ne pouvait en compter, il n'avait eu ni le temps ni la capacité émotionnelle de s'insurger en vain contre des mesures auxquelles il ne pouvait rien.

Quand il se penchait sur cette période-là, il ne se remémorait que les efforts qu'il avait déployés pour obtenir et conserver un bon poste à l'ambassade, son entrée au MI6, la décision qu'il avait prise d'accepter de servir son pays. Il estimait que c'était son devoir de patriote, et cela comptait beaucoup à ses yeux alors. Indépendamment de tout le reste, sa situation s'en trouvait assurée et il avait su que, s'il s'acquittait bien de sa tâche, il ne serait pas muté trop souvent, afin d'avoir le temps d'approfondir ses contacts. Le genre de renseignements qu'il glanait se cultivait lentement, comme une variété traditionnelle de rose anglaise.

Surtout, ce rôle leur donnait, à Winifred et à lui, la possibilité d'une existence stable. Ils avaient besoin d'apprendre à se connaître de nouveau. En 1914, tout jeunes mariés, ils découvraient encore le quotidien de la vie à deux. Cette intimité leur avait été arrachée, comme à d'innombrables autres couples. Pour une raison ou pour une autre, ils n'avaient jamais pu la retrouver. La guerre changeait tout le monde. Parfois physiquement, par des cicatrices visibles de tous. Chez d'autres, les plaies étaient cachées. Elles se manifestaient dans des cauchemars, de brusques pertes de la maîtrise de soi. Cordell avait assisté à des crises de ce genre chez des gens qu'il connaissait, avait vu leur honte et leur confusion ensuite. La guerre avait laissé des séquelles qui resteraient à jamais. Voilà pourquoi elle ne devait jamais se reproduire.

Winifred était meurtrie émotionnellement par la solitude, par la détresse qui l'entourait, qu'elle avait en commun avec d'autres et qu'elle ne parvenait pas à oublier. Quant à lui, bien sûr, il ne lui avait rien confié des horreurs dont il avait été témoin.

Un nouveau départ, dans un nouvel endroit, semblait la meilleure solution.

Comme pour tant d'autres couples survivants, cela n'avait pas fonctionné. Ils étaient désormais des étrangers qui vivaient ensemble, jouaient à être mari et femme, se respectaient et avaient de la compassion l'un envers l'autre, mais ne partageaient rien.

On toqua à la porte.

— Entrez !

Un de ses assistants apparut, un jeune homme féru de poésie allemande.

— Qu'y a-t-il ?

— Une certaine Miss Standish demande à vous voir, monsieur. Elle paraît très troublée… elle affirme que c'est extrêmement urgent. Elle est porteuse d'un message émanant d'un nommé Newton. Voulez-vous que je…

— Standish ? coupa Cordell.

— Oui, monsieur. Elle prétend que son père était ambassadeur ici juste après la guerre.

— Oui. Faites-la entrer. Je connais bien Charles

Standish. Un homme de qualité. Il a perdu son fils pendant la dernière semaine de la guerre, mais il a deux filles. Faites-la entrer.

Tout d'abord, Cordell ne reconnut pas la jeune femme qui pénétrait dans la pièce. Elle était assez grande, plutôt gracieuse. Son visage exprimait un curieux mélange de force et de vulnérabilité ; on y décelait même une pointe de beauté. Cependant, à cet instant, elle avait les yeux cernés, les traits las, le teint blême.

Il y avait plusieurs années qu'il ne l'avait pas vue. Il était resté en relation avec Charles, mais pas avec sa famille. Il se souvenait de sa fille aînée, une brune ravissante, qui ressemblait un peu à son père mais qui avait hérité de la personnalité flamboyante de sa mère et, surtout, de son élégance.

Cette jeune femme-ci était tout le contraire. Elle paraissait exténuée. Ne possédait pas le moindre soupçon de l'énergie qui irradiait toujours de sa sœur.

— Je vous en prie, asseyez-vous, Miss Standish. Que puis-je faire pour vous ?

Elle resta debout.

— Je vous présente mes excuses pour mon apparence. N'ayant pas de rendez-vous, je craignais de vous manquer si je prenais le temps de me rafraîchir.

Avait-elle remarqué sa surprise ? C'était une maladresse de sa part.

— Je suis venue aussi vite que j'ai pu, reprit-elle. D'Amalfi…

Avait-il bien entendu ?

— Amalfi ? Près de Naples ?

— Oui.

Il s'apprêtait à lui témoigner sa sollicitude quand elle poursuivit.

— Je rentrais d'une conférence sur l'économie qui avait eu lieu à Amalfi en compagnie de Ian Newton, que j'avais rencontré là-bas. Nous avions dîné ensemble et étions devenus amis…

Il prépara une remarque polie. Il se souvenait de Newton et savait qu'il était membre du MI6. Mais comment Elena Standish pouvait-elle être au courant ?

— Ian est allé acheter un thé, reprit-elle. Quelque part entre Milan et Paris. Je n'ai pas fait attention à l'endroit où nous étions. Nous nous rendions à Paris. Il…

Là, elle dut s'interrompre, luttant pour se ressaisir. Elle parlait d'une voix sourde qui, à un autre moment, aurait pu être agréable à entendre.

— Il n'est pas revenu. Je suis allée le chercher, repritelle, comme si les mots n'avaient pas de sens. Je l'ai trouvé dans un compartiment vide. Il avait été poignardé et il se vidait de son sang… Je suis arrivée juste avant qu'il meure. Je n'ai pas pu le sauver.

Elle cilla rapidement.

— Il m'a révélé qu'il travaillait pour le MI6, ce que, bien sûr, j'ignorais complètement. Il avait un message urgent pour vous – il vous a nommé. Il m'a fait promettre de vous l'apporter.

Abasourdi, Cordell demeura immobile, le regard rivé sur elle.

Très lentement, les doigts gourds, elle déboutonna son manteau, révélant la robe froissée, maculée de sang. Les taches marronnasses demeuraient visibles, de grosses auréoles laides sur lesquelles on ne pouvait se méprendre dès lors qu'on savait ce qu'elles étaient.

— Seigneur ! s'écria Cordell, horrifié. Vous allez bien ?

Elle se raidit.

— Oui… je ne suis pas blessée… seulement fatiguée.

Sa voix tremblait.

— Voilà deux jours et deux nuits que je passe d'un train à l'autre… je crois.

Elle se redressa un peu, luttant visiblement pour se reprendre.

— Il m'a dit… Ian m'a dit qu'il avait un message à vous remettre. Un grand rassemblement est prévu ici demain, dont Friedrich Scharnhorst doit être le principal orateur. Il va être victime d'une tentative d'assassinat.

Elle rencontra son regard calmement, avec assurance.

— Je sais. C'est un monstre. Il est naturel que beaucoup de gens veuillent sa mort. Le problème, c'est qu'on va nous faire endosser le crime.

— Nous ? répéta Cordell, incrédule. Que voulez-vous dire par « nous » ?

— Les Britanniques. Plus précisément, le MI6. Je vous en prie, je sais que vous disposez de très peu de temps, mais Ian n'a découvert cela que l'après-midi de notre départ d'Amalfi. Nous avions prévu de prendre les trains les plus rapides de Naples à Berlin. Il est encore temps d'empêcher ce crime, n'est-ce pas ? Il le faut. Il était impossible de vous avertir plus tôt tout en gardant le secret.

Elle parlait vite maintenant, trébuchant sur les mots.

— Il ne savait pas comment vous envoyer un télégramme ou n'importe quel autre message qui vous atteindrait, vous et seulement vous, et vous communiquerait tout ce qui était essentiel. Mais il faut que ce soit vrai, sinon pourquoi l'aurait-on assassiné ? Et avant que vous tentiez de trouver une autre explication, il ne s'agissait pas d'un crime crapuleux. Je suis venue terminer sa mission à sa place. Je vous en prie…

Cordell prit ses mains dans les siennes. Elle était glacée, secouée de tremblements incontrôlables.

— Ce que vous me dites est très grave, en effet. Même s'il s'agit d'une fausse alerte, nous devons être tout à fait préparés. Vous avez entièrement raison. La situation est délicate. L'assassinat de Scharnhorst déclencherait un vent de panique et, si nous en étions accusés pour une raison ou pour une autre, cela causerait un incident international qui pourrait avoir de terribles répercussions. Vous semblez épuisée. Je vais demander à mon secrétaire de vous servir une collation. Ensuite, une voiture vous conduira à votre hôtel. Je vous prie de m'excuser, Miss Standish. J'ai beaucoup à faire d'ici à demain. Merci. Merci beaucoup.

Il donna de brèves instructions à son secrétaire. Celui-ci escorta Elena hors du bureau tandis que Cordell les suivait des yeux, le cerveau en ébullition. Il n'aurait pas dû être surpris. Scharnhorst était le candidat parfait pour un assassinat. Mais qui voulait sa mort ? Ceux qui haïssaient sa violence, son pouvoir croissant, l'ascendant qu'il semblait exercer sur Hitler ? Un rival ? Ou Hitler en personne parce que Scharnhorst allait trop loin, trop vite pour l'opinion publique ? Hitler veillait à entraîner le peuple avec lui – toujours ! Et que savait cette jeune femme du MI6, cette branche des services secrets qui n'était même pas officiellement reconnue par le Parlement ?

Dans l'immédiat, toutes ces questions étaient secondaires. Il serait assez facile de relayer l'information afin que les mesures de sécurité puissent être renforcées. Ou le rassemblement annulé, ou encore Scharnhorst remplacé ? Cordell avait les relations nécessaires pour faire cela. Hitler admirait beaucoup de choses chez les Anglais. Il n'avait pas caché qu'il les considérait comme de futurs alliés potentiels dans la guerre contre le communisme. Et Cordell savait qu'à Londres Hitler jouissait de l'estime de certaines personnalités en vue. Le retour de l'ordre et de la stabilité en Allemagne était un grand signe d'espoir pour l'Europe, qui voyait en elle un bastion contre la menace bien plus grande incarnée par le communisme, lequel se développait et se rapprochait à vue d'œil, apportant violence et nihilisme.

Mais n'était-il pas étrange que cette information lui fût parvenue par la fille de Charles Standish ? S'agissait-il d'une coïncidence ? C'était possible.

Il se souvenait avec netteté de sa dernière véritable rencontre avec Charles. C'était environ huit ans auparavant, à Paris, la reine des villes. Une réception officielle quelconque. S'ennuyant l'un et l'autre, ils étaient sortis prendre l'air, fumer une cigarette et échapper un instant aux bavardages polis, dénués de sens. C'était quelque part d'où on avait vue sur le fleuve. Il se remémorait le reflet des lumières sur l'eau, l'arche élégante du pont, les ombres dessous. Un bateau avait émergé silencieusement des ténèbres comme par magie, vision poignante et magnifique.

Ils avaient tous les deux eu besoin de cette scène, et l'avaient compris chez l'autre. Charles avait perdu son fils unique, Cordell, deux frères et, au fond, sa femme. Elle n'était plus que l'ombre de celle qu'elle avait été autrefois et il n'y pouvait rien. Elle avait perdu son père, ses deux frères, un cousin et, en un sens, elle-même.

Plus jamais ça n'avait même pas besoin d'être dit. C'était là dans le silence confortable et, ensuite, dans les paroles triviales qu'ils avaient échangées, au sujet de tout sauf de la réalité. Si c'était possible, et compatible avec ses propres convictions, Roger Cordell devait à Charles de veiller sur son étrange fille dans cette Europe complexe et folle qu'ils avaient créée.

Devait-il tenter de sauver Scharnhorst ? Cet homme méritait la mort. Maudit soit Ian Newton pour avoir eu vent de l'attentat et s'être fait tuer ! Comment cela était-il arrivé ? Il avait dû être incroyablement imprudent. À supposer, bien sûr, qu'Elena Standish eût raison quant à ce qui s'était réellement passé.

Il devait réfléchir. Quoi qu'il fasse, cela devrait être entrepris dès ce soir. Il avait des contacts importants qu'il ne fallait pas mettre en péril. Les préserver comptait bien plus qu'un incident isolé. Sa décision pourrait être lourde de conséquences.

12

Lucas travaillait dans son bureau, du moins en avait-il eu l'intention. En réalité, il était assis dans le fauteuil le plus confortable de la pièce pleine de livres, le regard rivé aux vitres qui donnaient sur le jardin. Ce mois de mai était remarquablement beau. La lumière était vive et nette, comme si chaque feuille, chaque fleur devait être gravée dans sa mémoire. Il avait mis des graines pour les oiseaux, tout en sachant parfaitement qu'ils n'en avaient pas besoin. Cela lui faisait plaisir de les voir venir presque jusqu'à la fenêtre.

Les premières fleurs jaunes du rosier grimpant s'étaient épanouies sur le côté de la maison. Il s'appelait *Maigold*, l'or de mai. Lucas s'en souvenait parce que cela le décrivait parfaitement. Sans doute aurait-il fallu le tailler un peu, mais il aimait sa profusion. Chaque année, il se promettait de le faire, puis ne pouvait se résoudre à en couper plus que le strict minimum. Peut-être le ferait-il le jour où les roses recouvriraient les fenêtres.

Ses réflexions furent interrompues par un léger coup frappé à la porte. Ce ne pouvait être que Josephine. Pourquoi attendait-elle ? D'habitude, elle se contentait de toquer et entrait aussitôt.

Il se leva et alla ouvrir. Elle était juste derrière le battant, dans le couloir, flanquée d'un homme plus grand qu'elle, dont Lucas voyait le visage par-dessus son épaule. Peter Howard.

Avant que Lucas pût réagir, Josephine prit la parole.

— Lucas, Mr. Howard dit qu'il a besoin de te voir de toute urgence.

Elle paraissait grave et perplexe, l'anxiété perceptible dans son regard et dans sa voix.

— Merci, dit Lucas, non sans gêne.

C'était la première fois que Howard se présentait chez lui. Que diable pouvait bien l'amener ?

Josephine lui adressa un bref sourire et s'effaça pour laisser entrer le visiteur. Elle ne proposa pas d'apporter du thé, comme elle l'aurait fait pour n'importe qui d'autre. Cela seul confirma à Lucas qu'elle savait qu'il s'agissait d'une rencontre professionnelle.

Howard la remercia, puis referma la porte comme elle se détournait.

— Qu'est-ce que vous faites ici, bon sang ? demanda Lucas à voix basse, dès que les pas de Josephine se furent éloignés. Que s'est-il passé pour que nous ne puissions pas nous retrouver quelque part… ?

Il s'interrompit. L'expression de Howard éveilla une pointe d'angoisse en lui. Il sentit ses muscles se raidir.

— Je suis désolé.

Howard parlait plus bas encore.

— Ian Newton a été assassiné. Poignardé à mort dans un train qui allait de Milan à Paris. Son portefeuille n'a pas été volé. Je n'en sais pas plus pour l'instant. Peut-être n'en saurai-je jamais plus.

— Cela aurait pu attendre… dit Lucas impulsivement.

Pourtant, alors même que les mots franchissaient ses lèvres, il sut que c'était la mort de Newton qui le troublait, et non le fait que Howard avait enfreint toutes les règles du service en venant lui annoncer la nouvelle à son domicile. Howard semblait profondément affecté, mais aucune émotion n'excusait l'imprudence. Au contraire, plus l'incident était grave, plus il importait d'être doublement prudent. Pour sa part, il faudrait qu'il trouve une explication à fournir à Josephine pour cette visite. Cela lui déplaisait de ne pas être franc avec elle, mais cela durait depuis près d'un quart de siècle. Il n'allait jamais jusqu'à mentir, à proprement parler : il esquivait certaines questions, omettait certains faits.

— C'est sans importance, lâcha Howard sur un ton sombre.

— Josephine… commença Lucas.

— Quoi ?

— … ne se doute de rien, acheva-t-il.

Howard lui adressa un minuscule sourire tordu.

— Elle ne veut probablement pas savoir, mais elle sait qui vous êtes. Elle a été décodeuse pendant la guerre, souvenez-vous. Josephine ne veut pas vous interroger parce qu'elle comprend que vous ne pouvez rien dire.

— Oui… oui, je suppose que ce doit être vrai.

Vu ainsi, c'était assez évident. Lucas se demanda s'il avait tenu le silence de son épouse pour acquis au lieu de s'étonner qu'elle ne lui eût jamais posé de questions, ni reproché ses silences. Apparemment, leurs univers étaient moins distincts qu'il ne s'était autorisé à le croire. En tant que décodeuse elle avait gardé ses secrets et, maintenant, elle gardait ceux de Lucas. Il était plutôt soulagé. Et fier d'elle ! De son intelligence et de sa discrétion. Jamais elle n'avait fait la moindre allusion.

Qui encore savait ? Certainement pas Charles. Et il n'y avait personne d'autre.

Ses pensées retournèrent à Ian Newton. Ce dernier était entré dans le service après son départ, mais Howard lui avait souvent parlé du jeune homme, lui avait répété ses traits d'humour, ses intuitions. Par certains côtés, Ian avait rappelé Mike à Lucas. Mike aurait eu l'âge de Newton maintenant, ou un peu plus. En tout cas, ils appartenaient à la même génération. Et maintenant lui aussi était mort. Pas sur le champ de bataille, mais dans un compartiment de chemin de fer, quelque part en France.

Howard allait-il être chargé d'informer sa famille ? C'était la pire tâche de toutes, pire même que l'identification du corps. Lucas n'oublierait jamais le moment où il avait appris la mort de Mike. Aucun d'entre eux ne l'oublierait. Personne, que ce fût en Angleterre, en Europe, en Amérique, n'oubliait jamais le moment où il recevait ce genre de nouvelle. Cette douleur-là, comme tant d'autres, était universelle. Une mère allemande et une mère anglaise qui avaient chacune perdu leur fils avaient bien plus de points communs que de différences. Ceux qui parlaient de la guerre si facilement y songeaient-ils ?

Howard attendait sa réponse.

— Merci d'être venu m'informer personnellement de la mort de Newton. Je suis vraiment désolé, dit Lucas à voix basse.

— Ce n'est pas tout.

Howard s'assit enfin, dans un des vieux fauteuils confortables. Lucas l'imita.

— Ah, non ? Que faisait-il en France ? Le savez-vous ? Travaillait-il pour vous ?

Howard était sombre.

— Non. C'est la partie qui m'inquiète le plus. Apparemment, quelqu'un lui avait donné un ordre, et il a supposé que c'était moi, si bien qu'il a entrepris d'y obéir. Je vous ai dit qu'il m'avait envoyé un télégramme pour me dire qu'il se rendait à Berlin afin d'empêcher l'assassinat de Friedrich Scharnhorst. Je ne soupçonnais pas du tout qu'il avait pensé que cet ordre venait de moi, mais aucun des autres membres de l'équipe ne le lui a donné non plus.

— Que voulez-vous dire par « entrepris d'y obéir » ?

demanda Lucas en se penchant vers lui. Jusqu'à quel point ? insista-t-il, comme Howard ne répondait pas.

— Il avait quitté Amalfi et s'était mis en route pour Berlin. Il a dû changer de train à Rome et à Milan, je suppose, puisque son corps a été découvert à bord du train qui allait de Milan à Paris, à peu près à mi-chemin.

— Et tenez-vous à empêcher cet assassinat ? Scharnhorst est un monstre, un esprit malade.

— Par principe, je serais ravi qu'il soit éliminé, mais pas en public, et pas si on fait porter le chapeau au MI6. J'imagine que le reste du monde s'en réjouirait, mais cela donnerait aux Allemands une excuse idéale pour faire de lui un martyr et causer un incident international extrêmement déplaisant. Chacun devrait faire semblant d'être choqué quoi qu'il pense réellement. Non seulement nous aurions l'air de nous ingérer dans les affaires internes d'un pays étranger, mais en plus nous passerions pour sacrément incompétents.

Howard était pâle, de petites rides de tension visibles sur son visage au soleil vif de mai. Il paraissait plus âgé que ses quarante-trois ans.

— Je vois, dit Lucas lentement. Oui. Certains sauteraient sur l'occasion pour s'indigner et faire tout un plat, si j'ose dire. J'en connais quelques-uns en Angleterre ! Je suppose que nous ne savons pas du tout qui est derrière ce projet d'attentat ?

— Pas précisément, non, bien que nous ayons des contacts utiles avec nombre de cellules opposées au gouvernement. Mais ce n'est pas moi qui ai alerté Newton, ni aucun des hommes sous mes ordres.

Lucas réfléchissait à toute allure, s'efforçant de comprendre ce qui avait pu arriver, d'envisager toutes les possibilités. Aucune n'était réjouissante.

— Nous ne pouvons rien dire à Cordell, lui rappela Howard tout bas.

— Ni à personne d'autre, murmura Lucas. On le lui rapporterait tôt ou tard.

Howard acquiesça.

— Je suis encore en train de réfléchir à un plan pour le mettre à l'épreuve. Si j'agis trop vite, ce sera évident.

— Dans ce cas, je crois que le mieux à faire est de limiter les dégâts, soupira Lucas sur un ton grave. Nous n'avons pas le temps d'empêcher l'attentat. Je suppose que vous ignorez qui va le commettre, sinon vous en auriez parlé.

— Un tireur embusqué, sans doute, répondit Howard, les traits crispés. Dans un rassemblement comme celui-là, le coup pourrait venir de n'importe où. Si nous nous en mêlons, nous risquons de faire le jeu des assassins et de leur faciliter la tâche.

— Il y aura des membres des forces de l'ordre, lâcha Lucas, suivant un autre cheminement de pensée. L'assassin sera peut-être parmi eux…

Howard le regarda.

— Ce serait du suicide, objecta-t-il. Quelqu'un tiendrait-il à le tuer au point de se sacrifier ?

— C'est possible. La question est de savoir qui est derrière ce complot. Et qui a informé Newton, et dans quel but ?

— D'ailleurs, est-ce seulement vrai ?

Howard arqua les sourcils.

— La menace existe-t-elle bel et bien, ou est-ce un piège destiné à nous faire réagir et à provoquer un incident qui nous dépasse ?

Lucas se concentra sur les faits dont ils disposaient. Quelque chose leur avait-il échappé ? Le complot était-il réel et, si oui, était-il le geste d'un amateur, d'un individu poursuivant son propre but, ou d'un agent provocateur ? Plus d'un désastre avait été déclenché par une erreur de jugement, une réaction irréfléchie.

— Qu'a dit Newton au juste lorsqu'il vous a contacté ?

Howard était parfaitement immobile, comme si ses muscles étaient paralysés.

— Il m'a télégraphié de Rome. C'était lui, sans aucun doute. Il s'est exprimé de manière indirecte, en code. Il n'a pas donné beaucoup d'explications puisqu'il supposait que le message émanait de moi.

— Et il n'y avait aucune méprise possible ? Il s'agissait d'une tentative d'assassinat de Scharnhorst, dont nous serions accusés ?

— Oui. Peut-être allait-il droit à Cordell, pour faire en sorte que ce dernier intervienne. Ce qui est ironique, puisque c'est précisément cet homme en qui nous n'avons pas entièrement confiance.

Une ironie teintée d'amertume se lisait sur le visage de Howard. Son sens de l'humour pince-sans-rire s'exprimait toujours lors des pires situations. C'était un trait de caractère particulièrement anglais, que Lucas appréciait et admirait. Mais il indiquait aussi que Howard se rendait compte de la gravité des faits. C'était un mécanisme de défense contre l'impuissance.

— Puisque nous ne pouvons pas l'empêcher, murmura Lucas, comment limiter les dégâts sans solliciter l'aide de Cordell ?

— Sans même le mettre au courant, insista Howard. Je ne suis pas encore prêt à lui faire comprendre que nous n'avons pas confiance en lui. En fait, je ne serai jamais prêt.

Une expression amusée traversa son visage et s'évanouit aussitôt.

— S'il est innocent, je ne veux pas qu'il apprenne que nous l'avons soupçonné. Et s'il est coupable, je vais me servir de ce salaud de toutes les manières possibles. Il sera une source idéale de désinformation, si nous nous y prenons assez bien !

— Avez-vous envisagé que Cordell puisse être impliqué, s'il y a bel et bien un plan visant à assassiner

Scharnhorst ? L'idée de faire accuser le MI6 pourrait bien venir de lui !

Il lui en coûtait de prononcer ces mots, mais la pensée l'oppressait comme un corset de plomb, lui comprimait les poumons.

— Je suppose, admit Howard.

Cependant, à en juger par son expression, cette hypothèse venait seulement de l'effleurer.

— C'est logique. Je ne sais pas à qui me fier à Berlin. Si le MI6 est mis en cause, il devra réagir et il risque d'aggraver la situation.

Il eut un mince sourire de regret.

— La question qui se pose, c'est de savoir si c'est le MI6 qui va réagir sous sa direction ? Ou s'il fait partie d'un complot allemand visant à causer un incident qui pourrait mener à la rupture d'un accord diplomatique ?

— Ou les deux.

Howard fronça les sourcils, baissa les yeux un instant, puis les releva.

— J'en ai parlé à Bradley. En partie du moins. Je…

Il paraissait inquiet et un peu embarrassé, ce qui était rare chez lui.

— N'avez-vous pas confiance en lui ?

Sans savoir si c'était le cas, ils ne pouvaient aller de l'avant.

— En son honnêteté ?

Howard sourit.

— Il est aussi honnête qu'on peut l'être lorsqu'on a peur. Et qui de sensé n'a peur de rien ?

— De quoi a-t-il peur ?

Lucas savait que Howard saisirait les ramifications de sa question et ne se contenterait pas d'une réponse superficielle. Ils ne s'étaient jamais comportés ainsi l'un envers l'autre.

— Je suppose qu'il a la hantise de trahir le passé, la der des ders. Les innombrables morts. Ou tout simplement d'avoir tort. De dire à ceux qu'il aime des paroles qu'ils ne veulent pas entendre ou qu'ils ne peuvent pas supporter d'entendre. De se réveiller un matin et de s'apercevoir que quelque chose de terriblement important lui a échappé…

— Nous avons tous cette crainte-là, avoua Lucas, soudain terrassé par des souvenirs qu'il se força à chasser.

Il avait vécu ainsi… autrefois.

— La seule manière de l'éviter est de laisser ce satané boulot à quelqu'un d'autre.

Lucas crut que Peter allait dire quelque chose, mais il n'en fit rien. Il se contenta de le regarder.

— Je ne vais pas revenir, déclara Lucas, répondant au silence. Je ne ferais que répéter ce que vous dites. Vous allez devoir vous occuper de Cordell vous-même. Et si quelqu'un élimine Scharnhorst, espérons que les Allemands arrêteront le bon coupable… pauvre diable.

— Peut-être devrais-je me rendre sur place ?

— Non !

Lucas se pencha en avant.

— Non, ce serait exactement ce qu'ils veulent, attirer un de nos meilleurs éléments, haut placé, quelqu'un qui vaille la peine d'être capturé. Ne soyez pas stupide, Peter ! Le commandement exige plus de responsabilités que cela ! Vous ne pouvez pas vous ruer sur le terrain juste parce que vous voulez avoir l'impression d'agir. Vous avez quantité d'hommes déjà en place. Reposez-vous sur eux. C'est à cela qu'ils servent.

Le rouge monta aux joues de Howard, mais disparut presque immédiatement. Même s'il répugnait à l'admettre, il savait que Lucas avait raison. Rester à Londres et donner des ordres à d'autres exigeait une stricte discipline. Howard était trop bien informé désormais pour risquer sa vie à moins que ce ne fût absolument nécessaire. Il fallait faire preuve de calme, de courage et d'intelligence, et non de bravoure au front. Certes, cela revenait à commander à partir de l'arrière, d'un lieu sûr, ce qu'ils déploraient l'un et l'autre. Lucas comprenait tout cela, et avait ressenti les mêmes émotions.

— Vous devez envoyer un homme de confiance, déclara-t-il. Qui garde ses distances avec Cordell et qui sache pourquoi, sans pour autant se trahir. Et le mieux serait d'imputer l'assassinat de Scharnhorst – à supposer qu'il ait lieu – aux Allemands eux-mêmes. Scharnhorst ne doit pas manquer d'ennemis. Il faudrait chercher du côté de ceux qui ont perdu leur travail à cause de lui, d'une manière ou d'une autre. Ou, mieux encore, des familles qu'il a ruinées. Ce n'est pas ce qui manque. Bien qu'il me répugne de faire accuser des innocents… peut-être n'y serez-vous pas obligé.

Howard se leva.

— Je sais, oui. Un innocent plutôt qu'un autre n'est pas vraiment une amélioration. Mais il y a une foule de gens violents qui seraient heureux de voir Scharnhorst éliminé. Je vous tiendrai au courant de ce qui se passe concernant Cordell. Merci pour vos conseils.

Lucas ne répondit pas ; tout avait été dit et compris. Il raccompagna Howard à la porte.

Il retournait dans son cabinet lorsque Josephine vint à sa rencontre dans l'entrée. Il se sentait curieusement décontenancé par l'observation qu'avait faite Howard à son sujet. Il la regarda dans le contre-jour. Elle était encore mince, et l'ossature de son visage, dont Elena avait hérité, était à peine estompée par l'âge. Avait-elle réellement toujours connu la nature de ses activités, ou du moins l'essentiel ?

— Es-tu prêt à déjeuner ? demanda-t-elle. Il y a de la tourte au bacon et aux œufs, accompagnée de condiment à la tomate.

C'était un de ses plats préférés. Rien de meilleur que la pâte feuilletée croustillante autour du bacon savoureux et des œufs cuits à la perfection ! Un pot de thé parfumé, légèrement aromatique, compléterait à merveille le repas. De l'earl grey, peut-être ?

— Oui, avec plaisir.

Il la considéra avec plus d'attention. Elle avait beau tenter de dissimuler son anxiété, celle-ci perçait dans son regard.

— Qu'y a-t-il ? Josephine ?

Il avait parlé sur un ton léger, pour qu'elle puisse nier, ou balayer sa sollicitude si elle le désirait.

— Cela doit être grave pour qu'il soit venu ici sans se cacher, répondit-elle. Y a-t-il un rapport avec Elena ? Et si tu oses me mentir, parce que tu t'imagines me protéger, je ne te le pardonnerai pas.

Il comprit qu'elle était sincère, bien qu'il ne l'eût jamais vue refuser son pardon à quiconque, le moment venu. Mais peut-être y avait-il une foule de choses qu'il ignorait.

— Non, il n'y a aucun rapport avec Elena, répondit-il honnêtement.

Enfin… presque. Ian Newton était mort à bord d'un train à destination de Paris. Tout ce qu'il savait concernant Elena, c'était qu'elle avait quitté Amalfi pour Rome en compagnie d'un jeune homme qu'elle avait rencontré là-bas. *Sûrement pas…* Mieux valait garder le silence à ce propos en attendant d'avoir des informations supplémentaires.

— C'est au sujet d'un incident qu'il a peur de voir se produire à Berlin.

Elle soutint longuement et calmement son regard, puis hocha la tête et se détourna.

— Le déjeuner sera prêt dans cinq minutes, lança-t-elle par-dessus son épaule. Dès que l'eau aura bouilli.

13

Le mardi matin, à son réveil, Elena mit quelques secondes à se souvenir de l'endroit où elle se trouvait… dans une chambre d'hôtel à Berlin… et des raisons qui l'y avaient amenée. C'était la chambre que Ian avait réservée à sa propre intention lorsqu'il avait décidé de venir ici empêcher l'assassinat de Scharnhorst.

Elle se redressa vivement, frissonnante, les membres encore courbatus et, surtout, submergée par la profonde douleur du deuil. Elle lui avait promis d'agir. Elle était parvenue à avertir Cordell, par conséquent tout irait bien.

Ses mains se crispèrent sur les couvertures. Elle avait hâte de s'acheter des vêtements neufs, propres, de ne plus avoir à porter cette robe froissée, maculée de sang. Cela semblait affreux de la jeter, mais elle ne pouvait pas la garder !

Elle résolut de se lever et de sortir aussitôt après le petit déjeuner faire des achats. Cela fait, elle se débarrasserait de ses affaires sales dans une poubelle quelconque dans la rue. Telle une chenille, elle se transformerait en papillon ! Ensuite, elle se rendrait sur les lieux du rassemblement. Si des arrestations avaient lieu, peut-être pourrait-elle prendre une photographie acceptable, et la vendre à un journal de retour à Londres ? Il était peu probable que la presse britannique eût dépêché un photographe sur les lieux. Personne ne soupçonnait qu'une tentative d'assassinat se préparait. Même si Cordell avait réussi à tout empêcher, les autorités tiendraient certainement à interpeller les responsables ! Hitler ne perdait jamais une occasion de clamer sa victoire contre un ennemi. Il y aurait un procès exemplaire ! On accuserait les communistes. Ou les juifs.

Ses achats effectués, elle regagna l'hôtel munie de quelques tenues de rechange et satisfaite de son apparence. Ses cheveux lavés avaient retrouvé leur éclat. Elle arborait une robe bleu marine unie, assez joliment coupée. Elle avait conservé ses chaussures, songeant que le moment était mal choisi pour s'habituer à des neuves.

Elle repartit bien en avance, mais déjà les gens se hâtaient vers la place le long des rues décrépites, poussiéreuses. Le décor n'avait guère changé depuis son précédent séjour dans la ville, dix ans plus tôt, à l'époque où son père y était ambassadeur. Si les fenêtres cassées avaient été réparées et qu'on voyait ici et là des devantures neuves et de la peinture fraîche, les trottoirs étaient toujours creusés d'ornières. Tout avait l'air vieux, rafistolé au lieu d'être remplacé. Mais c'était ce qu'on faisait en Angleterre aussi !

Elle s'avança parmi la foule qui grossissait, saisissant des bribes de conversation en chemin. L'enthousiasme ambiant paraissait un peu forcé. On sentait que les gens surveillaient ce qu'ils disaient, comme s'ils savaient qu'ils pouvaient être entendus.

« Oui, merveilleux ! Un nouveau départ ! » entendit-elle encore et encore.

C'étaient des affirmations. Personne ne semblait poser de questions.

Au coin d'une rue, deux hommes âgés, arborant longue barbe et vêtements foncés, bavardaient paisiblement. Deux jeunes gens en chemise brune qui déambulaient en fanfaronnant échangèrent un coup d'œil et firent demi-tour pour s'approcher des vieillards, lesquels restèrent immobiles.

Les jeunes gens s'arrêtèrent devant eux.

— Vous bloquez la rue ! lança l'un d'eux d'une voix forte. Dégagez le passage !

— Il y a de la place, répondit le vieil homme à la barbe la plus longue. Je ne vous gêne pas.

— Vous me gênez si je dis que vous me gênez ! riposta le jeune en élevant la voix. Dégagez !

— Il y a de la place, insista le vieillard.

C'était le cas, en effet. Pour s'écarter, il n'avait pas d'autre choix que de mettre les pieds dans le caniveau.

Le jeune en chemise brune leva le bras, prêt à le frapper. Il souriait, savourant manifestement la perspective de le faire tomber.

Autour d'eux, tout mouvement cessa. Un silence se fit.

Maintenant, le vieillard était pris au piège. Qu'y avait-il de pire ? Que la foule assiste à son humiliation ? Ou que les gens passent leur chemin, comme si de rien n'était, comme si la scène qui se déroulait était normale ?

Une femme d'une cinquantaine d'années s'avança.

— Vous pouvez le contourner, dit-elle à la chemise brune. Vous êtes plus jeune, plus fort.

Il pivota et la foudroya du regard.

Elle se figea.

Une passante plus jeune se hâta de la prendre par le bras, l'obligeant à reculer.

— Je suis désolée, monsieur, dit-elle au jeune homme. Elle ne se rend pas compte. Excusez-la, je vous en prie.

Elle tira de nouveau l'autre femme, la déséquilibrant presque. Cette dernière capitula, peut-être pour les protéger tous.

La chemise brune toisa le vieil homme. Celui-ci resta immobile pendant encore trois longues secondes, puis baissa les yeux et descendit dans le caniveau.

Elena était si indignée qu'elle en tremblait, mais elle

comprenait. Mieux valait accepter les vexations que de laisser quelqu'un d'autre être roué de coups.

Les jeunes gens en uniforme s'éloignèrent, hilares.

Salauds, songea-t-elle. Pourtant, que faire sinon se taire, comme tout le monde, et puis prendre un instant pour se ressaisir et essayer d'étouffer sa rage ?

Au bout de la rue, bondée à présent, les gens épaule contre épaule, Elena sut que cela n'était pas suffisant. Elle avait honte : elle avait regardé quelqu'un se faire humilier sans raison et pas plus qu'un autre elle n'avait levé le petit doigt. En partie, elle avait évité la confrontation parce qu'elle craignait d'abîmer son appareil photo, mais pas seulement. Elle avait eu peur, voilà tout. Sans le prétexte du Leica, il y en aurait eu un autre, et elle le savait.

Sur la place, c'était déjà l'affluence. En revanche, il n'y avait pas beaucoup de bruit, du moins, pas encore. Une estrade avait été érigée pour l'événement, de sorte que Scharnhorst pût être vu de tous. L'endroit grouillait de gardes en chemise brune. Tous semblaient porter des armes : des fusils, des pistolets, des matraques. Pour intimider ? Pour se persuader qu'ils étaient des hommes, qu'ils contrôlaient la situation ? S'en serviraient-ils s'ils se sentaient menacés ? Elle connaissait la réponse à cette question ! Chacun la connaissait.

Et qui les dénoncerait ensuite ? Les chemises brunes prétendraient-elles que la foule les avait pris à partie ?

Elena se réprimanda intérieurement ; ces gens étaient civilisés. Ce pays était celui de Beethoven, de Schiller, de Goethe, des philosophes, des scientifiques… Elle s'avoua en souriant qu'elle attribuait la meilleure poésie et le meilleur théâtre à l'Angleterre. Les plus grands scientifiques aussi. Newton ! Personne, pas même Einstein, n'avait surpassé Isaac Newton.

Newton. Ian. La mort de Ian.

Son esprit vagabondait. Elle était fatiguée, bouleversée, trop secouée encore pour « prendre sur elle », comme on dit.

Autour d'elle, les gens se pressaient les uns contre les autres, constamment rejoints par de nouveaux venus. Les rues adjacentes devaient être combles aussi. Qui était donc ce Friedrich Scharnhorst pour attirer un public aussi nombreux ?

Elena promena un regard sur les immeubles qui bordaient la place. Certains, hauts de sept ou huit étages, jouissaient d'une vue imprenable sur l'événement. Par cette superbe journée, beaucoup de fenêtres étaient ouvertes ; la lumière qui se reflétait sur les vitres environnantes attirait l'attention sur elles.

Comment Cordell s'y était-il pris pour déjouer le complot ? Avait-il prévenu la police ? Les chemises brunes semblaient être partout, et armées jusqu'aux dents. Comment empêche-t-on un assassinat ? Quand on dispose de quelques heures tout au plus, à qui fait-on confiance ? Ce serait ironique s'il s'avérait que l'assassin était un membre des chemises brunes ! Elle esquissa un sourire qui s'effaça aussitôt. Le coupable pouvait être n'importe qui – y compris l'homme qui se tenait à côté d'elle. Cordell connaissait-il son identité ? Savait-il à qui s'adresser ? Allait-il falloir annuler le rassemblement ? Scharnhorst lui-même avait-il été alerté ? Et s'il ne venait pas, tout simplement ? Si quelqu'un était chargé de le remplacer ? Un individu sans envergure, dont la mort ne porterait pas préjudice au gouvernement ?

Les gens commençaient à s'impatienter. Elle sentait la tension dans l'air. Soudain, le silence se fit. Quelqu'un gravissait les marches de l'estrade, un homme en complet sombre arborant un brassard blanc sur lequel figurait une croix noire : le swastika.

Il réclama l'attention et l'obtint aussitôt. Plus d'un millier de visages se tournèrent vers lui. Après avoir prononcé quelques remarques anodines sur la grandeur d'Adolf Hitler, lesquelles furent saluées par un tonnerre d'applaudissements, il annonça Friedrich Scharnhorst, héros du peuple. Cela fait, il recula avec un ample geste de déférence, ouvrant le bras comme s'il était drapé d'une cape.

Scharnhorst s'avança. Dès qu'il eut pris la parole, la foule devint non seulement silencieuse, mais immobile. Sa voix n'avait rien d'agréable. Elle était presque rauque, et plus aiguë qu'Elena ne s'y attendait, presque nasale. Et pourtant, elle était captivante aussi.

Elle l'écouta, comme tous autour d'elle. Quelques instants s'écoulèrent avant qu'elle songe à jeter un coup d'œil à ses voisins. L'admiration se lisait sur les visages, les yeux étaient rivés à la silhouette debout sur l'estrade. Personne ne dansait d'un pied sur l'autre ni ne s'agitait pour mieux voir. L'attention du public, effrayante dans son intensité, offrait une photographie parfaite. Les gens semblaient hypnotisés, comme s'ils dormaient les yeux ouverts.

Elle tira l'appareil de son sac et ôta le cache de l'objectif. Quelques secondes lui suffirent pour faire la mise au point. Elle ne voulait pas attirer les regards sur elle. Les spectateurs ne souhaitaient peut-être pas être photographiés, même anonymement, de sorte qu'elle devait donner l'impression qu'elle avait l'intention de photographier Scharnhorst, et tournait seulement l'appareil de côté pour le régler.

Elle s'appliqua. Elle voulait saisir l'expression de quasi-extase sur les visages bouche bée, les yeux brillants et écarquillés.

À un moment donné, Scharnhorst leva le bras et cria « *Heil Hitler !* ». L'assistance rugit en retour « *Heil Hitler !* », le bras levé dans une copie conforme de son geste.

Elle n'aurait pas dû être surprise par ce qu'il disait. Il ne faisait que répéter ce qu'elle avait lu dans les discours de Hitler. Pourtant, bizarrement, c'était différent d'entendre ces propos prononcés d'une voix pénétrée de passion, comme si c'était du pur bon sens, et tout autour d'elle, tel un océan rugissant, la même réponse en écho.

Elle se félicita d'avoir l'appareil photo à la main : cela lui donnait une bonne excuse pour ne pas faire le salut nazi. Le vacarme de la foule hurlant à l'unisson était aussi puissant qu'un raz-de-marée qui emportait tout sur son passage et détruisait tout ce qui lui résistait. Nul ne pouvait aller à contre-courant ; au mieux pouvait-on se laisser porter pour éviter d'être malmené, rester à flot, la tête hors de l'eau. Ce que disait Scharnhorst était absurde ; c'était la ferveur qui triomphait, et non la raison.

Elle prit d'autres clichés, certains de Scharnhorst, d'autres de la multitude. Elle faisait face à l'orateur et aux bâtiments derrière lui quand un claquement sec résonna dans l'air. Une seconde, le silence total régna. Scharnhorst lui-même cessa de vociférer. Puis, très lentement, il s'affaissa sur le sol de l'estrade… et resta immobile.

La scène était figée.

Soudain, elle reprit vie : des hommes se ruèrent vers le corps étendu, se penchèrent au-dessus de lui, essayant désespérément d'étancher le sang qui coulait. Des cris s'élevèrent, les chemises brunes surgirent de toutes parts. Puis, à mesure que les gens comprenaient ce qui venait d'arriver, on entendit des sanglots, des hurlements. Il y eut un brusque mouvement de masse, des cris de rage.

Son appareil photo à bout de bras, réglé sur une profondeur de champ aussi grande que possible, Elena luttait pour ne pas perdre l'équilibre dans la cohue.

De nouvelles détonations éclatèrent. Dans l'hystérie générale, nul ne cherchait à se protéger. Si quelqu'un d'autre fut touché, Elena ne le vit pas. Elle ne vit pas non plus si on s'était lancé à la poursuite du tireur, mais entendit des bruits de pas précipités. Ceux de l'assassin ? Ou ceux des chemises brunes qui aboyaient des ordres, bataillant pour contrôler des gens que la panique rendait sourds et aveugles ?

Comment Cordell avait-il pu échouer ? Avait-il alerté les aides de Scharnhorst ? Ceux-ci n'avaient-ils pas prêté attention à ses dires ? Ou leurs efforts pour parer à la menace avaient-ils été vains ? Avaient-ils été trahis, eux aussi ?

Devant elle, la foule se fendait en deux, contrainte par quelque obstacle de libérer le passage. Parvenue à hauteur de la bifurcation, elle vit une file de chemises brunes qui portaient le corps de Scharnhorst ! Ils passèrent tout près d'elle. L'espace d'un bref instant, juste suffisant pour prendre une photo, peut-être pas très nette, Scharnhorst lui apparut, le visage recouvert d'un linge, ses vêtements imprégnés de sang. Il était donc mort. Ce ne pouvait être qu'une dépouille qu'ils transportaient ainsi, et non un blessé qu'ils emmenaient à l'hôpital.

Le long du défilé, la foule se tut, à l'exception d'une femme qui hurlait sa détresse, aussi désemparée que si elle avait perdu son enfant.

La panique se déclencha pour de bon. Elena fut poussée, bousculée, entraînée avec les autres qu'elle le voulût ou non. Il lui fallut faire appel à toutes ses forces pour ne pas être renversée, écrasée ou, du moins, piétinée.

Une fois de plus, elle se demanda pourquoi Cordell n'avait rien pu faire. L'information lui était-elle parvenue trop tard ? Avait-il au moins réussi à éviter qu'un Britannique ne fût accusé ? Le coup de feu était venu d'un grand immeuble de l'autre côté de la place. Elle avait vu l'éclair ! À moins qu'il ne s'agît du reflet du soleil sur un objet métallique, ou du verre ? Nombre de fenêtres étaient ouvertes. Les résidents observaient la scène, écoutaient.

Pour la première fois de sa vie, elle se sentit reconnaissante d'habiter un pays relativement paisible et sûr. Elle n'avait pas toujours eu une très haute opinion de son gouvernement et était souvent en désaccord avec lui, mais, comparé à celui-ci, il était raisonnable, et même fastidieux.

Tant que des individus comme Oswald Mosley n'en prenaient pas le contrôle !

Autour d'elle, la foule s'éclaircissait. Elle devait s'éloigner. Elle pivota et commença à se frayer un chemin vers la rue qui la ramènerait à son hôtel. Elle ne pouvait plus rien faire ici. Elle avait vu un homme abattu sous ses yeux. La mort était partout : elle avait frappé un inconnu à l'hôtel, à Amalfi, Ian dans le train et maintenant Scharnhorst, ici à Berlin ! Elena se sentait engourdie, atterrée.

14

Les gens se rassemblaient en petits groupes, hébétés, sous le choc. Certains pleuraient d'effroi, d'autres de chagrin. Nombre d'entre eux tentaient de s'éloigner de la scène, que ce fût pour regagner leur domicile ou aller ailleurs, mais les rues étaient fermées tout autour de la place.

Elena s'approcha de deux chemises brunes, la bouche soudain si sèche qu'elle était à peine capable de parler.

Un des hommes lui barra le chemin. Il tenait son arme en travers de son corps, prêt à la faire pivoter pour la braquer sur elle.

— Votre nom ?

— Elena Standish, répondit-elle, trébuchant sur son nom de famille comme s'il ne lui était pas familier.

Il la dévisagea avec un regain d'attention.

— Où allez-vous ?

Elle décida d'être honnête. Inutile de donner l'impression qu'elle avait quelque chose à cacher.

— Je rentre à mon hôtel. J'étais sur la place. C'était… affreux.

— Votre hôtel ? Pourquoi êtes-vous à l'hôtel ? Où habitez-vous ?

Il avait étréci les yeux et la fixait avec intensité. Il avait l'air presque aussi effrayé qu'elle. Peut-être craignait-il d'être blâmé pour la mort de Scharnhorst.

Elle devait lui fournir une réponse qui, s'il prenait la peine de vérifier ses dires, ne pourrait être démentie.

— Je suis venue…

Elle déglutit. Elle devait cesser de trembler sinon il allait la soupçonner d'avoir peur, ce qui, dans son esprit, équivaudrait à sa culpabilité. Elle reprit :

— Je suis venue visiter la ville. Elle est encore très belle. Je sais combien les choses ont été difficiles, je voulais écouter le discours de Herr Scharnhorst. Il a parlé d'espoir, et d'un but…

Les mots allaient-ils l'étouffer ? Cela n'aurait rien eu d'étonnant ! Cependant, si elle persuadait cet homme qu'elle était une adepte de Scharnhorst, il trouverait naturel qu'elle fût si choquée.

— Qu'avez-vous vu ? demanda-t-il, lui barrant toujours le chemin.

— Je le regardais.

Elle prit une profonde inspiration.

— J'écoutais ce qu'il disait. Comme tout le monde. Soudain, il y a eu un bruit sec… un claquement… et il est tombé en avant, comme s'il avait été… frappé.

Elle soutint son regard, s'efforçant de songer qu'elle venait d'assister à la mort de quelqu'un qu'elle tenait en haute estime. Churchill, par exemple, que Lucas admirait tant.

— Je… je n'arrive pas y croire. En quelques secondes… tout a basculé…

Elle joua bien son rôle, la gorge nouée par l'effort de refouler les larmes.

— Oui, acquiesça le milicien. Basculé. Retournez à votre hôtel et restez-y. Compris ?

— Oui, monsieur. Merci.

Submergée de soulagement, elle attendit, retenant son souffle, qu'il recule et la laisse passer. Pourquoi se sentait-elle effrayée ? Elle n'avait rien fait de mal. Au contraire, elle avait fait tout son possible pour empêcher la mort de Scharnhorst.

Aurait-elle agi de la même manière si elle l'avait entendu parler d'abord ? C'eût été plus difficile. Il incarnait non seulement tout ce qu'elle abhorrait, mais aussi tout ce qu'elle redoutait. Elle imaginait aisément que des centaines de personnes se réjouiraient de sa mort. Non, plutôt des dizaines de milliers. L'Allemagne avait traversé une période terrible. Des gens étaient morts de faim. Pire encore, ils avaient vu leurs enfants mourir de faim. La misère et le chagrin s'étaient abattus sur le pays tel un linceul. Malgré tout, elle était convaincue que la plupart des Allemands étaient fondamentalement de braves gens, qui ne demandaient qu'à vivre en sécurité, en ayant de quoi manger et un toit au-dessus d'eux, un travail et de l'espoir pour l'avenir. Comme tout un chacun.

Tout en se hâtant le long de la rue, elle se remémora la vie à Berlin lorsque son père occupait l'ambassade. Elle avait eu des amis allemands, beaucoup d'amis.

La majorité d'entre eux devaient encore être à Berlin. Quel avait été leur sort durant les années qui s'étaient écoulées ? Une décennie pouvait tout changer. Quand on avait faim, mal, peur chaque jour, c'était une éternité. Quels emplois les hommes avaient-ils pu trouver dans une économie en ruine ? Et les femmes ? Certaines s'étaient mariées, d'autres non, parce qu'elles ne le pouvaient pas. Comme en Angleterre, les hommes qu'elles avaient aimés étaient morts, ou n'étaient plus que l'ombre d'eux-mêmes, et avaient encore plus besoin de soins qu'elles.

Elle était encore à deux pâtés de maisons de l'hôtel.

Elle marchait tête baissée, les yeux sur le trottoir. Elle songea de nouveau aux amis qu'elle avait eus à l'époque où son père était à l'ambassade. Certains étaient-ils devenus nazis ? Se cramponnaient-ils à Adolf Hitler comme à un espoir pour l'avenir ? Si tel était le cas, dans quelle mesure pouvait-on le leur reprocher ?

Comment vit-on avec un homme ravagé par la honte parce qu'il ne peut procurer un toit à sa famille, ou de quoi la réchauffer ? Comment répond-on à ses enfants lorsqu'ils vous supplient de leur donner à manger et que vous n'avez rien à leur offrir ?

Elena faillit dépasser l'hôtel, ne s'arrêtant qu'à la vue du portier qui aidait un client avec ses bagages.

Elle lui adressa un signe de tête et entra, heureuse d'être enfin arrivée. Elle avait gardé sa clé sur elle, aussi n'eut-elle pas besoin de faire halte à la réception pour la récupérer. Elle alla droit à l'ascenseur, et n'attendit presque pas.

Dans sa chambre, le lit avait été refait et l'ordre régnait. Elle posa son sac et son appareil photo, s'aspergea le visage, se lava les mains et se brossa les cheveux, puis décida de se changer. La seconde robe qu'elle avait achetée était un peu plus légère que celle qu'elle portait, et la journée était chaude.

En ouvrant la penderie, elle trouva la robe accrochée là où elle l'avait laissée ce matin-là, mais distingua dans le coin, au fond, un objet qui ressemblait à un manche à balai, et qu'elle n'avait pas remarqué avant. Intriguée, elle se pencha pour l'attraper. Il était en métal, plus lourd qu'elle ne s'y attendait. Comme elle le tirait vers elle, une bouffée d'effroi la saisit : c'était un fusil !

Elle l'examina de plus près. Ce n'était pas un fusil ordinaire de l'armée. Il n'était pas équipé de baïonnette, ni d'un support où en fixer une, mais en revanche, il possédait une lunette qui permettait à son utilisateur de tirer avec une extrême précision, même de loin. Bref, une carabine de tireur d'élite. Qui, à en juger par l'odeur qui s'en dégageait, avait servi récemment.

Elena resta immobile, figée d'horreur. Ian avait eu raison ! Le but avait été d'accuser les services secrets britanniques du meurtre. Lui ! c'était Ian qu'on allait accuser ! c'était l'hôtel où il aurait dû séjourner, la chambre qu'il aurait dû occuper. L'intention avait été de le capturer quasi l'arme entre les mains, sentant encore la poudre.

Ce qui signifiait que l'individu qui devait venir l'arrêter, voire l'abattre ici même, allait s'en prendre à elle. Pourquoi pas ? Une femme pouvait tirer aussi bien qu'un homme. Un meurtre à distance n'exigeait pas de force particulière, ni guère de courage. Après tout, l'idée qu'on pouvait s'enfuir facilitait la chose.

Elena lâcha la carabine comme si elle lui brûlait les doigts. Elle y avait laissé des empreintes sur le canon, pas sur la détente. Néanmoins, cela prouverait qu'elle l'avait eue en main et, par conséquent, qu'elle savait que l'arme était là.

Elle devait les essuyer immédiatement ! Et puis s'en aller. On allait venir d'une minute à l'autre. Que pouvait-elle utiliser ? Qu'est-ce qui effaçait les empreintes sur le métal ? Il y avait une serviette dans la salle de bains. On saurait peut-être que le canon avait été essuyé, mais il serait impossible de savoir par qui. Sauf que, bien sûr, c'était elle qui avait occupé la chambre.

Elle devait faire vite, et s'enfuir. Vite ! Elle se rua dans la salle de bains et attrapa la serviette. Elle était vieille et usée. Parfaite. Elle l'emporta dans la chambre et essuya le canon là où elle l'avait saisi. Elle frotta avec vigueur, jusqu'à ce qu'elle soit satisfaite, puis empoigna la carabine avec la serviette pour la remettre dans la penderie, dissimulée par la robe, et rinça l'essuie-mains.

Des pas résonnèrent dans le couloir, non loin de sa porte. Pouvaient-ils être déjà là ? Quelle question stupide ! Bien sûr que oui !

Elle jeta un coup d'œil à la fenêtre. La chambre était au troisième étage. Elle la traversa et regarda au-dehors, le cœur cognant si follement qu'elle avait du mal à respirer. Elle ne pouvait guère espérer descendre en se cramponnant à la gouttière, indépendamment du fait que celle-ci était à plusieurs mètres de là. Elle n'avait jamais été assez athlétique pour ce genre d'exploit. Si elle tentait un acte irréfléchi, elle risquait de se rompre le cou ou, du moins, de se casser une jambe, et elle ne ferait que confirmer sa culpabilité. Quelle femme saine d'esprit et innocente s'échappe par la fenêtre d'une chambre au troisième étage parce qu'on a toqué à sa porte ?

Cependant, pouvait-elle jouer la comédie et s'en tirer, avec cette carabine dans sa penderie ?

On frappa un coup ferme et sonore à la porte.

Son premier instinct fut de reculer. Puis elle songea qu'elle n'apprendrait rien ainsi. Elle fit un pas en avant, sortit la clé de la serrure en veillant à ne pas faire de bruit et se pencha pour regarder par le trou. Elle ne vit rien.

Elena sentait la sueur sur sa peau, tour à tour brûlante et glacée.

Des pas s'entendirent de nouveau. Et si celui qui était là s'avisait aussi de coller son œil au trou de la serrure ? Et la voyait qui lui rendait son regard ? Elle se redressa et remit silencieusement la clé en place. Elle tremblait de tous ses membres. Elle devait réfléchir, et avec lucidité !

Et si elle montait, au lieu de descendre ? Où échouerait-elle ? Sur le toit ? Sûrement pas. Celui-ci n'était pas plat. Y avait-il une issue de secours au grenier ? Sans doute. Elle devait desservir plusieurs chambres, par conséquent être située dans un endroit accessible à n'importe qui.

Son cœur tambourinait dans sa poitrine. Elle pourrait être attrapée, prise au piège, exécutée. Sans avoir eu le temps de dire adieu à sa famille, à Lucas. Existait-il une vie après la mort, comme le prétendait la Bible ? Mike l'attendrait-il dans l'au-delà, ou Ian ? Ou s'agissait-il de contes de fées destinés à consoler les enfants effrayés face à l'inconnu, et n'y avait-il en réalité que les ténèbres et la solitude éternelle ?

Dès que le silence serait revenu dans le couloir, elle

devrait sortir. Pas question d'emporter une valise pleine de vêtements. Un sac à main contenant ses papiers, son argent et son appareil photo était à peu près tout ce dont elle pourrait se charger dans un escalier branlant, rarement utilisé. Et si c'était une sorte d'échelle rétractable, qui n'avait même jamais servi ? Rongée par la rouille ? De quelle hauteur pouvait-elle sauter sans se casser une jambe ?

Elle rassembla ses affaires à la hâte et gagna la porte, l'oreille aux aguets. Elle devait se ressaisir. Se tenir droite. Sourire. Marcher comme si elle avait un but parfaitement innocent. Lequel, pour l'amour du Ciel ? Alors qu'elle montait au grenier, son sac à la main !

Aucun bruit ne venait de l'extérieur. Étaient-ils là, à l'attendre ?

Elle entrouvrit le battant. Personne en vue. Elle sortit rapidement et referma derrière elle. Puis, se tenant très droite et portant le sac comme s'il ne pesait rien, elle se dirigea d'un pas rapide et silencieux vers les marches qui menaient à l'étage suivant, puis au toit.

Elle parvint rapidement au dernier étage, et ce sans avoir croisé quiconque. Nul n'était en vue. Peut-être tous les résidents étaient-ils dans la salle à manger, ou sortis. De quel côté l'issue de secours pouvait-elle être ? À l'arrière, forcément. *Réfléchis !* Personne n'installait d'escalier de secours sur la façade d'un bâtiment. Ils étaient toujours assez laids, strictement utilitaires. Cependant, elle avait tourné une fois dans les marches. Ou deux ? De quel côté était l'arrière maintenant.

Elle suivit un couloir et se retrouva face à un mur aveugle. Pourtant, il devait bien y avoir une issue de secours.

Un bruit de pas résonna derrière elle. Quelle explication pourrait-elle bien fournir pour justifier sa présence ici ? Elle aurait dû songer à cela avant de quitter sa chambre. Quelle idiote !

Elle avait eu des cauchemars similaires, où elle fuyait pour échapper à quelque chose de terrible, montant toujours plus haut, plus loin, perdue, tandis que la chose qui la pourchassait se rapprochait inexorablement.

Sauf que cette scène était réelle. Elle avait vu les chemises brunes : ce n'étaient pas des monstres de contes de fées, mais des êtres de chair et de sang, effrayés et en colère, qui avaient un pouvoir de vie et de mort entre leurs mains, et qui étaient prêts à assouvir une soif inextinguible de vengeance sur quiconque leur donnait un prétexte pour lui faire du mal. Ils étaient dévorés par le besoin de se révolter contre quelque chose. De prouver qu'ils existaient.

Elle se détourna et fit face à l'autre extrémité du couloir, au moment même où un homme sortait de l'ascenseur, se dirigeant vers elle. Il était âgé d'une cinquantaine d'années, les traits quelconques.

Elle lui sourit et murmura en allemand :

— Bonjour, monsieur.

Il lui dit quelque chose en retour. Avec un peu de chance, il penserait qu'elle occupait une des chambres du bout. Il devait séjourner dans l'une d'elles. Heureusement, il y en avait deux autres.

Au coin, elle pressa le pas. Ce couloir-ci était plus lumineux. Se terminait-il par une fenêtre, juste après le léger coude qu'elle voyait droit devant ? Surtout, y avait-il un escalier de secours ? Une fois qu'elle l'aurait emprunté, il serait évident qu'elle essayait de s'enfuir. Pour quelle raison une femme élégante descendrait-elle un escalier de secours en plein après-midi, alors qu'aucun incendie ne s'était déclaré ? Comment pourrait-elle se justifier ? Elle aurait dû aller à la réception et sortir par l'entrée principale comme toute personne saine d'esprit.

À quoi bon tergiverser ? Il ne s'agissait pas de choisir entre une bonne et une mauvaise solution. Il n'y avait pas de « bonne » solution. Soit elle s'échappait, soit elle était capturée.

Elle tourna. Une fenêtre à guillotine se trouvait droit devant elle, à environ quatre-vingts centimètres du sol, facile à enjamber. Si elle ne s'ouvrait pas, Elena était prête à briser la vitre.

Elle s'avança rapidement, mit les mains sur les poignées en forme d'anneau et poussa vers le haut. Après une brève hésitation, le panneau inférieur coulissa jusqu'à mi-hauteur de celui du haut, et sembla se caler en place. L'escalier au-delà était rouillé, mais semblait assez solide. De toute façon, elle n'avait plus le choix.

Et s'ils l'attendaient à l'étage du dessous ? Ou au suivant ? Ou au pied de l'escalier ? Elle se pencha en avant et regarda en bas, mais ne vit personne. Loin au-dessous d'elle, elle distinguait un abri au toit légèrement pentu, plusieurs poubelles, des bacs à charbon et à coke, et une cour en ciment d'environ quatre mètres carrés.

Soudain, elle entendit des pas lourds derrière elle. Un homme cria.

Elle n'avait plus le temps de s'interroger. Elle enjamba l'appui de fenêtre, s'égratignant au passage, rabattit le panneau d'un coup sec et se mit à descendre, cramponnée d'une main à la rambarde rouillée.

Parvenue à l'étage du dessous, elle n'osa pas regarder par la fenêtre pour voir si quelqu'un la guettait. Elle n'avait nulle part où aller, même si c'était le cas.

Troisième étage. Elle continua à descendre.

Deuxième étage. Elle poursuivit.

Au premier, l'escalier s'arrêtait à la hauteur du toit de l'abri. N'allait-il pas plus bas ? Était-on censé sauter de là ? Peut-être que, si le bâtiment était en feu, on ne demandait pas mieux que de le faire ?

Un cri furieux s'éleva au-dessus d'elle, suivi l'instant d'après par le claquement sec d'une détonation. Une balle siffla à ses oreilles et ricocha sur le toit en zinc à un mètre d'elle. Elena le traversa tant bien que mal et se laissa glisser aussi vite que possible sur la poubelle de cendres, puis sur le sol entre les poubelles et les bacs à charbon.

Un nouveau coup de feu retentit, mais la balle passa loin d'elle. Ils l'avaient perdue de vue, ne fût-ce que momentanément. Cependant, ils savaient où elle était. Elle devait gagner la rue au plus vite, sinon elle serait acculée comme un rat ! Et sa tentative de fuite serait considérée comme une preuve de sa culpabilité. Une femme innocente aurait attendu dans sa chambre d'être capturée, interrogée et puis quoi ? emprisonnée, et jamais revue ? Plus probablement, abattue alors qu'elle tentait d'échapper aux conséquences de son épouvantable crime.

Elle traversa la cour et, sans même un regard, s'engouffra dans la ruelle. De quel côté allait-on la chercher ? Dans les rues calmes à l'arrière de l'hôtel, où ils pourraient la coincer et l'éliminer sans que personne le sût.

Si elle se dirigeait vers l'artère animée de la façade, ils la verraient peut-être mais ne tireraient pas dans la foule.

Une fraction de seconde, ses jambes refusèrent de bouger. C'était tout juste si elles la soutenaient. Elle imaginait la balle lui déchirer la chair. Elle sentait le poids du corps de Ian, revoyait son visage comme s'il était mort quelques minutes plus tôt et non, quoi, la veille ? l'avant-veille ?

Elle mit son sac en bandoulière et commença à marcher d'un pas un peu raide, comme si elle n'avait aucun souci, aucune peur, en tout cas rien à se reprocher. Elle déboucha droit sur la rue, non loin de l'endroit où la réception de l'hôtel donnait sur le trottoir.

Elle vit presque aussitôt les chemises brunes qui grouillaient à la sortie, et un petit attroupement autour d'elles, attendant quelque chose. Les chemises brunes ne cessaient de tenter d'écarter les gens, lesquels ne reculaient que d'un pas ou deux. Tous étaient curieux de savoir ce qui se passait, d'assister à l'arrestation de celui qui avait assassiné la Hyène.

Elena se détourna comme si ç'avait toujours été son intention et s'éloigna d'un pas décidé en direction de… quoi ? Elle n'avait pas la moindre idée de l'endroit où menait cette rue, mais n'importe quelle foule était la bienvenue pour s'y perdre, dans l'immédiat du moins. Dès qu'elle aurait couvert quelques centaines de mètres, elle devrait réfléchir à la meilleure manière d'atteindre l'ambassade de Grande-Bretagne. Là, au moins, elle serait en sécurité.

Pourquoi diable Cordell avait-il échoué à sauver Scharnhorst ? Ou n'avait-il pas cru que le MI6 serait réellement rendu responsable ? Eh bien, il s'était trompé ! Trompé du tout au tout ! Si on n'avait pas voulu qu'un Britannique fût accusé et pendu, pourquoi aurait-on laissé cette carabine dans sa chambre d'hôtel ? Et comment les chemises brunes auraient-elles su si vite où la trouver ?

Une vague de nausée l'envahit soudain alors qu'une idée prenait forme dans son esprit. Était-ce pour cette raison qu'elle n'avait eu aucun mal à quitter la place et à regagner son hôtel ? Tout concordait. Ils avaient eu l'intention de l'abattre. De l'accuser. Et s'ils l'avaient arrêtée et fouillée avant qu'elle rentre à l'hôtel, elle n'aurait pas eu la carabine sur elle.

Un instant, sa poitrine fut si comprimée qu'elle put à peine respirer. Pas seulement à cause de la peur, mais de la rage. Elle devait rallier l'ambassade. Le plus vite possible. Elle ne pourrait rien faire du tout si elle ne survivait pas !

15

Il fallut à Elena près de trois quarts d'heure pour se frayer un chemin dans les rues bondées, pleines de gens apeurés, en s'efforçant d'éviter tous les groupes de chemises brunes qu'elle voyait. Elle n'osa pas prendre de raccourci : elle ne devait pas se trouver seule dans une ruelle où, si elle était acculée, elle pourrait être attaquée sans que personne la vît et encore moins lui vînt en aide.

En était-on arrivé là ? Le vernis de la raison était-il si mince qu'une femme pouvait être agressée, battue, tuée et que nul n'oserait intervenir parce que les responsables portaient un uniforme ? Peut-être.

Elle n'était pas sûre de pouvoir prendre le moindre risque. Elle se surprit à suivre des groupes, des familles, des gens qui cheminaient ensemble, afin d'essayer de donner l'impression qu'elle était avec eux.

Elle ne faisait plus partie de la classe à laquelle elle était accoutumée. Elle était l'ennemie, l'étrangère que tout le monde recherchait. Si personne ne l'avait reconnue jusqu'alors, c'était uniquement parce que sa description n'avait pas encore été rendue publique. Combien de temps leur faudrait-il pour le faire ? Pas longtemps. Avant la nuit tombée, elle serait traquée. L'ambassade serait le seul refuge possible.

Elle continua à marcher, les yeux sur le trottoir, ne

regardant personne. Pourquoi Cordell n'avait-il pu empêcher l'assassinat ? S'était-on d'une manière ou d'une autre débarrassé de lui aussi ? Sûrement pas ! C'était un diplomate britannique haut placé. Un tel acte dépasserait le cadre d'un incident déplaisant entre la Grande-Bretagne et l'Allemagne, ce serait un avertissement lancé à tous les pays qui avaient une ambassade en Allemagne : le gouvernement de Hitler était composé de barbares ! Et inversement, aucune ambassade allemande ne serait sûre nulle part, du moins pas dans le monde civilisé. De toute façon, d'après le père d'Elena, Hitler aimait bien l'Angleterre. Les deux pays étaient cousins. Leurs familles royales l'étaient, littéralement.

Elle était ridicule. Elle laissait son imagination s'emballer. C'était terrible de voir à quel point la peur pouvait vous dépouiller de votre bon sens… et de votre courage.

L'ambassade ne se trouvait plus qu'à une centaine de mètres, mais Elena voyait clairement qu'elle était encerclée par des chemises brunes qui semblaient la protéger, assurer sa sécurité face à une attaque attendue. Quoi qu'il en fût, il lui serait impossible de forcer le passage pour pénétrer à l'intérieur. Les gardes demanderaient des papiers. C'était inévitable. Et dès qu'ils sauraient son nom, ils l'arrêteraient.

Quelques secondes, elle resta figée, voyant avec consternation ses plans s'écrouler et pressentant le désastre à venir. Ils savaient qu'elle était britannique. Ils avaient espéré qu'elle accourrait ici afin d'y réclamer de l'aide. Elle aurait dû y songer. Elle devait s'en aller, maintenant, de façon aussi discrète que possible, comme si seul le mouvement de la foule l'avait poussée jusqu'ici.

Elle fit un demi-tour presque naturel, comme si ses voisins lui avaient barré le passage. Sa mère était américaine. Si elle s'adressait à l'ambassade des États-Unis, on l'y aiderait certainement, ne fût-ce qu'en contactant les Britanniques pour trouver une solution qui lui permettrait de quitter le pays. Toutes les ambassades étaient le sol du pays qu'elles représentaient. Les Allemands n'oseraient pas s'introduire dans l'ambassade des États-Unis. Cela provoquerait un incident diplomatique qu'ils ne pouvaient en aucun cas se permettre.

Elle s'éloigna, tête baissée, évitant soigneusement de croiser le regard de quiconque. Elle ne voulait pas qu'on se souvînt d'elle. Pour la première fois de sa vie, elle voulait être ordinaire au point d'être quasi invisible.

L'ambassade des États-Unis n'était pas loin. Elle s'y rendit rapidement, mais sans paraître courir.

Avant même d'atteindre le bâtiment, elle distingua des chemises brunes à chaque coin, et un attroupement dans la rue. Elle n'avait pas plus de chances d'entrer sans être interceptée qu'à l'ambassade de Grande-Bretagne. Son passeport pourrait l'identifier et elle était sûre que, à l'heure qu'il était, les miliciens avaient le signalement de la femme qu'ils recherchaient. Avaient-ils découvert son nom ? Savait-on qu'elle avait voyagé en compagnie de Ian ? La police des frontières se souvenait peut-être d'elle !

Elle resta plantée sur le trottoir, indécise, envahie par une panique croissante.

— Excusez-moi, vous êtes perdue ? demanda une voix en allemand.

Elle fit volte-face et vit un jeune homme qui se tenait à un mètre d'elle. Il était grand et brun. Au premier abord, ses traits semblaient assez quelconques, mais ses yeux brillaient d'humour et d'intelligence.

— Je… commença-t-elle, en allemand aussi.

Elle s'interrompit, ne sachant comment poursuivre. Il avait parlé allemand, mais elle avait détecté un léger accent. Que lui dire ? Elle devait avoir l'air idiote.

— Qu'y a-t-il ? Vous n'êtes pas perdue, n'est-ce pas ?

C'était une affirmation.

— C'est juste que vous ne vous attendiez pas à ce que l'ambassade soit encerclée, et par les chemises brunes de surcroît…

Avec une bouffée d'horreur, elle comprit combien elle devait attirer l'attention, debout là dans la rue, comme un lapin paralysé par les phares d'une voiture. Ce jeune homme ne devait pas être le seul à l'avoir remarquée.

— D'où venez-vous ? demanda-t-elle.

La question était abrupte, presque impolie, mais elle devait savoir s'il était allemand ou s'il se trouvait là, près de l'ambassade, parce qu'il était étranger aussi.

— De Chicago, répondit-il avec un sourire sombre. Ou des environs. Pourquoi ?

Elle exhala un soupir de soulagement. Il était américain.

— J'ai besoin d'entrer dans l'ambassade, expliqua-t-elle. J'ai tenté celle de Grande-Bretagne, mais elle est encore plus étroitement surveillée que celle-ci. J'ai pensé à venir ici parce que ma mère est américaine, mais cela paraît sans espoir aussi…

— Vous pourriez essayer, à condition d'avoir une bonne raison, dit-il d'une voix sceptique. Ils recherchent une femme qu'ils soupçonnent d'avoir assassiné Scharnhorst. Vous avez dû en entendre parler.

— Oui, murmura-t-elle, je sais. Je dois lui ressembler…

Avait-elle été stupide de l'avouer ? Ou aurait-il été plus évident encore de faire semblant de n'être au courant de rien ? Trop d'indécision ! Elle était tombée droit dans le piège qu'elle essayait d'éviter.

— C'est vrai, confirma-t-il en la regardant avec plus d'intensité. Si vous vous approchez davantage, vous risquez d'être arrêtée. Je crois que vous devriez partir, plutôt discrètement.

— Je n'ai nulle part où aller ! rétorqua-t-elle, d'un ton plus sec qu'elle n'en avait eu l'intention.

Elle entendait la tension dans sa voix.

— Je ne peux pas retourner à l'hôtel. Je n'ai réussi à m'enfuir que de justesse. Ils m'ont même tiré dessus.

— J'imagine que ce n'est pas vous qui l'avez abattu ? demanda-t-il avec un demi-sourire un peu tordu. J'aimerais bien rencontrer un héros de ce genre.

— Eh bien, vous n'avez pas de chance, parce que ce n'était pas moi. Mais quand je suis rentrée à mon hôtel, il y avait une carabine dans la penderie, équipée d'un de ces viseurs spéciaux pour longues distances. Je suis partie…

Il lui prit le bras et elle tressaillit, alarmée.

— Arrêtez, murmura-t-il. Ils cherchent une femme seule. Que vous l'ayez abattu ou non, vous ferez l'affaire pour eux, il leur suffit d'avoir l'air efficace. Nous devons partir d'ici. Ne faites pas de scène.

Il se déplaça de façon qu'elle doive se détourner pour l'accompagner, lentement, tranquillement, comme un couple qui venait de l'ambassade. Qui était-ce ? Pourquoi l'aidait-il ? Allait-il la faire prisonnière et la livrer aux chemises brunes, afin de s'attribuer le mérite de sa capture ? Il lui tenait le bras très fermement. Ses doigts la pinçaient.

— Qui êtes-vous ? demanda-t-elle d'une voix cassante, en essayant en vain de se dégager. Lâchez-moi !

Elle voulait être furieuse ; c'était tellement plus facile que d'avoir peur.

— Sinon quoi ?

Cette fois son sourire était franchement amusé, et il parlait anglais.

— Vous allez hurler ? Ne faites pas l'idiote, bon sang ! Je vais vous éloigner des chemises brunes. J'ai des amis qui s'occuperont de vous.

— Pourquoi le feraient-ils ? Je suis un danger…

Une fois de plus, elle tenta de retirer son bras.

— Je m'appelle Jacob. Jacob Ritter. Je viens de Chicago, mais je suis basé à New York en ce moment.

Je suis journaliste. Et vous êtes anglaise. N'importe qui peut le savoir en vous entendant parler. Même si votre allemand est plutôt bon.

— Il est très bon, riposta-t-elle, vexée. Mon père a travaillé ici à l'ambassade de Grande-Bretagne, voilà quelques années.

— Continuez à marcher. Comment vous appelez-vous ?

— Elena Standish. Et je n'ai pas assassiné Friedrich Scharnhorst. Je ne sais pas qui l'a fait, mais je sais pourquoi.

— Vraiment ? Vous savez pourquoi le fusil était dans la penderie de votre chambre ?

Il garda une prise ferme sur son bras pendant qu'ils traversaient la rue, marchant avec une certaine raideur parce que ses foulées étaient plus longues que celles d'Elena.

— Je crois que oui, mais peu importe maintenant. Où allons-nous ?

Elle trottina un peu pour rester à sa hauteur, avant d'essayer encore une fois de se dégager, et d'échouer de nouveau.

— Dans un quartier surtout habité par des juifs. J'ai des amis qui peuvent nous accueillir. Du moins, vous. J'ai ma propre chambre. Ils vont s'occuper de vous. Et ils ne vous dénonceront pas, même si c'est vous qui avez assassiné Scharnhorst.

— Ce n'est pas moi ! Je ne sais même pas faire la différence entre une extrémité d'une carabine et une autre.

— Vous n'avez pourtant pas l'air d'être une imbécile, commenta-t-il avec un sourire amusé plutôt qu'amical.

Si elle riait maintenant, elle allait perdre le contrôle d'elle-même. Une fois de plus, elle chercha à se délivrer.

— J'ai dit que vous n'aviez pas l'air d'être une imbécile, alors cessez de vous comporter comme si vous en étiez une. Marchez comme une adulte qui va là où elle veut aller.

Elle se redressa et obéit, se rapprochant de lui.

— Merci, dit-il, sur un ton empreint d'ironie.

— Je n'ai pas tué Scharnhorst, répéta-t-elle. En réalité, j'ai essayé d'empêcher son assassinat.

— Vous croyez que ça les gênerait s'ils décidaient de vous arrêter ?

Une profonde amertume teintait sa voix.

— Depuis combien de temps êtes-vous en Allemagne – je parle de cette visite ?

— Seulement depuis…

Elle se tut brusquement. Elle venait tout juste de rencontrer cet homme. N'était-il pas stupide de lui révéler plus que le nécessaire ?

— Depuis ? insista-t-il, ralentissant à l'approche d'un carrefour.

Peut-être serait-il stupide au contraire de ne pas se confier à lui ou, plus exactement, de lui laisser voir sa réticence. Elle ne pouvait se rendre ni à l'ambassade de Grande-Bretagne ni à celle des États-Unis. Quelle autre solution lui restait-il ? Quitter Berlin était impossible. Elle n'avait pas d'amis vers qui se tourner, personne à qui accorder sa confiance. Les gens changeaient. N'est-ce pas ? Et comment le leur reprocher s'ils y étaient contraints pour survivre ou pour assurer la survie de leur famille ? Cet homme représentait son unique chance de s'en sortir. Ne valait-il pas mieux tout lui raconter ? De toute façon, il risquait de découvrir la vérité, et alors il serait trop tard pour le convaincre de sa bonne foi.

— Je suis arrivée hier. Je n'avais pas prévu de venir, mais les circonstances…

Quel choix de mot ridicule ! Elle se mordit la lèvre pour le ravaler.

— Je voulais essayer d'empêcher l'assassinat, parce que je savais que les Britanniques en seraient accusés. À l'évidence, j'ai échoué. Peut-être ce plan était-il voué à l'échec depuis le début.

Ils cheminaient dans des rues plus calmes. Jacob ralentit un peu l'allure et lui lança un regard de biais, son regard impénétrable.

— Ce que vous dites n'a pas grand sens. Comment étiez-vous au courant ? D'où veniez-vous ?

Elle hésita un instant. Se ruait-elle tête baissée dans un piège ? Mais cet homme était sa seule chance.

Brièvement, elle lui parla d'Amalfi, du meurtre de Ian à bord du train et de la promesse qu'elle lui avait faite de transmettre le message à l'ambassade de Grande-Bretagne. Lorsqu'elle termina, sa voix était assourdie par les larmes qu'elle refoulait.

Il s'arrêta et, pour la première fois, lui lâcha le bras.

— Je suis désolé, dit-il gravement, le visage empreint de pitié. Mais vous avez fait tout ce que vous pouviez. Soit ce Cordell a essayé d'empêcher l'assassinat et a échoué, soit, j'en ai peur, il n'a rien tenté, pour des raisons que nous ignorons. C'est une sacrément bonne chose que vous n'ayez pas pu entrer à l'ambassade. Qui sait s'il ne vous aurait pas livrée aux Allemands pour prouver son innocence ?

Un instant, le monde vacilla autour d'Elena, puis elle se força à focaliser ses pensées.

— Cela ne m'était pas venu à l'esprit, avoua-t-elle. Bon sang ! Je me conduis comme une sotte !

— C'était inévitable au début, acquiesça-t-il avec un léger sourire. Mais vous pouvez réfléchir à présent ! Oubliez Cordell. Peut-être a-t-il fait tout son possible. Il n'a pas pu vous avertir, parce qu'il n'a sans doute pas imaginé que vous iriez assister au rassemblement. Pourquoi y êtes-vous allée ?

— Pour prendre des photos de Scharnhorst, bien

sûr ! répondit-elle, comme si c'était une évidence. Et si quelqu'un avait été arrêté en tentant de le tuer, ç'aurait été un moment à saisir. Je suis photographe, ajouta-t-elle, comme si elle venait d'y penser.

— Et moi, je suis journaliste, mais je ne suis utile à personne si je suis mort !

— Je croyais que Cordell allait empêcher l'assassinat !

— Dans ce cas, vous aviez plus de foi en lui que vous n'auriez dû.

— Ce n'était pas une foi aveugle ! protesta-t-elle. Je le connais depuis des années.

— Vraiment ? Depuis quand ? demanda Jacob, quelque peu surpris.

— Depuis l'époque où mon père était ambassadeur ici.

— C'était il y a longtemps, non ?

— Longtemps… c'est relatif, je suppose.

— Vous voulez dire que les gens ne changent pas ? demanda-t-il, radouci.

— Pas tant que cela. Il était… drôle…

Des souvenirs de Cordell lui revinrent, vieux d'une dizaine d'années peut-être ; cinq ans après l'armistice. Certains étaient encore tout à la joie de vivre en paix.

— Il nous faisait rire, reprit-elle. Il nous apprenait l'étiquette à respecter pour être un bon ambassadeur. Comment réagir à n'importe quelle situation avec aplomb.

— Le flegme britannique ? suggéra Jacob sur un ton léger.

— C'est plus que ça, c'est…

Il l'écoutait, les sourcils un peu arqués. Elle comprit subitement qu'il la taquinait gentiment. Un souvenir surgit dans sa mémoire.

— Par exemple, comment poursuivre avec tact un dîner quand le dentier d'une duchesse tombe dans sa soupe.

Il écarquilla les yeux.

— Que fait-on alors ?

— Eh bien, si c'est du bouillon, on peut détourner l'attention pendant qu'elle le repêche et le remet, répondit-elle, sentant l'amusement la gagner. Mais si c'est du potage à la tomate, cela n'a aucune chance de fonctionner.

— Et quelle était la solution de Cordell ?

— On fait signe au majordome de remplacer discrètement l'assiette par une autre et d'emporter la première pour un repêchage plus efficace. Sans commentaire, naturellement. La grande classe, c'est de faire en sorte que la conversation continue sans un accroc.

— Et y est-il parvenu ? À supposer que cela se soit produit ?

Elle s'en souvenait avec netteté.

— Oui. Mais j'ai dû quitter la pièce.

— Par sens de la diplomatie ?

— Je crains que non. J'étais au bord du fou rire.

Soudain, toute légèreté déserta les traits de Jacob, et même son regard.

— Il va falloir vous montrer très diplomate à partir de maintenant. Votre vie en dépend. Je parle sérieusement ! Et non seulement la vôtre, la vie des gens qui vous viennent en aide.

Il fouilla son visage.

— Si ce que vous me dites est vrai, deux hommes sont déjà morts.

— Trois, rectifia-t-elle, d'une voix étranglée, presque inaudible. Un autre est mort à Amalfi aussi.

Il la regarda.

— Vous n'aviez pas parlé de cela. Votre ami à bord du train n'était pas au courant ?

— Si. Je sais ! Je sais.

Sa voix était devenue plus sèche, plus aiguë. Elle se contrôla avec difficulté.

— Il était mourant quand il me l'a dit. Ça ne m'a pas paru si important sur le moment. Rien d'autre ne paraissait important !

Il lui mit les mains sur les épaules, très doucement.

— Je suis désolé. Plus encore que je ne saurais vous le dire. Mais maintenant, nous devons faire tout notre possible pour vous mettre en sécurité. C'est ce qu'il souhaiterait, n'est-ce pas ?

Elle était trop émue pour répondre. Elle hocha la tête, rencontrant son regard un instant. Puis elle se détourna et recommença à marcher.

Il la rejoignit en deux enjambées.

— Nous ne devrions pas rester dans la rue plus longtemps que nécessaire. On peut avoir confiance en la plupart des gens ici, mais pas en tout le monde. La peur…

Il se tut, l'ombre de la douleur sur ses traits. Il devait avoir environ l'âge d'Elena, peut-être un ou deux ans de plus, et déjà des rides profondes s'étaient creusées autour de sa bouche et de ses yeux. Il n'était pas beau, mais il possédait trop d'esprit et trop d'humanité pour ne pas être attirant.

— La peur change tout, reprit-il en recommençant à marcher sans la regarder. La plupart d'entre nous croyons savoir quelles sont nos convictions, nos valeurs, qui nous sommes prêts à défendre, que ces gens nous plaisent ou pas. Mais quand les chemises brunes se présentent à notre porte, parfois notre courage s'évanouit, nos tripes se liquéfient, et on leur dit ce qu'ils veulent savoir. Les meilleurs d'entre nous leur mentent et acceptent d'en subir les conséquences. En revanche, quand c'est notre mère ou notre enfant qu'ils menacent de brutaliser, c'est tout autre chose. Car ils le feront. L'expérience nous l'a appris. Certains aujourd'hui se sentent coupables de ne pas l'avoir cru. Ils ne voulaient pas le croire, et ils auraient dû. Je vous dis cela parce que c'est un fait, non pour accabler quiconque. J'ignore ce que je ferais si quelqu'un que j'aime devait payer, ou toute autre personne, d'ailleurs.

Elle garda le silence. Répondre n'aurait eu aucun sens. Cette pensée était trop bouleversante.

Ils parcoururent encore deux pâtés de maisons en silence, Elena s'efforçant de réfléchir honnêtement à ce qu'elle ferait dans pareille situation. Ne serait-il pas terrible que rien ne compte plus que son propre sort à ses yeux ? Ne serait-ce pas en un sens la pire des défaites ?

Jacob tourna à gauche, puis encore à gauche et enfin à droite, et s'arrêta devant une grande et belle maison. Délaissant la porte d'entrée, il emprunta l'étroit sentier dallé qui menait à l'arrière et toqua.

Au bout d'un moment, une femme d'âge mûr apparut, vêtue d'un tablier blanc impeccablement amidonné. Elle sourit à la vue de Jacob.

— Bonjour, Mr. Jacob, dit-elle gaiement. Entrez. Entrez, Miss…

Jacob s'acquitta des présentations.

— Miss Standish. Marta est une grande amie, expliqua-t-il à Elena, en s'effaçant pour la laisser entrer la première.

Elena pénétra dans une vaste cuisine à la chaleur agréable, pleine d'odeurs appétissantes qui ne lui étaient pas familières. Elle ne put s'empêcher de regarder autour d'elle. La pièce était confortable, conçue pour être le cœur du foyer. Des assiettes en porcelaine étaient alignées sur les étagères du dressoir, des casseroles et des poêles pendues à des crochets fixés au mur, une pile de linge propre était posée sur une petite table à côté d'une autre porte. Des légumes lavés attendaient sur le plan de travail près de l'évier, des bouquets d'herbes séchées accrochés au-dessus.

— Zillah est à la maison ? s'enquit Jacob dès la porte refermée.

— Oui. Au salon.

Marta jeta un regard furtif en direction d'Elena, à la fois interrogateur et plein de sollicitude. Recevaient-ils des fugitifs assez souvent pour pouvoir en reconnaître une à vue d'œil ? Ou l'angoisse qui la tenaillait était-elle palpable ?

— Venez, lui dit Jacob.

Il adressa quelques paroles rapides à Marta, dans un dialecte qu'Elena ne comprit pas. Il ressemblait un peu à l'allemand, mais il était différent, du yiddish, supposa Elena.

Elle le suivit dans le couloir et, après qu'il eut toqué brièvement, dans une autre pièce confortable, illuminée par le soleil de l'après-midi.

Une grande femme brune, un peu maigre, se tenait à la fenêtre. Elle pivota en entendant Jacob. On ne sentait chez elle aucune peur, seulement une assurance tranquille, presque de la sérénité. Elle n'était pas habillée à la mode – ses vêtements étaient sages et sombres – mais la douceur et la symétrie de ses traits lui conféraient une certaine beauté.

— Je suis désolé de venir à l'improviste, commença Jacob, avec une pointe de regret dans la voix, mais j'amène une vraie fugitive. Elena, voici Zillah, Frau Hubermann. Elena Standish. Elle est anglaise et les chemises brunes pensent qu'elle a assassiné Friedrich Scharnhorst, ou veulent le faire croire. Il se pourrait qu'il ait été abattu par les miliciens eux-mêmes, mais la vérité ne fera aucune différence. Elle ne peut se rendre à l'ambassade de Grande-Bretagne, parce que ce sont sans doute ces gens-là qui l'ont fait paraître coupable. Ils étaient les seuls à savoir qu'elle était ici. Et elle ne peut pas aller à l'ambassade des États-Unis, bien que sa mère soit américaine, parce que le bâtiment est déjà sous surveillance.

— Oh, mon Dieu ! s'écria Zillah avec un sourire compatissant.

Elle regarda Elena avec gentillesse.

— Vous êtes seule ?

— Oui. Mon… mon ami a été assassiné dans le train entre Milan et Paris.

Elle avait prononcé les mots aussi vite que possible pour empêcher sa voix de trembler.

— Il travaillait pour les services secrets britanniques. Il m'a dit avant de mourir que Scharnhorst allait être assassiné et que les Britanniques seraient rendus responsables d'avoir causé un incident international. Il voulait avertir l'ambassade de Grande-Bretagne. Je suppose que, s'il était parvenu jusqu'ici, c'est lui qu'on aurait accusé. La carabine était dans ma chambre d'hôtel.

Elle se tut. Elle parlait trop. Ses propos avaient-ils le moindre sens pour la femme silencieuse qui se tenait debout dans la lumière ?

— La mort de Scharnhorst est le seul point positif dans cette affaire, déclara Jacob sur un ton sombre. Pas étonnant qu'on ait voulu éliminer ce salaud. Mais j'aurais fait en sorte qu'il meure à petit feu.

Zillah le détailla de la tête aux pieds.

— Je suppose que vous n'y êtes pour rien, si ?

L'espace d'un instant, il fut impossible de deviner à son expression si elle parlait sérieusement.

— Il m'est arrivé d'oublier certaines choses dans les chambres des autres, répondit Jacob, visiblement amusé. Mais jamais de carabine.

Zillah leva les yeux au ciel, puis se tourna vers Elena.

— Vous êtes la bienvenue ici jusqu'à ce que vous décidiez de la meilleure chose à faire pour vous, dit-elle à voix basse.

Elle la regarda.

— Peut-être une robe plus foncée, une tenue qui ressemble davantage à…

— Celle d'une servante, acheva Jacob. Pour ne pas attirer l'attention.

Elena acquiesça. Tout arrivait trop vite, mais même

dans l'état de stupeur et d'épuisement qui était le sien, elle comprenait la logique du raisonnement.

— Je serai heureuse de faire ce que je peux. Je ne sais pas où aller… pour l'instant. Je devrais quitter Berlin, essayer d'aller à Paris, et puis rentrer chez moi.

Jacob secoua la tête.

— On va vous rechercher. Chaque chose en son temps. Nous trouverons une solution.

Elle les regarda tour à tour, comprenant soudain que sa présence les mettait en danger.

— Jacob…

— Nous avons l'habitude, lâcha-t-il avec une soudaine amertume. Eli, le mari de Zillah, pense qu'il n'y a pas vraiment matière à s'inquiéter et que tout ça va finir par se tasser.

Zillah prit une inspiration, prête à lui recommander la prudence, ou à le contredire peut-être. Elena n'aurait su l'affirmer, toutefois elle eut l'impression que Zillah s'était ravisée, comme si elle ne voulait pas manquer de respect envers son mari, même si elle n'était pas d'accord avec ses opinions.

Son hôtesse sourit, mais seulement avec les lèvres. Son regard était assombri par une profonde angoisse.

— Il pense que nous sommes allemands d'abord, et juifs seulement par hasard, dit-elle doucement. Et que nous sommes nécessaires. Il est chercheur en chimie et croit qu'ils ne peuvent pas se passer de gens comme lui. Il leur attribue plus de bon sens que moi.

Sa voix frémit légèrement.

— Moi, je crois qu'ils se moquent du métier que nous exerçons, du fait que nous sommes ici depuis des générations et du reste.

Elle se redressa.

— Mais vous devez avoir faim ! Quand avez-vous mangé pour la dernière fois ? Ce matin, j'imagine ? On ne peut rien faire de bien quand on a l'estomac vide. Je vais vous trouver une robe unie toute simple et Marta va vous donner à manger.

Elle se tourna vers Jacob.

— Ne restez pas là, mon cher ! Rendez-vous utile !

Il adressa un rapide sourire à Elena, puis reporta son attention sur Zillah.

— Voudriez-vous que je m'occupe de la robe, ou du déjeuner ?

16

Margot était vraiment fâchée contre Elena. Trois jours avaient passé depuis son départ, et celle-ci n'avait toujours pas pris la peine d'envoyer le moindre message pour dire où elle était. Margot avait expédié un télégramme à ses parents, lesquels étaient eux aussi sans nouvelles. Si Elena avait fait halte à Paris avec Ian, ou seule, elle aurait au moins pu le lui faire savoir ! Cela n'exigeait pas un grand effort que d'expédier un télégramme, ne fût-ce que pour s'excuser d'être partie ainsi, sans crier gare. Non que Margot lui reprochât vraiment cela, car, à vrai dire, elle aurait pu être tentée de faire la même chose. Elle l'avait fait, d'ailleurs, plus d'une fois. En revanche, elle avait eu la courtoisie d'en informer les autres, et de s'excuser, plus ou moins.

Elle n'aurait pas cru possible de se lasser d'Amalfi, mais si. Il ne lui restait plus qu'à aller voir si Elena se morfondait à Paris, malheureuse que son aventure ne fût pas allée plus loin, trop fière pour en parler à quiconque, et réticente à rentrer au bercail avant de s'être remise de sa déception. Katherine avait toujours compté sur Margot pour veiller sur sa cadette. Et voilà qu'elle allait devoir recommencer ! En réalité, Elena était parfaitement capable de se débrouiller seule ! Elle était imprévisible, voilà tout. Et elle prenait les choses tellement à cœur ! Comme dans l'affaire Aiden Strother, qui avait été un beau gâchis. Elle lui était restée loyale bien trop longtemps. Elle aurait dû faire preuve de plus de réalisme. Mais Elena était tout sauf réaliste !

Sa note réglée, Margot entreprit le long et fastidieux voyage en train *via* Rome et Milan. En arrivant, elle alla naturellement au petit *Hôtel de l'Abbaye*, rue Cassette, où la famille avait coutume de séjourner. Cependant, personne n'avait vu Elena. Margot y prit néanmoins une chambre, puis se rendit dans les endroits qu'elles avaient l'habitude de fréquenter, les cafés où Elena et elle étaient allées ensemble par le passé. Elles avaient vécu assez longtemps à Paris lorsque leur père y était ambassadeur. Elles devaient bien y avoir encore quelques amis.

Elle marchait d'un pas décidé, sans vraiment se soucier d'où elle allait, prenant plaisir à sentir les plis souples de sa robe en soie noir et blanc danser autour de ses jambes. Les gens qu'elle rencontrait ne savaient peut-être pas s'ils avaient vu Elena, mais ils se souviendraient d'elle !

Trois heures et de nombreuses conversations plus tard, elle en avait assez. Elle résolut de rentrer en Angleterre avec ou sans sa sœur. Elle se rappelait l'avoir souvent cherchée quand elle était petite fille. Elena était plutôt mignonne à l'époque. Sans cesse à poser des questions. « Comment ça marche ? » « C'est pour quoi faire ? » Et surtout : « Pourquoi ? »

Elles s'étaient un peu éloignées l'une de l'autre quand Margot était tombée amoureuse de Paul. Il n'y avait eu de place pour personne d'autre alors. Comment aurait-il pu en être autrement ? Qui aurait voulu avoir une petite sœur dans les jambes lors des rares moments qu'ils avaient ensemble ? Si brefs… Elena n'était jamais tombée amoureuse, pas vraiment, profondément, pour autant que Margot le sût. Aiden Strother ne comptait pas. C'était une toquade. Elle n'avait jamais vu l'être véritable qui se cachait derrière la façade ! À supposer qu'il y en eût un ! Margot savait de quoi elle parlait. Il ne restait guère de vrais hommes desquels tomber amoureuse, et Elena était bien trop sérieuse pour la plupart, et pourtant trop indépendante pour quelqu'un qui voulait une épouse traditionnelle.

Margot réfléchissait, assise à l'ombre dans le magnifique jardin du Luxembourg, un sanctuaire d'arbres immenses et de statues inattendues, bercé par le murmure des feuilles.

Où diable sa sœur était-elle passée ? Pourquoi n'avait-elle même pas la politesse d'en informer les siens ? Au premier abord, elle était si insignifiante que les gens auraient peut-être du mal à se souvenir d'elle, même si elle les avait croisés un instant plus tôt. Elle portait trop de bleu. Du bleu et du vide, comme la mer ou le ciel.

Margot, elle, était le feu et la glace. Personne ne l'oubliait.

Elle franchit le portail et, pour gagner la rue, passa devant un kiosque où s'étalaient les unes des journaux du matin.

Margot ralentit l'allure. La femme qui la fixait du quotidien ressemblait de manière frappante à Elena. Cela dit, il pouvait aussi s'agir de n'importe laquelle de milliers d'autres femmes. Elle refoula cette pensée, dépassa le kiosque… et revint sur ses pas.

Cela pouvait réellement être Elena. Cette photo lui ressemblait… énormément.

Margot s'avança vers le présentoir.

C'était la femme qu'on soupçonnait d'avoir assassiné Friedrich Scharnhorst ! Non que Margot regrettât qu'il eût été assassiné : c'était un monstre, auquel on avait donné le sobriquet justifié de la Hyène ! Apparemment, l'attentat avait eu lieu à Berlin, la veille.

Elle ressemblait vraiment à Elena. C'était étrange. Comment s'appelait-elle ? Sans doute portait-elle un nom allemand.

Intriguée, Margot se pencha et examina la photo avec

plus d'attention. Le froid la saisit telle une poigne de fer. Ces sourcils légèrement recourbés, ces pommettes hautes, cette bouche étonnamment sensuelle… c'était bien Elena.

Margot se hâta de lire la légende. « *Une Anglaise recherchée pour l'assassinat de Friedrich Scharnhorst. Il pourrait s'agir d'Elena Standish, fille d'un ancien ambassadeur à Berlin.* »

Suivaient les dates de leur séjour.

Margot resta figée sur place. Ce ne pouvait pas être vrai ! Elena, moins que tout autre, ne pouvait avoir commis ce crime. Que s'était-il passé ? Ce jeune homme d'apparence inoffensif, Ian Machin-truc, avait-il assassiné Scharnhorst et laissé accuser Elena à sa place ? Était-ce là ce qu'il mijotait dès le début ? Seigneur, il avait été convaincant ! Margot n'aurait jamais deviné, et pourtant elle était plutôt douée pour jauger le caractère des gens, surtout des hommes. D'abord l'affaire Aiden Strother, et maintenant celle-ci ! Mais l'affaire présente était infiniment pire.

— Madame ?

Le marchand de journaux lui parlait. Plongeant la main dans son sac, elle en tira quelques pièces qu'elle tendit à l'homme, puis attrapa le journal et s'éloigna d'un pas rapide. Dans quel guêpier Elena s'était-elle fourrée cette fois-ci ? Et comment Margot pouvait-elle l'aider ?

C'était évident ! La première chose à faire était de se rendre à Berlin, à l'ambassade de Grande-Bretagne. Roger Cordell était toujours en poste là-bas. C'était un vieil ami de son père, et il aimait bien Margot. Il n'en avait jamais fait mystère, même s'il n'avait jamais eu de paroles déplacées ni trop familières. Sa femme ne s'était jamais vraiment remise des deuils qu'elle avait subis pendant la guerre. De l'avis de Margot, elle ne semblait pas avoir fait de grands efforts. Elle avait simplement renoncé à aimer pour ne plus souffrir. Margot jugeait sévèrement cette attitude, peut-être parce qu'elle avait elle-même peur de souffrir de nouveau : elle avait besoin de croire que le chagrin pouvait être surmonté.

Cordell était bien sûr fidèle à Winifred. Il comprenait sa détresse. Et, à certains égards, peut-être ne s'était-il pas remis non plus. Les gens qui sombrent dans la peine ne se rendent-ils pas compte qu'ils entraînent les autres dans les profondeurs, tels des nageurs épuisés qui noient leur sauveteur potentiel ?

Margot avait-elle infligé ce sort à quiconque ? Elle ne le croyait pas. Elle avait affreusement souffert, mais elle s'était évertuée à faire bonne figure devant les autres. Elle avait gardé l'espoir, cherché à tomber amoureuse d'un autre homme. Cependant, comparée à l'insouciance qu'elle avait connue auprès de Paul, toute autre relation semblait terne, médiocre, comme si elle faisait semblant.

Se souvenait-elle de lui tel qu'il avait été ? Ou l'avait-elle toujours vu à la lumière de ces premiers émois de bonheur étourdissant ? Elle ne saurait jamais. Peu importait désormais. Elle devait retourner rue Cassette, faire ses bagages et prendre le premier train pour Berlin. Ce qu'elle ferait une fois là-bas, elle n'en savait rien. Hormis trouver Roger Cordell, bien sûr, et solliciter son aide. Elle envisagea brièvement d'envoyer un télégramme à son père pour lui demander conseil, mais une intervention de sa part ne ferait peut-être qu'aggraver la situation. Les Allemands risquaient de s'entêter davantage, d'en faire un incident aux conséquences irrémédiables. Elle songea à son grand-père. Il avait toujours eu une préférence pour Elena, mais comment pourrait-il l'aider ? Il avait soixante-dix ans, il était à la retraite. Il ne pourrait rien faire.

Non, Roger Cordell était sa meilleure option. Si nécessaire, il enverrait chercher Charles Standish. Toute l'affaire n'était probablement qu'un absurde malentendu.

Margot se cramponna à cette pensée durant tout le trajet jusqu'à Berlin. L'après-midi touchait à sa fin lorsque le train entra en gare, mais il était encore temps de héler un taxi et de se rendre à l'ambassade.

La ville était aussi morne que dans ses souvenirs. En revanche, les jeunes gens en uniforme brun postés un peu partout étaient une nouveauté. Tout semblait ordonné, efficace et militaire. La marque de Herr Hitler, qui faisait rouler les trains à l'heure ! Cela avait du bon, sans doute, surtout pour ceux qui en dépendaient, mais c'était aussi quelque chose de froid et de mécanique.

Elle trouva un taxi immédiatement et, un quart d'heure plus tard, était à l'entrée de l'ambassade. Elle s'était attendue à devoir franchir un cordon de chemises brunes, conformément à ce qui avait été décrit dans le journal parisien, mais les miliciens avaient dû se disperser depuis la veille, car il n'en restait que deux ou trois au coin de chaque rue. Elle se présenta et tomba sur un gardien qui se souvenait d'elle et ne fit pas de difficultés pour la conduire à Roger Cordell.

Préalablement averti, ce dernier l'attendait debout devant son bureau. Cinq ans au moins avaient passé depuis la dernière fois qu'elle l'avait vu et il lui parut vieilli, avec même un soupçon de gris aux tempes. Il était trop jeune pour cela, plus jeune que son père. Puis elle se souvint de Winifred et du chagrin qui flottait autour d'elle tel un brouillard.

Elle lui sourit, avec tout le charme de quelqu'un qui n'avait de lui que d'agréables souvenirs, quelqu'un appartenant à une époque révolue, plus heureuse. Ils avaient tous les deux été éprouvés et savaient comment porter leur affliction avec grâce, en public, du moins.

Elle avait conservé sa robe en soie noir et blanc, et l'expression de Roger Cordell lui confirma, si elle en avait eu besoin, qu'elle lui allait à merveille.

— Margot ! s'exclama-t-il. Vous êtes superbe, comme toujours.

Il lui tendit les mains et elle y mit les siennes. Il les serra avec force, la regarda dans les yeux un instant, puis l'embrassa légèrement sur la joue.

— Je crois savoir pourquoi vous êtes ici, hasarda-t-il, l'air grave.

— J'imagine que oui, répondit-elle en faisant un pas en arrière.

Elle avait oublié à quel point il pouvait être direct, contrairement à son père. Peut-être était-ce pour cette raison que Charles était ambassadeur et Cordell simple attaché culturel.

— J'ai vu la photographie d'Elena dans un journal à Paris. Est-ce vrai ? Est-elle recherchée par la nouvelle police allemande, la Gestapo ou quel que soit son nom ? C'est ridicule ! Non seulement Elena ne ferait jamais une chose pareille, mais elle en serait parfaitement incapable. Vous la connaissez. Même si elle en avait envie, elle ne pourrait pas atteindre une grange avec une mitraillette, et encore moins abattre un homme à cent mètres avec un fusil à lunette !

Le visage de Cordell s'assombrit brusquement.

— Je sais qu'elle en aurait été incapable autrefois, ma chère, et je suppose que c'est toujours le cas, bien que les gens puissent apprendre…

— Pas Elena ! s'impatienta Margot. Et pour l'amour du Ciel, pourquoi aurait-elle fait cela ? Je sais qu'elle s'est un peu ridiculisée avec ce Strother, mais il avait trompé tout son monde. Et c'était un traître, pas un assassin. Je serais prête à parier qu'elle n'avait jamais entendu parler de Scharnhorst avant de quitter Amalfi. Elle était sans doute amoureuse de Ian Newton, mais elle n'avait pas perdu l'esprit !

Elle eut un petit geste éloquent.

— Elle est un peu naïve, pas stupide. Savez-vous quoi

que ce soit ? Dont vous soyez sûr, je veux dire, pas seulement des rumeurs ?

Elle le fixa, fouillant son regard. En dépit de son teint mat, il avait les yeux gris. À tout autre moment, elle aurait été fascinée par eux. Peut-être l'avait-elle été parfois, par le passé.

— Roger ! Je vous en prie… il faut que je sache si elle va bien. Elle m'a laissée à l'hôtel à Amalfi sans m'avertir de rien. Et maintenant, elle est à la une des journaux, soupçonnée d'avoir assassiné un homme ! Que lui a fait Newton ? Et où diable est-il, d'ailleurs ?

Quelque chose céda en lui. La compassion se lut dans son regard.

— Elle est venue me voir la veille de l'incident. Ian Newton avait été assassiné à bord du train.

Elle avait dû mal entendre.

— Vous avez dit… « assassiné » ? Vous ne parlez pas sérieusement ?

Elle se sentit soudain glacée jusqu'à la moelle dans cette pièce pourtant agréablement chauffée. À en juger par l'expression de son interlocuteur, il n'y avait pas eu de méprise.

— Oui. Je suis désolé. Margot, voulez-vous vous asseoir ?

— Je veux que vous m'expliquiez ce qui se passe ici ! répliqua-t-elle vertement. Qu'avez-vous fait pour aider Elena ? Que lui avez-vous dit ? Pourquoi avez-vous laissé cela arriver ?

Il prit une profonde inspiration. Ses joues avaient rosi.

— Avant de mourir, Ian Newton lui avait demandé de venir me dire qu'un attentat allait être commis contre Scharnhorst. Je me suis engagé à avertir les autorités, dit-il calmement. Ce que j'ai fait. Soit elles ont commis une série d'erreurs, soit, ce qui est plus probable, elles ont ignoré ma mise en garde.

— Ignoré ? répéta-t-elle, d'une voix dégoulinante de

sarcasme. Et laissé un des leurs se faire abattre en plein rassemblement ?

— Margot, dit-il patiemment, que savez-vous de Scharnhorst ?

Elle perçut son changement de ton, et en fut effrayée.

— Quelle importance ? C'est un monstre ! Et Elena est accusée de son assassinat.

Elle entendit la panique dans sa voix. Elle perdait le contrôle d'elle-même.

— Roger… je vous en prie…

— Je ferai ce que je peux, mais il est possible que certains soient ravis d'avoir une Anglaise à accuser du meurtre d'un de leurs plus dangereux extrémistes. Ils peuvent l'enterrer avec les honneurs dus à un martyr et, en même temps, nous faire porter la responsabilité. Tout en étant débarrassés d'un illuminé qui, franchement, devenait gênant pour eux.

— N'incarne-t-il pas précisément tout ce qu'ils désirent, sans oser l'avouer ? accusa-t-elle.

— Non ! Pas du tout.

Il paraissait choqué. Elle avait parfois vu une expression identique sur le visage de son père à la suite d'une de ses remarques.

— Les extrémistes vont parfois trop loin, même pour Hitler. Scharnhorst en était le parfait exemple. Il n'est donc pas impossible que Hitler soit extrêmement reconnaissant envers celui qui l'a tué, mais il serait impensable pour lui de le reconnaître, car les pires éléments du public ne pourraient jamais accepter cela. Dans les circonstances actuelles, il a beau jeu d'accabler une Anglaise hystérique. Quelqu'un lui a donné exactement ce qu'il voulait.

— Quelqu'un ?

Ce n'était qu'une demi-question. Elle dévisagea Cordell et perçut son exaspération.

— Très bien ! Elena peut avoir péché par sottise, ou naïveté. Nous le savons tous. Aiden Strother l'a prouvé, ce salaud. On s'est sans doute servi d'elle cette fois encore. Mais elle n'a ni la compétence ni le cran nécessaires pour tirer sur un être humain. Et franchement, elle ne le ferait pas. Elle penserait que c'est mal. Elle est…

Margot chercha le mot qui convenait. Elena était très sensible, mais aussi très traditionnelle, comme Lucas.

— Elle ne commettrait pas un acte aussi extrême… moralement, acheva-t-elle. Quelqu'un a profité d'elle, a monté une mise en scène pour donner l'impression qu'elle est coupable. Vous devez… je veux dire, allez-vous l'aider, s'il vous plaît ?

Elle n'était pas douée pour jouer les suppliantes, elle le savait. Aucune femme ne pouvait paraître moins pathétique que Margot Standish – plutôt Margot Driscoll, comme elle s'appelait désormais. La veuve Driscoll. Dieu, qu'elle détestait ce mot.

— Roger, je vous en prie.

Il la regarda calmement, pendant quelques secondes qui parurent durer une éternité.

— Oui, bien sûr. Mais restez en dehors de tout cela, Margot. Vous êtes aisément reconnaissable. Vous les mènerez à elle, même si c'est justement ce que vous voulez éviter.

— Qu'allez-vous faire ?

Le moment était mal choisi pour le contredire. D'ailleurs, elle admettait qu'il disait vrai, bien qu'elle n'y eût pas songé avant.

— Donnez-moi les coordonnées des amis que vous avez gardés à Berlin. Il est fort probable qu'Elena cherchera à entrer en relation avec au moins l'un d'eux. Elle est seule et ne dispose pas d'une somme infinie d'argent. Elle va avoir besoin d'aide. Songez aux gens en qui elle pourrait avoir confiance, à ceux qui auraient les moyens et le courage de l'aider, et aussi à ceux sur qui on pourrait éventuellement faire pression pour qu'ils la dénoncent. Mettez-vous à la place d'Elena et donnez-moi les noms par ordre de probabilité. Si je peux la trouver, je tâcherai de la faire sortir d'Allemagne.

Margot éprouva un pincement de culpabilité. Il mettrait sa carrière en danger, voire sa propre vie. Mais Elena était sa sœur. Maudite soit-elle d'avoir été aussi incroyablement stupide ! N'avait-elle pas tiré la leçon de son expérience ? Apparemment, elle avait mal placé sa confiance – une fois de plus !

— Merci, dit-elle, avec humilité.

Elle se rendait compte de la portée de sa requête et elle était sincèrement reconnaissante.

— Je vais réfléchir un peu, essayer de voir les choses comme elle, et établir cette liste.

— Bien. Voudriez-vous une tasse de thé pendant que vous y songez ? Nous avons d'excellents gâteaux secs. On nous les envoie d'Angleterre, évidemment.

— Oui, merci, avec plaisir. J'ai oublié de manger.

Il sourit, mais garda le silence, trop avisé sans doute pour faire des promesses qu'il n'était pas certain de pouvoir tenir.

Elle respectait cela.

17

Après le départ de Margot, Cordell resta debout un instant, songeur. Il avait sa liste. Il l'avait demandée automatiquement, toujours en quête d'informations. Et il avait voulu convaincre Margot qu'il ferait de son mieux pour l'aider.

La tragédie l'avait profondément affectée, laissant en elle une pointe d'amertume qu'il ne comprenait que trop bien. Elle était en colère. Elle n'avait pas perdu sa capacité à espérer, ni à être blessée par les souvenirs ou l'échec. On sentait encore en elle un appétit pour la vie. Il était certain que, si elle avait jamais baissé les bras, ç'avait été l'espace d'un instant, dans la solitude de la nuit, et que le lendemain matin, lorsque le jour était revenu, elle était de nouveau prête à se battre.

Si on attaquait Margot, elle riposterait ! Pas comme Winifred, qui ne ferait rien, comme si elle n'avait rien senti. Comme si elle était fondamentalement seule, et que les autres n'existaient pas, sauf de manière périphérique : elle les voyait, les entendait, mais ils ne pouvaient pas l'atteindre. Était-ce sa faute à lui ? Il avait essayé, fait de gros efforts, mais peut-être s'y était-il mal pris ? Quoi qu'il en fût, il avait échoué.

Il se rappelait Margot à l'époque où elle vivait à Berlin. Elle ressemblait à son père en ce sens qu'elle était intelligente, révoltée mais réaliste, tout aussi capable de cerner et d'admettre la vérité. Elle avait hérité de l'élégance de sa mère et, si elle ne possédait pas une beauté classique, elle était attirante… oui, c'était le mot qui convenait. Toujours intéressante. Il n'y avait rien chez elle d'ennuyeux ni d'indifférent. Du moins, c'était l'impression qu'elle donnait. Peut-être dissimulait-elle une froideur intérieure, mais n'est-ce pas le cas de chacun d'entre nous ?

Il baissa les yeux sur le papier qu'il tenait à la main. Qu'allait-il faire de cette liste d'amis d'Elena ? S'il les appelait et leur demandait s'ils l'avaient vue, elle serait alertée et disparaîtrait aussitôt. Elle irait de refuge en refuge. Elle n'était pas loin d'être hystérique lorsqu'elle s'était présentée à son bureau deux jours plus tôt – dans quel état pouvait-elle se trouver à présent ?

Elle allait croire qu'il n'avait pas alerté les autorités, et pourtant si. Sans doute n'avait-il pas choisi les bons interlocuteurs. Peut-être aurait-il pu faire davantage pour empêcher l'assassinat de ce monstre qu'était Scharnhorst.

En tout cas, c'était à lui, Cordell, de s'exposer au danger, et non à la fille de Charles Standish. Il devait bien cela à Charles et davantage. Charles avait dix bonnes années de plus que lui, au moins, mais ils avaient été bons amis. À l'aise dans les conversations comme dans les silences. Ils prenaient plaisir aux mêmes choses. Ils étaient attachés aux mêmes valeurs d'honnêteté, de stoïcisme, et ils partageaient le même sens de l'humour. Ils avaient cheminé ensemble dans les vieux quartiers tranquilles de la cité, flâné dans des magasins d'antiquités, admiré de vieilles pipes en écume en se demandant qui les avait sculptées, comment avaient vécu ceux qui les avaient fumées. Ils avaient fréquenté le théâtre, assisté à des productions modestes de pièces classiques, jouées par de jeunes acteurs en route pour la gloire.

Il comprenait la profonde souffrance qu'avait éprouvée Charles à la mort de son fils, et la raison pour laquelle il ne pouvait en parler. Ç'aurait été un manque de respect à ses yeux. Il y a certaines plaies auxquelles on ne touche pas. Prétendre que le temps finit par tout guérir est une insulte. Ils évoquaient d'autres sujets, des convictions communes, leur ardente détermination à éviter qu'une telle guerre eût jamais lieu de nouveau. C'était le seul legs digne de ce nom qu'ils laisseraient derrière eux après toutes ces années de travail, ces vies passées dans des villes merveilleuses où ils n'étaient pas chez eux et ne le seraient jamais.

Il se redressa et glissa la liste dans sa poche. Il en ferait une copie qu'il donnerait à la police. Elena serait peut-être plus en sécurité si on l'arrêtait et qu'on la mettait en prison. L'ambassade lui procurerait un avocat de premier ordre. On pourrait probablement négocier un marché assurant son rapatriement, même si le gouvernement allemand allait demander le prix fort et chercher à humilier publiquement l'Angleterre.

À supposer qu'elle se fût bel et bien réfugiée chez un de ses amis.

Et que diable était-il arrivé à Newton ? Avait-il trahi ? Cordell avait vu en lui un jeune homme typique de la haute société anglaise, idéaliste mais peu capable d'imaginer l'existence de ceux qui étaient totalement différents de lui. Il avait étudié à Cambridge, obtenu une licence en lettres classiques, sans doute, ou en histoire moderne. Avait-il amorcé un net virage à gauche… vers le communisme, ou quelque chose d'avoisinant ? Dieu sait si d'autres l'avaient fait ! Ils se réveilleraient un jour, quand il serait trop tard.

Elena était-elle tombée amoureuse de lui, avait-elle suivi le même chemin ? Une jeune femme – quel âge avait-elle, vingt-huit ans ? – célibataire, menant une vie relativement ennuyeuse, sans grand espoir de connaître mieux. Un séduisant jeune homme, la côte amalfitaine, des conversations absurdement idéalistes à propos de l'avenir. Du changement ! Les rêves de ceux qui n'ont pas encore goûté la vie, hormis la mousse à la surface.

Pauvres Charles. Il ne méritait pas cela ; Margot non plus. Elle aimait sa sœur, c'était naturel. Et s'il envoyait un de ses hommes à la recherche des amis d'Elena, discrètement ? Peut-être y aurait-il moyen de la faire rentrer en Angleterre à l'insu des autorités.

Il pressa la sonnette sur son bureau pour faire venir son assistant.

18

— Quoi ? s'écria Lucas.

Assis dans son cabinet de travail, il fixait Peter Howard qui, debout devant la bibliothèque, était trop tendu pour cesser de se balancer d'un pied sur l'autre.

Howard répéta ce qu'il avait dit.

— Elena est allée à l'ambassade de Grande-Bretagne avant-hier. Elle a vu Cordell.

— Elle est à Berlin ? Pourquoi, pour l'amour du Ciel ? Elle était en route pour Paris, elle devait rentrer avec un jeune homme avec qui elle s'était liée d'amitié…

Il se tut. Répéter une chose à l'envi ne la rendait pas vraie pour autant, ni fausse d'ailleurs. Et cela n'atténuait en rien la peur glaciale qui l'avait envahi.

— Pourquoi voulait-elle parler à Cordell ? Bon sang, Peter, donnez-moi les informations dans l'ordre. Comment savez-vous qu'Elena était là-bas ? Qui l'a reconnue ? Ce témoin est-il sûr ? Qu'a-t-il dit au juste ?

Le visage de Howard était sombre.

— Qu'Elena Standish était venue à l'ambassade à Berlin, la veille de l'assassinat. Elle a demandé à parler à Roger Cordell. Elle s'est présentée, il n'y a aucun doute possible. Elle a dit que c'était au sujet d'une affaire urgente et de la plus haute importance. Il était tard dans l'après-midi mais elle a insisté et on l'a fait entrer. Lucas, le jeune homme avec qui Elena est partie… c'était Ian Newton.

Il se hâta de poursuivre.

— Elle est saine et sauve, mais émotionnellement secouée. Elle a terminé le voyage que Newton avait prévu à sa place…

Lucas avait l'estomac noué par l'angoisse.

— Ian Newton ? L'homme qui a été assassiné dans le train ? Comment savez-vous qu'elle est saine et sauve ? Si elle a assisté au meurtre, elle doit être dans tous ses états…

— Certes, rétorqua Howard, mais elle s'est rendue de Paris à Berlin par le train, en se débrouillant pour ne pas être arrêtée à la frontière, et elle est arrivée à l'ambassade à temps pour transmettre l'avertissement à Cordell, et ce en dépit de la détresse qu'elle devait éprouver.

Lucas aurait dû s'excuser. Bien sûr qu'Elena était saine et sauve. Cordell se trahirait s'il ne prenait pas soin d'elle. Et il n'était manifestement pas prêt à se trahir.

— Que savons-nous de certain au sujet de Cordell ? insista-t-il plus calmement.

— Rien, admit Howard, la mine sombre, sans la moindre trace de son humour habituel. La situation est préoccupante. Trois hommes ont été assassinés. Cossotto, notre agent à Amalfi, a été découvert le cou rompu dans l'hôtel où Newton et Elena séjournaient. Ensuite, Newton a été poignardé dans le train entre Milan et Paris. Enfin, Scharnhorst a été abattu par un tireur embusqué lors d'un rassemblement à Berlin. Il ne peut s'agir d'une coïncidence.

— Le lien est-il indéniable ?

— Il semble que oui. Comme je vous l'ai dit, Newton a reçu un message émanant prétendument du MI6, qui lui ordonnait de se rendre à Berlin afin d'empêcher l'assassinat. Cossotto étant déjà mort, il n'avait aucun moyen de vérifier que ces instructions étaient légitimes. Newton a pris le train avec Elena et a été tué en route. Juste avant de mourir, il a transmis les instructions à Elena…

— Est-ce vrai ? coupa Lucas ? Tout ce que vous me dites est-il vrai ?

Tout son corps se crispait d'horreur alors qu'il imaginait ce qu'elle avait dû ressentir.

— Cordell affirme que c'est ce qu'elle lui a dit, et c'est la seule chose qui ait du sens. Elle était sous le choc, et bouleversée, mais elle s'est acquittée de sa mission.

Lucas changea légèrement de position.

— Malgré tout, il a échoué ? Dit-il la vérité ?

— Je ne sais pas. C'est possible. Scharnhorst était un animal enragé. Obsédé par le sang et le massacre. La purification de la race aryenne et toutes ces sornettes empoisonnées.

Lucas fronça les sourcils, taraudé par une nouvelle inquiétude. Quant à Howard, sa posture était rigide en dépit de son calme apparent. Ne baissait-il jamais sa garde ? Il n'était pas si tendu autrefois. Lucas avait-il été pareil quand il travaillait dans le service ? Quand une erreur pouvait avoir un coût si élevé ! Il s'en souvenait maintenant. Oui, il avait été pareil. Il avait échappé à cela depuis un certain temps. Il ne voulait pas y retourner. Et pourtant, que valait-il en tant qu'homme s'il laissait un désastre s'accomplir sans rien faire ? Un observateur était aussi coupable qu'un participant. S'il avait pu l'empêcher, ne fût-ce qu'en partie… s'il avait essayé. Peut-être était-ce ce qu'il avait implicitement enseigné à Elena. Il aurait dit cela à Howard si les rôles avaient été inversés.

— Peter ! Cordell se ment-il à lui-même, ou nous ment-il à nous ? Ou bien n'ose-t-il pas regarder les choses en face ?

L'ombre d'un sourire traversa le visage de Howard, teinté de pitié.

— Je ne crois pas qu'il les ait regardées en face jusqu'ici. Il se peut qu'il ait essayé, en toute sincérité. L'autre possibilité, c'est qu'il en sache plus long au sujet de Scharnhorst qu'il ne l'a laissé entendre et que les Allemands n'aient été que trop contents de le voir assassiné, par qui que ce soit ! Quoi de mieux ?

— Vraiment ?

— Si vous reveniez travailler avec nous, vous en sauriez assez pour ne pas vous étonner, répondit Howard sur un ton sombre. Hitler est tout à fait capable d'avoir commandité l'assassinat lui-même. Scharnhorst était un danger.

— Je pensais que Hitler défendait l'idée d'une race aryenne pure, par tous les moyens nécessaires. C'est ce qui semble sous-entendu partout.

— Il est fou à lier sous la surface, Lucas, mais il est habile. Il ne va pas bousculer les gens alors qu'ils ne sont pas prêts à le suivre. En revanche, Scharnhorst allait trop vite en besogne, et Hitler s'en est sans doute aperçu. De plus, le bruit courait qu'il avait des visées sur le poste de Hitler. S'il y a quelque chose que Hitler connaît, c'est son pouvoir… et son peuple. Voilà ce qui me terrifie. Il a pu être informé par Cordell ou je ne sais qui d'autre, et laisser l'assassinat avoir lieu. Une manière propre et efficace de se débarrasser de son rival. En nous faisant porter le chapeau par la même occasion !

— Vous pensez vraiment que Cordell se serait rendu complice d'une telle machination ?

— Comme la plupart d'entre nous, il veut passionnément croire qu'il n'y aura pas d'autre guerre.

— Venant de l'extérieur ? murmura Lucas, s'obligeant à prononcer les mots, avec le sentiment de s'aventurer dans les ténèbres.

Howard cilla, perplexe.

— Ou de l'intérieur ? expliqua Lucas. Voulez-vous que votre ennemi porte un uniforme allemand ou britannique ? Une chemise brune ou une noire ?

Il dramatisait et en avait conscience, mais pas tant

que cela. La possibilité était plus proche qu'ils ne le pensaient… bien trop proche.

— Nous ne sommes pas…

Howard s'interrompit.

— Cordell n'est pas stupide et je crois qu'il finira par voir ces gens-là pour ce qu'ils sont : la question est de savoir s'il s'en rendra compte à temps pour sauver sa peau… je suis désolé.

— Je ne peux pas abandonner Elena là-bas. Je vous ai interrogé au sujet de Cordell parce que j'aurais aimé pouvoir lui faire confiance.

Howard se raidit. Lucas poursuivit avant qu'il eût eu le temps d'intervenir.

— Je vais aller la chercher.

Si n'importe qui d'autre qu'Elena avait été concerné, il aurait immédiatement accepté les faits et reconnu son impuissance. Vieillissait-il, perdait-il la main ? Réagissait-il ainsi parce qu'un membre de sa famille était impliqué, une enfant qu'il chérissait depuis le jour où, minuscule fragment de vie enroulé dans une robe qui ressemblait à une tenue de poupée, elle avait posé sur lui de grands yeux bleus innocents, qui venaient de s'ouvrir sur le monde ? Au fond, elle n'avait pas tellement changé.

— Où a-t-elle été vue pour la dernière fois ?

— Je ne sais pas. Aucun de mes informateurs ne sait rien non plus. Elle était descendue dans un hôtel que nous utilisons souvent. Il semble que ce lieu soit désormais compromis, lui aussi, parce que les SA y sont allés presque immédiatement, mais elle s'est échappée. Apparemment, elle est montée au dernier étage et a descendu l'escalier de secours jusqu'à une ruelle, et les a semés.

— Dans une ruelle ? répéta Lucas, atterré.

Cela ne signifiait-il pas qu'ils l'avaient capturée, au contraire, et qu'ils le niaient maintenant ? Pourquoi ? La preuve de la culpabilité britannique était sans doute le but de toute l'opération, du moins à première vue. Indépendamment des mobiles politiques plus ténébreux que pouvait nourrir Hitler.

— Peter…

— Non, dit ce dernier très vite. Ils ne l'ont pas. Elle a dû se fondre dans la foule au lieu d'essayer de se cacher. C'était intelligent. Ils l'ont perdue de vue parmi les gens dans la rue et, maintenant, une chasse à l'homme à grande échelle a été lancée.

Lucas ne se souvenait pas d'avoir été si secoué, hormis par la nouvelle de la mort de Mike. En un sens, c'était pire cette fois-ci. À cause de l'incertitude. Il n'avait pas soupçonné qu'Elena fût en danger. Il pensait avec consternation à la terreur qu'elle devait éprouver, seule et traquée dans une ville au bord de la déliquescence, grouillant de chemises brunes de plus en plus ivres de pouvoir, dont chacun avait peur. Il n'osait même pas imaginer ce que les miliciens feraient subir à une femme qu'ils croyaient coupable d'avoir assassiné un homme pour qui ils nourrissaient une admiration hystérique, fanatique.

Howard se pencha vers lui et lui saisit la main. L'espace de quelques secondes, il la serra de toutes ses forces, puis la lâcha et se cala de nouveau sur son fauteuil. Telle était la réalité. Il fallait l'affronter.

— J'irai, moi, dit-il avec fermeté. Il me sera plus facile qu'à vous de me fondre dans la foule. Et je suis sacrément mieux informé de la situation. Mais, d'abord, il faut que j'aille voir la famille de Newton. Je lui dois bien cela. Il était…

Il n'acheva pas sa phrase. Ce n'étaient que des mots, et ils les connaissaient trop bien l'un et l'autre pour avoir besoin de les dire tout haut. Plus que tout le reste, cette mort les replongeait dans la souffrance brutale, sauvage, du passé.

Lentement, Howard se leva. Il paraissait plus âgé que ses quarante-trois ans. C'était d'autant plus évident que, en temps normal, il avait l'air d'en avoir bien moins. La jeunesse se lisait dans l'humour et l'intelligence de son visage. À cet instant, il semblait vaincu, mais pas tout à fait conscient de l'être.

— Je vous tiendrai au courant de ce que j'apprendrai au sujet d'Elena. Je vais mettre mes meilleurs hommes à sa recherche et je ferai tout pour la sortir de Berlin.

À regret, Lucas s'inclina. Il se savait trop âgé pour être le meilleur homme pour cette mission. Malgré toute sa passion, et le fait qu'il fût prêt à se sacrifier si nécessaire, il ne possédait plus la forme physique ni, peut-être, l'agilité mentale requises pour réussir. Il se leva à son tour.

— Je sais. Je vais y réfléchir.

Howard sortit par la porte-fenêtre et la barrière du jardin.

Josephine attendait Lucas dans l'entrée. Elle avait l'air en colère, mais il lut la peur dans son regard.

— Que se passe-t-il ? demanda-t-elle sans préambule.

— Howard ? Oh ! Il...

— Lucas, ne me mens pas ! ordonna-t-elle sèchement, d'une voix furieuse. Je sais que c'est grave. Je le vois.

— C'est...

Il se tut de nouveau. Elle avait peur pourtant, et sa peur ne ferait que grandir tant qu'il refuserait de lui expliquer ce qui était arrivé. Peut-être éprouvait-elle tout autant de douleur à sentir qu'il ne lui accordait pas sa confiance.

— Elena, dit-il enfin. Un des adeptes les plus vils de Hitler a été assassiné. Un homme qu'on surnommait la Hyène à cause de son habitude de s'en prendre à ceux qui sont déjà blessés, vulnérables.

Il avait parlé avec une hargne qui le surprit lui-même.

Elle attendit, sachant que l'essentiel restait à venir.

— Le meurtre a été imputé aux services secrets britanniques, plus précisément à Elena.

— Quoi ? Elle est à Berlin ? Lucas, elle est censée être à Paris !

Elle ne cherchait pas à le contredire. Il comprit qu'elle le croyait, qu'elle cherchait seulement une explication, qu'elle essayait de comprendre.

— Oui, elle est allée à Berlin. Je le sais parce qu'elle s'est rendue à l'ambassade pour essayer de les avertir du projet d'assassinat.

— Les avertir ? Comment était-elle au courant ? Tu ne me dis pas tout !

Une pointe d'accusation perçait dans sa voix.

En quelques phrases brèves, il lui parla de Ian Newton et de sa mort.

— Dans ce cas, pourquoi l'accuse-t-on ?

Le visage de Josephine était livide, ses yeux brillaient de rage et d'angoisse.

— Qui savait que Ian Newton avait reçu pour instruction de se rendre à Berlin ? Qui l'a tué ? Il est évident qu'Elena n'y est pour rien, qu'elle a été mêlée à tout cela accidentellement.

— Je sais. Je crains qu'il n'y ait un traître chez nous et je crois savoir qui. J'ai la ferme intention de me servir de lui pour transmettre de faux renseignements à ceux qui le contrôlent. Dans l'immédiat, tout ce que je veux, c'est ramener Elena à la maison.

— Où est-elle ? Tu le sais ?

En dépit de sa volonté de fer, Josephine ne pouvait maîtriser le léger tremblement de sa voix.

— Non, sauf qu'elle doit être bien cachée, parce que la milice ne parvient pas à la trouver. Par conséquent, nous disposons peut-être d'un peu de temps.

— Jusqu'à quand ?

Il connaissait aussi bien qu'elle la réponse à sa question, mais se refusait à la formuler.

— Jusqu'à ce qu'il soit trop tard, murmura-t-elle à sa place.

Elle parut sur le point d'ajouter quelque chose, puis se ravisa.

Il savait ce que c'était, et pourquoi elle avait ravalé ses paroles. Il avait trop d'indépendance d'esprit pour obéir aux ordres. Les membres des services de renseignements n'étaient jamais connus du grand public. Il avait pensé que c'était une protection pour elle, du moins que cela lui épargnait certaines craintes, et un sentiment de culpabilité pour les désastres qui se produisaient de temps à autre, les morts. Comme c'était généreux, discret de sa part, de ne pas lui avoir dit qu'elle savait. Maintenant, elle méritait qu'il ait la franchise de lui révéler les informations qu'elle aurait sans doute l'intelligence de deviner. C'était la confiance qui comptait le plus désormais, la certitude qu'il ne lui mentait pas et ne lui cachait rien.

— Je ne sais pas où elle est, mais j'ai encore des contacts à Berlin. Des gens en qui j'ai confiance, et qui ont des dettes envers moi. Je vais aller la chercher.

Il ne parla pas de Howard. Il irait, lui aussi, en dépit de ce qu'il avait dit.

Elle prit une profonde inspiration, cillant pour refouler les larmes.

— Non, mon cher, tu n'iras pas. Tu es beaucoup trop âgé pour te lancer dans pareille entreprise, et tu as un ligament froissé à la cheville. Ne discute pas avec moi, Lucas ! Si tu es arrêté, on saura qui tu es et ce sera encore pire.

— Mais Elena, Josephine ! Tu ne te rends pas compte de ce qu'ils pourraient lui faire ?

— Si.

Elle n'en dit pas davantage. Peut-être avait-elle ses propres cauchemars.

— Il ne t'est pas venu à l'esprit que tu avais sans doute aussi de vieux ennemis à Berlin ? Et qu'ils n'ont pas perdu la mémoire ?

— Je le sais, dit-il, même si cette pensée n'avait pas été son premier souci.

Quant à sa cheville, il s'y était habitué, mais il n'en restait pas moins vrai qu'elle le faisait souffrir en fin de journée. Il n'aurait pas pu courir mais, de toute façon, il y avait bien longtemps qu'il en avait passé l'âge.

— Je ne peux pas la laisser là-bas.

— Envoie Peter Howard, conseilla-t-elle sans hésiter. Il est dans la force de l'âge.

— Il a déjà dit qu'il irait, avoua-t-il, mais…

Il hésita. Il ne s'agissait pas de lui.

— Je sais, dit-elle fermement. Il est haut placé dans le MI6 et ce n'est pas vraiment son rôle de voler au secours de jeunes femmes qui se mettent en danger. Mais ne discute pas. Laisse Peter Howard y aller seul sinon c'est moi qui irai m'assurer qu'il le fait.

— Certainement pas. D'ailleurs, tu ne sais même pas où le trouver.

— Ne sois pas ridicule ! Bien sûr que si.

Une certitude farouche étincelait dans son regard, outre une profonde crainte. Elle n'était pas particulièrement proche de son fils, en dépit de l'amour qu'elle lui vouait. Leurs natures étaient tout à fait différentes. En revanche, elle avait deux petites-filles et Elena lui était plus chère que quiconque, peut-être aussi chère que Lucas lui-même.

— Très bien. J'irai l'avertir que j'ai pris la décision de ne pas y aller. Je sais où il sera ce soir.

— Merci, dit-elle simplement. Et n'oublie pas de lui donner des photographies d'Elena. Il faut qu'il puisse la reconnaître.

Dès que la porte se fut refermée sur Lucas, elle décrocha le téléphone et composa le numéro de Charles.

Lucas emmena Toby. Un homme qui promène un chien attire moins l'attention que s'il est seul. Toby était ravi, il adorait les sorties en voiture. Il savait d'expérience qu'elle le conduisait dans des lieux merveilleux : des prés, des champs, parfois même des plages, et chez des gens qui lui donnaient des gâteries.

À la nuit tombante, et sous une averse, le trajet prit une bonne demi-heure. Lucas se gara à bonne distance du domicile de Howard, mit la laisse de Toby et commença à marcher. La prudence était une seconde nature chez lui.

Il avait rencontré Pamela Howard à plusieurs reprises, mais ne se rappelait que vaguement ses traits. Elle avait le teint plus clair que Josephine, songea-t-il, ou plutôt, plus pâle. Lisse, sans le moindre défaut. Il espéra qu'elle ne se souvenait guère de lui.

Il vérifia les numéros sur les barrières, ouvrit la bonne et suivit l'allée jusqu'à la porte d'entrée. La lumière était allumée dans le salon ; il en voyait de minuscules pans là où les rideaux ne se rejoignaient pas tout à fait.

Toby s'assit docilement pendant qu'il appuyait sur la sonnette.

Quelques secondes plus tard, Howard apparut. Il eut l'air stupéfait à la vue de Lucas, et encore plus lorsque Toby bondit vers lui pour lui faire fête.

— Excusez-moi, murmura Lucas, mais il fallait que je vous parle. Cela ne pouvait pas attendre.

Howard ouvrit la porte en grand et Lucas franchit le seuil.

— Que s'est-il passé ?

La voix de Howard était calme, mais il se faisait manifestement violence pour la contrôler.

— Rien. J'allais me rendre là-bas aussi, mais…

— Vous ne pouvez pas y aller. Nous avons eu cette conversation, lâcha Howard entre ses dents. Je vais être brutal. Vous avez beau être un des hommes les plus brillants que j'aie connus, l'âge vous touche comme les autres. Vous seriez un risque, même sans votre cheville abîmée…

Il se tut.

Ils se tenaient dans l'entrée, entre les manteaux accrochés à leurs patères, une rangée de bottes dessous, et une très jolie petite table en chêne où un plateau servait à recueillir enveloppes et petits colis. Sans doute par le passé y avait-on déposé des cartes de visite.

La porte du salon s'ouvrit et Pamela Howard se détacha contre la lumière. Elle vit le chien d'abord et recula d'un pas.

Toby ne bougea pas. Il était encore tenu en laisse, de toute manière, et quasi sur les pieds de Lucas.

— On dirait que vous vous êtes égaré, lança Howard à Lucas avec un sourire courtois. Je crois que vous auriez dû tourner dans la rue précédente.

Il jeta un coup d'œil en direction de Pamela.

— Je reviens tout de suite. Je vais juste montrer à ce monsieur par où il doit passer…

Il se retourna vers Lucas, la congédiant. Du moins, c'est ainsi que Lucas interpréta la scène.

Elle battit en retraite sans un mot et sans un regard pour Lucas ou le chien.

Howard ne s'excusa pas, mais la gêne se lut sur ses traits. Il pivota et raccompagna Lucas à la porte d'entrée, puis au-dehors.

— Vous ne pouvez pas y aller, Lucas, insista-t-il. En dehors du fait que vous n'en êtes pas capable physiquement, ne vous est-il pas venu à l'esprit que vous pourriez être précisément la raison pour laquelle ils voudraient la détenir ? Pour vous attirer dans un endroit où on pourrait vous capturer facilement, sans que personne le sût ? Toutes les plaintes diplomatiques du monde n'y feraient rien. Ils diraient simplement ne pas avoir la moindre idée de qui vous êtes. Et vous savez aussi bien que moi qu'on les croirait et que nous ne pourrions pas prouver le contraire sans nous couvrir de ridicule. Nous avons décidé que c'est moi qui vais y aller !

Lucas fouilla dans sa poche et en tira une enveloppe.

— Il y a deux photos à l'intérieur. Je veux les récupérer.

Howard ne prit pas la peine de répondre.

— Elle mesure environ un mètre soixante-dix ou un peu moins. Elle a les cheveux châtains, les yeux bleus. Au premier coup d'œil, on ne la trouve peut-être pas particulièrement belle mais, au bout d'un moment, on se rend compte qu'elle l'est.

Howard le dévisagea, avec une soudaine et intense gentillesse dans le regard.

— Nous la ramènerons. Maintenant, je vous reconduis. Cela vaut mieux, sinon Pamela va comprendre que je lui ai menti.

Lucas hocha la tête et se dirigea vers la barrière, Toby sur les talons.

19

Elena s'éveilla en pleine nuit, le cœur cognant dans sa poitrine. Le bruit s'éleva de nouveau. Un frôlement de pas pressés, une exclamation étouffée. Quelqu'un se hâtait, et s'efforçait d'être silencieux.

Elle se leva, se couvrit du châle que Zillah lui avait prêté et gagna la porte. Elle l'ouvrit doucement et jeta un coup d'œil au-dehors. La lumière de l'entrée était allumée. Debout sur le palier du premier étage, les cheveux défaits flottant sur ses épaules, Zillah regardait en bas. Elle n'avait pas entendu la porte d'Elena s'ouvrir. Elle tenait quelque chose, une brassée de linge.

La voix d'Eli monta du rez-de-chaussée.

— Dépêche-toi. Peut-être vaudrait-il mieux utiliser des draps. Nous les remplacerons.

— J'ai aussi des draps, répondit Zillah. Nous les brûlerons si nécessaire. Peu importe maintenant.

Elle se mit à descendre les marches gauchement. Sans prendre le temps de réfléchir, Elena la rejoignit et la déchargea d'une partie de son fardeau.

Zillah pivota, stupéfaite, le teint de cendre.

— Retournez vous coucher !

— Je peux vous aider, répondit Elena. Quoi qu'il se passe, je peux vous aider. Inutile que vous glissiez dans l'escalier avec toute cette pile.

Avant que Zillah eût pu protester, Eli intervint.

— Laisse-la faire ! Nous avons besoin d'elle. C'est une fugitive de toute façon. Ce qu'elle va faire ne peut pas aggraver sa situation.

Zillah capitula, et Elena la suivit, portant sa part de draps et de serviettes. Elles rejoignirent Eli dans la cuisine. Jacob était agenouillé sur le sol, les bras autour d'un jeune homme couvert de sang. Son torse et ses bras étaient dénudés, exposant la chair à vif. Elena trébucha comme si son cœur avait cessé de battre. Jamais elle n'avait rien vu d'aussi choquant.

Zillah la regarda.

— C'est à cela que nous ressemblons quand on nous a écorchés, dit-elle tout bas. Si nous l'aidons, que nous gardons ses plaies propres, il s'en tirera.

Elena déglutit, luttant contre la nausée. Le jeune homme était conscient. La pire chose à faire était de céder à l'hystérie. Ou de montrer son horreur.

— Que voulez-vous que je fasse ?

— Nous allons lui appliquer du désinfectant. Il va souffrir le martyre, mais si les blessures s'infectent, ça le tuera, dit Eli. Dépliez les draps et passez-moi ce que je vous demande. Nous n'avons pas de temps à perdre.

Elena obéit. Dans un cauchemar de sang et de souffrance, les quatre soignèrent le blessé sans échanger de paroles autres que les instructions nécessaires. « Donnez-moi ceci, prenez cela. » « Allez chercher encore de l'eau. » « Utilisez le cognac. » « On ne peut pas éviter de lui faire mal. » « Maintenant, lavez le sol. Nous ne devons laisser aucune trace. »

Le jeune homme, dont le nom n'avait pas été prononcé, perdit connaissance. Pendant un moment, il n'eut plus conscience de la douleur. Zillah vérifiait son pouls toutes les quelques minutes. Les battements de son cœur étaient irréguliers, mais il respirait.

Une fois, le regard d'Elena croisa celui de Jacob. Il semblait savoir ce qu'il faisait, comme si ce n'était pas la première fois qu'il était confronté à ce genre d'incident. Il s'activait en silence, sauf pour demander de l'aide.

Peu à peu, Elena comprit ce qui était arrivé. Il ne s'agissait pas d'un accident, peut-être d'une vilaine brûlure, ainsi qu'elle l'avait cru tout d'abord. On avait délibérément retiré les couches supérieures de la peau. Jamais elle n'avait imaginé qu'on pût infliger une telle torture à un être humain.

Elle perdit la notion du temps. Trois coups étouffés à la porte de la cuisine la firent tressaillir de surprise, puis l'emplirent de crainte. Jacob se leva et fit entrer deux hommes ; il salua l'un des deux par son nom.

— Il est prêt ?

— Presque, répondit Zillah. Dans cinq minutes.

Le deuxième homme lança un regard inquiet à Elena.

— Recherchée pour l'assassinat de Scharnhorst, expliqua Eli simplement.

L'homme hocha la tête, un sourire sombre sur les lèvres. L'autre considéra longuement Elena avant de reporter son attention sur le blessé étendu sur la table. Il lui parla avec douceur, en yiddish sans doute.

Dix minutes plus tard, ils étaient partis en emmenant le jeune homme, et Elena aidait Zillah à récurer la cuisine et éliminer toute trace de sang. Elles lavèrent les draps qui pouvaient être rattrapés et brûlèrent les autres. Les premières lueurs de l'aube apparaissaient dans le ciel quand Elena retourna se coucher, épuisée. Elles n'avaient pas parlé. Se comprendre suffisait, aucune parole n'était nécessaire. Au contraire, les mots semblaient déranger plutôt que réconforter.

Avant qu'Elena eût eu le temps de s'endormir, on toqua légèrement à la porte.

— Entrez.

Zillah ouvrit, un flacon brun d'apothicaire dans une main, des ciseaux dans l'autre.

— Il faut qu'on change votre apparence, dit-elle. On va commencer par vos cheveux.

Quand Elena se réveilla ce matin-là, elle avait les membres courbatus et un épouvantable mal à la tête. Elle avait fait un rêve horrible, qu'elle se refusait à interpréter. Elle était dans une pièce inconnue. Quelques rais de lumière entraient par l'espace qu'elle avait laissé entre les rideaux. Elle ne reconnaissait rien, ni la coiffeuse ni les tableaux accrochés aux murs. Que faisait-elle là ?

Soudain, elle se souvint du jeune homme en sang, de sa chair en lambeaux. Elle avait fait de son mieux pour seconder Zillah. Elle revoyait le visage tendu d'Eli, plein de pitié, et d'autre chose : une lutte pour ne pas céder au désespoir. Pas seulement pour lui-même. Il essayait de protéger Zillah de ce qu'elle savait déjà, exactement comme elle aussi, à sa manière, essayait de l'épargner.

Et Jacob…

Elle était en sécurité, mais seulement pour l'instant, car ils étaient juifs : s'ils n'étaient pas encore traqués, ils le seraient bientôt. Ils avaient beau faire bonne figure, une partie d'eux-mêmes le savait.

Ils le nieraient peut-être. Eli n'avait-il pas affirmé que les choses ne se passeraient pas forcément ainsi ? Le croyait-il toujours, après la nuit écoulée ? Ou cherchait-il à rassurer les siens, puisqu'ils n'y pouvaient rien de toute façon ? Le problème n'était pas la pratique de leur religion, mais leur sang.

Quelle heure était-il ? Elle se pencha et prit sa montre sur la table de chevet. Dix heures passées ! Comment avait-elle pu dormir si longtemps, en laissant les autres… quoi… continuer à vaquer normalement à leurs tâches, comme si de rien n'était ?

Elena se leva en hâte et entra dans le cabinet de toilette attenant à sa chambre. Elle mettrait la robe unie que Zillah lui avait donnée. Hormis cette tenue, elle n'avait que les vêtements qu'elle avait portés la veille, et son appareil photo. Elle devrait en racheter une fois de plus. Cela devenait absurde, comme un cauchemar qui se répétait et empirait chaque fois que le cycle recommençait.

Dans la salle de bains, elle faillit pousser un cri à la vue de son reflet dans la glace. Ses cheveux étaient très blonds, coupés court. Qui était cette femme qui lui rendait son regard ? Puis elle se souvint de Zillah, de l'eau oxygénée, des mèches de cheveux sur le plancher.

Elle descendit l'escalier, songeant que les autres avaient dû terminer le petit déjeuner depuis longtemps. Elle demanderait seulement un thé et peut-être deux tartines grillées. Et elle s'excuserait d'avoir dormi si tard.

Quant au reste de la journée, elle n'avait pas la moindre idée de ce qu'elle allait faire. Non, c'était faux. Elle savait. Elle ne voulait pas en convenir, voilà tout. Elle devait quitter cette maison. Les chemises brunes ou la Gestapo… ou quelqu'un d'autre… allaient rechercher le jeune homme. S'ils la découvraient ici, Dieu seul savait quel châtiment ils infligeraient à Zillah et à Eli. Et à Jacob, s'il était là. Sa nationalité américaine ne le sauverait pas. La conscience d'Elena ne lui laissait pas d'autre choix que celui de s'en aller.

La porte de la cuisine était entrebâillée. Zillah se trouvait à l'intérieur, apparemment seule. Quand Elena toqua doucement, elle se détourna de la pâte qu'elle préparait et sourit.

— Bonjour. J'espère que vous avez dormi après tout cela ?

Ce fut son unique allusion au jeune homme.

— Jacob n'est pas encore arrivé, mais il ne devrait pas tarder. Voudriez-vous du thé ? Ou du café ? Et un petit déjeuner ?

Le sol et les surfaces de travail étaient propres et nets, comme si les événements de la nuit n'avaient jamais eu lieu.

— J'adorerais un thé, merci, répondit Elena en entrant.

Une agréable chaleur régnait dans la pièce, peut-être grâce au soleil, mais aussi parce que le four était allumé. L'odeur réconfortante du coton propre et du pain frais rappelait à Elena la cuisine de sa grand-mère Josephine, des années plus tôt, à une époque où aucun d'entre eux ne savait ce que le mot « guerre » signifiait ! À une époque où la guerre arrivait à d'autres gens.

— Asseyez-vous, suggéra Zillah avec sollicitude. Vous devez être terrifiée, même si vous le cachez bien. Je vais vous préparer des tartines. Nous avons du pain en quantité, mangez tout ce que vous voulez.

Bien sûr, le rationnement était en vigueur à Berlin. Cela ne lui était même pas venu à l'esprit jusqu'alors. Comme c'était stupide de sa part ! Comme c'était égoïste !

Elle prit place à la table de cuisine, gênée.

— Je vous suis vraiment très reconnaissante de…

— Très bien, vous l'avez dit, coupa Zillah avec un sourire. Nous le savons. Nous passons par des moments difficiles. Franchement, nous vous aiderions même si vous aviez abattu ce porc de Scharnhorst. Mais je vous crois innocente. Je pense que vous feriez preuve de plus d'indifférence si vous l'aviez fait. Et peut-être auriez-vous un peu mieux préparé votre fuite.

Elle croisa le regard d'Elena, une pointe d'humour ironique dans les siens.

— En effet, acquiesça Elena. Pour commencer, je ne serais pas retournée à l'hôtel où j'étais descendue. J'aurais dissimulé le fusil quelque part et je serais partie dans une autre direction. Pas la direction opposée, ç'aurait été trop évident.

Zillah la regarda, lut sur son visage l'humour noir qui reflétait le sien.

— Vous le saurez pour la prochaine fois.

Elena ne put s'empêcher de rire.

— Le problème, rétorqua-t-elle, c'est que j'aurais

besoin d'un autre fusil. J'imagine qu'ils sont coûteux. Je devrais peut-être en voler un ? Et apprendre à tirer. Je ne sais même pas comment en tenir un correctement.

— Bonne idée, opina Zillah. Quand vous saurez tirer, vous devriez prendre le Dr Goebbels pour cible. C'est lui, le pire.

Malgré le ton léger qu'elle avait adopté, une haine intense, une profonde conviction s'entendaient derrière ses paroles.

Elena songea au jeune homme de la veille, mais elle savait qu'il ne serait plus question de lui.

La bouilloire siffla et Zillah fit infuser du thé. Un instant plus tard, elle apporta des tartines, une minuscule portion de beurre et de la confiture maison.

Elena la remercia et mangea avec appétit.

Zillah l'observa pendant quelques secondes, immobile, comme pour s'assurer que tout lui convenait. En dépit du pain frais, de la chaleur de la cuisine, la tension demeurait. Elles pensaient toutes les deux au malheureux qui avait été étendu là, quelques heures tout juste auparavant.

Elena reposa sa tartine.

— Ce qu'Eli a dit hier soir… il sait que ce n'est pas vrai, n'est-ce pas ? Il doit bien en avoir conscience maintenant… sauf que ce n'est pas la première fois que ce genre d'incident se produit… si ? Vous saviez quoi faire…

Zillah cilla, les yeux soudain pleins de larmes.

— Non. Mais cette fois, c'était pire. Il devient de plus en plus difficile de croire que cette persécution n'est qu'une folie temporaire. La médecine, la finance, les arts, les sciences, la musique – tout ce qui apporte richesse et prestige à une nation – ne nous sauveront pas…

Elle laissa sa phrase en suspens, incapable de terminer.

Elena devina ce qu'elle avait été sur le point de dire.

— Hitler alimente le ressentiment des gens, poursuivit-elle à sa place. Justement parce que toutes ces choses-là sont la véritable richesse de la nation. Celles qui forcent l'admiration et l'envie. Personne ne veut croire que les meilleurs aspects de sa culture sont dus à la contribution d'autrui.

— Nous ne sommes pas autrui ! siffla Zillah entre ses dents, sans la regarder. Nous sommes allemands !

Elena rougit, soudain consciente de sa maladresse.

— Je suis désolée. Mais ils ont besoin de rejeter la responsabilité sur quelqu'un, sur quelqu'un qui est différent d'eux. Peu importe que cela ait un sens ou non ! Les gens sont capables de croire tout ce qu'ils veulent, tout ce qu'ils ont besoin de croire, pour justifier leurs sentiments et la manière dont ils se conduisent.

Zillah la fixa.

— Je le sais, murmura-t-elle enfin. Mais Eli a encore de l'espoir. Il faut que je croie qu'il a raison. *Il le faut.*

Elena garda le silence.

— Du moins, il faut qu'il croie m'en avoir convaincue, rectifia-t-elle.

Elena ne put rien trouver à répondre. Elle suffoquait d'émotion à l'égard de cette femme douce et fière qui s'était exposée à un danger accru en lui offrant l'hospitalité. Elle n'aurait pas dû dire ce qu'elle avait dit, et elle ne pouvait le reprendre. Elle mangea une nouvelle bouchée de pain, puis une autre.

Elle venait de terminer et insistait pour laver son assiette quand Jacob arriva. Il les salua et regarda Elena, sans toutefois manifester de surprise quant à son changement d'apparence. Il jeta un coup d'œil pour voir ce qu'Elena buvait et prépara du café pour Zillah et pour lui.

— Vous a-t-on parlé des livres non allemands ? demanda-t-il enfin à Zillah.

— Des quoi ? répéta-t-elle, incrédule.

— Des livres non allemands.

— Pour l'amour du Ciel ! Qu'est-ce qu'un livre non allemand ? S'il est imprimé en allemand, c'est un livre allemand, non ? Vous voulez dire qu'il a été traduit d'une autre langue ? Le monde est vaste, et une partie de la meilleure littérature qui existe provient d'autres langues. De l'anglais, du grec. Du russe. Du français. De l'espagnol…

— Des pensées et des idées non allemandes, expliqua-t-il, un mélange de crainte et de mépris sur les traits. Les œuvres de barbares français tels que Gide, Émile Zola, Marcel Proust ; de barbares américains comme Jack London et Ernest Hemingway ; anglais comme H. G. Wells ; et de traîtres autochtones envers la pensée allemande, comme Freud, Marx et Einstein.

— C'est ridicule, déclara Zillah avec un rire sans joie.

— Je vous en prie, Zillah, ne dites pas ça au Dr Goebbels, lâcha Jacob, d'une voix soudain grinçante. C'est le summum de ses exploits jusqu'ici. Toutes les œuvres de ces gens-là, parmi des centaines d'autres – y compris celles de Helen Keller, c'est vous dire –, doivent être rassemblées et brûlées, afin de protéger l'âme allemande de leur influence toxique.

Zillah le dévisagea d'un air furieux, comme si elle était incapable de décider s'il plaisantait, s'il exagérait ou si, tout simplement, il se trompait. Elle n'était pas encore prête à envisager qu'il pût dire la vérité.

— Sottises, conclut-elle. Vous ne devriez pas raconter des choses pareilles, même à moi. Tout le monde ne comprend pas un sens de l'humour aussi tordu.

Jacob baissa la tête et, les coudes sur la table, passa une main dans ses cheveux. Pendant un moment, il y eut un silence total dans la cuisine, rompu seulement par le tic-tac de l'horloge sur la cheminée. Enfin, il releva la tête.

— Je ne plaisante pas, Zillah. Dieu nous aide, je suis on ne peut plus sérieux. Ils vont le faire ce soir. Il y aura des bûchers dans toutes les grandes villes d'Allemagne. Ici, il aura lieu sur l'Opernplatz, entre l'Opéra et l'université. Je vais y assister en marge, dans l'ombre, en bordure des ténèbres où beaucoup d'entre nous résideront désormais, j'imagine.

Il regarda Elena.

— Ce sera à minuit. Vous pourriez venir avec votre appareil photo si vous voulez. Ce sera un moment décisif de l'histoire. Vous devriez le documenter pour la postérité. Le suicide de l'intellect allemand. Ce sera peut-être un sacré spectacle, et peut-être que non. C'est drôle de penser qu'une giboulée pourrait sauver l'âme d'une nation… le temps d'une nuit.

Sa voix était empreinte de colère, mais aussi de désespoir.

Sans se demander si son geste était approprié, elle tendit la main et effleura la sienne.

— C'est une folie passagère, dit-elle distinctement. D'autres possèdent des exemplaires de ces ouvrages. Sans doute dans chaque pays d'Europe et en Amérique aussi, au moins. On ne peut pas tuer une idée en brûlant un livre.

— On peut tuer la capacité d'une nation à la lire, lui fit-il remarquer en la dévisageant. Et je vous en prie, ne sortez pas seule, et pas de jour. Les voisins sont assez fiables, mais votre signalement a circulé partout, et il suffit qu'une seule personne vous dénonce pour attirer la Gestapo ici.

— Je sais, dit-elle tout bas, souffrant de l'admettre. Je ne peux pas rester. Je mets tout le monde en danger.

— Nous vous ferons sortir du pays, mais le moment n'est pas encore venu.

— Oui, dès que je pourrai m'en aller sans être vue, sans aggraver les choses. Ils doivent chercher ce jeune homme. Il ne faut pas qu'ils me découvrent, sinon ils vous arrêteront tous.

— Je trouverai une solution. En attendant, restez ici, et à l'intérieur !

La tension s'entendait dans sa voix. Était-il en colère

parce qu'il ne savait pas comment l'aider ? Et parce qu'elle avait raison, que sa présence chez Eli et Zillah les exposait tous au danger ?

— Je ne peux pas rester, répéta-t-elle. Si je suis capturée, ce sera dur, mais si vous l'êtes, ce sera encore pire. Je le sais et vous…

Cette fois, ce fut Zillah qui l'interrompit.

— Croyez-vous que nous n'ayons jamais abrité personne avant vous, ou que nous n'ayons pas à le refaire à l'avenir ? Nous le faisons pour nous-mêmes, parce que c'est juste. Chacun d'entre nous doit lutter contre les ténèbres à sa manière. Vous par vos photographies. Jacob par les mots. Eli et moi en faisant en sorte que vous puissiez vous exprimer. Vous devez rester en vie pour raconter au reste du monde ce qui se passe, et ce qui va se passer.

Elle esquissa un sourire.

— Vous ne serez utile à personne si vous mourez dans une salle d'exécution quelconque, abattue pour un crime que vous n'avez pas commis. Le vain sacrifice de soi-même peut apparaître comme un geste noble, mais c'est un luxe que nous ne pouvons nous permettre. Nous avons besoin d'armes qui fonctionnent. Sortez avec Jacob ce soir et regardez brûler les livres. Voyez ce que Hitler et Goebbels essaient de faire, et puis rentrez chez vous et montrez-le aux vôtres. Pas seulement les faits ; il faut qu'ils éprouvent notre douleur… qu'ils y croient. Ne laissez pas ce gâchis sans témoin. Allumez dans les esprits un feu que rien ne pourra éteindre.

Comme si elle était soudain épuisée, elle se leva et retourna vers le plan de travail et se remit à émincer des carottes pour la tourte qu'elle confectionnait.

Elena ne protesta pas. Elle ferait ce que Zillah avait dit. Elle allumerait ce feu, et le rendrait si ardent que personne ne pourrait en nier l'existence, ou bien elle mourrait en essayant.

Jacob partit, emportant la pellicule qu'Elena avait prise lors de l'assassinat, dans l'intention de faire développer les négatifs par un ami équipé d'une chambre noire. Les photos pourraient venir plus tard. Une pile de clichés serait trop encombrante à porter, et d'ailleurs, ils étaient trop faciles à confisquer, avec les questions et les difficultés que cela impliquerait. En revanche, si la pellicule n'était pas développée et qu'on l'exposait à la lumière, les images seraient perdues.

— Certaines sont très bonnes, annonça-t-il à son retour.

Ils étaient assis dans le salon, et parlaient à voix basse. Six heures avaient sonné, Eli n'allait pas tarder à rentrer.

— Il y en a deux que j'aimerais vous acheter pour accompagner mon article quand je l'enverrai à New York. Il sera peut-être même accepté par le *Times*.

— Ne soyez pas ridicule ! rétorqua-t-elle, stupéfaite.

Elle le vit ciller comme si elle l'avait frappé.

— Vous pouvez avoir toutes celles que vous voulez, ajouta-t-elle. Vous m'avez sauvé la vie. Vous continuez à me la sauver. Vous ne croyez pas que ça vaut quelque chose ?

Elle eut un brusque sourire.

— Sans compter que je serais plutôt contente de voir mes photos publiées dans le *New York Times*.

Son visage se détendit. Il lui rendit son sourire, puis lui offrit sa main.

Elle la serra avec solennité.

— Et je vous accompagne ce soir, reprit-elle.

Elena et Jacob partirent un peu avant onze heures. Elle était vêtue de la robe que Zillah lui avait donnée, et ses quelques rares affaires étaient rassemblées dans un sac que Jacob portait sur l'épaule ; elle n'avait que son appareil photo, rangé dans son étui.

Maintenant que ses cheveux étaient courts et blonds, il n'était plus nécessaire de les couvrir. En revanche, elle avait emprunté le mascara marron foncé de Zillah pour teinter et épaissir ses sourcils. Jacob et Zillah étaient tombés d'accord pour dire que tous ces changements la rendaient méconnaissable.

Ils bavardèrent pendant le plus clair du trajet, marquant une pause ici et là comme s'ils ne faisaient que flâner. La soirée était agréable et les rues encore animées. On sentait une excitation dans l'air, l'attente d'un événement à ne pas manquer.

Elena regardait à la dérobée les passants qu'ils croisaient et se demandait ce qu'ils ressentaient. Une excitation aveugle, ou une profonde appréhension face à l'avenir ? Ne pouvait-elle pas faire la différence elle-même ? Qu'en était-il de ces jeunes gens qui marchaient bras dessus bras dessous, comme Jacob et elle, qu'elle n'avait rencontré que la veille et avec qui elle se sentait déjà si à l'aise ?

Tout en marchant, il lui décrivit son logement à Chicago, ainsi que le minuscule appartement qu'il partageait avec un autre journaliste à New York. Elena et lui parlaient allemand, de façon à ne pas se faire remarquer au cas où d'autres auraient été assez proches pour saisir un mot ici et là.

— Ça marche plutôt bien, admit-il. Nous sommes rarement à la maison en même temps. Et quand c'est le cas, il fait la cuisine, ce qui est un avantage. Ça lui plaît et je lui fais des compliments. Je ne sais pas si j'offre de quelconques services en retour, à part vider les poubelles et faire les courses de temps en temps. Pas vraiment du travail qualifié.

Son autodérision était teintée d'humour, pas le moins du monde gênante.

De son côté, elle lui parla de son petit appartement à

Londres, où elle s'était installée uniquement pour être indépendante de ses parents.

— Non que je sois particulièrement désordonnée, expliqua-t-elle, mais je veux être libre de laisser traîner mes affaires si j'en ai envie. Ma mère est la parfaite ménagère. Du moins, c'est l'impression qu'elle me donne.

Ils évoquèrent un peu leurs familles respectives. C'était un sujet de conversation facile et qui semblait naturel. Il leur évitait de penser à la raison de leur présence dans ces rues, aux circonstances de leur rencontre, au danger qui les entourait. Surtout, il leur évitait de se remémorer la nuit écoulée, et le jeune homme dont il était plus sûr pour eux d'ignorer le nom. Ils échangèrent des souvenirs en riant, comprenant subitement combien étaient précieux ces moments passés en famille, ces menus triomphes et désastres, ces plaisanteries qui n'étaient drôles que pour eux.

Ils croisèrent des chemises brunes en groupes de deux ou trois, et firent comme s'ils les remarquaient à peine. Ils ne parlèrent à personne hormis pour dire « Bonsoir » de temps en temps. Un attroupement considérable s'était déjà formé autour de l'espace dégagé, dont les dalles en granit avaient été recouvertes de sable, où les livres devaient être brûlés. La nuit était tombée, les grands immeubles fermaient le ciel. Les visages étaient indistincts dans la pénombre.

Elena regarda autour d'elle aussi discrètement que possible. Lorsque le feu serait allumé, elle pourrait voir l'expression des gens. Il était encore trop tôt. Mais, d'après ce qu'elle pouvait apercevoir des vêtements, des postures des corps, des attitudes détendues, la plupart semblaient être jeunes.

— Des étudiants, murmura-t-elle à Jacob. Qui brûlent des livres ? Vous êtes sûr ?

— Oui. Ils vont détruire toutes les idées du vieux monde pour en créer un nouveau.

Il regardait droit devant lui, il faisait trop sombre pour distinguer ses traits. Ils étaient toujours bras dessous bras dessous, et il gardait la main sur le bras d'Elena en plus.

Allaient-ils assister à une cérémonie solennelle ? Ou serait-ce une fête, comme celle de Guy Fawkes en Angleterre, pour commémorer le fait que le Parlement avait échappé à une explosion qui avait pour but de le détruire et de tuer tous les députés ?

Qui allait apporter les livres ? L'événement serait-il purement symbolique ? Une demi-douzaine de livres jetés au feu, un seul exemplaire de chacun des ouvrages incriminés ?

Une tension croissante imprégnait l'air. Des rires nerveux fusaient. Des cris parsemés se perdaient dans l'obscurité.

Jacob promena un regard inquiet autour de lui.

— Je ne suis pas sûr que ç'ait été une bonne idée... commença-t-il.

Elle serra son bras plus fermement.

— Nous avons fait tout ce chemin...

— Je parle sérieusement. La situation pourrait dégénérer. Rentrons.

Il la tira légèrement par le bras.

— Non. Il ne s'est encore rien passé. Je veux voir s'il arrive vraiment quelque chose, ou si ce ne sont que des paroles. Je veux des photos.

— De quoi ? De papiers et de livres qui brûlent ?

— Non. Des gens, de leurs visages, de ce que cela signifie pour eux, répondit-elle très vite. Ils font symboliquement table rase du passé, avec ce qu'il a de bon et de mauvais. Ils repartent de zéro.

— Elena, je suis sérieux, répéta-t-il en resserrant sa prise sur son bras. C'était une erreur de venir. Nous devrions partir avant que les choses tournent mal...

— Ce n'est pas méchant jusqu'ici, seulement idiot, protesta-t-elle.

Il hésita.

— Eh bien, si les choses s'enveniment, vous viendrez…

— Oui. Je vous le promets, dit-elle sans le regarder, observant la foule croissante.

Ils n'eurent pas à patienter longtemps. Les brûleurs de livres arrivèrent dans une cavalcade de voitures et de camions chargés de cartons et de piles d'ouvrages, sur lesquelles d'autres livres avaient été jetés pêle-mêle.

Dans le faisceau projeté par les phares, Elena vit plusieurs remorques qui devaient servir d'estrades, chacune drapée de swastikas et munie de haut-parleurs destinés à immortaliser l'événement par des propos qui seraient relayés dans tous les quotidiens le lendemain matin. Qui allait discourir ? Hitler en personne ? Était-ce pour cette raison qu'il y avait une telle affluence ? Les gens étaient plus nombreux que quelques minutes plus tôt, et ils arrivaient toujours, en un flot continu.

Elena se rapprocha de Jacob. La scène était nette, comme un cauchemar en couleurs primaires, presque obscène. Des escouades d'étudiants défilaient à côté des véhicules qui roulaient au pas. Ils devaient être des centaines, et d'autres accouraient pour se joindre à eux. Ils agitaient des bannières et chantaient des chants nazis à pleine gorge, avec autant de ferveur que si c'eût été des hymnes.

Les gens à côté de Jacob et d'Elena s'élancèrent en avant, criant aussi, les entraînant malgré eux. Il resserra sa prise autour d'elle tandis qu'elle se cramponnait à lui, bousculée et même meurtrie. Il avait raison, la situation s'envenimait. La main crispée sur son appareil photo, elle réglait l'objectif au jugé, prenant une image après l'autre, ayant tout juste le temps de faire la mise au point. Elle termina la pellicule de vingt-quatre, la rembobina et en glissa une nouvelle dans le boîtier.

Nombre de spectateurs portaient des casquettes de différentes couleurs – rouge, bleu, vert, violet – autant d'éclairs brillants reflétés par les phares l'espace d'un instant. Une troupe d'officiers en tunique bleue et culotte blanche immaculée avait l'air ridicule à la lueur des flammes. Leurs bottes, très hautes, étaient même ornées d'éperons ! La scène ne ressemblait en rien à ce qu'elle avait imaginé et, pourtant, il régnait une indéniable exaltation. Elena ne pouvait en détacher son regard, sauf pour ajuster la position de son appareil et vérifier la mise au point.

Quelqu'un laissa tomber une pile de livres sur le sable, un autre versa du liquide dessus. Ils s'embrasèrent aussitôt, nourrissant un feu rapide, affamé. D'autres ouvrages furent ajoutés aux premiers et ainsi de suite. Le bûcher grossit, au point d'éclairer plus de visages qu'Elena ne pouvait en compter. Cela n'en finissait pas. Des milliers de gens s'étaient rassemblés là, tout autour d'elle, et criaient, acclamaient, maudissaient les traîtres à la nation qui avaient écrit tant de saletés, de blasphèmes contre la grandeur de l'âme et de l'esprit allemands.

C'était une débauche de destruction. Fascinée par la puissance de la scène, la beauté et l'éclat du brasier, Elena avait à peine conscience de la chaleur croissante. Tout autour d'elle jaillissaient des cris, des vivats. Elle se surprit à trembler, la bouche sèche, voulant participer, être emportée malgré elle.

Que lui arrivait-il ? C'était de la folie ! Elle continua à prendre des photographies bien qu'elle eût envie de s'entourer la taille de ses bras, comme si elle risquait de se disloquer.

L'autodafé battait son plein. L'approvisionnement en livres semblait interminable. Les flammes ne faiblissaient pas. Les ouvrages devaient provenir de librairies, de bibliothèques, même de demeures privées, peut-être y avait-il là des trésors transmis de génération en génération depuis leur impression. Certains possédaient une reliure en soie, d'autres en cuir, beaucoup avaient des feuilles lisérées d'or ou délicatement découpées. Ils renfermaient la beauté et les idées qui avaient éclairé l'esprit des hommes et des femmes des siècles durant, apportant la civilisation du passé au présent et à l'avenir, et ils étaient en train d'être réduits en cendres.

Elena ne pouvait s'arracher au saccage. À quelques mètres d'elle, sur sa droite, un mouvement attira son attention. Elle n'aurait su dire si c'étaient des hommes ou des femmes qui s'agitaient comme des marionnettes tirées par leurs ficelles, mais elle les photographia. Sur les visages livides, les bouches vociférantes étaient difformes, béantes, les yeux mués en trous noirs par le reflet des flammes, les orbites rougies. En proie à une extase démente, ils regardaient brûler cuir, papier et parchemin, assistaient à l'anéantissement, en une seule nuit, de la passion, de l'intellect et de l'espoir de maintes générations.

Un homme lâcha un gloussement de joie, le visage illuminé par la soif de destruction. Un autre tournoyait sur lui-même tel un derviche, les pans de sa redingote volant au vent. Elena prit ce qui serait peut-être une parfaite image du mouvement, frénétique, hystérique. Ils ressemblaient, dans la lumière rougeoyante, à une version déformée de l'humanité, non pas folle, mais démoniaque.

Ils étaient jeunes. Comment en étaient-ils arrivés là ? La distance était-elle vraiment si infime, la frontière entre la raison et la folie si fragile ? Peut-on imaginer spectacle plus effroyable que de voir ce qui a autrefois été beau sombrer dans une laideur au-delà de toute atteinte ? Elle voyait cela dans le viseur. Mais l'avait-elle saisi ?

Enfin, elle en eut assez. Abaissant l'appareil, elle se tourna et enfouit la tête contre l'épaule de Jacob. Elle avait envie de courir, mais elle n'avait plus de forces et la foule se pressait de toute part autour d'elle.

L'air vibrait de haine et de jubilation, tel le rythme d'une musique.

Les bras de Jacob l'entourèrent et, pendant quelques minutes qu'elle ne put compter, ils restèrent immobiles au milieu de ce chaos de chaleur et de bruit, serrés l'un contre l'autre comme s'ils allaient se noyer.

Ceci, donc, était l'enfer. Pas la douleur physique – encore qu'elle dût peut-être venir – mais la conscience d'une humanité évanouie.

Et pourtant, elle devait y faire face. C'était le visage du futur, et elle devait le photographier maintenant, alors qu'il était nu et reconnaissable. Elle se détacha de Jacob et leva son appareil de nouveau. Sourcils froncés, elle le tint fermement, et continua, portrait après portrait, à capter la déraison.

20

Peter Howard était allé dans le Cambridgeshire afin d'annoncer la mort de Ian Newton à sa famille. Ç'avait été encore pire qu'il ne l'avait prévu. Ses proches n'avaient aucune idée du rôle que Ian jouait dans le MI6. Comme le reste de la Grande-Bretagne, ils ignoraient tout de l'existence de cette organisation. Howard ne se souvenait pas d'avoir eu de mission plus douloureuse que celle-là.

Rentré à Londres à quatre heures du matin, il ne dormit que quelques heures. Ensuite, il se leva, fit sa toilette et s'habilla avant de préparer une petite valise.

Il n'eut pas besoin d'expliquer à Pamela qu'il partait. Elle le dévisagea longuement et comprit.

Il le faisait pour Lucas. La question ne se posait même pas dans son esprit. À vrai dire, il aurait été prêt à faire n'importe quoi pour lui. Le problème, c'était de bien s'acquitter de sa tâche.

Il avait beau savoir à qui se fier à Berlin, des questions imprudentes risquaient de mettre la toute récente et déjà redoutée Gestapo sur la piste d'Elena. Et pas seulement la sienne, mais celle de toute une série d'individus susceptibles d'être soumis au chantage : ils avaient des épouses, des enfants, des parents en danger d'être arrêtés s'ils refusaient de coopérer. Il avait vu cela se produire par le passé. La France occupée avait été ainsi pendant la Grande Guerre. La peur emplissait l'air tel un brouillard d'hiver, qui coupait le souffle, déformait les contours et les sons.

Il se rendit à l'aéroport et embarqua à bord d'un avion pour Berlin, où il atterrit en début d'après-midi. Il avait envisagé de se renseigner auprès de Cordell à l'ambassade ou à son domicile, mais décida de ne faire ni l'un ni l'autre. L'assassinat de Scharnhorst, censé avoir été commis par une Anglaise, était trop récent. Cordell, homme habile et observateur chevronné, saurait aussitôt que sa visite était liée à l'incident. N'importe qui l'aurait compris.

Au lieu de quoi Howard s'installa dans un hôtel d'aspect anonyme, alla déjeuner dans un café qu'il connaissait bien… et prêta l'oreille.

Il entendit parler de l'assassinat. Sous l'indignation de surface perçait une pointe considérable de soulagement.

— Il a fallu une Anglaise pour se débarrasser de lui, lâcha un homme en gris avec fougue.

— Ils l'ont arrêtée ? demanda son ami, d'une voix teintée d'espoir.

Personne ne lui demanda s'il souhaitait que oui, ou le contraire.

Quelqu'un fit allusion à une agression perpétrée sur un jeune homme juif deux nuits plus tôt.

— Tais-toi donc ! siffla son voisin.

— Pourquoi ? rétorqua le premier. Tu veux que j'approuve ou que je désapprouve ?

C'était un défi, prononcé avec amertume.

Devant sa chope de bière, l'autre leva la tête et le fusilla du regard.

— Je ne suis au courant de rien, et je ne veux pas entendre ton opinion.

— Pas avant que ce soit ton tour, hein ? ricana un troisième. Il sera un peu tard, alors.

— Ça ne m'arrivera pas ! Je ne suis pas juif !

— Tu es quelque chose ! Ce sera ton tour un jour !

Cette remarque sonna le glas de la conversation. Howard resta muet, s'efforçant de réfléchir à la meilleure manière de se mettre à la recherche d'Elena. Qui connaissait-elle à Berlin qui fût prêt à l'aider ? À qui pouvait-elle faire confiance ? Pourquoi n'était-elle pas retournée voir Cordell ? Ou quelqu'un d'autre à l'ambassade ? À moins qu'elle n'eût essayé et compris que c'était le premier endroit où on la chercherait ?

Tenterait-elle sa chance à l'ambassade des États-Unis ? Contrairement à sa mère, Elena n'était pas citoyenne américaine. Les Américains ne seraient pas dans l'obligation de la protéger. Ils étaient neutres et ne tenaient sans doute pas à être mêlés à une querelle avec l'Allemagne.

Avait-il vraiment un autre choix que d'aller demander à Cordell ce qu'il savait ? S'il avait entrepris quoi que ce fût pour l'aider ?

Il s'attarda encore un peu, but une seconde chope de bière. Cependant, il n'apprit rien d'autre d'utile, hormis que l'assassin n'avait pas encore été arrêté et que l'étau se resserrait. Allaient-ils seulement essayer de la capturer vivante ? Ou la tueraient-ils et prétendraient-ils qu'elle avait tenté de résister ? Probablement pas, car ils avaient besoin de l'accuser ouvertement, de prouver qu'elle était anglaise. Il avait encore du temps devant lui.

Il passa l'après-midi et le début de soirée à contacter les agents qu'il connaissait à Berlin, mais aucun d'eux ne lui fut d'un grand secours. Personne n'avait vu Elena, ou du moins, ne l'avait reconnue. Où qu'elle fût, elle devait pourtant bien avoir été secourue par quelqu'un. Mais qui ? Oserait-il interroger Cordell, qui travaillait peut-être pour le compte des nazis ? Pas avant d'avoir épuisé toutes les autres pistes raisonnables. Où avait-elle pu aller ? De quoi avait-elle besoin ? Elle était photographe. De pellicules ! De pellicules neuves pour prendre des photos, un endroit où faire développer celles qu'elle avait prises. Il songea à plusieurs personnes qu'il pouvait questionner. Il le fit, sans résultat. Aucune n'avait vu de femme répondant de près ou de loin à sa description.

De retour dans sa chambre à deux heures du matin, il dormit mal. Après toutes ces années à exercer ce métier, il n'arrivait toujours pas à se détendre. Certains y parvenaient. Prenaient-ils les choses moins à cœur ou étaient-ils simplement plus disciplinés émotionnellement ?

Il se leva tôt, déjeuna d'un café et d'une viennoiserie, et sortit, résigné à parler à Cordell. L'ambassade représentait la meilleure chance d'évasion pour Elena si elle essayait de quitter Berlin, et c'était forcément le cas.

Il rôda en face du bâtiment. Lorsque Cordell arriva, juste après huit heures, il le rejoignit au moment où celui-ci atteignait la porte qui donnait sur le côté. Il préférait ne pas avoir à révéler son identité au garde posté à l'entrée principale.

— Howard ? s'écria Cordell, surpris et incertain. C'est bien vous ?

— Oui, répondit Howard, légèrement amusé.

Il était doué pour se fondre dans le décor, avoir l'air anonyme, être aussitôt oublié de ceux qui l'avaient vu.

— Que faites-vous ici ?

Howard attendit qu'ils soient dans son bureau, la porte fermée, avant de répondre.

— Du thé ? proposa Cordell.

— Oui, avec plaisir, merci.

— Eh bien, qu'y a-t-il ? Je suppose que c'est cette fichue affaire Scharnhorst ?

— Vous aviez été averti ?

Cordell écarquilla les yeux. Son corps se raidit imperceptiblement.

— Oui. Elena Standish m'a dit qu'elle avait voyagé avec Ian Newton et qu'avant de mourir il lui avait demandé de venir ici, ce qu'elle a fait.

— Et vous avez prévenu les Allemands ?

— Bien sûr que oui, enfin ! Soit ils ne m'ont pas cru, soit ils ont saisi l'occasion pour se débarrasser de Scharnhorst. Il devenait gênant, mais ils ne pouvaient pas se permettre d'être surpris à l'éliminer.

— C'est ce que vous pensez ?

— Oui…

Howard se demanda s'il inventait cela, se réfugiait dans un mensonge confortable, ou si c'était la vérité.

— Et Elena Standish ? lâcha-t-il, d'une voix aussi neutre que possible.

— Je ne sais pas ! répliqua Cordell sèchement. J'ai fait tout ce que j'ai pu pour la trouver sans attirer l'attention de la Gestapo. Ce qui n'aiderait personne, Elena moins que tout autre !

La colère s'entendait dans sa voix. La peur aussi.

— Qu'avez-vous fait, au juste ?

— Elle travaille pour vous ?

— Non ! Je ne l'ai même jamais rencontrée. Mais j'aimerais la sortir de ce guêpier vivante. Je crois que nous devons cela à son père.

Cordell se détendit un peu.

— Oui. Charles Standish est quelqu'un de bien. Margot, sa fille aînée, est venue me trouver après l'assassinat.

Il se racla la gorge.

— Hier ou avant-hier. J'ai obtenu d'elle qu'elle me donne la liste de tous les amis qu'Elena a encore à Berlin. Avec leurs dernières adresses connues, bien sûr. Je me suis renseigné discrètement, mais personne n'admet l'avoir vue.

— Vous les croyez ? demanda Howard aussitôt.

— Oui. Au fond, oui.

Howard le dévisagea avec intensité pendant quelques secondes, puis jugea qu'il disait la vérité ou, du moins, ce qu'il pensait être la vérité. Si Elena possédait un tant soit peu de l'intelligence de Lucas, elle n'était allée se réfugier chez aucun de ceux mentionnés dans la liste. Elle avait averti Cordell de l'assassinat, et il ne l'avait pas empêché. Elle ne pouvait pas savoir s'il avait essayé ou non.

Cela étant, allait-elle tenter de revenir à l'ambassade ? La dernière porte de sortie visible lui claquait au nez.

— Qu'allez-vous faire ? demanda Cordell, avant de le fixer. Vous n'allez pas me le dire. Je suppose que je ferais pareil, à votre place.

Sa voix semblait sur le point de se briser.

Instinctivement, Howard s'apprêta à nier, mais comprit qu'il donnerait l'impression de mentir.

— Avant tout, il faut que je la retrouve.

— Je n'ai aucune idée de l'endroit où elle est. Mais… je doute qu'elle aille chez un de ses amis. Et j'ai détruit la liste que Margot m'avait remise…

Il se tut. Howard n'insista pas. Il n'était pas encore prêt à acculer Cordell au mensonge. Il y avait de meilleures façons de procéder.

— Et si elle vient ici ?

— L'ambassade est surveillée. Mais si elle réussit, je tenterai de la faire sortir du pays.

— Comment ?

— Sous un déguisement. Je lui obtiendrais un faux passeport. Un nom, un âge, un métier différents. Elle a travaillé aux Affaires étrangères. Elle pourrait aisément passer pour une de nos fonctionnaires. Même une traductrice. Il y a peu de chance qu'on vérifie ses compétences. Je lui procurerais un billet pour Paris, au moins. Londres serait suspect.

Un instant, une lueur d'espoir brilla dans le regard de Cordell.

— Faites-le, décida Howard. Préparez un passeport.

C'était la meilleure solution qui lui vînt à l'esprit. Refuser la proposition de Cordell trahirait les soupçons qu'il nourrissait à son égard. Révélerait-il la nouvelle identité d'Elena aux Allemands ? Non. Cela reviendrait à se trahir, et à se rendre inutile d'un côté comme de l'autre. Sans parler de mettre sa propre vie en péril. Au contraire, il était contraint, en un sens, de venir en aide à Elena.

— Je me charge de la photographie, reprit Howard. Il nous en faudra une récente, qui ressemble le moins possible à celle de son passeport actuel. Elle l'a peut-être encore en sa possession, auquel cas elle devra le détruire. S'il venait à être découvert lors d'une fouille, ce serait fatal.

Il eut un sourire amer.

— Toutes les chemises brunes à Berlin sont à ses trousses. Comment diable vais-je la trouver ?

C'était une question de pure forme. Il ne s'attendait pas à ce que Cordell lui apportât une réponse. Il s'était creusé les méninges sans y parvenir.

— Où allons-nous lorsque nous avons peur et que nous nous croyons seuls ? demanda Cordell à voix basse. Dans des endroits familiers. Qui nous rappellent des jours plus heureux, plus sûrs. Moi, je vais me promener au bord de l'eau. De la rivière, pas de la mer. J'aime l'eau vive. Elle est à tout le monde et ne fait pas de préférences.

Il se tut, comme s'il en avait trop dit.

— Moi, je mange des choses que j'aime vraiment.

Howard sourit, se remémorant des souvenirs douloureux, des moments de solitude et d'anxiété. Parfois, il était si tendu qu'il ne pouvait rien avaler. D'autres fois, à n'importe quelle heure du jour ou de la nuit, il avait de brusques envies de sandwich au bacon croustillant.

— Qu'est-ce qu'elle aime ? Vous le savez ?

— Les *Reibekuchen*, répondit Cordell avec un sourire. Avec de la sauce à la pomme. Du moins, elle adorait ça autrefois. Il y a un marchand ambulant qui en vend pas très loin d'ici. On le voit de la porte latérale. Je m'y arrête trop souvent moi-même.

Il redevint grave.

— Il est possible qu'elle attende là-bas en essayant de se décider à venir. Elle n'a nulle part où aller… pour obtenir des papiers qui lui permettent de sortir du pays. Elle ne peut pas utiliser son propre nom. Et il faut qu'elle ait une identité britannique, sans quoi on ne la laissera pas entrer en Angleterre.

— Je vais y aller, répondit Howard. Donnez-moi un passeport. Je mettrai la photo après l'avoir vue. Il faudra qu'elle change d'apparence sinon elle sera repérée aussitôt. Quel satané gâchis !

— Tâchez de ne pas vous faire arrêter, lança Cordell sur un ton tranquille.

Un instant, Howard hésita. Fonçait-il droit dans un piège qu'il avait lui-même préparé ? Cordell était-il un parfait acteur ? Ou cette trace de défi était-elle un écho du Cordell qu'il avait connu autrefois, juste après la guerre, à une époque où tout le monde savait de quel côté il était ? Toutes les plaies étaient à vif alors, et personne n'était habitué à l'idée de la paix. Personne ne songeait vraiment à se satisfaire d'un autre genre de monde.

— Vous aussi, dit-il, avec une gravité soudaine. Maintenant, obtenez-moi ce passeport. Je vais peut-être en avoir besoin d'urgence.

21

Après le départ de Howard, Cordell reçut une invitation inattendue à déjeuner avec le chancelier Hitler. Il ne s'agissait pas d'une réception officielle, mais au contraire, apparemment, d'une audience privée. Le carton à la main, il éprouva un frisson soudain. Sa première réaction fut la certitude qu'il ne pouvait s'y soustraire. On l'avait envoyé chercher. Si déplaisant que cela fût, une dérobade ne ferait qu'aggraver les choses.

Le soleil de mai qui illuminait son bureau lui parut subitement dur, presque brutal. Il ordonna à son secrétaire de répondre qu'il serait ravi de venir, en incluant les flatteries de rigueur, et de délivrer le message en mains propres.

Le secrétaire déclara que oui, bien sûr, il le porterait en personne, puis parut hésiter, comme s'il attendait d'autres instructions. Comme Cordell n'ajoutait rien et restait figé au milieu de la pièce, l'homme s'esquiva, refermant sans bruit la porte derrière lui.

Que voulait Hitler ? Les Allemands connaissaient le nom d'Elena. Son père avait été nommé ambassadeur à Berlin quelques années plus tôt, alors que Cordell n'était là que depuis peu de temps. Allaient-ils lui demander s'il l'avait vue ? L'instinct lui soufflait de mentir ; l'intelligence lui disait que le faire serait de la dernière stupidité, voire suicidaire.

Et Margot ? Hitler savait-il qu'elle était à Berlin, elle aussi ? Presque certainement, mais Cordell ne l'avait révélé à personne hormis à ses plus proches collaborateurs. L'un d'eux était-il imprudent, trop bavard ? Ou pire, y avait-il un traître, un agent double ? C'était toujours une possibilité. Il le savait, mais peut-être l'avait-il laissée flotter en marge de son esprit. Elle était revenue au premier plan, là, accompagnée d'une angoisse croissante à la perspective du danger, mais aussi de l'échec. Son poste était le seul domaine de sa vie qui fût un succès. Il le définissait, du moins pour ce qui était de la personne que les autres voyaient… et croyaient.

Il ne pouvait rien nier. Il ne pouvait qu'admettre. Il était humiliant d'être convoqué auprès de Hitler pour s'expliquer, alors que ce dernier connaissait parfaitement les réponses aux questions qu'il posait et qu'il savait que Cordell le savait aussi. C'était comme d'enfoncer une aiguille dans le corps d'un insecte et le regarder se tortiller. Il ne servait à rien de mentir pour protéger Margot… ou Elena. La seule chose à faire pour survivre était de dire la vérité. Mentir, et être aussitôt pris en flagrant délit de mensonge, le rendrait inutile à tous.

Il enfila une chemise propre, se donna un coup de peigne, vérifia qu'il était impeccablement rasé et, l'estomac noué, se prépara à partir.

Il arriva à l'hôtel avec un quart d'heure d'avance. Il aurait été inexcusable de se présenter en retard pour être reçu par le chancelier. N'était-ce pas Lord Nelson qui avait affirmé devoir sa réussite dans la vie au fait qu'il avait toujours un quart d'heure d'avance ? Et sa réussite avait été phénoménale – « L'Angleterre attend[1]… » et tout ça. Pour sa part, Cordell trouvait son « devoir » nettement moins clair que celui de Nelson. L'ennemi n'était pas disposé en navires de guerre au large du cap

1. « L'Angleterre attend de tout homme qu'il fasse son devoir. »

de Trafalgar. Nul ne savait qui était l'ennemi au juste. Ce pouvait être l'ignorance consternante, ou les réparations écrasantes que le traité de Versailles avait exigées de l'Allemagne. Ce pouvait simplement être un peuple déboussolé, affamé, désespéré, poussé à bout depuis trop longtemps.

Il s'obligea à s'asseoir. Faire les cent pas était un signe manifeste de nervosité que n'importe qui pouvait déchiffrer. Il devait être courtois, mais pas obséquieux. Il était un représentant de la Grande-Bretagne, pas un quelconque pétitionnaire venu quémander une faveur. La Grande-Bretagne était une nation alliée, espérait-il. Elle avait été une ennemie, et pourrait le redevenir si les gouvernements étaient assez sots pour manquer cette chance d'avoir une paix durable.

On lui parlait, et il n'avait pas prêté attention.

— Oui ?

— Si vous voulez me suivre, monsieur, le chancelier va vous recevoir, répéta l'homme.

— Merci.

Le secrétaire traversa le hall et s'engagea dans un petit couloir. Il toqua à une porte et, dès qu'il eut entendu une voix à l'intérieur, l'ouvrit et s'effaça pour laisser entrer Cordell.

Hitler était assis dans un fauteuil confortable, au cuir rembourré, muni d'accoudoirs. Il était exactement tel que sur les photographies, sauf qu'aucun appareil n'avait saisi le bleu lumineux de ses yeux. Ils étaient extraordinaires, comme si la lumière brillait de l'intérieur. Le reste de son visage était tout à fait ordinaire et, même lorsqu'il était assis, on voyait qu'il n'était en aucun cas plus grand que la moyenne.

Cordell ne savait s'il devait faire un salut ou pas. Venant d'un Anglais, le geste apparaîtrait peut-être sarcastique. Hitler avait-il le sens de l'absurde ? Impossible. Cordell avait beau partager nombre des craintes de Hitler, et même certains de ses idéaux, il était anglais : son sens de l'absurde était trop vif pour qu'il pût l'ignorer. Il se contenta d'incliner la tête. C'était une marque de respect qui ne pouvait être mal interprétée.

Hitler désigna un fauteuil près du sien.

— Asseyez-vous, Mr. Cordell.

Ce dernier obtempéra, agrippant instinctivement les accoudoirs pour se ressaisir. Alors seulement, il remarqua la troisième personne dans la pièce, et en fut glacé.

Joseph Goebbels était un homme assez petit, et chétif, mais une fois qu'on l'avait regardé, sa présence dominait celle de Hitler. Il avait un nez droit, une bouche aux lèvres minces qui ressemblait à une cicatrice, des yeux sombres qui auraient été beaux, n'eût été la malveillance qu'ils exprimaient. Lui aussi était assis. Cordell savait qu'il avait une jambe plus courte que l'autre. Pas à proprement parler un pied-bot, mais une anomalie.

Hitler fit signe au serveur de commencer à servir le déjeuner. Cordell se souvint qu'il était végétarien et se demanda quel serait le menu. Il mangerait, quel que fût le plat. Des années de diplomatie lui avaient appris à avaler presque n'importe quoi en donnant l'impression d'y prendre plaisir. Il resterait silencieux tant que le chancelier ne l'aurait pas invité à parler. Il ne regarda même pas Goebbels. Il ne devait pas oublier de l'appeler « *Herr Doktor* ».

— Quelles sont les dernières nouvelles de Londres, Mr. Cordell ? s'enquit poliment Hitler. J'entends dire que de plus en plus de gens expriment leur respect pour ce que nous avons accompli ici, en Allemagne. Est-ce vrai ?

— Oui, monsieur, en effet.

Cordell avait la bouche sèche. Pendant combien de temps allaient-ils tourner autour du pot ? Ils jouaient avec lui comme un chat avec une souris. Quand allaient-ils l'interroger sur Elena Standish ?

— Le sujet a été abordé au Parlement récemment…

Il poursuivit, rapportant des compliments qui avaient été faits des succès de Hitler.

— Et l'ancien ambassadeur, Mr. Standish ? intervint Goebbels d'une voix douce.

Il avait une voix magnifique, étonnamment grave pour un individu aussi frêle, presque une voix de séducteur.

— Est-il toujours en contact avec vous ?

Cordell réfléchit à toute allure. Il sentait la sueur perler sur son corps. Il tenta de déchiffrer l'expression de Goebbels et sut qu'il n'y parviendrait pas. L'homme était plus intelligent que Hitler, plus subtil, il comprenait les émotions comme un animal, d'instinct, au flair.

Si Hitler avait des accès de rage quasi incontrôlables, un regard suffisait à Goebbels pour mettre à nu l'âme d'un homme et lire en lui ce qui n'aurait jamais dû être révélé : ses espoirs et ses craintes secrètes, les plaies qui saignaient encore, trop profondes pour cicatriser.

— Je crois qu'il fait partie de ceux qui voient les choses clairement, répondit Cordell. Comme nous, il tient à éviter une autre guerre. Il apprécie la sagesse de ce que vous dites.

Goebbels hocha lentement la tête, mais son visage demeura impénétrable.

— C'est une Anglaise qui a assassiné Scharnhorst l'autre jour, ici à Berlin, observa-t-il, guettant la réaction de Cordell.

Une fois de plus, les pensées de celui-ci se bousculèrent. Allaient-ils lui demander s'il était au courant ? Voir s'il tentait de le nier ? Que savaient-ils, au juste ? Mieux valait supposer qu'ils savaient tout. Il devait donner l'impression d'être sincère, de parler du cœur. Hitler serait peut-être sensible à la flatterie, mais pas Goebbels. Il ne devait pas non plus avoir l'air d'hésiter.

— Je l'ai entendu dire, admit-il. J'espérais que c'était une rumeur sans fondement. Je vous présente mes plus profondes excuses si c'est la vérité.

Goebbels se pencha légèrement vers lui.

— Vous connaissez cette jeune femme, Mr. Cordell ? Cette Elena Standish ?

Cordell était transi en dépit de la chaleur agréable de cette journée. Il était absolument certain que Goebbels connaissait la réponse à cette question. Il savait sans doute qu'Elena était venue le voir la veille de l'assassinat. Un seul mensonge suffirait à le condamner.

— Oui, *Herr Doktor*, répondit-il sans hésiter. Je l'ai assez bien connue lorsqu'elle était enfant, à l'époque où son père était ambassadeur ici. Aussi bien qu'on peut connaître une adolescente ! Elle est venue me voir le jour de son arrivée à Berlin, brièvement. Bien entendu, je ne soupçonnais pas l'acte épouvantable qu'elle s'apprêtait à commettre. Mais elle devait savoir que je l'aurais fait arrêter sur-le-champ si j'avais eu le moindre doute. Elle n'est restée que quelques instants dans mon bureau. Elle était fatiguée après un très long périple en train, à partir de Naples. Et c'était la fin de la journée.

Il ne devait pas trop parler. C'était toujours un signe de nervosité.

Goebbels se cala dans son fauteuil.

— Naturellement.

Cela pouvait signifier n'importe quoi et Cordell s'abstint de répondre.

Un silence pesant s'abattit sur la table. Cordell et Goebbels attendaient que Hitler parlât.

Cordell regrettait qu'on n'eût pas servi de vin. Il aurait bien eu besoin d'un grand verre de vin blanc bien frais. Cependant, il était de notoriété publique que Hitler buvait rarement de l'alcool et que, lorsque cela lui arrivait, il mettait du sucre dedans ! Cordell avait dû faire appel à tous ses talents de diplomate pour ne pas avoir l'air dégoûté lorsqu'on le lui avait rapporté.

— Nous la retrouverons, déclara enfin Hitler. Non que cela ait une grande importance. Je suis sûr que c'était tout sauf son intention, mais elle nous a rendu service. N'est-ce pas, *Herr Doktor* ?

En observant Goebbels, Cordell eut soudain l'intuition que ce dernier était inquiet. Peut-être doutait-il de l'estime que Hitler lui portait. Il n'y avait rien d'héroïque chez lui, mais on le sentait un peu vulnérable, comme même un serpent peut l'être.

— Mais Scharnhorst avait quelques bonnes idées, non ? lança Goebbels brusquement, et il fallut quelques secondes à Cordell pour comprendre que la question lui était adressée.

Il fouilla fébrilement sa mémoire, cherchant à se souvenir des propos précis que Scharnhorst avait tenus. Des idées, plutôt que de l'expression de sa passion ou de sa haine, son culte de Hitler et de sa propre personne.

Goebbels attendait, l'observant comme s'il voyait droit dans son cerveau. Était-ce dans ce but qu'on l'avait invité ? Pour le prendre par surprise et le forcer à révéler ses véritables convictions, pas seulement celles qu'il répétait consciencieusement parce que diplomatiquement correctes ?

— Les idées ne suffisent pas, monsieur, commença Cordell. Il faut avoir des plans spécifiques quant à la manière de les réaliser. Vous êtes efficaces, c'est indiscutable. Cela dit, vous n'êtes pas aveuglés par l'idéologie. Vous réfléchissez, vous planifiez.

Hitler acquiesça très lentement, puis se tourna vers Goebbels qui souriait, lèvres entrouvertes.

— Oui, *mein Führer*, dit celui-ci très doucement. Vous aviez parfaitement raison. Trop tôt. Scharnhorst avait raison, mais trop tôt.

Cordell les dévisagea tour à tour, commençant à saisir. Se pouvait-il qu'ils fussent très contents que Scharnhorst fût mort ? Et cela valait-il le risque de leur faire comprendre qu'il s'en rendait compte ?

Le silence était hérissé de tension. Oserait-il parler ?

Il avait osé plus tôt. Le moment était des plus délicats. Il devait découvrir à quoi ils faisaient allusion… précisément.

— Je crois que nous serions bien avisés d'agir les premiers, dit-il, choisissant ses mots avec soin. Dès que nous serons tout à fait certains de ce qui marche ou de ce qu'il vaudrait mieux…

— Taire, acheva Goebbels à sa place. Une fois que c'est fait, alors les arguments sont… différents.

Il regarda Hitler assis en face de lui.

Celui-ci hocha imperceptiblement la tête.

Goebbels s'adressa de nouveau à Cordell.

— Une solution finale, murmura-t-il. Nous commençons, mais la route est encore longue. Je crois que certains en Angleterre le perçoivent très bien. Vous comprenez la nécessité de progresser prudemment, comme un homme qui marche sur la glace et qui teste chacun de ses pas avant de mettre son poids dessus.

— Bien entendu, répondit Cordell, le cœur cognant dans sa poitrine.

Des bribes de souvenirs s'imposèrent à lui. Scharnhorst debout dans le jardin d'une taverne, une chope à la main, en train de chanter. Il avait beaucoup parlé, ensuite, bafouillant un peu d'excitation. Évoqué l'idée de se débarrasser complètement des juifs.

Certains avaient paru abasourdis. D'autres avaient exprimé leur approbation.

Cela remontait à quelque temps déjà. Une manière de tâter le terrain. Depuis lors, Scharnhorst avait développé ses idées. Les syndicalistes étaient un obstacle, les communistes une menace grandissante. D'ailleurs, nombre d'entre eux étaient juifs.

Hitler et Goebbels attendaient qu'il émît une opinion, qu'il s'engageât. Il fouilla sa mémoire, cherchant à se rappeler les propos que Goebbels avait tenus la veille au soir, lors du terrible événement qu'avait été l'autodafé.

Des mots lui revinrent, des expressions.

— C'est une lutte pour la survie, dit-il distinctement.

Sa voix manquait de conviction, il devait faire mieux.

— Nous ne pouvons nous permettre de faire preuve d'indécision. Nous avons des ennemis, qu'ils le sachent ou non. C'est comme… comme une maladie.

Il avait l'impression que c'était un inconnu qui parlait.

— La force éveille la peur chez l'autre, reprit-il. Et l'envie, bien sûr.

Il était trempé de sueur. Ses vêtements lui collaient à la peau.

Hitler et Goebbels échangèrent un regard avant de reporter leur attention sur lui.

— Vous avez une excellente perception de la situation, observa Goebbels suavement. En fait, peut-être devrions-nous être reconnaissants envers cette jeune Anglaise que nous ne semblons pas pouvoir capturer. Nous ne voudrions pas que quiconque pût s'imaginer que nous avons nous-mêmes fomenté l'assassinat, même si nous sommes soulagés qu'il ait eu lieu.

Un demi-sourire traversa son visage, comme un rayon de lune sur une tombe.

— Ainsi, vous la connaissez, cette Elena Standish. Et votre fille – Cecily, c'est bien ça ? – la connaît aussi ?

Cordell prit une brève inspiration. Il devait répondre. Les deux hommes le fixaient.

— Elle l'a connue. Je ne sais pas si elles sont en relation. Elle n'a pas parlé d'elle.

Hitler le regardait. Une fois de plus, Cordell songea qu'il était très quelconque, hormis ses yeux éclatants et ses mains pâles, délicates. Si elles avaient appartenu à quelqu'un d'autre, elles auraient pu être belles.

Il dévisagea Goebbels, cet homme aussi habile qu'un serpent. Une erreur était exactement ce que ce dernier attendait. Il inclina la tête poliment et fit une remarque inoffensive, respectueuse. Il avait le cerveau en ébullition. Une pensée dominait toutes les autres. Protéger Cecily.

Qu'allait-il faire au sujet d'Elena Standish ? Et quel serait le prix à payer ?

Il continua à parler machinalement, poliment, veillant à éviter d'être trop flatteur. Goebbels au moins était sensible au ridicule.

Le repas sembla durer une éternité. Tout avait un goût de sciure pour Cordell, et il but trop d'eau pour le faire passer. Enfin, ce fut terminé. Il les remercia et prit congé.

En sortant du magnifique hôtel, il se demanda pourquoi au juste il avait été invité. Dans le but de l'inciter à retrouver Elena ? Cela paraissait probable.

Pourquoi ? Pour qu'il se débarrassât d'elle à leur place en la faisant sortir du pays, de façon à leur éviter de la tuer, et de contrarier les soutiens dont ils avaient besoin ? En particulier, celui de l'Angleterre ? Ou pour s'épargner l'embarras d'un procès, qui pourrait exposer au grand jour les idées révoltantes de Scharnhorst ? Voulaient-ils qu'il la fît sortir d'Allemagne afin d'éviter une rupture brutale avec la Grande-Bretagne ?

Il avait l'impression de s'enfoncer dans la nuit polaire, sans qu'il y eût d'aube à l'horizon. Scharnhorst avait disparu, mais c'était la vision avancée par Goebbels d'une solution finale, l'extinction de tous ceux qui n'entraient pas dans le moule de la suprématie aryenne, qui était désormais terrifiante.

Les compromis, les appels à la raison étaient impossibles. Si Goebbels accroissait son pouvoir et son influence en Allemagne, il n'y aurait pas d'autre issue que la guerre, dans un avenir qui, sans doute, n'était pas très lointain.

22

Après l'autodafé, Jacob avait conduit Elena à une pension bon marché tenue par un couple d'Américains. Aucune explication ne fut demandée… ni fournie. Il avait payé pour une nuit et lui conseilla de ne pas rester plus longtemps.

— Je ne le ferai pas, avait-elle promis. Je vais tâcher de regagner l'ambassade. Si je n'y arrive pas, je… trouverai une autre pension pour ce soir et j'y retournerai demain. C'est le seul endroit où je puisse obtenir des papiers. Et…

Elle avait serré les dents, ravalant son émotion. Elle revoyait les livres, les visages déments, hilares. La colère prit le pas sur la peur.

— Je ne sais pas pourquoi Roger Cordell n'a pas empêché l'assassinat alors que je lui avais remis le message – mais, même si c'est un traître, il sera obligé de m'aider. Cette fois, je ferai en sorte d'être vue par d'autres gens à l'ambassade. Quelqu'un me reconnaîtra, même ainsi !

Elle avait secoué la tête, faisant danser ses cheveux blonds et soyeux.

— En me faisant arrêter, il se trahirait aux yeux des autres diplomates et ne serait plus d'aucune utilité à personne. J'ignore si nous autres Britanniques exécutons les traîtres. J'imagine que oui, mais pas en public. Nous refusons sans doute d'admettre qu'ils existent.

Jacob avait roulé des yeux.

— Elena…

— Je vous en prie, n'en parlons plus. N'est-ce pas déjà assez difficile ?

Il avait souri.

— Si. Très, mais cela en vaut la peine. Plus qu'un… simple avant-goût de victoire. Je n'oublierai pas.

Elle avait été tentée de l'embrasser, rien qu'une fois, pour le remercier de tous les risques qu'il avait pris, d'avoir été son ami à travers cette épreuve sans rien demander en retour, pas même un baiser d'adieu. Mais c'était une mauvaise idée.

Jacob avait dû le penser aussi, car il s'était contenté de la regarder longuement, puis il avait souri, fait demi-tour et s'en était allé.

Pour Elena, ce fut comme si la lumière s'était éteinte, même si elle voyait encore nettement sa chambre misérable, au décor vieillot et fatigué. En revanche, la pièce était parfaitement propre, munie d'un verrou, et elle disposait d'un petit cabinet de toilette. Elle n'avait besoin de rien de plus.

Elle devait dormir. Le lendemain, il faudrait qu'elle retourne à l'ambassade. Sans papiers elle ne pourrait pas quitter l'Allemagne, que son apparence eût changé ou non.

Le lendemain matin, elle se réveilla désorientée, mais quelques secondes suffirent pour que la mémoire lui revînt. Elle se rappela où elle était, et la nécessité pressante de se procurer des papiers. Sans eux, il suffirait d'un contrôle d'identité dans la rue pour qu'elle soit arrêtée.

Durant l'autodafé, elle avait vu le visage de la démence. Si elle en avait saisi l'image dans ses photographies, cela la montrerait au monde mieux qu'aucune description n'avait pu le faire.

Elle déjeuna de pain noir agrémenté d'un peu de confiture et d'une tasse de café brûlant, prit son sac et partit.

Elle avait une bonne demi-heure de marche. Elle n'aurait pas pu trouver de pension bon marché, de celles où l'on ne posait pas de questions, près de l'ambassade. Elle avait faim. Le pain noir ne l'avait pas rassasiée. Le marchand de *Reibekuchen* se trouvait-il toujours dans les environs ? Ne humait-elle pas justement l'arôme de ces petites galettes d'oignon et de pommes de terre râpées, qu'on mangeait avec de la sauce à la pomme ? Elle en sentait presque le goût dans sa bouche. L'étal ne pouvait pas être loin !

Elle ne voulait pas demander son chemin. Non qu'il y eût grand-monde à proximité. Mais ne pas savoir ce genre de choses révélerait qu'elle était étrangère. Les gens s'en souviendraient.

Cinq minutes plus tard, elle était attablée devant deux galettes et une généreuse portion de sauce à la pomme quand elle remarqua un homme qui l'observait. Il était plus grand qu'elle, mais pas de beaucoup. Le teint clair, les yeux bleus, les cheveux d'une couleur indéfinissable. La seule chose qui le distinguait d'autrui était une certaine grâce dans sa posture, si naturelle qu'il n'en avait sans doute pas conscience. Contrairement à beaucoup de gens, il ne cherchait pas à se donner une contenance. Et il était évident qu'il la regardait.

Elle se sentit gênée, et soudain effrayée. Pourquoi l'observait-il ? Croyait-il l'avoir identifiée en dépit de sa nouvelle apparence ?

Elle devait l'éviter. Les jeunes femmes bien élevées ne parlaient pas aux inconnus dans la rue.

— Ils sont bons ? demanda-t-il en désignant le stand de *Reibekuchen*.

— Excellents, répondit-elle. Et la pomme est acide juste comme il faut.

Il la dévisageait toujours.

— Vous avez vu le feu hier soir ?

— Oui, pendant un moment. Je pense qu'il a duré presque jusqu'à l'aube.

S'efforçant d'avoir l'air détendu, elle prit une nouvelle bouchée de pomme de terre croustillante avec un peu de sauce, mais elle mangeait machinalement maintenant, sans en apprécier le goût.

— Qui étaient ces gens qui ont mis le feu aux livres ? demanda-t-il en s'approchant un peu.

Devait-elle répondre ? Elle risquait d'attirer l'attention en se montrant impolie sans raison. Elle donnerait l'impression d'avoir peur, et cela était dangereux. Les innocents ne prennent pas la fuite.

— Beaucoup d'entre eux semblaient être des étudiants, répondit-elle tandis qu'il achetait à son tour deux *Reibekuchen* avec de la sauce. Du moins, ils avaient cet âge-là, une vingtaine d'années, et ils étaient habillés comme des étudiants.

— Des étudiants en quoi, je me le demande, lâcha-t-il, laissant momentanément apparaître son dégoût. En philosophie, à votre avis ?

Son regard était sombre.

— Ça m'étonnerait ! répliqua-t-elle trop vite.

Elle lut l'amusement sur son visage et sut qu'elle avait trahi son opinion sur les brûleurs de livres.

— Peut-être êtes-vous étudiante en philosophie vous-même ? Vous les avez observés et vous en avez déduit leurs convictions, c'est ça ?

Elle eut envie de dire qu'elle en était arrivée à la conclusion qu'au fond ces jeunes étaient effrayés, qu'ils se sentaient exclus. Qu'ils se déchaînaient contre ce qu'ils ne comprenaient pas, de la même manière que les gens détruisent ce qu'ils ne peuvent pas avoir.

Au lieu de quoi elle demanda :

— J'ai tort ?

Il enfonça les mains dans ses poches. C'était un geste

anodin, mais qui donnait l'impression qu'il était à l'aise, comme s'ils étaient amis. L'avait-il fait exprès ?

— J'en doute, répondit-il. La parole, fût-elle élégante et éloquente, est rarement aussi puissante que l'action.

Elena fut stupéfaite. Il s'était exprimé en anglais aussi naturellement que si ç'avait été sa langue maternelle. S'était-elle trahie ? Parlait-elle allemand avec un accent anglais maintenant qu'elle ne vivait plus à Berlin ? Quelle erreur ! Jacob ne le lui avait-il pas dit ? Ne l'avait-il pas mise en garde ?

Comme s'il avait compris, l'homme poursuivit :

— Nous pouvons continuer en allemand, si vous préférez. Ce serait plus discret. Et mieux vaudrait ne pas rester trop longtemps ici pour ne pas nous faire remarquer. Je vois la colère et le chagrin sur vos traits et peut-être les voyez-vous sur les miens.

Elle le dévisagea. Il avait formulé sa suggestion comme une invitation, et un refus serait perçu comme une rebuffade. Mais pourquoi diable ne pourrait-elle pas opposer une rebuffade à un parfait inconnu ? Elle ne voulait aborder aucun sujet important avec lui. Il serait si facile de donner une opinion négative, et toute critique de Hitler était dangereuse. Et pourtant l'humour et l'intelligence qui brillaient dans son regard lui plaisaient. Par certains côtés, cela lui rappelait de bons souvenirs, de longues discussions avec Lucas et avec Mike. Des rires sans arrière-pensée. Mais cela aussi était dangereux.

— Oui, l'allemand sera très bien, admit-elle à regret, songeant que son silence avait dû paraître suspect.

Ou tout le monde était-il suspect désormais ?

Un groupe de jeunes gens passa devant eux, bras dessus bras dessous, en riant. L'un d'eux se retourna et lança à Elena quelques mots par-dessus son épaule. En allemand, bien sûr, mais elle ne comprit pas.

— Vous n'avez pas besoin de savoir ce qu'il nous a dit, commenta son voisin sur un ton sombre. J'imagine que votre allemand ne va pas jusqu'à inclure le langage du caniveau… ou des bordels. Nous devrions partir. De quel côté allez-vous ?

Elle n'osa pas lui avouer qu'elle se rendait à l'ambassade. La police avait forcément deviné que c'était là qu'elle irait afin d'obtenir de nouveaux papiers. À moins qu'elle ne décide de rester en Allemagne ? De s'évanouir dans la nature ? Dans l'immédiat, elle devait répondre à cet homme. Elle ouvrit la bouche pour lui donner le nom de la rue où vivaient les Hubermann, et se tut juste à temps. Comme il était facile de baisser sa garde !

— Peu importe, dit-il sur un ton léger. Nous pouvons passer par là.

Il désignait le chemin par lequel elle était venue. Avant qu'elle pût protester, il la prit par le bras et commença à marcher à pas lents.

Elle était en colère. De quel droit lui imposait-il sa présence ? Malgré tout, elle ne pouvait se permettre d'ameuter la police en résistant.

— Cessez de faire cette tête, avertit-il avec un sourire de regret. Les gens vont penser que je vous enlève. Vous voulez qu'ils vous viennent en aide ?

C'était comme s'il avait lu dans ses pensées, ou qu'il les avait devancées. Il regardait un autre groupe de jeunes gens qui venait vers eux.

Elena se força à sourire et se cramponna un peu plus étroitement à son bras.

— Parlez-moi, murmura-t-il. Il faut que nous ayons l'air naturel.

— Vous parler de quoi ? riposta-t-elle, irritée. Je ne vous connais pas.

— Vous êtes parfaitement capable d'avoir une conversation normale avec un inconnu. « Parlez de chaussures – de bateaux – de cire à cacheter, cita-t-il. De choux – et de rois. » De ce que vous voulez.

Elle avait adoré *De l'autre côté du miroir* et *Alice au pays des merveilles*.

— « Et pourquoi les vagues sont bouillantes – et si les cochons ont des ailes », continua-t-elle sur un ton sec. Je le connais presque par cœur. Vous aussi ? Peut-être vaut-il mieux que nous évitions de parler de rois ou de Führers.

Il souriait. Ses traits en étaient adoucis.

Elena le toisa froidement. Il semblait avoir une quarantaine d'années, ses cheveux grisonnaient un peu sur ses tempes, mais cela se remarquait à peine car ils étaient clairs. Au premier abord il n'y avait rien de remarquable chez lui. Puis elle discerna des ombres sur son visage. Pour lui aussi, la guerre avait eu un coût.

— Quel genre d'opinions voulez-vous ?

Il était redevenu tout à fait grave.

— Lesquelles avez-vous ? rétorqua-t-elle, gardant un ton léger.

C'était une vieille discussion, et elle avait entendu les arguments pour et contre trop souvent.

— Des faciles ? poursuivit-elle. Non, bien sûr que non. Nous avons appris le coût de celles-là lors de la Grande Guerre. Nous ne referons pas les mêmes erreurs.

— C'est naïf de dire cela. Nous commettons constamment les mêmes erreurs. Il y aura sans doute une autre guerre. Ou, plus précisément, une continuation de l'ancienne, après un intervalle suffisant pour qu'il y ait une nouvelle génération à sacrifier, et un nouveau gouvernement qui s'imagine pouvoir faire les choses différemment cette fois.

— N'est-ce pas terriblement cynique ? À moins que vous ne disiez cela que pour la forme ? Vous prenez le dégoût du monde pour de la sagesse ?

— Vous êtes dure.

Ils s'éloignaient toujours de l'ambassade, et il lui

tenait toujours le bras trop fermement pour qu'elle pût se dégager.

— Ne faites pas semblant d'être blessé. Vous vous attendiez à ce que je vous croie ?

Elle avait nettement conscience d'être plus jeune que lui, et relativement naïve par comparaison. Margot pensait qu'elle attendait le lendemain pour s'amuser, pour danser et faire les folies que les jeunes gens devraient faire, sauf qu'il n'y aurait pas de lendemain. La différence entre elles, c'était qu'Elena ne feignait pas d'y croire.

— Je m'attendais à ce que vous ne soyez pas d'accord, déclara aimablement l'homme. Si j'étais d'accord avec vous, cela vous mettrait dans la situation intenable d'avoir à vous contredire. Aucun gentleman ne devrait se conduire ainsi avec une dame.

Elle était partagée entre l'envie de rire et celle de se mettre en colère. La narguait-il délibérément ? Oui. Elle était tout à fait certaine que c'était le cas. Une bouffée de colère monta en elle. Rien ne l'obligeait à être polie envers lui. Pour une fois, elle pouvait dire ce qu'elle pensait.

Deux chemises brunes s'avançaient vers eux, occupant le milieu du chemin. Cet homme et elle allaient devoir s'écarter pour les laisser passer. L'Anglais aurait-il le bon sens de le faire ? Il était charmant, détendu, mais non dénué de l'arrogance de qui était habitué aux privilèges. Il n'était pas accoutumé à l'idée de s'effacer devant des tyrans, sous prétexte qu'ils portaient l'uniforme. S'il était à Berlin depuis un certain temps, il devait avoir conscience de leur pouvoir, non ? À moins qu'il ne fût tout simplement sur le point de la leur livrer ? Elle se raidit de tout son corps dans un effort pour se dégager, mais il était trop fort et il semblait avoir anticipé sa réaction.

Elle regarda autour d'elle. Des étudiants arrivaient dans l'autre sens, l'air intéressé par la scène.

Les chemises brunes n'étaient plus qu'à quelques mètres d'eux.

Elena fit un pas de côté, en vain. L'Anglais continua à lui serrer le bras.

— Ne causez pas d'ennuis ! ordonna-t-elle sèchement, mais si bas qu'elle espéra n'avoir été entendue de personne d'autre. Nous ne pouvons pas nous permettre de les agacer !

Pourvu qu'il ne soupçonne pas à quel point c'était vrai pour elle !

Les étudiants, à supposer qu'il s'agît réellement d'étudiants, s'étaient arrêtés et attendaient l'épreuve de force avec une curiosité non dissimulée. On sentait en eux une excitation malsaine, que révélaient leurs yeux brillants, leurs corps rigides. Elena se sentit transpercée par un reste de la folie de la veille au soir.

Les chemises brunes s'immobilisèrent, comme si Elena et l'Anglais étaient sur leur chemin. L'un d'eux tendit la main et saisit sans ménagement le poignet d'Elena.

L'Anglais se tenait absolument immobile, les sourcils légèrement arqués.

— Votre nom et votre rang ? demanda-t-il au milicien, d'une voix cassante.

Il parlait allemand et se tenait très droit, le dos raide, le menton relevé.

— Jonathan Hartwig, dit le jeune homme, pris par surprise. Qui êtes-vous ?

— Est-ce *Herr Doktor* Goebbels qui vous envoie ? s'enquit l'Anglais, ignorant la question.

— Non...

— Dans ce cas, j'ai un avantage sur vous, coupa l'Anglais, sans la moindre trace d'humour.

Sa grâce l'avait quitté.

— Vous ne savez pas à qui vous parlez. Cette jeune femme est demandée d'urgence auprès du Dr Goebbels. Elle dispose de renseignements dont il a besoin. Si vous me causez du retard ou des difficultés, vous le regretterez jusqu'à la fin de vos jours, qui ne se fera certainement pas attendre. Suis-je clair, Herr Hartwig ? Je connais votre nom. À moins, bien sûr, que vous ne vouliez m'abattre ici, en pleine rue ?

Hartwig lâcha Elena et battit en retraite.

L'Anglais reprit le bras d'Elena et, la tirant sans ménagement, repartit d'un pas rapide au milieu du chemin. Il ne jeta pas un seul regard en arrière pour voir si on les suivait.

— Je ne vais pas vous accompagner ! s'insurgea Elena, en tentant une fois de plus de se dégager.

— Je ne vous emmène pas à Goebbels, enfin ! rétorqua-t-il, se rapprochant d'elle pour ne pas élever la voix.

— Comment puis-je le savoir ?

Elle continuait à essayer de se libérer, sans succès.

Ils étaient seuls maintenant, mais d'autres passants risquaient d'apparaître d'un moment à l'autre. Se défendre comme une enfant capricieuse ne ferait qu'attirer l'attention sur elle, ce qu'elle voulait à tout prix éviter. Cet homme savait-il qu'elle était traquée pour l'assassinat de Scharnhorst ? Probablement. Pour quelle autre raison quiconque la rechercherait-il ? Goebbels, de surcroît ? Même en Angleterre, on connaissait ce nom-là.

Comme il ne répondait pas, elle insista :

— Comment puis-je le savoir ?

— Je veux vous faire sortir d'ici… vous ramener à Lucas et à Josephine.

Elle voulait désespérément le croire. Cela semblait merveilleux… trop beau pour être vrai. Comment cet homme pouvait-il connaître l'existence de ses grands-parents ?

Elle devait s'enfuir, mais comment ? Il était beaucoup plus fort qu'elle et elle n'avait rien pour lutter. Il était anglais, elle n'en doutait pas. Avec une bouffée de nausée, elle comprit que Cordell l'avait trahie une fois de plus ! Tout était clair désormais. Il n'avait jamais tenté d'empêcher l'assassinat, et il savait dans quel hôtel elle était descendue. Il avait fait mettre l'arme dans son armoire pour qu'elle fût accusée. Cet homme devait être son allié. Un autre traître ! Il lui avait pourtant paru sympathique. Cordell et lui avaient su jouer de ses souvenirs, de ces images de sa jeunesse qui lui rappelaient des années heureuses, des êtres qu'elle avait aimés… et perdus. Comment cet homme était-il si bien informé ? Bien sûr ! Cordell avait été un ami de son père. C'était encore pire que les plus noires de ses craintes. C'était une abomination qu'elle n'avait jamais imaginée.

Ils approchaient d'un des grands arbres qui bordaient l'avenue.

Elle n'avait rien à perdre. S'il l'emmenait à Goebbels, elle n'aurait aucune chance de s'échapper. On l'associerait à l'assassinat, puisque accuser une Anglaise était le véritable mobile de l'élimination de Scharnhorst. Une femme pouvait se servir d'un fusil aussi bien qu'un homme. Elle avait pris la place de Ian, voilà tout.

Ils étaient près d'un des grands arbres. Le bruissement léger des feuilles s'entendait au-dessus d'eux. Elle devait fuir… tout de suite.

Il recommença à parler. Elle réfléchit en un éclair et, puisqu'elle ne pouvait se dégager, opta pour l'action opposée : elle se propulsa en avant et lui écrasa le pied, pesant de tout son poids sur son talon. Un cri étouffé lui échappa en même temps qu'il relâchait son bras. Elle prit son élan et lui envoya le sac contenant l'appareil photo en pleine figure. Il tomba à la renverse, percuta le tronc de l'arbre et s'affaissa.

Il ne bougeait plus, mais il ne resterait pas sans connaissance très longtemps. Elle fit volte-face et se mit à courir, traversa la rue à la première occasion pour gagner une voie secondaire, puis tourna de nouveau, encore et encore. Elle ne regarda qu'une seule fois derrière elle et ne le vit pas.

Où aller ? Elle ne pouvait plus se rendre à l'ambassade. Ni retourner chez Zillah. Pas plus qu'à la pension où elle avait couché la veille. Elle était terrifiée à l'idée d'être arrêtée et, en fin de compte, seul cela comptait. Pourtant, la trahison causait une douleur différente… corrosive, une plaie qui ne se refermerait peut-être jamais.

L'Anglais avait semblé si gentil. Il lui avait rappelé Lucas, et même Mike. Elle ne pouvait pas le laisser gagner – ni lui ni aucun autre –, quel que fût le prix à payer.

23

Elena se réveilla en sursaut, les yeux écarquillés dans l'obscurité. Elle distinguait à peine les contours de la chambre inconnue, mais elle voyait encore les visages hallucinés des jeunes gens qui avaient chahuté autour des bûchers, poussé des cris de joie alors que les livres se consumaient. Des jeunes tout à fait quelconques. Elle aurait pu les rencontrer chaque jour sans même les reconnaître.

Mais l'un d'eux en particulier, celui qui se tenait le plus près des flammes, semblait avoir conservé quelques vestiges de raison, et avoir conscience de ce qui se passait. Elle l'avait lu sur ses traits, et avait tenté de le saisir avec son appareil photo.

Elle restait immobile sur le lit dur, recroquevillée sur elle-même.

Il n'y avait personne d'autre dans la chambre, bien sûr ! Les fanatiques n'étaient que dans son esprit. Et pourtant, ils existaient bel et bien. Elle les voyait, dépouillés du masque offert par la lumière du jour et des traits ordinaires de ceux qu'on croise dans la rue et avec qui on échange des propos anodins.

Glacée maintenant, elle se redressa et s'entoura les genoux de ses bras dans la chambre nue, étrangère, de cette deuxième ou troisième pension de famille.

Elle ne devait pas rester ici.

Elle se leva, fit sa toilette et s'habilla, puis descendit au rez-de-chaussée, ses maigres bagages à la main. Elle avait payé la veille au soir. C'était une des conditions pour louer une chambre dans les endroits comme celui-ci. Elle salua poliment la propriétaire d'un « *Guten Morgen* », la remercia et sortit. Il faudrait qu'elle cherche un autre établissement où passer la nuit suivante.

La première chose à faire était de trouver un photographe qui développerait ses pellicules. Elle courait le risque d'être interrogée, et même trahie si elle ne pouvait offrir une explication convaincante, mais elle n'avait pas le choix : il était essentiel qu'elle obtienne ces clichés et qu'elle les mette à l'abri.

La journée était fraîche malgré le soleil, et elle fut soulagée d'avoir une excuse pour porter le foulard passe-partout qu'elle avait acheté et dissimuler une partie des cheveux blonds auxquels elle ne s'était pas encore habituée. Elle se sentait gênée quand le regard d'autrui s'attardait sur elle, comme cela arrivait de temps à autre. En tout cas, si on la remarquait, ce n'était pas parce qu'elle ressemblait à Elena Standish.

Une fois les photos en sa possession, que ferait-elle ? Jacob avait déjà le double des négatifs de l'assassinat. Elle avait les siens. Mais les images de l'autodafé étaient inestimables. L'horreur qu'elles révélaient hanterait à jamais celui qui les voyait. Elena aurait donné cher pour les effacer de son souvenir mais savait qu'elle n'y parviendrait jamais, surtout pas les yeux de cet homme qui fixait l'objectif comme s'il avait eu un aperçu de l'enfer.

Bien sûr, elle n'avait pas encore vu le cliché. Peut-être ne serait-il pas bon du tout. Il était possible que la lumière eût été insuffisante, ou excessive au contraire, ou même que ses mains eussent tremblé face à cette horrible scène.

Il serait trop dangereux de garder les négatifs sur elle.

Si la police ou la Gestapo l'arrêtait, ils seraient confisqués et détruits, c'était quasi certain. Il était impératif qu'elle se débrouillât pour les faire publier avant. C'était la seule chose qu'elle pût faire pour lutter contre les ténèbres qui approchaient, des ténèbres si palpables qu'elle les sentait presque l'envelopper, comme si elles pouvaient l'engloutir, elle aussi. Le moment était venu de choisir son côté. Plus tard, il serait trop tard. Cela faisait partie de la promesse qu'elle avait faite à Ian. Et à Mike aussi, en un sens… ou, du moins, à l'image qu'il avait d'elle. Surtout, c'était une promesse à elle-même.

Elle demanda à une femme qui passait le chemin de la poste la plus proche. Elle n'avait pas de temps à perdre à errer au hasard pour en trouver une.

La femme pointa le doigt dans la direction concernée, précisant que le bâtiment se trouvait sur la gauche, deux rues plus loin.

— Merci.

Elena poursuivit sa route d'un pas pressé mais sans courir afin de ne pas attirer l'attention. *Sois invisible. Sois le genre de personne qu'on croise et qu'on oublie immédiatement.*

À la poste, elle acheta une grande enveloppe et assez de timbres pour l'expédier en Angleterre, même contenant le poids d'une vingtaine de photographies, avec leurs négatifs.

Au guichet, à l'aide du stylo fourni, elle rédigea l'adresse de Lucas et griffonna quelques lignes inintelligibles au dos à la place de l'expéditeur. Laisser un blanc serait suspect. Elle colla les timbres, plia l'enveloppe et la rangea dans l'étui de son appareil photo.

Maintenant, il était temps de faire développer la pellicule.

Elle devait demander à quelqu'un de lui indiquer un studio de photographie. C'était inévitable, sinon elle risquait de gaspiller une demi-journée à chercher en vain.

Elle était tenaillée par une sensation d'urgence. Combien de temps la police mettrait-elle à la trouver ? Son apparence avait changé, mais cela suffirait-il à la protéger ?

Enfin, quelqu'un lui donna l'information qu'elle cherchait. Elle n'hésita qu'un instant devant la vitrine. Le magasin était petit et décrépit. Cependant, le matériel de photographie exposé à la vente était de bonne qualité. Qu'attendait-elle ? Une espèce de garantie ? Il n'y en avait aucune. Elle poussa la porte et entra.

L'intérieur était triste, le sol recouvert d'un linoléum usé. Un homme se tenait derrière un long comptoir, une visière sur le front abritant ses yeux de la lumière, qui était excellente. Les appareils étaient rangés dans des présentoirs vitrés fermés à clé. Deux d'entre eux étaient des Leica, des modèles déjà anciens, très similaires au sien.

— Vous désirez ?

Elle avait la bouche sèche. Elle déglutit.

— J'ai des pellicules que j'aimerais faire développer, s'il vous plaît. Les négatifs suffiront. Je ne suis pas sûre d'avoir le temps d'attendre les photographies. Je dois partir en voyage bientôt.

— Vous les voulez tout de suite ? demanda-t-il, l'air légèrement surpris.

Avait-elle commis un faux pas ? Qu'aurait-elle pu faire d'autre ? S'il avait le temps de les examiner, peut-être les montrerait-il à d'autres, ou même les brûlerait-il.

— S'il vous plaît. Si je peux prendre un train plus tôt, cela m'arrangera.

— Très bien. Ça vous coûtera plus cher.

— Je vous paierai le double du tarif.

Était-ce trop ?

— Je me rends compte que je vous empêche de faire le travail que vous aviez prévu d'effectuer.

Elle ne devait pas trop en faire ! De plus, elle devait garder de quoi survivre, louer une chambre pour la nuit. Et payer son billet de train. Oui, bien sûr, ce soir ! Elle n'avait pas de passeport qu'elle pût utiliser ! Oserait-elle retourner à l'ambassade de Grande-Bretagne ? D'abord, il était essentiel que ses photos sortent d'Allemagne. Elles forceraient les gens à voir, avant qu'il fût trop tard, la nature de l'ennemi contre lequel ils luttaient.

— Le double ?

— Faut-il que je m'adresse ailleurs ? demanda-t-elle en jetant un coup d'œil aux présentoirs. J'ai besoin que ce travail soit bien fait et, à en juger par le matériel que vous vendez, vous appréciez la qualité.

Il tendit la main.

— Je vais m'en occuper.

Elle sortit les pellicules de son sac et les lui remit. Sa main tremblait. Il dut insister un peu pour les lui prendre. Commettait-elle une erreur ? Il n'y avait pas d'autre choix raisonnable. Elle pouvait être arrêtée d'un moment à l'autre.

L'homme la regarda. Un instant, leurs yeux se rencontrèrent. Il sourit à demi.

— Je ferai du bon travail, *Fraülein.*

— Bien sûr. Excusez-moi…

Il emporta les pellicules dans la pièce adjacente, la laissant seule dans le magasin, à marcher de long en large.

Au bout d'un moment, elle cessa d'arpenter le sol et s'assit. Elle avait pris de nombreux clichés et le processus allait exiger un certain temps. Enfin, après ce qui lui sembla durer une éternité, l'homme reparut. Elle songea que son visage avait changé. À moins qu'elle n'eût pas vraiment prêté attention à ses traits plus tôt.

— Voulez-vous les photos aussi ?

— Vous les avez déjà ?

— Vous avez dit que vous vouliez les négatifs rapidement. Les photos n'ont pris que quelques minutes de plus. Je les ai accrochées et j'ai mis le chauffage au minimum. J'ai enlevé l'eau qui restait avec un linge en coton. Je ne sais pas si elles seront parfaites, mais j'ai fait aussi vite que possible.

— Oui… Merci.

Peut-être était-elle ici depuis plus longtemps qu'elle ne l'avait cru. Presque deux heures.

— Merci, répéta-t-elle en contournant le comptoir pour le suivre dans le couloir et pénétrer dans la chambre noire.

L'air y était lourd, oppressant, empreint de l'odeur des produits chimiques qui lui picotaient toujours les yeux.

Elle regarda les photos.

Dès le premier coup d'œil, elle sut qu'elles étaient réussies. Le contraste était marqué, la balance du noir et du blanc excellente. Puis elle les examina de plus près, et leur véritable impact la frappa. Elles étaient alignées dans l'ordre où Elena les avait prises. Sur les quarante-huit clichés, l'homme en avait sélectionné dix. Elle les fixa, presque fascinée par la violence qui s'en dégageait. Elles étaient à la fois absurdes et terrifiantes. Elena comprit subitement pourquoi certaines personnes avaient une peur bleue des clowns. Il y avait un côté clownesque chez ces gens, mais ils avaient franchi la frontière entre la raison et la folie. Ils riaient encore, mais la malice était là, libérée. Il n'y avait plus aucun contrôle. Dans ces photos muettes, elle entendait hurler son esprit, sentait la chaleur du brasier.

Elle chercha des yeux la dernière, celle qu'elle avait presque peur de voir. Et pourtant elle en avait envie. Ce serait une terrible déconvenue si elle n'avait pas saisi ce visage épouvanté face à l'abîme.

Elle était là. Parfaitement nette. Dans les yeux de l'homme se lisait l'horreur, la conscience d'être au bord d'un gouffre sans fond.

Malgré elle, Elena se détourna.

— Oui.

Sa voix lui parut presque normale. Comment était-ce possible ?

— Merci. Vous avez fait un excellent travail.

— Qui êtes-vous ? demanda-t-il, debout entre elle et la porte.

— Une photographe, rétorqua-t-elle. Mon nom n'a pas d'importance.

— Prenez les négatifs et choisissez les photos que vous voulez. Je détruirai les autres. Payez-moi ce que vous me devez et allez-vous-en.

Elle se mit à les rassembler.

Un bruit s'éleva devant le magasin.

— La porte du fond ! ordonna l'homme. Sortez d'ici.

Elle lui remit tout l'argent qu'elle pouvait lui donner, fourra négatifs et clichés dans l'enveloppe et la referma tandis qu'il plongeait les photos restantes dans un bain d'acide. Puis, la main crispée sur l'enveloppe, elle sortit par-derrière, traversa la cour et grimpa des marches qui débouchaient sur une ruelle.

Elle s'inquiétait pour l'homme, mais elle ne pouvait rien faire pour le sauver. Au contraire, sa présence n'aurait fait qu'aggraver la situation, surtout si on avait découvert les photos. Maintenant, elle devait les expédier à Londres. Lucas saurait quoi en faire. Avec un peu de chance, elle serait là pour le lui dire ! Mais si tel n'était pas le cas, il saurait.

Elle enfila le passage et ressortit dans la rue. Mieux valait ne pas s'approcher du magasin. Elle marcha d'un pas vif, mais sans précipitation. De petits groupes de gens se tenaient ici et là, la tête penchée, en grande conversation. Certains regardaient en direction du studio de photographie.

Elle devait gagner l'artère principale, trouver une boîte aux lettres. Se débarrasser des photos aussi vite que possible mais, surtout, les sauver.

Elle jeta un nouveau coup d'œil vers le magasin. Un

policier était posté devant la porte. Avaient-ils découvert qu'elle était photographe ? Ils connaissaient son nom. Peut-être connaissaient-ils son activité aussi. L'apprendre n'était guère difficile. Il fallait qu'elle s'éloignât de cet endroit. Elle ne pouvait qu'espérer qu'il n'arrive rien au commerçant. Elle ne lui avait pas demandé son nom, ni ne lui avait révélé le sien. Elle avait l'impression de l'abandonner et pourtant elle n'avait pas d'autre choix que de s'en aller.

Un pâté de maisons plus loin, elle glissa l'enveloppe dans une boîte aux lettres et l'entendit tomber à l'intérieur avec un sentiment de soulagement mêlé de regret. Elle s'en était séparée – son contenu ne pouvait plus l'incriminer –, mais la contrepartie était qu'elle ne pouvait plus en contrôler le sort.

Elle s'éloigna. Il ne restait rien d'autre à faire qu'à essayer de retourner à l'ambassade de Grande-Bretagne et d'obtenir un passeport.

Elle était dans la bonne rue, presque arrivée, plus que deux intersections à franchir, quand un policier l'intercepta brusquement, en lui agrippant le bras.

— Un instant, *Fraülein*. Une plainte a été déposée contre vous. Une femme affirme que vous l'avez volée. Montrez-moi ce qu'il y a dans votre sac.

Il le lui prit sans ménagement et l'ouvrit, révélant l'appareil photo, quelques vêtements et affaires de toilette.

Il lui lança un regard de défi.

— Suivez-moi !

24

— Cerisier. Tout de suite, avait lâché Howard au téléphone, avant de raccrocher sans attendre la réponse.

Lucas avait perçu une telle tension dans sa voix que sa main tremblait lorsqu'il tenta d'attacher la laisse de Toby. L'animal le sentit et tira anxieusement. Josephine apparut à la porte de la cuisine. Elle ne demanda pas ce qui se passait.

— J'emmène Toby faire un tour.

L'espace d'un moment, il réprima la tentation de chercher une pensée qui pût la réconforter, ne fût-ce qu'un rappel de leur long passé, et de toutes les épreuves qu'ils avaient affrontées et surmontées.

— A-t-il dit quoi que ce soit ?

— Seulement d'être là. Je reviens aussi vite que possible…

Il se leva, lui adressa un sourire forcé et se détourna avant d'avoir pu lire la peur dans le regard de son épouse, ou peut-être avant qu'elle eût pu la lire dans le sien ?

Il prit la voiture. Ce serait un peu plus rapide que de faire le trajet à pied. Il se gara à l'entrée du parc et franchit rapidement la grille pour s'engager dans le sentier, entre les tapis de jacinthes des bois.

Howard était déjà là. Toby le vit le premier et échappa à Lucas pour foncer à sa rencontre.

Howard se pencha et détacha sa laisse, serrant l'animal

contre lui un bref moment sans même paraître en avoir conscience. Il se releva alors que Lucas les rejoignait et lui tendit la lanière de cuir enroulée.

— Alors ?

— Je l'ai vue. Le lendemain de l'autodafé…

— Elle allait bien ?

Sa voix était rauque, mais il était incapable de la maîtriser.

— Très, ironisa Howard.

— Arrêtez ! ordonna Lucas sur un ton cassant. Que…

— Elle achetait des *Reibekuchen* à un stand devant l'ambassade.

L'absurde normalité de la scène qu'il décrivait importait peu à Lucas. Il s'apprêta à rabrouer Howard de nouveau, bien qu'il sût qu'il se montrait injuste et que ce dernier souffrait presque autant que lui.

— Nous avons marché ensemble pendant un petit moment et nous avons été abordés par un groupe de chemises brunes. J'ai joué l'important, et raconté à celui qui nous avait interceptés que je l'amenais à Goebbels.

Lucas bouillait d'impatience.

— Pour l'amour du Ciel, mon vieux, venez-en au but, siffla-t-il, les dents serrées.

— Ils se sont confondus en excuses et nous ont laissés partir. Nous avons fait quelques pas et, dès que nous avons été hors de vue, elle m'a frappé, fort. Ma tête a heurté un tronc d'arbre et j'ai perdu connaissance. Quand je suis revenu à moi, j'avais un mal de crâne épouvantable et Elena avait disparu.

Lucas fixa Howard. Il était pâle, mais la rougeur lui était montée aux joues.

— Je suis désolé, Lucas. Je n'ai pas voulu attirer l'attention sur elle en poussant mon enquête plus loin. J'ai posé des questions d'ordre général. Je ne pouvais pas me permettre de compromettre Cordell. Il est toujours le chef du service à Berlin.

— Vous êtes certain que c'était Elena ? demanda Lucas d'une voix mal assurée.

Il ne pouvait l'imaginer se conduire ainsi.

— Elle ne pouvait pas savoir…

— Bien sûr que j'en suis certain ! riposta Howard un peu sèchement. Nous avons parlé de toutes sortes de choses. Elle est aussi anglaise que les sandwichs au concombre et le thé sur le gazon. Elle ne ressemble plus tout à fait à la photo que vous m'avez donnée, ce qui est une bonne chose. Je lui ai dit que je vous connaissais, Josephine et vous, mais elle ne m'a pas cru. Elle ne sait pas qui je suis, Lucas. Nous ne nous sommes jamais rencontrés et je doute que vous lui ayez parlé de moi. J'aurais dû songer à cela avant d'y aller. J'aurais dû emporter un objet qui vous appartenait, qu'elle aurait pu reconnaître. Et il m'était impossible de mêler Cordell à l'affaire, bon sang !

Il déglutit.

— Je suis désolé.

Il parut sur le point d'ajouter quelque chose, puis se ravisa.

Lucas secoua la tête.

— Je suppose que je la connais moins bien que je ne le croyais.

Howard lui adressa un sourire tordu, mais sincèrement amusé.

— Eh bien, elle est beaucoup moins docile que vous ne l'aviez laissé entendre, ce dont il faut sans doute se réjouir.

— Docile ? répéta Lucas, blessé. C'est ce que vous pensiez ?

— Peut-être vous ai-je mal compris. Elle semblait être d'accord avec vous, au moins en apparence, à propos de plus ou moins tout.

— Parce que j'ai raison ! rétorqua Lucas avec un sourire. D'habitude. Que pouvons-nous faire, Peter ?

Howard soutint son regard.

— Rien… pour le moment. J'ai parlé aux hommes en qui j'ai confiance, mais ils sont sacrément peu nombreux ! Le seul point positif, c'est que la Gestapo ne l'a pas encore arrêtée. J'en suis certain. Et elle a des alliés, parce qu'elle leur échappe depuis des jours maintenant. Quelqu'un l'aide.

— Vous en êtes sûr ?

— Oui.

— Marchons jusqu'à la voiture, voulez-vous ?

Lucas voulait retarder un peu la conversation qu'il allait avoir avec Josephine. S'il avait passé bien des choses sous silence, il ne lui avait jamais menti ouvertement. Ce n'était pas le moment de commencer.

Concernant Charles, c'était différent. Et pourtant, en fin de compte, il ne pouvait pas lui mentir non plus. Il avait le devoir d'être honnête avec lui. Il ne voulait pas laisser l'un ou l'autre affronter la possibilité de perdre une fille ou une petite-fille qui occupait une place aussi centrale dans leur vie sans leur avoir fait l'honneur de leur dire la vérité.

Il quitta Howard sans échanger de paroles superflues et rentra chez lui informer Josephine. Elle garda un instant le silence. Puis elle jeta un coup d'œil sur la main de Lucas, enfouie dans l'épaisse fourrure de Toby.

— Elle est plus courageuse que tu ne le penses, dit-elle enfin. Et plus tenace. Pauvre Howard ! Tu te souviens combien de fois par le passé tu as dit à Elena de ne pas perdre espoir ? C'est à toi de suivre ton propre conseil à présent.

Elle luttait pour faire bonne figure. Il le voyait à son regard, à la dureté inhabituelle de son menton.

S'il répondait, le tremblement de sa voix le trahirait. Il se contenta de retirer la main qu'il avait passée autour du cou du chien et de la poser sur la sienne.

Parler à Charles fut une tout autre affaire. Ils étaient seuls dans le bureau de ce dernier, à son domicile. À en juger par les papiers étalés devant lui, il avait eu l'intention de travailler toute la soirée.

— Comment diable se fait-il que tu sois au courant et pas moi ? s'indigna-t-il.

— C'est de cela que tu te soucies ? se récria Lucas, incrédule. Que je l'aie appris avant toi ? C'est parce que j'ai un ami à Berlin qui me l'a dit. C'est...

Il se tut. Charles lui cherchait-il querelle parce qu'il n'avait pas la force de faire face à la réalité – à savoir qu'Elena courait un grand danger ? Qu'ils risquaient de la perdre comme ils avaient perdu Mike ? Il prit une profonde inspiration et exhala lentement son souffle. Il ne pouvait pas mentionner Peter Howard. Encore moins révéler que celui-ci était allé à Berlin et qu'il avait échoué à la ramener.

— Tu ne peux rien faire, Charles.

— Bien sûr que si !

— Cela ne fera qu'attirer l'attention sur elle, et c'est la dernière chose dont elle ait besoin. Quand tu y auras réfléchi un peu, tu t'en rendras compte aussi.

Charles se détourna, lui dissimulant son visage.

— Tu saisis mal la situation, dit-il, s'étranglant à demi sur ses mots. Hitler est en train de se transformer en monstre. Il a perdu tout sens des proportions. La nouvelle force de police qu'il a créée est hors de contrôle. Dieu sait ce qu'on lui fera subir si elle est arrêtée ! Il faut qu'on la retrouve. Qu'on la tire de là. Ce sont des brutes. La traque des juifs est devenue une obsession.

— Je sais, admit Lucas.

Peut-être n'était-ce pas sage, mais il ne pouvait pas mentir à son fils. Pas maintenant.

— Non, tu ne sais pas, riposta Charles avec amertume. Notre attaché culturel là-bas, Roger Cordell, me raconte de temps à autre ce qui se passe. On a construit un énorme camp près de Munich, dans un endroit qui s'appelle Dachau, où on détient ceux qui sont soupçonnés d'être des dissidents : les communistes, les Tziganes, les juifs. Les jeunes gens qui sont nés trop tard pour participer à la guerre brûlent d'en découdre, de faire leurs preuves, et ils n'ont que des civils à prendre pour cibles !

Il pivota pour faire face à Lucas.

— Mon Dieu, mais pourquoi Elena s'est-elle mis en tête d'aller là-bas ? Le sais-tu aussi ?

Lucas hésita. Il opta pour le mensonge. La vérité ferait souffrir Charles et n'apporterait rien de bon.

— Je n'en suis pas sûr. Je ne lui ai pas parlé, Charles. Je sais seulement qu'on la soupçonne d'un acte dont elle ne peut être coupable.

— Non ? Il y a chez elle une obstination… un idéalisme… et elle est incorrigiblement naïve. Je…

Il se tut, incapable de poursuivre.

— Tu la vois s'armer d'un fusil à lunette et tirer sur quelqu'un ?

— Quoi ? De quoi parles-tu ?

— C'est de cela qu'on l'accuse. Je te l'ai dit, c'est ridicule. Elle ne pourrait pas faire une chose pareille, même si elle le désirait. Je parierais n'importe quoi qu'elle tire comme un sabot.

— Elle ne tire pas du tout ! Elle n'a jamais eu une arme en main !

Lucas ne savait pas quoi faire. Il ne pouvait pas toucher son fils, bien que son instinct l'y poussât. Ils n'avaient pas eu ce genre de contact depuis des années. Il paraîtrait déplacé à présent.

— Margot le ferait peut-être ! reprit Charles. Elle a tout le courage du monde, et le caractère bien trempé, mais pas Elena.

Lucas ne protesta pas. Charles connaissait bien mal sa fille cadette.

— Tu as tout à fait raison. Il fallait que je te le dise au

cas où quelqu'un d'autre t'en parlerait… avant… avant qu'elle soit de retour ici saine et sauve.

Devait-il avertir Charles de ne pas solliciter l'aide de Cordell ? Comment pourrait-il expliquer ce conseil ?

— Ne dis rien à Cordell, ajouta-t-il très vite, réfléchissant à toute allure. Il sera surveillé. L'ambassade est le premier endroit où on la cherchera.

— Oui, évidemment. Je m'en rends compte, Père. Quel gâchis !

Lucas réprima la tentation de le rassurer. Le moins qu'il pût faire était de ne pas lui débiter de platitudes.

— En effet.

— Père…

Charles hésita. Cependant, l'expression de son visage était si pressante que, pour une fois, Lucas ne chercha pas à se dérober.

— Oui ?

Il savait quelle question son fils s'apprêtait à lui poser. Elle devait venir depuis des années, c'était inévitable.

— Comment se fait-il que tu sois au courant ?

— Je connais encore des gens au gouvernement.

— Je vois… ou plutôt, non, je ne vois pas du tout.

Il poussa un long soupir.

25

Au commissariat, l'air empestait le désinfectant et le tabac refroidi ; le linoléum qui recouvrait le sol était rayé, usé par endroits. Elena fut conduite dans une petite pièce adjacente à la principale où on la laissa debout. Quand les portes se refermèrent derrière elle, ce fut comme si des eaux profondes lui recouvraient la tête. Elle avait si peur qu'elle avait l'impression de se noyer sauf qu'elle était encore en vie, qu'elle respirait toujours, trop vite, la gorge nouée.

Deux hommes entrèrent et lui firent face. Tous deux avaient le teint clair, les cheveux blonds. En apparence, rien ne les distinguait de dizaines d'hommes qu'elle avait connus dans son pays. En leur for intérieur, elle les imaginait aussi inatteignables que ces étudiants qui avaient chahuté autour des bûchers où se consumaient les rêves et les découvertes de tout un pan de l'humanité.

Ni l'un ni l'autre ne parlèrent. Ils se contentèrent de la dévisager. Elle croyait suffoquer. Allait-elle mourir ce jour-là ?

— Je n'ai rien volé à personne, répéta-t-elle. Rien du tout.

Elle avait la mâchoire si crispée, si douloureusement tendue qu'elle avait du mal à articuler.

— Nous le savons, mademoiselle. Comment vous appelez-vous ?

L'un des hommes s'approcha d'elle, trop. Il parlait d'une voix douce, presque suave, mais elle sentait son haleine sur elle. Elle se força à le regarder, à plonger ses yeux dans les siens. Le moment qu'elle avait redouté était arrivé. Elle ne devait pas trahir Jacob, Eli ni Zillah. Elle songea à Ian affaissé sur la banquette du wagon, se vidant de son sang. Et à Mike, la dernière fois qu'elle l'avait vu, dans son uniforme, retournant au front. Soupçonnait-il qu'il ne reviendrait jamais à la maison ? Peut-être ne rentrerait-elle jamais, elle non plus.

Une idée la frappa soudain : ces hommes connaissaient déjà les réponses à leurs questions !

— Votre nom ? répéta le policier.

À quoi bon mentir ? Son passeport était dans le sac qu'ils avaient confisqué.

— Elena Standish.

— Anglaise ?

— Oui.

— Que faites-vous ici, à Berlin ?

— C'est une ville magnifique.

Elle prit une inspiration. Le moindre faux pas maintenant, et elle commettrait l'unique acte qu'elle craignait. Cette pensée était constamment présente à son esprit. Elle avait déjà échoué à accomplir la mission que Ian lui avait confiée. Elle n'était pas responsable de sa mort mais, en un sens, elle l'était de celle de Scharnhorst. Non qu'elle se souciât de son sort : sa seule préoccupation était que la Grande-Bretagne ne fût pas accusée.

— J'ai vécu ici quand j'étais plus jeune. Ma famille est venue à cause du travail de mon père.

— Par conséquent, vous connaissez la ville.

Le triomphe perçait dans sa voix. Il se tenait toujours trop près d'elle, la mettant mal à l'aise. Malgré tout, elle se refusait à reculer.

— Oui, en partie.

Il la toisa.

— Vous deviez être une enfant.

— C'était il y a une dizaine d'années. J'avais dix-sept ans quand je suis arrivée. Vingt quand je suis partie.

Jusqu'ici, elle n'avait dit que la stricte vérité. Toujours coller à la vérité si possible. Il était plus facile de s'en souvenir. Peut-être tout allait-il bien se passer.

— Que faisait-il à Berlin, votre père ?

— Il était diplomate.

Inutile de leur révéler à quel point il était haut placé.

— Vous voulez dire que c'était un espion !

Les yeux de l'homme brillaient, comme s'il l'avait forcée à révéler de précieuses informations.

— Non, diplomate. Il essayait d'améliorer les relations entre nos deux pays.

Il hocha la tête comme s'il était d'accord avec elle. Il alla même jusqu'à sourire. Elena ne vit pas la gifle venir. Déséquilibrée par la violence du coup, elle vacilla et recula, les larmes aux yeux. La fureur la submergea. Elle brûlait de crier, d'exiger une explication et même de riposter, mais elle n'osa pas. Elle suffoquait d'humiliation. Comment devait-elle réagir ? Si elle montrait à quel point elle était terrifiée, il saurait que sa tactique avait fonctionné. Si elle n'en faisait rien, elle aurait l'air de le défier. La fois suivante, il frapperait plus fort encore. Elle tourna sa langue dans sa bouche, goûta le sang.

Cela servirait-il à quoi que ce fût de raisonner avec lui ? Était-il hors d'atteinte, comme les brûleurs de livres ?

— Votre père est ici avec vous ? demanda le second policier.

— Non.

Des réponses courtes. Ne rien donner à ces salauds qu'ils puissent contredire.

— Vous êtes seule ?

— J'ai vingt-huit ans !

Une nouvelle gifle. Cette fois, elle eut moins peur et elle eut l'impression d'avoir moins mal. En quoi sa réponse avait-elle pu l'irriter ? Elle n'avait fait que donner son âge. Peut-être n'avait-il pas besoin de raison ? Était-ce cela, la folie, cette douleur, cette violence surgie de nulle part ? Sa joue la picotait, elle avait le vertige, elle était tentée de lui rendre son coup. Seule la conviction qu'elle y perdrait, qu'elle serait brutalisée davantage, l'en empêcha.

— Vous êtes seule ? répéta-t-il lentement, avec soin, poussant les mots entre ses dents.

Admettre qu'elle était seule signifiait que personne ne pouvait l'aider. Cela la rendait plus vulnérable encore. Mais c'était là qu'ils pouvaient la faire trébucher. Elle ne devait pas trahir Jacob ni les Hubermann.

— Oui.

Ne rien ajouter. Ne pas lui donner de raison de frapper de nouveau.

— Qui vous a fourni le fusil ? Vous l'avez apporté avec vous ?

L'ironie s'entendait dans sa voix.

— Personne n'a remarqué une jolie femme portant un sac à main et une carabine ? lâcha-t-il, sarcastique. Nous ne sommes pas des imbéciles !

Elle eut envie de dire que sa question prouvait précisément le contraire, mais elle savait qu'il la frapperait encore, et plus fort.

— Il serait impossible de passer inaperçu un fusil à la main, acquiesça-t-elle. Du moins, j'imagine que c'est le cas. Je n'ai jamais essayé.

— Menteuse !

Il lui asséna une gifle si brutale qu'elle perdit l'équilibre et s'effondra. Elle se redressa aussitôt, portant instinctivement la main à sa joue. La tenir atténua un peu la douleur, à moins que ce ne fût un effet de son imagination. Elle avait la bouche pleine de sang maintenant, un filet coulait sur son menton. Il la jugeait faible, trop effrayée pour se défendre. Elle le lisait dans ses yeux.

Elle se releva gauchement, en s'appuyant à une chaise, puis s'assit, étourdie, et s'obligea à le regarder en face.

— Je n'ai pas de fusil ! Ni de pistolet, dit-elle, en trébuchant un peu sur les mots à cause de sa bouche endolorie. Et si j'avais essayé de me promener avec un tel objet, comme vous dites, vous l'auriez vu.

— Nous l'avons trouvé dans votre chambre ! aboya-t-il, triomphant.

— À l'hôtel ? N'importe qui a pu l'y mettre. Je n'y suis pour rien.

— Dans ce cas, comment saviez-vous qu'il était là ?

Il souriait.

— Parce que vous venez de me le dire, rétorqua-t-elle en soutenant son regard.

Comme il levait la main, son collègue le retint.

— Elle ne nous sera d'aucune utilité si elle perd connaissance, avertit-il. Elle n'est pas seule dans cette affaire. Sers-toi de ton cerveau.

Le premier se dégagea avec colère, mais capitula.

— Si vous n'êtes pas coupable, pourquoi vous êtes-vous enfuie ? demanda le second, d'une voix plus douce.

Il était totalement maître de lui-même. On eût dit qu'il était intéressé par sa réponse, rien de plus.

Cependant, la question était périlleuse. Il n'y avait pas de réponse tout à fait innocente.

— Parce que j'étais sur la place et que je savais que quelqu'un avait tiré sur Herr Scharnhorst. J'ai vu la scène. J'ai vu la panique. Je savais que vous alliez chercher tous ceux qui pourraient être mêlés à ce meurtre. Je ne le suis pas. Je ne savais pas du tout que cela allait arriver. Et j'ignore totalement qui a pu faire une chose pareille.

Cette dernière affirmation, au moins, était proche de la vérité. Pourtant, elle entendait la tension et l'angoisse qui perçaient dans sa voix. Ils devaient l'entendre aussi.

— Vous n'avez pas pensé à remettre le fusil aux autorités ? insista le second homme, souriant toujours, comme si c'était une conversation anodine.

— Non, je vous l'ai dit, je ne sais rien concernant un fusil. J'étais effrayée par ce que j'avais vu sur la place. C'était affreux.

— Je vous crois. Où êtes-vous allée, *Fraülein*... Standish ? Vous dites que vous connaissez la ville – vous avez des amis ici, à Berlin ?

Le moment était venu d'inventer, prudemment. Un faux pas et elle serait prise au piège. Elle ne doutait pas qu'ils fussent prêts à lui faire du mal, voire à la torturer, s'ils pensaient que cela allait les servir. Dès son arrivée, alors que rien ne la distinguait d'une touriste anglaise ordinaire, elle avait été confrontée aux vexations dont les minorités, les juifs surtout, étaient l'objet. Personne n'avait riposté, personne n'avait essayé de les empêcher. Elle avait fait partie de ces passants qui ne bronchaient pas, et Jacob lui avait fait comprendre qu'une intervention n'aurait fait qu'aggraver les choses. Qu'ils n'avaient aucun pouvoir. Elle avait été submergée de rage contre les agresseurs, et de pitié pour leurs victimes. Maintenant, c'était son tour d'être une victime, seule, si effrayée qu'elle avait la nausée et du mal à respirer. Sa joue la lançait, elle avalait du sang.

Elle ne pouvait leur dissimuler sa peur. En revanche, elle pouvait encore veiller à n'entraîner personne dans sa chute.

— Vous êtes allée chez des amis ? répéta l'homme.

— Non. Je me suis enfuie, c'est tout.

— Pourquoi ? Vous craigniez qu'ils ne croient pas à votre innocence ?

— Je me suis enfuie, répéta-t-elle. Je me suis perdue. On m'a... obligée à changer de chemin. Je n'ai pas pu suivre la route que je voulais. J'ai retrouvé une maison, du moins, je l'ai cru, mais il n'y avait personne là que je connaissais.

— C'étaient des juifs ?

La question avait été posée sur un ton neutre, sans la moindre émotion, rien qui laissât prédire la réaction qu'il aurait selon qu'elle répondrait par oui ou par non.

Elle songea à une amie d'autrefois. Mieux valait avoir quelqu'un à l'esprit s'il exigeait des noms.

— Non, des catholiques.

— Et vous pensiez qu'ils allaient vous aider ? Ou n'aviez-vous pas l'intention de leur révéler qu'on vous traquait pour le meurtre de Herr Scharnhorst ?

— Je ne l'ai pas tué ! J'ai vu le fusil et j'ai eu peur. J'ai pris la fuite parce que je ne pouvais pas prouver que j'ignorais qu'il était là.

Le désespoir perçait dans sa voix. Pourquoi ne la croyait-il pas ? Se moquait-il complètement de ce qu'elle disait ? Innocente ou coupable, c'était elle qu'on recherchait. N'importe qui ferait-il l'affaire, du moment que la populace fût satisfaite ? Cette pensée épouvantable l'emplit d'angoisse, noyant tout le reste. La victoire, ce n'était pas de trouver le véritable coupable, mais quelqu'un qu'on pût présenter comme tel. Elle devait se débarrasser de ses illusions. Ces hommes la tueraient, et ils en tueraient d'autres aussi.

Comme il était aisé d'accuser autrui quand on était malade de terreur, que la sueur perlait sur votre peau, qu'elle vous glaçait !

Le second hocha la tête lentement.

— Vous vous êtes affolée parce que vous avez compris qu'il avait été utilisé pour assassiner un des meilleurs hommes du *Führer* ? Vous n'avez pas eu le courage de le remettre aux autorités et de faire confiance à notre justice.

Un nouveau piège.

— Je n'ai pas réfléchi, dit-elle, comme si elle faisait un aveu.

Fallait-il qu'elle présentât des excuses à ces hommes pétris d'arrogance ?

— J'aurais dû avoir confiance.

— Peut-être la police anglaise est-elle moins digne de confiance que la nôtre ?

Elle le dévisagea, fouillant son regard, sans pouvoir déterminer s'il était sarcastique ou non. Elle ne doutait pas qu'il fût prêt à tout pour protéger ses propres intérêts. Peut-être avait-il peur de son supérieur hiérarchique ? Peut-être chacun avait-il peur, d'une chose ou d'une autre ?

Elle garda le silence.

— La police anglaise n'est pas digne de confiance ? insista-t-il, élevant la voix.

— Je ne sais pas, balbutia-t-elle.

Sa bouche lui faisait mal, tout son visage lui faisait mal.

— J'ai des amis qui le pensent.

Une minuscule victoire. Elle ne lui avait pas donné de moyen de pression. Très minuscule, très éphémère.

— Si vos amis n'étaient pas chez eux, où avez-vous couché ? Qu'est-ce que vous avez mangé ? Plusieurs jours ont passé. Quelqu'un vous a aidée. Qui ?

— Des gens différents. J'ai mendié.

Était-ce crédible ?

Le premier la détailla des pieds à la tête.

— Ne dites pas d'idioties, lâcha-t-il avec mépris. Elle s'est mise sur le dos, oui !

Le sens de ses paroles était clair, son dégoût l'était tout autant.

Humiliée par l'insinuation, Elena sentit le rouge lui monter aux joues. Mais combien de femmes aux abois avaient fait commerce de leur corps pour survivre ? Pour nourrir leurs enfants ou sauver la vie de quelqu'un ? Une mère ne ferait-elle pas n'importe quoi, si répugnant que cela fût, pour protéger son enfant ? Un enfant livré à lui-même était condamné à mourir. Ou à un sort pire encore.

Elle hocha très légèrement la tête. C'était crédible. Tant mieux s'il acceptait cette explication.

— Mets-la en cellule, ordonna le second homme avant de se détourner, songeant visiblement à la prochaine étape.

On la mena dans une pièce nue, au sol dallé, chichement éclairée par une toute petite fenêtre haut placée qui ne laissait voir que le ciel. Une paillasse d'un côté, et un seau. Rien d'autre. Ils avaient fouillé son sac et l'avaient gardé, avec les clichés de l'assassinat et son passeport. Au moins, Jacob avait le double des photos. Elles seraient en sécurité tant qu'Eli et Zillah l'étaient. Jacob serait-il protégé par sa nationalité américaine ? S'il était discret, qu'il n'écrivait que pour des journaux américains, peut-être que oui.

Sauf que sa nationalité britannique ne l'avait pas aidée, elle !

Pensaient-ils réellement qu'elle avait assassiné Scharnhorst ? N'aurait-elle eu aucun ennui sans cela ?

Jacob était juif. Elle sentit le désespoir l'envahir en songeant à ceux qu'elle avait vus battus et humiliés dans la rue pour cette raison. Pourquoi ? Jésus lui-même n'était-il pas juif ? Tout comme la Vierge Marie et tous les apôtres. La haine était une forme de démence, imperméable à la raison. Toute prétendue appartenance à une race ou à une religion quelconque n'était qu'un prétexte pour libérer une violence intérieure hors de contrôle. Tel un acide, elle brûlait tout ce qu'elle touchait, détruisait au nom de… quelle… insuffisance ? Les gens débordaient de rage parce qu'ils ne pouvaient supporter la défaite, la faim ni, surtout, les ténèbres qui s'abattaient sur eux.

Et elle, n'avait-elle pas peur ? Si. Elle était terrifiée à la perspective d'échouer, d'être seule, impuissante, trop blessée ou trop malade pour survivre, pas assez pour mourir.

Son imagination s'emballait ! Elle était dans une cellule, accusée d'un crime qu'elle n'avait pas commis. Les nazis étaient effroyables, plus qu'effroyables. Aucun mot ne pouvait les décrire. Néanmoins, ils étaient encore une minorité. Elle connaissait les Allemands. C'étaient des gens aussi bien que les autres. Elle avait vécu en Allemagne et y avait été heureuse. Elle devait se raisonner. Réfléchir aux réponses qu'elle donnerait lorsqu'on l'interrogerait de nouveau.

Ce moment-là survint plus vite qu'elle ne l'avait escompté. Elle avait tant bien que mal passé en revue les possibilités, l'esprit troublé par des pensées confuses, luttant contre la douleur après les coups qu'elle avait reçus.

On la ramena dans la même pièce qu'auparavant, ou une autre qui lui ressemblait en tous points. Elle avait été trop effrayée pour l'observer attentivement. Les deux mêmes hommes se trouvaient là, et tous deux avaient l'air de méchante humeur.

— Le commandant Beimler veut vous voir, lança avec colère celui qui l'avait frappée.

Cette requête l'agaçait visiblement. Y voyait-il une critique de sa compétence ? Elena se demanda si c'était une bonne ou une mauvaise nouvelle pour elle. Peut-être cela ne ferait-il aucune différence, sinon que le supérieur hiérarchique serait certainement plus habile, plus difficile à tromper.

Elle garda le silence. Rien ne pouvait améliorer sa situation et il suffirait d'une maladresse pour qu'elle empirât.

Les hommes lui menottèrent les mains dans le dos et lui firent traverser plusieurs couloirs au pas de charge, avant de déboucher dans un espace dégagé qui ressemblait à une cour de caserne et menait à un autre bâtiment, plus propre et mieux entretenu que le précédent. Le chef en question devait être haut placé.

Ils s'arrêtèrent devant une porte et un des policiers

toqua avec fermeté. Ni lui ni son collègue ne mirent la main sur la poignée avant qu'une voix émanant de l'intérieur leur en eût donné la permission.

Elle fut poussée en avant avec tant de rudesse qu'elle sentit un muscle se contracter dans son épaule, mais elle s'efforça de ne pas montrer sa surprise, ni sa douleur.

Beimler, si c'était lui qui était assis derrière le bureau, se leva et posa son regard sur elle, puis sur les policiers. Grand, les cheveux clairs et les traits décidés, il incarnait le parfait exemple de l'Aryen. Il tendit la main.

— Monsieur ? demanda le plus jeune avec un geste perplexe.

— Les clés, répliqua-t-il avec une pointe d'impatience. Vous l'avez menottée. Je veux les clés.

— Monsieur, elle pourrait être violente. Elle a tué Herr Scharnhorst, et elle est sans doute entraînée au combat à mains nues.

— Je ne vois pas de bleus sur votre visage, tandis qu'elle en a un gros. On dirait que vous avez pu la maîtriser, rétorqua Beimler avec un sourire forcé, plus irrité qu'amusé.

— Je suis assez avisé pour ne pas me laisser prendre par surprise, lâcha le policier vertement.

— Moi aussi, riposta Beimler sur un ton sans réplique. Les clés !

L'homme les lui remit.

— Merci. Vous pouvez disposer. Je vous enverrai chercher si j'ai besoin de vous.

— Nous pouvons attendre dehors, monsieur.

— Non. Retournez à vos tâches.

À regret, ils saluèrent, peut-être un peu moins respectueusement qu'ils ne l'auraient dû, puis sortirent, refermant la porte avec un claquement sec.

Beimler retira les menottes d'Elena.

— Asseyez-vous, proposa-t-il avant de reprendre sa place, l'air plus détendu. Préférez-vous continuer en anglais ou en allemand ? Je suis navré, mais je ne parle pas l'anglais couramment.

— L'allemand ira très bien, merci.

Elle s'était assise, mais tout au bord de la chaise, inconfortablement, en se demandant si les apparentes bonnes manières de cet homme signifiaient qu'il était meilleur ou pire que les autres.

Il était quasi immobile, et semblait l'observer. Elle ne lui rendit pas son regard : ç'aurait été hardi, provocant. Au lieu de quoi, elle parcourut des yeux la pièce ensoleillée. Dehors, derrière la vitre, le ciel était bleu. Le bureau était très ordonné. Aucun papier ne traînait, mais les bibliothèques en bois blond étaient pleines de livres. Sans doute tous des ouvrages qui avaient l'approbation du *Führer*. Rien de dangereux pour l'esprit, pas d'idées nouvelles, pas de visions librement exprimées.

Sur l'étagère la plus proche, placée de manière qu'il pût la voir chaque fois qu'il levait la tête, se trouvait la photo d'une jolie femme aux cheveux blonds. Souriante, elle tenait dans ses bras une petite fille de deux ans environ qui souriait elle aussi à celui qui avait pris la photo, révélant de petites dents blanches de bébé.

Elena détourna la tête. Elle se refusait à penser que cet homme eût une épouse et une enfant qui le regardaient avec tant de confiance.

Elle attendait d'être questionnée, voire brutalisée de nouveau. Elle jeta encore un coup d'œil vers la fillette qui souriait. Pour sa part, elle n'était pas si proche de son père. Elle n'avait jamais eu le sentiment de très bien le connaître. Margot était sa préférée, comme Elena était la préférée de Lucas. Il était trop tard, peut-être, pour y remédier. C'était dommage, c'était une partie de sa vie qui serait toujours manquante.

Elle songea à tout ce qu'elle avait partagé avec Lucas : les rires, les discussions de toutes sortes, la liberté née de la sécurité et de la certitude d'être aimée. Son grand-père apprendrait-il ce qui lui était arrivé ? Au moins n'aurait-elle pas à avouer qu'elle avait trahi qui que ce soit. Elle-même y compris.

Elle reporta son attention sur Beimler.

— Pourquoi êtes-vous venue en Allemagne, Miss Standish ? Pourquoi maintenant ?

Que cherchait-il ? Une raison expliquant qu'elle eût assassiné Scharnhorst ?

— L'occasion s'est présentée, répondit-elle. Je photographiais les délégués d'une conférence économique en Italie. J'ai décidé de ne pas rentrer directement.

— Ah oui, les photos, lâcha-t-il avec un sourire sombre.

Elle crut y déceler une pointe d'humour, ce qui n'était pas un trait courant chez les partisans de Hitler. Le rire permettait de garder le sens des proportions, et de l'absurde.

— Vous les avez vues ?

Elle n'osait pas espérer. Et pourtant, si ! Un élancement de douleur la traversa à la pensée de tout ce qu'elle pouvait perdre. Elle bouillait de colère aussi, elle enrageait au nom de tous ceux qui avaient été terrifiés, humiliés.

— Oui. C'est vous qui les avez prises ?

— Oui, admit-elle en soutenant son regard.

— Elles sont excellentes. Vous êtes photographe professionnelle, n'est-ce pas ? On le voit à la composition. Combien en avez-vous de la mort de Scharnhorst ?

— Une seule du moment précis où il a été abattu. Plusieurs avant et après. Si vous avez vu la photographie, vous devez savoir que je ne peux pas l'avoir tué.

— Saviez-vous que cela allait arriver ?

Il l'observait très attentivement. Discernerait-il un mensonge ? C'était son métier, d'interroger les suspects.

Devait-elle avouer la vérité ? Lui révéler qu'elle avait averti Cordell et que ce dernier n'avait rien fait ? Mieux valait ne pas mêler le MI6 à tout cela. C'était trop compliqué à expliquer. D'ailleurs, s'il questionnait Cordell, même avec la courtoisie due à un diplomate étranger, celui-ci dirait qu'il était embarrassé au nom du gouvernement de Sa Majesté, et que, oui, il était possible qu'elle fût coupable.

— Non.

— Et pourtant, vous l'avez photographié avec beaucoup de soin, juste au bon moment. Avez-vous toujours autant de… chance ?

Son expression était indéchiffrable.

— J'ai pris plusieurs photos. Je le fais toujours. Le hasard a voulu que je saisisse le moment précis dans l'une d'elles. Pas dans les autres.

Il sourit. D'un sourire tranquille, amical. Dans d'autres circonstances, serait-il au fond quelqu'un de bien ? La plupart de ces hommes avaient-ils une part d'humanité, comme tout le monde ?

D'ailleurs, même les plus gentils des êtres ne possédaient-ils pas un côté sombre, secret, insoupçonné de leurs amis ? Elle refoula cette pensée. Elle poussait son raisonnement trop loin. C'était une mauvaise habitude. Mike l'avait taquinée à ce propos.

— Il faut beaucoup de travail et de chance pour obtenir le bon cliché, n'est-ce pas ? demanda-t-il sur un ton dégagé.

Avait-il pris cette photo de sa femme et de sa fille ? Malgré elle, Elena y jeta un nouveau coup d'œil avant de se détourner. Ce cadre était-il là précisément pour endormir la méfiance de ceux qu'il interrogeait, les inciter à le voir comme un être humain, un homme tendre avec ceux qu'il aimait ? Quelle ignoble utilisation d'un si bel objet !

Il suivit son regard.

— Ce n'est pas compliqué de photographier les bambins.

— C'est votre famille ?

— Oui. Que savez-vous de Scharnhorst, Miss Standish ? Pourquoi assistiez-vous à ce rassemblement ? Admiriez-vous cet homme ?

Une ombre voila son visage alors qu'il parlait. Jouait-il habilement la comédie, ou bien l'intonation assourdie de sa voix, sa dureté soudaine le trahissaient-elles ?

Jusqu'où devait-elle mentir ? Ne serait-il pas ignoble de prétendre qu'elle admirait Scharnhorst, ou qu'elle était d'accord avec ses propos ? Pouvait-elle se résoudre à cela ?

— Je l'ai entendu parler, répondit-elle simplement. Il voulait exterminer les juifs, les Tziganes, les syndicalistes et les homosexuels. D'après lui, ce serait une purification de l'Allemagne et l'avènement d'une ère nouvelle, d'un royaume qui durerait jusqu'à l'éternité.

Elle avait eu l'intention de parler sur un ton neutre, mais sa haine, et peut-être son effroi aussi, ne perçait que trop clairement à travers ses paroles. La pointe de sarcasme était aussi acérée qu'une lame de rasoir.

— Il vous a choquée ? demanda-t-il, d'une voix tout à fait dénuée d'expression.

Que répondre ? Sa vie dépendait-elle de son choix ? Allait-on lui imputer le meurtre de Scharnhorst quoi qu'elle dît ? Seraient-ils plus cléments avec elle si elle répondait par la négative ? C'était idiot de se l'imaginer. Mike aurait honte d'elle. Elle n'osait même pas songer à Lucas, de peur de se mettre à pleurer devant l'officier.

— Oui, il m'a choquée, admit-elle en rencontrant son regard clair.

Ses yeux n'étaient pas bleus, comme elle l'avait cru tout d'abord, mais gris.

— Il parlait d'eux comme si c'était de la vermine, des termites ou des champignons dans les murs.

— Je crois que c'est ainsi qu'il les voyait, murmura Beimler.

Une légère rougeur se répandit sur ses joues. Il hésita, mais eut la dignité de ne pas nier son embarras.

— D'où venait le fusil, Miss Standish ?

— Je n'en ai pas la moindre idée. Il était dans ma chambre quand je suis revenue.

— Combien de temps s'était écoulé depuis l'assassinat de Scharnhorst ? Réfléchissez bien. Le canon sentait encore la poudre.

— Je ne sais pas. La foule était hystérique. J'avais du mal à avancer. Et... et j'ai attendu assez longtemps pour faire une photo convenable de... des gens qui l'emmenaient.

Était-ce morbide de sa part ? Verrait-il dans ce geste une terrible intrusion ?

Il ne parut pas l'entendre.

— Dix minutes ? Davantage ? Disons... un quart d'heure ?

— Oui, je pense. On perd la notion du temps quand un événement choquant se produit. La scène paraît plus longue que ce n'est le cas en réalité. Ou plus courte.

— D'après le réceptionniste de l'hôtel, personne d'autre que vous n'est monté à votre étage.

— Il ne va sûrement pas dire autre chose !

— Non, pas s'il a le moindre grain de bon sens, reconnut l'officier.

Il la considéra et, un instant, elle discerna sur ses traits un humour teinté d'amertume, une pitié ; et une émotion plus profonde, le regret de ce qui avait été perdu. Avait-il conscience de ce qui arrivait à son pays ? Haïssait-il tout cela ? Et pourtant, qu'y pouvait-il ?

Il y avait cent réponses possibles à cette question, toutes terribles. Était-il absurde de rester assis dans ce bureau, à l'interroger sur le meurtre de Scharnhorst, qu'ils méprisaient l'un et l'autre et dont il la savait innocente ?

Il continua à lui poser des questions : il voulut savoir comment elle était venue à Berlin. Elle songea à Walter

Mann, à l'aide qu'il lui avait apportée, et affirma avoir voyagé seule. L'officier lui demanda pourquoi elle avait choisi cet hôtel. Pourquoi elle s'était enfuie, où elle était allée. Qui l'avait hébergée, nourrie, protégée.

Elena mentit là où c'était nécessaire, et devina qu'il le savait, qu'il s'y était attendu. Mais tant qu'elle ne disait rien qui pût mener à Jacob, à Eli ou à Zillah, peu lui importait.

Contrairement à l'autre policier, il ne suggéra pas qu'elle avait eu recours à la prostitution pour obtenir de l'argent. Peut-être supposait-il qu'elle avait sollicité l'aide d'anciens amis, mais il ne chercha pas à avoir leurs noms. Présumait-il qu'elle refuserait de les lui donner ? Elle espéra que oui. D'un autre côté, peut-être les connaissait-il déjà.

Entre les questions, ils parlèrent de la manière dont l'ordre était revenu dans le pays. Il y avait de nouveau du travail, et de l'espoir. L'approvisionnement en nourriture s'était amélioré, même s'il n'était pas encore suffisant. Le désespoir s'était dissipé.

Elle tomba d'accord avec lui sur ce point, et lut dans son regard une détresse qu'il ne formula pas mais qu'il ne pouvait pas davantage dissimuler, malgré ses efforts.

De temps à autre, il jetait un coup d'œil à la photographie. Elle ne demanda pas comment son épouse et sa fille s'appelaient ; elle ne voulait pas le savoir. En un sens, elles représentaient tous les innocents qui n'avaient aucune idée de ce qui les attendait, du chagrin ou du sentiment de culpabilité qui assombrirait leur avenir.

Quand il la regardait de l'autre côté de son bureau, était-ce aussi à cela qu'il pensait ? Bien sûr, ni l'un ni l'autre ne l'auraient jamais avoué.

Ils parlèrent musique, brièvement. Il dit que sa femme jouait du piano. Qu'il regrettait de ne pas savoir.

— C'est merveilleux de recréer une telle beauté, murmura-t-il avec un sourire presque rêveur. De se plonger dans le passé et de construire tant de gloire, d'emplir l'air de rêves, presque comme si l'âme du compositeur était encore là. C'est un… lieu… où aller… pour être…

Elle comprit exactement ce qu'il voulait dire. Il était inutile de l'articuler. Il le vit sur son visage. Pourquoi avoir recours aux mots quand le silence était plus parlant, plus approprié à la compréhension comme à la souffrance à venir ?

Au bout d'un moment, les autres policiers vinrent la chercher. On lui remit ses menottes et on la ramena à sa cellule. Elle entendit le pêne en fer du verrou qui se calait dans la gâche, pesant comme la mort.

26

Margot n'avait aucune intention de se tourner les pouces dans sa chambre d'hôtel pendant que Cordell, dont elle n'avait eu aucune nouvelle, cherchait Elena. Elle voulait au minimum aller voir les gens qu'elle connaissait le mieux. Elle avait sa propre liste en tête, et assez d'argent pour se rendre en taxi là où elle le désirait. En l'occurrence, le quartier cossu de Charlottenburg, à l'ouest de la cité.

Même là, les vastes villas avaient l'air un peu décrépites. Margot essaya une adresse, puis une autre. Dans chacune, la porte fut ouverte par une gouvernante qui affirma ne rien savoir des anciens propriétaires que Margot cherchait. À la troisième maison, elle fut invitée à entrer prendre un café par Frau Kopleck, qui se souvenait bien de Charles et qui avait été une amie de Katherine. Lorsque Margot lui expliqua sa mission et les craintes qu'elle nourrissait pour Elena, la redoutable Mitzi Kopleck se montra compatissante. Elle pensait que l'assassinat de Scharnhorst était une excellente chose, mais elle était également d'avis qu'Elena n'aurait eu ni le courage ni la compétence nécessaires pour le commettre.

— La petite Elena ? Un assassinat politique ! Je n'arrive pas à imaginer que la Gestapo la croie réellement coupable. Elle leur sert de bouc émissaire, je le crains, ma chère. D'ailleurs, comment s'est-elle retrouvée mêlée à toute cette affaire ?

— Je n'en suis pas sûre, Frau Kopleck. Je...

— Allez à l'ambassade voir ce qu'ils peuvent faire, Margot. Seule, vous êtes impuissante, d'autant plus que Berlin est bien différent maintenant de ce qu'il était quand votre père travaillait ici. Je suis navrée, je ne vois pas quel autre conseil vous donner.

Margot sirota son café, échangea avec son hôtesse quelques nouvelles concernant leurs familles respectives et en profita pour s'enquérir discrètement des autres personnes qu'elle envisageait d'aller voir. Mitzi Kopleck connaissait une foule de gens et n'était pas une idiote.

— Ne perdez pas votre temps, Margot, et ne vous mettez pas en danger, conseilla-t-elle en l'embrassant sur le pas de la porte. On ne sait jamais où peut mener une question posée au mauvais endroit. Vous allez peut-être trouver Elena, mais vous risquez aussi de vous attirer de gros ennuis.

— Merci pour vos recommandations, Frau Kopleck. Je serai prudente.

Sur quoi, avec un sourire et un signe d'adieu, Margot passa au nom suivant sur sa liste.

Cependant, ces relations lui tinrent à peu près le même discours que Mitzi Kopleck. Tous ces gens ignoraient où Elena pouvait être – en tout cas, ils étaient convaincus qu'elle n'avait pas pu assassiner Friedrich Scharnhorst. Ils exprimèrent leur compassion pour elles deux, mais ils ne pouvaient pas lui venir en aide.

Il était cinq heures passées, trop tard pour entreprendre quoi que ce fût d'utile, et pourtant trop tôt pour renoncer, si bien qu'elle se décida à faire un dernier effort. Elle se trouvait près de l'endroit où Cordell vivait, à supposer qu'il n'eût pas déménagé. Vers cette heure-ci, Cecily serait sans doute à la maison. Si elle avait prévu de se rendre à une soirée, elle serait justement en train de s'habiller. Âgée de vingt-deux ans, elle avait toujours été jolie, amicale, pleine d'entrain… Margot n'avait aucun scrupule à la déranger, ni à s'immiscer dans ses projets. Il n'en allait pas de même pour Winifred, mais Margot n'était pas d'humeur à essuyer un refus – d'où qu'il vînt. Elle donna des instructions au chauffeur, et le remercia quand il la déposa à l'endroit demandé.

Elle adressa un sourire resplendissant au majordome qui vint lui ouvrir.

— Bonsoir. Je suis Margot Driscoll – née Standish –, la fille d'un précédent ambassadeur. Je suis à Berlin pour un jour ou deux seulement, mais je tenais à venir saluer Mrs. Cordell. Est-elle ici ? Et Miss Cecily ? C'était une grande amie de ma sœur…

Si surpris qu'eût été le majordome par cette visite inattendue, il ne se serait jamais montré impoli avec une femme apparentée de si près à un ancien supérieur de Mr. Cordell. Il recula, lui ouvrant grande la porte.

Margot entra en souriant.

— C'est très aimable à vous.

Il la conduisit dans l'élégant salon et alla informer Mrs. Cordell de sa présence.

Margot s'assit, s'obligeant à prendre un air dégagé. Elle portait une robe en soie claire, pas tout à fait assez habillée pour ce début de soirée, mais très flatteuse. Cela ne lui ressemblait pas d'être mal à l'aise, quelles que fussent les circonstances. Cependant, la situation était grave, dangereuse. Il fallait faire preuve d'intelligence, non de maîtrise de soi.

Winifred apparut et referma la porte. Elle arborait une robe d'après-midi bleu-vert, coupée à la dernière mode et probablement très coûteuse. Elle semblait beaucoup plus enjouée que dans les souvenirs de Margot.

— Quel plaisir de vous voir ! s'écria-t-elle courtoisement, les mains tendues comme pour accueillir une vieille amie.

— Vous avez une mine resplendissante, déclara Margot en retour, sincère. Et j'adore votre robe. La couleur vous va à la perfection.

Winifred sourit et haussa légèrement les épaules.

— Merci. Nous recevons les Français ce soir et ils donnent l'exemple en matière d'élégance. Je dois… me montrer à la hauteur, vous savez…

— Je suis sûre que vous les surpassez, répondit Margot, sachant que Winifred faisait allusion à la mode et à la société, aux inévitables relents de compétition. L'épouse de l'ambassadeur français sera terriblement polie, et verte de jalousie !

— Oh ! ce n'est qu'un dîner très simple, s'empressa de dire Winifred. Je vous aurais proposé de vous joindre à nous, mais nous avons invité les parents du fiancé de Cecily, Herr et Frau Weissman, et, bien sûr, Kurt et Cecily. C'est la première fois qu'ils viennent ici.

Elle eut un sourire hésitant.

— Ils sont charmants, mais…

— Vous craignez que je ne dise quelque chose… de maladroit ? suggéra Margot doucement.

— Pas du tout ! J'ai peur de le faire moi-même, avoua Winifred. Ils appartiennent à la nouvelle aristocratie…

Elle se tut, observant Margot pour voir si elle comprenait le sens de ses paroles.

— Ils sont liés au chancelier ? se récria celle-ci, d'une voix soudain altérée.

— Oui. Herr Weissman a un rôle au sein du nouveau gouvernement. J'ai demandé à Roger de découvrir lequel précisément, en toute discrétion. Il vaudrait mieux que nous le sachions. Et Kurt est dans la police – la Gestapo.

Elle ponctua sa remarque d'un sourire. Était-il sincère ? Peut-être le jeune homme était-il gentil… à supposer que de gentils jeunes gens entrent dans un tel corps ?

Margot ne devait pas juger trop vite.

Winifred guettait sa réaction.

— Il doit être très compétent, déclara-t-elle. J'ai entendu dire que ses membres étaient triés sur le volet…

— En effet. Et Kurt a déjà commencé à gravir les échelons.

Manifestement, elle ne savait que dire de plus.

— S'il aime Cecily, il est plein de bon sens, commenta Margot, ses propres paroles sonnant creux à ses oreilles. Et si Cecily l'aime, il doit avoir de grandes qualités.

Quelle hypocrite elle faisait !

— Peut-être en encouragera-t-elle d'autres… au fil du temps.

— Oui, acquiesça Winifred. Oui. Je… je ne souhaite que son bonheur.

— Naturellement.

— Roger vient tout juste de faire sa connaissance. Je… j'espère que cette soirée se passera bien…

— J'en suis sûre, mentit Margot.

Elle comprenait maintenant le silence de Cordell. Elle regrettait profondément de lui avoir fourni la liste des amis d'Elena. Il y avait des juifs parmi eux.

Presque comme si elle avait lu dans ses pensées, Winifred lui demanda :

— Vous n'êtes que de passage à Berlin ? C'est dommage. Nous aurions aimé vous voir davantage. Votre sœur vous accompagne ? Elena, c'est bien cela ?

Margot la dévisagea. Était-il possible qu'elle ne fût pas au courant de la traque dont Elena était l'objet ? Elle devait forcément le savoir ! Simplement, elle était résolue à ce que rien ne fît obstacle au dîner qu'elle avait organisé.

Avant qu'elle eût pu répondre, Winifred reprit la parole.

— En ces temps incertains, dit-elle avec un sourire, je me réjouis de savoir Cecily fiancée. Surtout dans une famille… aussi bien placée.

Sa voix frémit, et Margot comprit en un éclair combien elle avait peur pour sa fille. Si Cordell était muté et que

Cecily désirait rester, puisque tous ses amis étaient là, elle serait désespérément seule. Winifred devrait suivre son mari. En revanche, si Cecily était mariée, elle ne souffrirait pas de la solitude.

— Bien entendu, se hâta-t-elle de répondre.

Elle ne voyait que trop bien pourquoi Winifred avait peut-être fait de son mieux pour encourager cette idylle, ce gage apparent de sécurité pour sa fille unique. Il ne s'agissait pas d'un mariage héroïque à un opposant au régime ou, pire, à un juif qui serait poursuivi, chassé. Cecily épousait un fils de la race maîtresse. Elle serait autant à l'abri qu'il était possible de l'être.

— Et vous le trouvez sympathique ? demanda-t-elle, avec un entrain factice dans la voix.

— Je ne le connais pas encore très bien… mais quiconque peut assurer le bonheur et la protection de Cecily ne peut que m'être sympathique. Aimeriez-vous faire sa connaissance ? Ils ne devraient pas tarder. D'ailleurs, Cecily serait navrée d'apprendre que vous êtes venue et qu'elle vous a manquée. Voudriez-vous un thé ?

Margot n'avait aucune envie de rester, d'être forcée de rencontrer ce jeune homme. Elle se souvenait très bien du soir où Paul et elle s'étaient fiancés. Sa joie avait été pareille à un raz-de-marée, balayant tout sur son passage.

— Avec plaisir, répondit-elle, avant de le regretter aussitôt. Et je serais ravie de boire un thé.

Cela au moins était vrai. Et peut-être discernerait-elle chez ce jeune homme quelques-unes des qualités que Cecily voyait en lui. Elle ne devait pas avoir de préjugés. Surtout, elle ne devait pas mentionner Elena !

Elle n'eut pas à patienter longtemps. Elle venait tout juste de terminer son thé et se sentait revigorée lorsqu'ils arrivèrent. Elle les entendit dans l'entrée et, l'instant d'après, la porte du salon s'ouvrit puis Cecily entra, les bras tendus vers elle. Avec ses boucles sombres, désordonnées mais superbes, sa jupe en soie de couleur vive, elle était l'élégance incarnée.

— Margot ! C'est merveilleux de te revoir. Tu as rendu cette journée parfaite !

Elle étreignit Margot avec chaleur, puis se tourna vers le jeune homme vêtu d'un uniforme gris et raide derrière elle.

— Je te présente Kurt. Nous allons nous marier – très bientôt.

Margot regarda le jeune homme au visage presque séduisant.

— Félicitations. J'espère que vous serez très heureux.

Les mots moururent sur ses lèvres alors qu'il lui rendait un sourire parfait, ses yeux aussi calmes et aussi froids qu'une aube polaire.

— J'en suis sûr, répondit-il en mettant la main sur le bras de Cecily, l'attirant un peu plus près de lui.

Le sourire de Margot se figea. *Mon Dieu, Roger ! Où avez-vous mis les pieds ?* songea-t-elle, atterrée, cherchant frénétiquement quelque chose à dire.

27

Elena passa une longue et pénible nuit dans la cellule du commissariat. Au comble de l'épuisement, elle avait espéré dormir, mais chaque fois qu'elle sombrait dans des rêves tourmentés, elle était dérangée par des bruits de pas, des éclats de voix. Une fois même, la porte s'ouvrit et quelqu'un braqua une lampe sur elle. Avant qu'elle eût eu le temps de demander à l'intrus ce qu'il voulait, la porte s'était refermée, le verrou avait été repoussé d'un coup sec.

Une simple paillasse posée sur une armature en bois faisait office de lit, la toile trop mince laissant passer les brins rêches. L'unique couverture, grisâtre, sentait le beurre rance.

Peut-être n'avait-elle plus beaucoup de temps devant elle ? Si elle était reconnue coupable, elle serait exécutée, certainement. Comment ? Serait-elle fusillée ? Pendue ? Les Allemands pendaient-ils les condamnés, ou bien était-ce une particularité anglaise ? Les Français se servaient d'une guillotine. Sanglant, mais rapide.

Était-ce vraiment la fin ? Le paradis existait-il ? Retrouverait-elle Mike dans l'au-delà ? Elle n'avait pas vraiment réfléchi à tout cela. Dans sa douleur de l'avoir perdu, elle avait accepté qu'il s'en irait ainsi. Comme beaucoup de gens dans pareil cas. Ils étaient trop hébétés pour se demander si c'était la vérité, ou seulement une manière de se réconforter les uns les autres. À force de répéter quelque chose, on finissait par le croire au moins une partie du temps. Et qui oserait dire à une mère ou à une épouse en deuil que la mort était la fin ?

Jamais elle ne s'était sentie si entièrement seule. Quelqu'un raconterait-il un jour à sa famille, à sa mère, à Lucas, ce qui lui était arrivé ? Seigneur Dieu – existait-il ? –, pourvu qu'elle se conduise avec courage !

Elle songea aux personnages célèbres dont la mort avait été observée et décrite.

Charles Ier, dont l'exécution avait eu lieu à la fin du mois de janvier 1649, avait demandé l'autorisation de porter deux pourpoints de façon à ne pas grelotter à cause du froid et laisser penser aux gens qu'il avait peur.

Comment dominait-on la nausée quand on savait, avec une certitude absolue, qu'on allait être abattu d'une minute à l'autre ? Que ses genoux allaient se dérober, qu'on allait s'effondrer sur le sol ? Comme c'était pathétique, et humain ! Elle ne voulait pas être un objet de pitié. Elle regarderait ses bourreaux dans les yeux et leur dirait d'aller au diable !

Elle flotta entre la conscience et le sommeil, tantôt rêvant, tantôt glissant dans un oubli doux, gris.

Quand elle se réveilla, il faisait jour et quelqu'un se tenait devant sa paillasse, un bol de gruau et une tranche de pain à la main. Dans une tasse en émail, un liquide sombre ressemblait à du thé. La vapeur s'en échappait doucement, par conséquent il était chaud, au moins.

Elle remercia le garde et accepta la nourriture qu'il lui tendait. Dieu merci, elle n'était pas crispée au point de vomir. La torture était-elle moins pénible quand on avait le ventre plein, ou vide ? Elle grignota de toute façon. Le pain était rassis mais mangeable, et elle se sentit un peu mieux.

Ils vinrent la chercher plus tôt qu'elle ne l'avait

escompté. Elle était encore assise devant son assiette et le reste de son thé noir, amer.

— Levez-vous, ordonna un des policiers.

Ils étaient trois, qu'elle n'avait jamais vus auparavant. Elle obéit. À quoi bon s'attirer plus d'ennuis qu'elle n'en avait déjà, simplement par fierté ? Il n'y avait personne à impressionner.

Ce qui la faisait souffrir plus encore peut-être que la peur, c'était le sentiment de solitude absolue qu'elle éprouvait. Hormis leur uniforme et leur langue, ces policiers auraient pu être anglais. Et pourtant, leur présence lui faisait l'effet d'une violation.

Mike avait-il ressenti quelque chose de similaire, juste avant de sortir des tranchées pour s'avancer sous les balles ? Elle essaya de penser à lui, d'imaginer qu'il était là, en esprit, avec elle. *Tiens le coup, mon chou*, aurait-il dit, avec un petit sourire triste.

Ils traversèrent le poste de police et sortirent par-derrière, où une voiture les attendait.

Un des policiers remarqua sa surprise et esquissa un sourire amusé, dépourvu de chaleur.

— On vous emmène à la Gestapo, dit-il avec satisfaction. Vous ne connaissiez pas Scharnhorst, hein !

C'était une affirmation.

— Non... pas du tout ! répondit-elle farouchement.

— Dans ce cas, il ne s'agit pas d'un meurtre ordinaire, mais d'un assassinat politique. C'est du ressort de la Gestapo. C'est un délit contre l'État, ce n'est pas comme si vous aviez tué pour voler, ou commis un crime contre un voisin.

— Je ne l'ai pas tué ! protesta-t-elle calmement, ou presque.

— Vous ne savez pas tirer, hein ? lança-t-il, sarcastique. Ce n'était pas lui que vous vouliez tuer ? Qui alors ?

Elle s'apprêtait à nier de nouveau quand elle s'avisa

que c'était inutile. Ils penseraient ce que bon leur semblait. Peut-être leur propre carrière dépendait-elle de l'arrestation du coupable, ou au moins de quelqu'un qui semblait l'être. La réalité et les cauchemars se confondaient.

Un homme était assis au volant, du côté gauche de la voiture et, l'espace d'un instant, elle oublia où elle était. Tout lui paraissait irréel. Ce n'était pas l'Allemagne qu'elle connaissait, l'endroit où elle avait tant d'heureux souvenirs, en dépit de la destruction et des ravages causés par la guerre.

Un officier descendit du côté opposé et s'approcha pour l'escorter. Non qu'elle eût pu s'enfuir avec les mains liées dans le dos, flanquée de deux agents.

Il la dévisagea avec curiosité de ses yeux froids, méfiants. Puis il ouvrit la portière arrière et, d'un signe de tête, lui indiqua de monter. Elle obéit gauchement, ses mouvements gênés par ses mains dans le dos. Une fois assise, elle se découvrit dans l'impossibilité d'ajuster sa tenue, ce qui ajouta encore à son malaise.

La portière claqua. L'homme fit le tour du véhicule pour reprendre sa place.

Le véhicule se détacha du trottoir pour se mêler au flot de la circulation. Les portières étaient-elles verrouillées ? Elle vérifia d'un coup d'œil. Oui. Bien sûr que oui.

C'était une journée dégagée, le soleil brillait et, à en juger par les jupes qui volaient un peu, les mains qui se portaient aux chapeaux, une brise assez forte soufflait.

Des groupes de chemises brunes déambulaient dans les rues, reconnaissables non seulement à leurs uniformes mais aussi à leur posture. La confiance en soi irradiait d'eux. Le pouvoir. Ils pouvaient agir comme bon leur semblait et tout le monde le savait. La seule institution pire qu'eux était la Gestapo, la nouvelle police secrète. Tout le monde savait cela aussi.

L'interrogatoire qu'elle avait subi au commissariat

s'était soldé par quelques gifles bien senties. Celui des agents de la Gestapo serait bien pire.

Soudain, elle fut envahie de sueurs froides. Et s'ils croyaient que Ian avait eu l'intention de prévenir l'assassinat et qu'elle l'avait tué afin de pouvoir le commettre sans encombre ? Cette hypothèse concordait parfaitement avec les faits en leur possession.

Et Cordell ? Qu'avait-il dit, à supposer qu'il eût été interrogé ? Qu'elle ne lui avait pas soufflé mot de Scharnhorst ? Il n'y avait aucune preuve. Elle aurait pu se rendre à l'ambassade pour une tout autre raison.

Elle était prise au piège. Tout ce qu'elle dirait, vrai ou non, pourrait être déformé de manière à l'incriminer. Quant à s'échapper, c'était exclu. Ses gardes étaient armés, elle était menottée et incapable de courir, même si elle avait eu un endroit où se réfugier.

Ils tournèrent dans une rue secondaire. Quelques minutes plus tard, ils s'arrêtaient devant un bâtiment très ordinaire, semblable à des milliers d'autres. L'homme assis à côté du chauffeur descendit et ouvrit la portière d'Elena.

— Descendez, ordonna-t-il, en agitant la main pour être parfaitement clair.

Elena s'exécuta tant bien que mal, luttant pour garder l'équilibre. Comme elle vacillait, il la prit par le bras. Pour l'empêcher de tomber ou parce qu'il s'imaginait qu'elle allait tenter de s'enfuir ? Pour écoper d'une balle dans le dos ?

La mort dans l'âme, elle s'efforça de se redresser et pénétra à l'intérieur, butant au passage sur la marche. L'endroit était exigu, d'aspect anonyme. Un homme aux épaules étroites et au ventre rond l'attendait. Il avait l'air ridicule dans son uniforme. Ses lunettes à monture invisible glissaient le long de son nez.

On défit les menottes d'Elena, puis on les lui remit, avec les mains devant elle, cette fois.

Elle dut prendre place sur une chaise en face de l'homme, et l'interrogatoire commença. Il lui demanda son nom, sa nationalité, les détails de son voyage depuis l'Italie jusqu'à Berlin. Elle avait déjà raconté tout cela. La voix de l'agent était nasale, plus haut perchée qu'on n'aurait pu s'y attendre. Elle sentait la haine émaner de lui comme la chaleur d'un feu.

Les deux autres étaient restés et se tenaient au garde-à-vous, postés l'un à la porte, l'autre à la fenêtre.

Les questions continuèrent. L'homme aux lunettes alluma une cigarette et exhala la fumée avec une grimace de répugnance, comme si le goût lui déplaisait. Elle le regarda calmement. Ses yeux grossis par les verres des lunettes n'étaient ni marron ni verts.

— Vous n'êtes pas d'accord avec les projets de Herr Scharnhorst pour la destinée du peuple allemand…

C'était plus une affirmation qu'une question. Devait-elle mentir ? Si elle prétendait approuver Scharnhorst, cela lui sauverait-il la vie ? Ou, du moins, cela lui épargnerait-il un peu de souffrance ?

Sans doute que non. Et s'il y avait un au-delà, comment pourrait-elle regarder dans les yeux Mike et tous ceux qui étaient morts, surtout ceux qui n'avaient jamais renié ce qu'ils étaient, ni leurs convictions ? Et s'il n'y avait rien ? L'oubli ? Cela n'importerait guère alors. Plût au Ciel qu'elle pût se comporter avec dignité.

— Non, répondit-elle. Mais ça ne me regarde en rien.

Il tira longuement sur sa cigarette, la sortit de sa bouche et l'écrasa avec force sur le dos de la main d'Elena. Le cœur soulevé par la douleur, elle vit la pièce tournoyer autour d'elle et crut qu'elle allait vomir.

— Par conséquent vous l'avez assassiné, conclut-il.

— Non…

Elle comprit aussitôt qu'elle avait commis une erreur. Avec soin, comme s'il se préparait à un acte qui allait lui faire plaisir, il sortit une nouvelle cigarette de son étui.

Il l'alluma, aspira une bouffée de fumée qu'il exhala presque aussitôt.

Pourrait-elle endurer ce supplice de nouveau ? Elle avait affreusement mal jusqu'en haut du bras, comme si la cendre brûlante était encore appuyée sur sa peau.

La sonnerie du téléphone, sèche et stridente, s'éleva tel un cri.

À regret, il décrocha. Il écouta un instant, visiblement contrarié, avant d'acquiescer aux propos de son interlocuteur.

— Nouvel ordre, annonça-t-il à celui qui était près de la porte, le plus âgé des deux. Ils la veulent immédiatement. Vous devez l'emmener au QG.

— Monsieur ?

— Remuez-vous, imbécile ! Emmenez-la !

L'homme se mit au garde-à-vous.

— Bien, monsieur.

Encore étourdie par le choc, le bras traversé de violents élancements, Elena fut reconduite à la voiture et poussée sur le siège arrière. Sa main frôla l'uniforme en serge rugueux du garde, le contact avivant encore la douleur, presque insoutenable maintenant. Des vagues de nausée la submergèrent alors que le véhicule s'ébranlait.

C'était un cauchemar qui n'aurait pas de fin. Dorénavant, il ne pouvait qu'empirer, jusqu'à l'issue finale. Elle n'était pas quelqu'un de spécial, elle était simplement une victime parmi des centaines, des milliers. Elle pouvait mourir avec ou sans courage. Souffrait-on en mourant ? ou n'était-ce qu'une nuit qui vous envahissait, jusqu'à ce qu'il ne reste plus rien d'autre ?

Une collision aussi soudaine que violente l'arracha à ses réflexions. D'abord projetée en avant, puis sur le côté, elle se retrouva à même le plancher jonché d'éclats de verre. La voiture ne bougeait plus. Elle tenta en vain de se relever. Elle était coincée. Le côté conducteur était enfoncé, les portières bloquées.

La portière passager s'ouvrit brusquement. Quelqu'un se pencha vers elle, l'attrapa par les bras et la tira. Sa main brûlée heurta le siège et elle crut qu'elle allait s'évanouir mais, après quelques secondes effroyables, elle fut debout, chancelante, au milieu de la rue, revigorée par l'air frais.

L'homme qui l'avait secourue était un officier allemand en uniforme. Encore un policier ! Elle n'avait pas été sauvée, elle était seulement prisonnière d'un autre. Il la tirait en avant. Il avait du sang sur les bras et sur le visage. Il avait dû être au volant de l'autre voiture, celle qui les avait percutés. Il avait le visage blême, les yeux effrayés, comme s'il était mortellement atteint. Et pourtant, il n'avait aucune blessure visible.

— Venez, dit-il sur un ton pressant. Il faut faire vite !

Vite ? Pourquoi ?

— Allons ! Dépêchez-vous. Nous n'avons que quelques instants.

Il batailla pour lui retirer ses menottes. Comment pouvait-il en avoir la clé ?

— Vite !

Dès qu'elle fut libre de ses mouvements, il la prit par le bras et entama une course désordonnée vers le coin de la rue.

Derrière eux, des cris furieux s'élevèrent. Des coups de feu ! Au moins un des deux gardes avait dû survivre à la collision.

Arrivés à l'intersection, ils étaient sur le point de s'engager dans la rue suivante quand une nouvelle détonation retentit. Elle ne sentit rien, mais l'homme la lâcha subitement et faillit l'entraîner dans sa chute alors qu'il s'effondrait sur la chaussée. Beimler ! C'était Beimler, l'officier qui l'avait interrogée la veille. L'homme qui avait la photo de son épouse et de sa fille sur son bureau ! Ils avaient brièvement parlé de musique…

Comme elle se penchait vers lui pour tenter de lui

porter secours, quelqu'un lui empoigna le bras, sans égard pour la brûlure qui continuait à faire rage dans sa chair.

— Venez ! Vous ne pouvez plus rien pour lui. Il est mort !

La voix qui parlait était empreinte de chagrin.

Elle leva la tête, prête à protester, et reconnut Walter Mann. Les larmes roulaient sur son visage.

— Venez ! cria-t-il, en la relevant de force. Qu'il n'ait pas fait tout ça pour rien !

— Mais…

— Il est mort, Elena. Vous ne pouvez rien faire sauf le retourner, pour qu'on ait l'impression qu'il a été abattu d'une balle dans la poitrine et non dans le dos.

Il se baissa rapidement et se chargea de l'opération. Puis il la tira par la main, si fort qu'elle sentit l'onde de douleur se propager dans son corps tout entier. Le conducteur de la voiture était mort, ou trop blessé pour se relever, mais c'était son collègue qui avait dû faire feu sur Beimler et il allait apparaître d'une seconde à l'autre.

Elle obéit, trébuchant à la suite de Walter sur une vingtaine de mètres, le long d'une ruelle, où elle se cogna maladroitement à un mur. L'instant d'après, il lui ordonna de monter dans une voiture qui était garée le long du trottoir, moteur en marche.

D'autres coups de feu retentirent derrière eux. Alors que le véhicule démarrait en trombe, une balle fit voler en éclats la vitre arrière et traversa l'habitacle, laissant un trou en étoile dans le pare-brise.

28

— Vous ne pouvez pas le laisser là !

Leur voiture s'engouffra dans le flot de circulation, autre véhicule noir anonyme, pareil à n'importe quel autre.

— Si. Il est mort, Elena, répéta Walter avec douceur. Il a choisi de se conduire avec honneur, en sachant ce que cela lui coûterait.

— Je sais qu'il m'a questionnée… Beimler… je veux dire, mais qui est-ce ?

— Un policier plutôt haut placé.

La voix de Walter vibrait d'une émotion qu'il ne pouvait dissimuler.

— Un homme bien, prisonnier d'un système corrompu.

Une bouffée de chagrin submergea Elena, trop violente pour être exprimée par des mots. Elle ne savait presque rien de Beimler, mais elle avait lu la tendresse dans ses yeux lorsqu'il contemplait son enfant, la confiance sur le visage de la petite fille qui ne connaissait de lui que l'affection. Désormais elle ne reverrait plus son père. Comprendrait-elle un jour, dans des années, le geste qu'il avait accompli ?

Il faut être un grand homme pour faire un tel choix. Son épouse comprendrait-elle ? Elena était la bénéficiaire de son sacrifice, et pourtant ce n'était pas pour elle qu'il était mort, mais pour ses idées.

La voiture s'engagea dans une rue secondaire et, pendant quelques minutes, ni Walter ni elle ne parlèrent.

Walter roulait plus vite, conduisant habilement dans le trafic de la fin d'après-midi. Elle brûlait de lui demander où ils allaient, mais une question plus pressante la taraudait. Elle devait en avoir le cœur net, même si elle redoutait la réponse.

— Comment m'avez-vous trouvée ?

Il jeta un coup d'œil vers elle, puis reporta son attention sur la route.

— Grâce à Beimler, dit-il à voix basse. Je vous cherche depuis un certain temps. Et lui était… un homme de convictions. Votre venue ici avait un rapport avec Scharnhorst, n'est-ce pas ?

Devait-elle nier ? Indécise, elle opta pour la réponse qui lui paraissait évidente.

— Comment le saviez-vous ?

Il sourit.

— Je l'ignorais jusqu'au moment où j'ai vu votre photo dans les journaux. C'était vous, indéniablement. Vous avez maintenant changé d'apparence, mais pas au point que quelqu'un qui vous a rencontrée ne puisse pas vous reconnaître. Je me souviens de la bague que vous portiez à la main droite. Elle est toujours là.

— Vous… vous avez couru des risques pour me sauver. Pourquoi ?

— Vous ne pouvez pas comprendre ça toute seule ?

Un soupçon d'amusement traversa ses traits, avant de s'évanouir aussitôt.

— D'ailleurs, quelle importance ?

Les mains d'Elena étaient si crispées qu'elle sentait ses ongles s'enfoncer dans la chair de ses paumes. La réponse n'importait peut-être pas dans l'immédiat, mais qu'en serait-il plus tard ?

— Où allons-nous ? se contenta-t-elle de demander.

— Vous procurer un faux passeport, après quoi nous

prendrons le train de nuit pour Paris. Nous devrions arriver à temps pour attraper la correspondance pour Calais et ensuite le bateau à destination de Douvres.

— Vous donnez l'impression que ce sera un jeu d'enfants.

Le ton n'était pas critique, mais reconnaissant, voire admiratif.

Il lui lança un regard de biais et un bref sourire.

— Je ne vous ai pas convaincue, si ?

— Merci d'essayer…

Tout lui paraissait vaguement irréel. Sa fatigue était telle qu'elle avait sombré dans une étrange torpeur où seule la souffrance possédait l'urgence de la réalité. Elle avait des élancements jusque dans l'épaule. Tout le reste – la peur, le dégoût, la pitié, la dette qu'elle avait envers une femme qu'elle n'avait vue que sur une photo et une enfant qui ne comprendrait peut-être jamais – l'enveloppait comme une seconde peau. Peut-être la douleur à la main était-elle préférable.

Derrière la vitre, le jour commençait à baisser. Elle n'avait pas la moindre idée de l'endroit où ils étaient. Ce quartier de la ville lui était totalement inconnu.

Soudain, Walter écrasa la pédale d'accélérateur. La voiture fit un bond en avant. Cent mètres plus tard, il tourna à droite, et à droite encore.

— On nous suit ? s'inquiéta aussitôt Elena.

— Je crois que oui. Cramponnez-vous. Il faut qu'on les sème. S'ils nous rattrapent, nous sommes fichus.

Tout en parlant, il donna un coup de volant vers la droite. La voiture à peine redressée, il se pencha en avant et, les mains raidies sur le volant, accéléra de nouveau.

Elena fut ballottée d'un côté puis de l'autre alors que le véhicule tournait une fois de plus, puis prenait de la vitesse. Un concert d'avertisseurs s'éleva, mais Walter n'y prêta aucune attention. Il conduisait avec aisance, tantôt dans une voie, tantôt dans l'autre, souvent à contresens. Par deux fois, ils frôlèrent des véhicules allant dans la direction opposée. Le premier arracha leur rétroviseur latéral, le second égratigna le flanc sur toute sa longueur dans un hurlement de métal auquel se mêlèrent les jurons de l'automobiliste. Walter l'ignora et pressa plus vigoureusement encore le pied sur la pédale, faisant hurler les pneus.

Elena gardait les yeux ouverts, non qu'elle sût où ils se trouvaient, ni même où ils allaient, mais parce qu'elle était fascinée par ses talents de conducteur. Elle avait l'impression d'être sur un circuit automobile. Ils faisaient des embardées, se faufilaient aux intersections, traversaient la rue à la faveur d'un trou momentané dans la circulation et repartaient en trombe dans la direction inverse. Son cœur cognait, elle tremblait de tout son corps. Mais d'exaltation et non de terreur.

Derrière son sourire, Walter serrait les dents au point que les muscles de sa mâchoire saillaient. Il aurait mal le lendemain s'ils vivaient jusque-là. S'ils étaient capturés maintenant, il le paierait aussi cher qu'elle.

Elle se taisait. Sans doute leurs pensées étaient-elles les mêmes, et leurs sentiments aussi. Ils connaissaient le prix de la défaite. Elle n'avait pas le choix, mais pourquoi était-il intervenu ? Que ferait-elle si cette situation se déroulait en Angleterre ? Se refuserait-elle à voir dans le mal un choix délibéré pour ne pas avoir à s'en émouvoir ? Se dirait-elle que c'était une nécessité temporaire, qui serait écartée dès la survie assurée ? Que le vieil ordre des choses, que les vieilles moralités reprendraient cours ?

Elle sut la réponse avant d'avoir trouvé les mots pour la formuler. Il n'était pas nécessaire de croire au mal, seulement d'en adopter les méthodes. On s'y habituait, jusqu'au jour où elles n'étaient plus le dernier recours, mais le premier. Pendant un temps, on peut s'excuser, et puis on finit par ne plus s'en donner la peine. Personne n'y croit plus. On a oublié ce pour quoi on se bat, on ne songe plus qu'à gagner ! Et plus on gagne, plus on se justifie, jusqu'à ce que toute notion de bien et de mal disparaisse et que seule importe la victoire.

Elle n'importait pas à cet instant. Walter l'aidait, quelles que fussent ses raisons. Bonnes ? Mauvaises ? Quelqu'un qu'il avait aimé était-il mort pour la même cause ?

— Attention ! cria-t-elle soudain alors qu'une énorme voiture les croisait, un swastika noir et blanc planté sur le capot. Nous ne pouvons pas… nous faire arrêter pour excès de vitesse, s'étrangla-t-elle. Il ne vous pardonnera pas d'être meilleur conducteur que lui.

Walter lâcha un rire, mais ralentit un peu quand même.

— C'était une voiture de gradé ; il ne conduit pas lui-même.

— S'il vous plaît…

Elle s'avisa soudain de la peur qui perçait dans sa voix.

— Excusez-moi. Je devrais plutôt leur demander de quel droit ils roulent aussi vite.

Walter pivota vers elle, le front momentanément barré d'un pli. Puis il comprit qu'elle plaisantait.

— Bonne idée. Je pourrais peut-être les rattraper pour que vous puissiez les interroger.

— Savez-vous vraiment où vous allez ?

— Bien sûr que oui ! Nous allons chez Max faire une photo pour votre passeport. Je pense qu'il vous faudrait une robe neuve. Pardonnez-moi mais vous avez l'air d'une petite vendeuse. Et il faut aussi qu'on examine cette main avant qu'elle s'infecte.

— Bien entendu, répliqua-t-elle sèchement. Je préfère être abattue plutôt que de succomber à une septicémie.

— Voilà qui tombe bien, parce que c'est le plus probable des deux, ironisa-t-il.

Malgré elle, Elena éclata de rire. Un rire un peu hystérique, mais un rire quand même.

— Je vous achèterai une robe rouge. Belle comme le courage, ajouta-t-il.

— Nous n'aurons pas le temps, lui fit-elle remarquer. Vous avez dit que nous prendrions le train de nuit.

— Il est éclairé.

— Pardon ?

— Il y a des lumières… dans le train. Ils verront qu'elle est rouge.

— Vous voulez que je sois remarquée !

— Oui, naturellement. À vous faufiler dans l'ombre vêtue d'un bleu terne, vous seriez suspecte ! Si vous arrivez d'un pas sûr, en robe écarlate, comme si vous étiez parfaitement habituée à ce qu'on vous regarde – en fait, comme si vous y preniez plaisir –, on ne pensera jamais que vous êtes en fuite. Vous savez, si vous essayiez, vous pourriez être vraiment superbe.

Pour une fois, Elena resta sans voix. Elle n'était même pas sûre qu'il fût sincère. Peut-être essayait-il de l'inciter à se conduire le plus efficacement possible pour survivre. Ce pouvait être dans son intérêt à lui autant que dans le sien. Si elle était capturée, il le serait aussi.

Elle ignora le compliment. Il aurait été ridicule de le prendre au sérieux. Toutefois, elle se redressa légèrement.

— Dans ce cas, vous feriez mieux d'en choisir une qui soit parfaitement à ma taille, déclara-t-elle avec un sourire. Je devrais donner l'impression que je porte toujours des tenues de ce genre, et non de l'avoir empruntée.

— J'y veillerai, promit-il. Nous sommes presque arrivés. Mangez quelque chose, faites votre toilette et maquillez-vous correctement. N'ayez pas peur d'avoir la main lourde. Une femme qui porte une robe rouge ne doit pas avoir l'air d'un lapin terrifié !

— Vous avez déjà été mordu par un lapin en colère ? rétorqua-t-elle.

— Parce que les lapins se mettent en colère ?

Il se mit à rire et elle l'imita, puisque toute la situation était absurde, et dangereuse, et qu'ils allaient peut-être s'en tirer malgré tout !

Ils roulaient beaucoup plus lentement, dans un quartier d'apparence résidentielle. Il s'arrêta devant une assez petite maison.

— Nous y sommes, annonça-t-il. Il va falloir faire vite.

Il descendit et contourna le capot pour l'aider, mais Elena l'avait devancé et était déjà à moitié descendue. Il lui tint la portière et lui offrit sa main.

— Je vous en prie, hâtez-vous. Nous n'avons pas beaucoup de temps et nous devons absolument attraper le train de nuit.

Il la précéda dans l'allée, puis toqua trois fois à la porte qui s'ouvrit aussitôt.

L'homme qui apparut les tira à l'intérieur et claqua la porte. Ce fut à peine s'il accorda un regard à Walter. En revanche il fixa Elena, l'air d'étudier son visage. Un peu plus petit qu'elle, il possédait une physionomie qui eût été immédiatement oubliable sans l'intelligence qui brillait dans ses yeux verts. Ses doigts étaient tachés d'encre.

Walter le présenta comme « Max ».

— Revenez dans une heure, lui dit ce dernier en secouant la tête. Vous ne m'aviez pas prévenu qu'elle serait dans cet état.

Piquée, Elena se demanda ce qu'aurait rétorqué une femme en robe rouge. Elle arqua les sourcils.

— La tâche vous paraît-elle au-delà de vos compétences ?

Un instant stupéfait, il esquissa un étrange sourire de guingois.

— Rien n'est au-delà de mes compétences, ma chère. Je peux donner l'impression que vous êtes née belle et courageuse ; en revanche, je ne peux pas garantir que votre conduite soit en accord avec votre apparence. Peut-être est-ce du ressort de Walter ?

Le sarcasme s'entendait dans sa voix.

— À tout à l'heure, lança Walter, déjà à la porte.

Il l'ouvrit et sortit, laissant Elena seule avec l'inconnu. L'espace de quelques secondes, elle aurait donné cher pour pouvoir le suivre, mais elle s'avisa que Max s'attendait à une telle réaction et se redressa un peu.

— J'aimerais garder mes chaussures. Elles sont confortables, et je ne veux pas de talons plus hauts.

— D'accord, acquiesça-t-il. Peu importerait d'ailleurs que vous le souhaitiez. Je n'ai rien sous la main qui soit à votre pointure ! Dommage. Il vaudrait mieux qu'on regarde vos pieds plutôt que votre visage.

— Eh bien, pourquoi ne pas peindre un couplet grossier sur mes chaussures ? suggéra-t-elle, agacée. Voilà qui retiendrait l'attention des gens, du moins le temps qu'ils le lisent !

Il la regarda, les yeux écarquillés.

— Vous avez le sens de l'absurde. C'est parfait. Je vais tâcher de vous sauver. Il faut bien qu'il reste des gens pour rire de nous pendant que nous sombrons dans la fange. Le sens de l'humour ne suffit pas, il faut avoir une vraie et profonde conscience du ridicule. Venez avec moi. Nous allons voir ce que nous pouvons faire. Pour commencer, allez vous laver ! D'où diable sortez-vous ? Non ! Je ne veux pas le savoir.

Il la conduisit à une salle de bains située au rez-de-chaussée, lui montra le savon et une petite serviette plutôt mince, mais qui avait l'air propre.

— Vous devrez garder vos dessous. Je n'ai rien qui soit à votre taille. En revanche, nous allons nous débarrasser de cette robe ! Vous ressemblez à une femme de chambre en fuite ! L'art de disparaître consiste à faire en sorte que les gens puissent vous fixer sans voir un fugitif, mais quelqu'un qui a le droit d'être là, et qui n'a peur de personne. Eh bien, allez-y ! Lavez-vous les cheveux. Propres, ils sont sûrement convenables. Et n'utilisez pas toute l'eau chaude ! Non qu'il y en ait beaucoup.

Vingt minutes plus tard, en sous-vêtements et enroulée dans une couverture, Elena attendait que Max finît de la coiffer et de la maquiller. Cela fait, il lui fit mettre un vieux chemisier et prit une photo destinée au faux passeport. Quand Walter revint avec la robe, et un manteau léger pour l'accompagner, elle était prête à s'habiller.

Il sortit la tenue du carton et la déplia pour la lui montrer, guettant sa réaction.

La robe était splendide. En soie écarlate, elle semblait illuminer la petite pièce de son éclat. Il était impossible d'en jauger la coupe sans l'enfiler, et que les plis tombent exactement à leur place. Un cintre ne suffirait pas, fût-il rembourré.

— Eh bien ? demanda Walter.

Une expression d'anticipation, voire d'espoir, se lisait sur son visage.

Elle tendit la main et effleura le tissu, puis leva les yeux vers lui.

— Elle est magnifique ! s'écria-t-elle, priant silencieusement pour qu'elle lui allât. Dans cette robe, je devrais être capable de terrasser…

Elle se refusa à être prévisible et à dire « des dragons », comme elle en avait d'abord eu l'intention.

— … des lapins, acheva-t-elle. Des lapins vraiment en colère.

Walter éclata de rire. Soulagé, peut-être.

Complètement perplexe, Max secoua la tête.

— Pas des lapins allemands, marmonna-t-il.

Elena retira la couverture et enfila la robe. Pendant un bref et horrible instant, elle la soupçonna d'être trop petite, puis l'attacha et découvrit qu'elle lui allait parfaitement. Elle regarda Walter et vit son propre ravissement reflété sur ses traits.

— Superbe ! dit-il, en relâchant lentement son souffle. Vous paraissez prête à triompher du monde entier.

Il inclina légèrement la tête sur le côté.

— L'êtes-vous ?

— Bien sûr, mentit-elle. Même de furieux lapins allemands.

Il faudrait un effort suprême pour gagner la partie. Mais trop de gens avaient risqué leur vie pour qu'elle échoue. Elle avait toutes les chances de s'enfuir, de regagner son pays, d'être libérée de la peur. Comment n'aurait-elle pas débordé de reconnaissance ? Elle se tourna vers Max.

— Merci. Vous avez très bien réussi l'extérieur. Je me charge de l'intérieur, affirma-t-elle en effleurant la soie du bout des doigts.

Walter prit le sac qui contenait l'appareil photo d'Elena, ainsi que son sac à main, et les fourra dans un bagage plus grand. Le commandant Beimler avait dû veiller à emporter ses affaires !

— Venez. Il est temps d'aller à la gare.

— Mes papiers ? demanda-t-elle, étouffant une panique soudaine tandis que Max lui tendait une paire de gants fins, destinés à dissimuler sa main blessée.

Walter palpa sa poche.

— Tout est là. Nous n'avons plus qu'à acheter des billets pour Paris. De là, nous irons à Calais. Il faudra seulement changer de gare. Ce n'est pas loin.

— Je sais !

La froide réalité l'avait glacée de nouveau.

— Comment m'appelé-je, s'il vous plaît ? Il me semble que je devrais le savoir… insista-t-elle, s'efforçant d'adopter un ton léger.

Il leva les yeux au plafond, puis les baissa de nouveau.

— Anna Herman.

— Merci.

Après avoir remercié Max, elle suivit Walter dans la rue où la lumière déclinait.

Walter lui prit le bras un peu durement.

— Ne soyez pas si… innocente ! la réprimanda-t-il. Vous ne devez pas avoir l'air d'une fugitive, mais vous devez réfléchir comme l'une d'elles ! Max n'a pas besoin de connaître votre nouveau nom.

— Oh ! lâcha-t-elle, brusquement consciente de son erreur.

Elle s'était trop détendue. C'était stupide ! Walter avait paru faire confiance à Max, de sorte qu'elle avait suivi son exemple et baissé sa garde.

Il se radoucit.

— Vous vous appelez Marta Lindt, comme le chocolat. Vous devriez vous en souvenir facilement. Marta s'écrit sans « h ».

Il sourit.

— J'imagine que vous n'avez pas mangé beaucoup de chocolat ces jours-ci. Nous en achèterons lorsque nous arriverons à Londres, pour fêter notre succès.

— Vous venez avec moi jusqu'à Londres ? s'étonna-t-elle.

— Oui. Je vous raccompagne à votre porte. On ne peut pas vous laisser seule cinq minutes sans que vous vous attiriez des ennuis.

Il eut un sourire soudain qui éclaira tout son visage.

— Merci, répondit-elle.

Au vu des circonstances, qu'aurait-elle pu dire d'autre ?

29

— Viens, Toby, ordonna enfin Lucas.

Il était debout dans le sous-bois tapissé de jacinthes, les yeux rivés sur le rai de lumière qui filtrait à travers les plus hautes branches des poiriers sauvages. Les fleurs minuscules, pareilles à des flocons de neige, reflétaient les rayons du soleil. Il était temps de partir. Il avait accepté la décision qu'il aurait dû prendre plus tôt, des années plus tôt, peut-être : dire toute la vérité à Charles. Tout ce qu'il désirait savoir.

Toby s'assit à ses pieds et le regarda d'un air interrogateur.

— On rentre à la maison, annonça Lucas. Tiens-toi tranquille une minute.

Il lui disait toujours la même chose, bien que Toby s'agitât rarement pendant qu'il rattachait sa laisse.

— Allons-y.

Il rebroussa chemin, se dirigeant vers la voiture.

La conversation serait difficile, mais son fils comprendrait. Son propre travail était hautement confidentiel. La différence, c'était que sa famille avait toujours connu la nature de ses activités, dans les grandes lignes sinon en détail. Concernant Lucas, tout était caché, secret.

Non, cela n'était qu'une excuse au fond, mais peu importait désormais. Ce qui tourmentait réellement Lucas, ce qui le poussait à parler à Charles maintenant, c'était la peur très réelle, pareille à un ulcère de l'âme, qu'Elena ne revienne pas à la maison. Pas étonnant qu'on qualifie certains ulcères de « rongeants » ; il en sentait la morsure en lui.

Charles croyait peut-être que le climat politique en Allemagne, telle une giboulée de printemps, ne durerait pas, et que des jours meilleurs viendraient. Lucas savait, ou croyait savoir, qu'il s'agissait en réalité du début d'un long hiver qui anéantirait une bonne partie du paysage, y compris celui qu'ils chérissaient le plus. Ils auraient besoin l'un de l'autre. Ils n'avaient pas de temps à perdre à se quereller. Les vraies plaies seraient bien assez profondes ; toutes les autres devraient être soignées avant. Autrement dit… dès maintenant.

De retour à la maison, il téléphona à Charles aux Affaires étrangères et prit rendez-vous avec lui pour déjeuner.

— Aujourd'hui ? s'étonna Charles, incrédule et méfiant.

C'était la première fois que Lucas faisait une telle suggestion.

— Pourquoi pas vendredi ? Je serai libre.

— Aujourd'hui, Charles, répondit Lucas. Si tu as un déjeuner que tu ne peux pas remettre, je viendrai à ton bureau. Mais je préférerais te voir dans un endroit où personne ne pourra nous déranger.

— Que se passe-t-il ? Mère est malade ? Ou Elena ?

— Non, ta mère va bien. Je serai là à midi.

— Père…

— Midi.

Lucas raccrocha. Il ne pouvait raconter l'histoire par bribes, et bien qu'il ne pût pas voir le visage de Charles, il imaginait parfaitement ses réactions. Cela allait déjà être assez pénible, après toutes ces années de dissimulation, si nécessaires eussent-elles été. La discrétion absolue, même vis-à-vis de sa propre famille, n'était pas facultative, mais obligatoire.

Il ne prit pas sa voiture pour se rendre au centre-ville. Il n'y avait pas de places de stationnement à proximité du ministère des Affaires étrangères, et la circulation était toujours dense. La cité n'avait pas été conçue pour le passage des chevaux, encore moins celui des automobiles. Le métropolitain était le meilleur moyen de transport, après quoi il aurait un bref trajet à pied. Dorénavant, il s'agissait de maîtriser sa nervosité durant le temps qu'il lui restait à patienter.

Il arriva à midi moins cinq au bureau de Charles, qui l'attendait. Son fils arborait un air serein, comme s'il recevait un dignitaire étranger, mais au-delà des apparences Lucas le sentait effrayé. Il avait beau maîtriser la tentation de se balancer d'un pied sur l'autre – un signe évident de tension –, sa posture était rigide. On le devinait préoccupé. S'il n'y prêtait attention, tôt ou tard, il allait renverser quelque chose.

Lucas se sentait coupable de lui infliger ce coup. Il aurait dû trouver le moyen de tout lui révéler lorsqu'il avait pris sa retraite. Si difficile qu'eût été leur relation, c'était à lui de faire un effort. Personne n'était censé connaître l'existence du MI6, mais Charles comprenait la nécessité de garder des secrets. Il n'aurait rien répété à personne.

— J'ai réservé une table, annonça Charles en le regardant calmement. Je ne sais pas combien de temps je peux te consacrer.

Il contourna son bureau et vint vers lui.

— Tu es prêt ? J'aime autant m'en aller avant que le téléphone sonne ou que quelqu'un vienne me demander quelque chose.

Lucas se retourna vers la porte et l'ouvrit.

— Bien.

Ils cheminèrent en silence, ni l'un ni l'autre désireux

de feindre la normalité. Le restaurant était situé à deux rues de là et Charles avait réservé une table dans un coin tranquille, un peu à l'écart. Dès qu'ils eurent commandé et que le serveur se fut éloigné, Charles prit la parole.

— Eh bien, qu'y a-t-il de si urgent ? Cela ne peut pas être une bonne nouvelle, sinon tu me l'aurais annoncée.

Il s'éclaircit la voix.

— Elena s'est-elle attiré d'autres ennuis ? Comment se fait-il que tu sois au courant et pas moi ? Qu'avait-elle peur de me dire ? A-t-elle besoin d'argent ?

Il parlait trop vite, citant les problèmes qu'il pouvait supporter d'envisager, ceux qu'il pouvait régler, taisant ceux qu'il n'osait imaginer. La pensée de la mort de Mike assombrissait son regard, tout comme elle rôdait constamment en marge de l'esprit de Lucas. Elle le ramenait au passé, à ce qu'il avait tenté pour l'éviter.

— Non, murmura-t-il. Je n'ai pas de nouvelles, sauf qu'elle était en vie et en bonne santé il y a deux jours, mais qu'elle n'était pas en mesure de quitter l'Allemagne.

— Que diable veux-tu dire par là ? demanda Charles sur un ton cassant. Elle est blessée ? Malade ?

— Non…

— Bon sang, Père ! Cesse de faire l'innocent et dis-le-moi. J'en ai assez de ces mystères. Tu fais des cachotteries depuis des années et je ne sais pas pourquoi ! Je…

— Je sais que tu ne comprends pas, coupa Lucas. Je n'ai pas pu t'expliquer à l'époque, pas plus que tu ne peux me confier les secrets inhérents à ton poste.

— Qu'y a-t-il de si confidentiel dans la fonction publique ? Tu remuais des paperasses pour un ministre ou un autre…

— Non, Charles. J'exerçais une activité dont on ne parle pas, pas même à sa propre famille, lâcha Lucas sur un ton sec. J'aurais pu te le dire quand j'ai pris ma retraite, je pense maintenant que j'aurais dû, et je te présente mes excuses pour ne pas l'avoir fait. La discrétion est devenue une habitude. Je n'en ai jamais discuté avec personne, pas même avec ta mère.

Le peu de couleur qui restait sur les joues de Charles s'évanouit.

— Qu'étais-tu ? Un bourreau ?

Il ne plaisantait qu'à moitié. C'était sans doute le pire métier auquel il pût songer, et pourtant la peur dans ses yeux était bien réelle.

— Je travaillais pour le MI6. Un service dont personne ne connaît l'existence. Les renseignements militaires, murmura Lucas. Nous n'étions pas autorisés à le dire à quiconque, y compris notre famille. Je suppose qu'un mot imprudent aurait pu mettre en péril tant de choses – de vies…

— Toi ? se récria Charles, incrédule. Le MI6 ?

Il se tut brusquement, conscient du fait que Lucas était parfaitement sérieux.

— Que diable faisais-tu là-dedans ? Tu es un intellectuel… non ?

Lucas prit une inspiration et exhala lentement son souffle.

— Pas vraiment. En fait, j'étais à la tête du service.

— Toi… ?

Charles était toujours interdit.

— Mère le sait ?

— Oui. Du moins, elle en a deviné une partie.

Lucas se demanda si cette révélation ne portait pas à Charles un coup plus rude encore. Devait-il lui avouer la vérité, à savoir que Josephine avait elle aussi eu des activités secrètes pendant la guerre ? Si Elena ne revenait pas… Il voulut refouler cette pensée, mais son esprit ne le lui permit pas. Si elle ne revenait pas, ils auraient plus que jamais besoin les uns des autres. Il serait trop tard alors pour remédier aux idées fausses. Ils n'avaient pas de temps à perdre en mensonges, quels qu'ils fussent.

— Je ne le lui ai pas dit, ajouta-t-il tout bas. Mais j'ai découvert ces jours-ci qu'elle était au courant. Elle a travaillé comme décodeuse durant la guerre. C'était tout aussi confidentiel.

— Tu savais.

Cela ressemblait à une accusation.

— Il le fallait. Son travail était très utile au nôtre.

La douleur se peignit sur le visage de Charles, la confirmation soudaine qu'il avait été tenu à l'écart. Cependant, sa solitude venait de sa propre carrière, de tout ce qu'il lui était interdit de partager ! Lucas tendit une main vers son fils, qui l'ignora.

— C'est pour la protection de chacun. Nul ne devrait avoir à porter le fardeau des secrets d'autrui, des décisions qui tournent mal, des morts qu'on ne peut empêcher, ni être suspecté d'avoir tenu des propos imprudents.

Il se pencha davantage vers lui.

— Parles-tu à Katherine de toutes les peines ou trahisons secrètes dont tu as connaissance ? De chaque soupçon d'incompétence ? En parlerais-tu à Margot ou à Elena ?

— Non, bien sûr que non ! s'indigna Charles. Mais tu aurais pu me le dire après ton départ.

— Je sais. Et je suis désolé de ne pas l'avoir fait.

Lucas était sincère. Il le regrettait profondément. Peut-être Charles et lui étaient-ils si différents, peut-être s'étaient-ils à ce point éloignés l'un de l'autre que toute réconciliation était impossible.

— À supposer que tu sois vraiment parti ? insista Charles, un défi dans la voix.

Le ton était vexé, accusateur. Découvrir que Lucas avait exercé plus de pouvoir que lui, connu plus de secrets qu'il n'en saurait jamais, le blessait dans son amour-propre.

— Es-tu parti ? répéta-t-il.

— Oui. Je reçois des bribes d'information de temps à

autre, mais je ne suis pas engagé dans l'action. C'est la vérité. Cela me manque, mais je n'en suis plus capable, et je n'ai plus la confiance de ceux qui travaillent dans le service, à l'exception de quelques-uns.

C'était un aveu douloureux. Ce qui était perdu l'était irrémédiablement. Il ne pouvait mentionner Peter Howard. Il n'était pas libre de divulguer son nom.

Charles demeura quelques instants silencieux. Quand il reprit la parole, sa voix était tendue, comme s'il avait la poitrine comprimée dans un étau.

— C'est parce que Elena n'est pas encore revenue ? Tu me dis tout ça… au cas où… au cas où elle ne reviendrait pas ?

Sur son visage, l'angoisse était trop présente pour laisser la moindre place à la colère.

Lucas réfléchit à toute allure. Une seconde, deux… trop de temps avait déjà passé. Un déni honnête aurait été instantané. S'il devait se demander comment le formuler, alors ce n'était pas la vérité.

— J'ai essayé de la retrouver, avoua-t-il. Envoyé un homme sur place. Mais il semble que ta fille soit très débrouillarde, et capable de violence en cas de nécessité.

— C'est ridicule ! explosa Charles. Si tu parlais de Margot, oui, je le croirais. Mais pas Elena ! Elle n'a pas le…

— Apparemment, elles sont moins différentes que tu ne le penses… que nous ne le pensions tous.

Charles appuya les coudes sur la table et se mit la tête entre les mains.

Lucas garda le silence. Parler donnerait l'impression qu'il ne comprenait pas.

Il éloigna d'un geste le serveur qui s'approchait.

— Je dois bien pouvoir faire quelque chose ! gémit Charles. J'ai des contacts, des gens à qui je peux réclamer des faveurs.

— Nous en avons tous les deux, dit Lucas doucement,

mais la situation à Berlin a évolué depuis que toi et moi y avons vécu. Quelqu'un l'aide. Nous risquerions de faire plus de mal que de bien.

Il hésita. Il ne devait rien dissimuler à Charles.

— Et les loyautés fluctuent. Nous avons au moins un traître dans nos rangs. Parler à des gens en qui nous avions confiance autrefois pourrait l'exposer à plus de danger.

— Pas de la part de ceux à qui je m'adresserais ! répliqua Charles avec colère.

— Charles ! Les gens changent, les pressions aussi. Nous avons tous des points faibles. Ne tente rien !

Charles le fixa longuement, sans faiblir, comme s'il voulait s'assurer de sa sincérité.

— Tu es sûr de toi ?

— Autant que je puisse l'être.

Charles parut satisfait.

— Enfin, la vérité. Ce que tu viens de me dire explique bien des choses. Je ne peux même pas m'en offusquer. Katherine ne me pose jamais de questions sur les sujets sensibles. Elle sait que je n'ai pas le droit de lui dire quoi que ce soit. J'aimerais bien. On se sent seul, parfois, surtout quand on n'est pas certain d'avoir pris la bonne décision – ou la mauvaise. Bien plus souvent… je ne sais pas. Étais-tu toujours convaincu d'avoir raison ?

— Non.

— Comment vis-tu avec ça ?

— Chaque jour à la fois. Je parle beaucoup au chien, répondit Lucas avec un demi-sourire. Les chiens sont d'une patience infinie, et ils ne répètent jamais rien.

Charles sourit, mais des larmes brillaient dans ses yeux.

— Je vais peut-être en acheter un, murmura-t-il. Dieu sait que j'en ai besoin.

30

Le jour commençait déjà à baisser lorsqu'ils atteignirent la gare principale de Berlin. En dépit de la foule, il ne fallut qu'un instant à Elena pour repérer les policiers postés à chacune des entrées et près des guichets. On voyait aussi des membres des chemises brunes, encore plus aisément reconnaissables, tous lourdement armés.

Elle sentit la main de Walter se resserrer sur son bras. Compte tenu du fait qu'elle le connaissait depuis si peu de temps, elle en fut étonnamment réconfortée.

— La tête haute, regardez droit devant vous, dit-il en se penchant légèrement vers elle, de manière à n'être entendu de personne. Vous n'avez rien à craindre. Souvenez-vous que vous êtes une gagnante ! Vous êtes blonde, vous avez les yeux bleus, vous parlez allemand. Vous appartenez à la race des maîtres.

Elle sourit malgré elle. Cela sonnait si ridicule.

— C'est mieux, dit-il doucement. Ne l'oubliez pas.

Il hésita une seconde puis ajouta :

— Si cela vous fait rire, c'est tant mieux. Vous êtes ravissante quand vous riez. Et surtout, vous avez l'air sûre de vous, innocente.

Une bouffée de gratitude envahit Elena pour son aide, à la fois émotionnelle et pratique. Elle fit refluer la peur, et les sombres souvenirs de ceux qu'elle avait laissés derrière elle : Ian, le mort de l'hôtel, Jacob et Zillah, qui étaient toujours en danger, Beimler qui s'était sacrifié en connaissance de cause pour qu'elle pût faire sortir les photographies d'Allemagne et exposer une vérité qui durerait pour toujours, tant qu'il en resterait un exemplaire. C'étaient eux qui avaient rendu son évasion possible.

— Merci, dit-elle très vite.

Un sourire aux lèvres, elle passa devant un groupe de miliciens : une femme en robe écarlate, qui n'avait aucune raison de craindre quiconque.

Son sourire s'accentua face à l'absurdité de la situation.

Au guichet, Walter acheta deux billets aller-retour pour Paris.

Elena ouvrit la bouche, prête à intervenir. C'était une dépense extravagante. Un gaspillage d'argent.

— Aller-retour, vous dites ? demanda le guichetier.

— Bien entendu ! répondit Walter, sur un ton surpris. C'est amusant de voyager, mais qui voudrait vivre ailleurs qu'ici, de nos jours ?

Il jeta un coup d'œil à Elena, quêtant son approbation.

Elle lui adressa un sourire qu'elle espérait convaincant. Vite, elle devait songer à une réponse ! Le guichetier attendait sa réaction. Elle s'accrocha à une image de Mike ridiculement juché sur son tricycle de petite fille et refoula les larmes.

— L'aventure, c'est bien, mais on revient toujours chez soi.

Walter lui entoura les épaules de son bras.

Le guichetier lui rendit son sourire.

— Amusez-vous bien, lança-t-il gaiement. Au suivant !

Les chemises brunes postées à l'entrée des guichets n'esquissèrent pas un geste pour les intercepter.

— Bravo, complimenta Walter, d'une voix presque inaudible.

Ils passèrent devant un kiosque de *Reibekuchen.* L'arôme qui s'en échappait éveilla en elle une avalanche de souvenirs, dont le plus vif était celui de l'individu qui avait bien failli s'emparer d'elle deux jours plus tôt. Elle ne devait pas commettre d'erreur. Une seule suffirait non seulement à la faire arrêter, mais à condamner Walter aussi. Il risquait sa vie pour l'aider à s'enfuir et n'était même pas au courant des photos de l'autodafé. Lesquelles étaient parties maintenant, en route pour Lucas.

Elle se força à revenir au présent et s'appliqua à marcher avec assurance, comme si elle savait où elle allait. Elle ne voulait pas croiser de regards, mais ne devait pas davantage donner l'impression qu'elle les évitait. Jamais elle n'avait réfléchi à de pareils détails auparavant, mais telle était la situation d'un fugitif, ou d'un être jugé de classe inférieure, de race inférieure, de n'importe quelle catégorie inférieure ! Pas étonnant que ceux qu'on affublait de cette étiquette fussent effrayés, furieux.

La nuit tombait. Les gens continuaient à affluer à la gare. Elena songea brusquement qu'elle ne savait même pas quel jour de la semaine on était. Peu importait, sans doute.

Ils étaient à vingt mètres du quai. Un dernier barrage de policiers à franchir. Devant eux, des voyageurs montraient leurs papiers. Elle sentit un nœud douloureux se former dans son estomac. Le moment était venu. La première mise à l'épreuve de son faux passeport.

C'était leur tour.

— Votre nom ? demanda le garde.

C'était un homme d'âge moyen. Il avait oublié un petit carré de poils gris sur son cou quand il s'était rasé. Elle dut s'obliger à ne pas fixer l'endroit.

— Votre nom ? répéta-t-il, agacé.

— Marta…

Elle avait l'esprit vide ! Elle avait complètement oublié le nom que Walter lui avait dit. Elle tenait le passeport à la main. Le garde le lui arracha.

— Marta Lindt, intervint Walter, qui tendait ses papiers en même temps.

L'homme examina le passeport de Walter, puis le sien.

— Pas « Mann » ? demanda-t-il avec un sourire, en lançant un coup d'œil à la robe rouge.

Walter lui adressa une grimace complice.

— Pas encore.

— Nous allons juste passer deux jours à Paris, ajouta Elena, souriante.

L'homme leur rendit leurs passeports et regarda Walter.

— Bon voyage, dit-il, d'un air entendu qui rendait ses paroles lourdes de sens.

Walter acquiesça et remit le bras autour des épaules d'Elena.

— Merci.

Ils gagnèrent rapidement le quai et grimpèrent dans un wagon de première classe.

Il y avait trop à dire, et aucun mot n'était assez fort pour exprimer sa reconnaissance. Un faible « merci » aurait presque été pire que rien du tout. Il aurait minimisé l'immensité de son émotion.

Le troisième compartiment le long du couloir était vide. Ils entrèrent et s'installèrent l'un en face de l'autre, à côté de la fenêtre, répétant précisément les gestes qu'elle avait faits dans le train qui l'avait emmenée de Milan à Rome, quelques jours plus tôt à peine. Tant de choses étaient arrivées depuis que ces moments-là semblaient appartenir à une autre vie.

Elle connaissait à peine Walter alors, et pourtant il avait été là aux heures les plus désespérées et l'avait aidée sans poser de questions. Était-il aussi membre du MI6 ? Si tel était le cas, il ne le lui dirait pas. Ian ne le lui avait avoué qu'au moment de mourir et seulement parce qu'il y était obligé pour qu'elle achève sa mission à Berlin. Malheureusement, elle était tombée dans le piège qui lui avait été destiné et avait lamentablement échoué.

Cependant, même si elle ne réussissait pas à sortir d'Allemagne, les photos étaient déjà parties et Lucas saurait comment les exploiter au mieux. Elles ne nécessitaient pas d'explications. Les visages étaient plus parlants que n'importe quels mots. Ils étaient gravés dans l'Histoire à jamais, avec une date et un lieu : l'autodafé, la folie d'une tentative visant à anéantir la lumière spirituelle de toute une culture.

Peut-être était-ce de cela que Walter se souciait ?

Le train s'ébranla. Elena se laissa aller contre le dossier. Il était confortable et une chaleur douce régnait dans le wagon. Elle pourrait s'endormir, elle était assez fatiguée pour cela. Au fur et à mesure qu'ils prenaient de la vitesse, le passage rythmé des roues sur les rails, le léger oscillement du convoi la berçaient. Ils étaient seuls dans le compartiment, et c'était agréable.

Elle se réveilla en sursaut, soudain consciente qu'on lui tenait les poignets, assez fermement. Elle se dégagea avec un cri.

— Elena !

La voix de Walter.

— Vous dormiez ? Nous sommes en route pour Paris. Nous approchons de la frontière. Le train va s'arrêter un petit moment. Vous pourrez vous dégourdir les jambes si vous voulez.

— Non.

Elle avait refusé sans savoir pourquoi. C'était une bonne idée, mais elle était envahie par la crainte que le train reparte sans elle.

— Je suis désolée, murmura-t-elle. Je… rêvais.

Le visage de Walter se crispa.

— Excusez-moi, dit-il à voix basse. Si nous avions pu partir autrement que par le chemin de fer, je l'aurais fait. Mais ceci est le dernier obstacle. Une fois que nous serons en France, nous serons à l'abri.

— Vraiment ? Je sais que la police allemande ne pourra plus nous arrêter, mais elle pourrait nous suivre, non ?

— Elle n'aurait aucune juridiction… commença-t-il.

Un éclair de compréhension jaillit dans son regard.

— Personne ne sait qui vous êtes, ajouta-t-il plus gentiment. Si on vous avait reconnue, on vous aurait interceptée à Berlin. Songez-y. Newton a été assassiné dans le train à destination de Paris, mais c'était…

— Oui ?

— J'allais dire que c'était il y a longtemps, mais je suppose qu'une semaine à peine s'est écoulée. Cela paraît plus long. On dirait que, parfois, le temps est élastique. Quand on est épuisé, une heure de sommeil n'est rien. Elle s'enfuit avant même qu'on en ait conscience. En revanche, quand on souffre sur le fauteuil d'un dentiste, elle semble durer une éternité.

Elle rit malgré elle.

— Et si l'on attend quelqu'un et que cette personne est en retard, notre esprit a le temps d'imaginer mille choses différentes qui ont pu lui arriver. Il suffit que l'une d'elles se produise un jour et, après, toutes les attentes sont…

— … interminables. Je sais.

Il se tut, la voix assourdie par l'émotion.

Elle fouilla son visage, le voyant peut-être pour la première fois comme un individu, avec sa propre vie, ses propres peines et craintes qui n'avaient rien à voir avec elle ni avec Scharnhorst, ni aucun aspect de cette affaire. Elle lui effleura la joue doucement.

— Je suis vraiment désolée. Vous devez me trouver incroyablement égoïste, et vous avez raison. Je l'ai été.

Le train ralentissait déjà. Le rythme était différent. Elle sentait la pression des freins sur les roues. Walter se cala de nouveau contre son dossier. Elle se demanda si, parce qu'elle avait cessé de songer à sa propre peur pour penser à lui, il avait craint qu'elle lui pose des questions indiscrètes. Elle devrait veiller à n'en rien faire. Il avait un côté réservé, il avait peut-être beaucoup souffert. Et il l'avait aidée par deux fois maintenant, au péril de sa propre vie. Elle avait une dette immense envers lui. Le moins qu'elle pût faire était bien d'avoir le tact de ne pas l'interroger.

Ils entraient en gare. Allait-on les prier de descendre compartiment par compartiment, pour passer la douane et le contrôle des papiers ? Ou les agents allaient-ils monter à bord ?

Elle s'adossa de nouveau au siège, remarquant tout à coup qu'elle avait les mains crispées. Elle s'obligea à les détendre. Un garde-frontière zélé s'en apercevrait et verrait là un signe de peur. Une femme innocente n'avait aucune raison d'avoir peur !

Le convoi roulait au pas. Quelques instants plus tard, il s'immobilisa complètement. Elle entendit des portières claquer, des gens monter. On leur ordonna de rester à leur place. Ils pourraient se lever une fois les contrôles terminés.

Une éternité sembla s'écouler avant que la porte de leur compartiment s'ouvrît, livrant passage à un agent en uniforme. Il les dévisagea tous les deux avec attention. Le cœur d'Elena cognait si violemment qu'il devait voir tout son corps trembler.

— Vos papiers, s'il vous plaît.

Elle avait envie de regarder Walter, mais n'osa pas, de peur d'éveiller les soupçons du garde-frontière. Ses instructions avaient été suffisamment claires ! Elle farfouilla dans son sac à la recherche de son passeport. Pendant que l'agent attendait, il prit celui de Walter, y jeta un bref coup d'œil, puis reporta son attention sur Elena. Pourquoi s'intéressait-il davantage à elle ? Parce qu'ils recherchaient une femme ? Une femme d'apparence quelconque, aux cheveux châtains, qui portait des vêtements sages. Elle n'était pas cette femme. Elle était

Marta Lindt, elle avait des cheveux blonds coupés court, à la mode, et elle portait une superbe robe écarlate !

Elle trouva le passeport et le tendit à l'agent avec un sourire amical, charmant. Elle était belle. Les hommes la remarquaient, à tout le moins. Elle avait l'impression de transpirer. Cela se voyait-il ? Elle était tantôt brûlante, tantôt glacée.

Walter prit une inspiration, comme s'il s'apprêtait à parler, puis se ravisa.

L'homme referma le passeport et le lui rendit.

— Merci, *Fraülein*. Ce sont vos affaires ? Vous n'avez rien d'autre ?

Le soupçon se lisait dans son regard. Une femme habillée comme elle l'était devait avoir plus de bagages qu'un simple sac.

Elle lui décocha un sourire charmeur.

— Non. Pourquoi pensez-vous que j'aille à Paris ? Je vous promets de revenir avec davantage… bien davantage !

L'expression de Walter était indéchiffrable. Elena devina qu'il tentait d'avoir l'air chagriné, et réprimait en même temps une forte envie de rire.

Le garde-frontière eut moins d'états d'âme. Il s'esclaffa sans retenue.

— J'espère que vous en aurez pour votre argent, mon vieux, lança-t-il à Walter.

Sur quoi il s'en alla, fermant bruyamment la portière derrière lui.

— Désolée, murmura Elena.

— Il n'y a pas de quoi, vous avez été brillante ! commenta-t-il. Nous sommes libres de nos mouvements à présent. Voulez-vous sortir un peu ?

Elle sentit qu'il en avait envie.

— Oui, bien sûr. L'air frais nous fera du bien.

Elle accepta la main qu'il lui offrait pour descendre sur le quai. Il faisait nuit et le vent soufflait en rafales, soulevant ses cheveux et sa jupe. Une seconde ou deux, elle apprécia la fraîcheur, après quoi elle eut froid. Elle était contente que Walter se tînt entre le vent et elle, lui faisant un bouclier de son corps.

— Il y a une buvette là-bas. Vous voulez un café ? Il risque d'être assez fort, mais au moins il sera chaud.

— Oui, avec plaisir.

Ils se dirigèrent vers l'endroit, Elena réglant son allure sur la sienne. Une bonne vingtaine de personnes se tenaient déjà sur le quai, un peu gauchement, comme si elles ne savaient que faire du bref laps de temps qui leur était accordé. Certains groupes se parlaient. D'autres attendaient en silence, et jetaient régulièrement un coup d'œil en direction du train. Elle se demanda si certains de ceux qui patientaient cherchaient aussi à fuir quelque chose. La police ? La Gestapo ? Certains étaient-ils des juifs qui s'échappaient pendant qu'ils le pouvaient encore ? En laissant derrière eux des êtres aimés ?

Elle ne parvenait pas à déchiffrer leurs visages dans la lueur jaune, artificielle. Pouvaient-ils déchiffrer le sien ?

Le train dominait le quai, ses flancs métalliques légèrement incurvés luisant sous les reflets des lampes. Les nuages de vapeur qui s'échappaient des cheminées obscurcissaient temporairement les étoiles.

Walter revint avec le café, qu'elle accepta avec reconnaissance.

— Merci.

— Je ne sais pas si vous prenez du sucre mais, de toute manière, il n'y en avait pas, s'excusa-t-il.

Elle sourit.

— Je n'en prends pas. J'ai grandi sans y avoir été habituée et, maintenant, je n'aime pas beaucoup ça.

Elle sirota son café. Il n'était pas mauvais. Regarda de nouveau le train. Plus loin sur le quai, les gens continuaient à descendre. Cela devait vouloir dire que le contrôle n'était pas encore terminé.

Des groupes d'hommes en tenue de travail allaient et venaient. La machine à vapeur allait-elle avoir besoin de charbon ? d'eau ? Tous paraissaient avoir un but bien précis en tête. Elle était presque hors de danger ! Au milieu de toute cette effervescence, les derniers instants semblaient s'éterniser.

La locomotive cracha un nouveau jet de vapeur qui la prit par surprise. Elle avait du mal à maintenir une apparence de calme alors que la sécurité n'était qu'à quelques minutes de là, et pourtant encore hors d'atteinte. Elle sirota quelques gorgées de café. Les formalités de douane avaient beau lui paraître interminables, il ne pouvait s'être écoulé beaucoup de temps depuis qu'ils étaient là : le café était encore chaud, bien qu'il fût dans un gobelet en carton.

Les agents descendirent du dernier wagon et elle se tourna vers Walter. Elle n'eut pas même besoin de parler.

— Oui, dit-il tout bas. Il est grand temps, bon sang. Nous allons faire des achats à Paris, vous vous rappelez ?

Il plongea son regard dans le sien et sourit.

Elle s'obligea à arborer un air enthousiaste et accepta son bras pour traverser le quai glacial et remonter les marches raides. Ils retrouvèrent leurs places. Quelques minutes plus tard, un coup de sifflet perçant retentit, un jet de vapeur s'éleva, le nuage flottant autour d'eux tandis que le convoi s'ébranlait dans un soubresaut, puis gagnait de la vitesse en franchissant la frontière.

Walter paraissait heureux, détendu, comme si lui aussi avait franchi un passage dangereux et qu'il était en sécurité de l'autre côté.

— Merci, souffla-t-elle.

Elle attendit que le train eût atteint sa vitesse maximale et rugît à travers la nuit avant de se lever.

— Je vais me rafraîchir.

Walter lui indiqua la direction.

— C'est à trois voitures d'ici.

Elle le remercia d'un signe de tête et se mit en chemin. Ils roulaient à vive allure maintenant et il était malaisé de garder l'équilibre dans le couloir, où elle n'avait rien à quoi se cramponner. Tous les compartiments étaient fermés, les stores tirés. Les voyageurs essayaient sans doute de dormir. Sa montre indiquait une heure et demie du matin.

Le couloir était faiblement éclairé. Tels des miroirs, les vitres extérieures ne reflétaient que son visage et la robe écarlate. On ne voyait aucune lumière à l'extérieur, aucun signe de présence humaine. Elle n'apercevait aucune ville, aucun village. Ils auraient pu être n'importe où. Nulle part.

La vitesse était régulière à présent. Le grondement du train et son balancement rythmé étaient réconfortants, rappelant ceux de quelque bête médiévale.

Elle resta quelques minutes dans le cabinet de toilette. Comme elle se lavait les mains – en prenant bien soin de celle qui était brûlée – elle jeta un coup d'œil à son visage dans la glace et fixa l'inconnue qui lui rendait son regard. Une femme superbe, aux pommettes hautes, aux cheveux clairs et soyeux. Un instant, elle l'admira. C'était la personne qu'elle aspirait à être. Audacieuse, intrépide, courageuse, toujours positive. L'instant d'après, elle se sentit ridicule. Son apparence reflétait-elle vraiment la moindre partie d'elle ?

Elle s'essuya les mains, ouvrit la porte et sortit. L'obscurité régnait dans le couloir, aveuglante après la lumière des toilettes. Elle faillit entrer en collision avec le contrôleur.

— Pardon, s'excusa-t-elle en allemand, n'osant pas encore s'exprimer en anglais.

Comme pour l'aider à reprendre son équilibre, il la saisit par les épaules.

— Merci, ça va. C'était juste… juste le noir.

Ses mains se resserrèrent un peu sur les épaules d'Elena.

Il était d'âge moyen, corpulent. Son visage était trop proche du sien. Elle tenta de se dégager, en vain. Avec une soudaine bouffée d'angoisse, elle devina ses intentions. Elle commençait à s'accoutumer à la pénombre et distinguait le pli narquois de ses lèvres.

— Vous êtes très jolie, *Fraülein*. Vous devez avoir l'habitude. Vous voulez ? Oui ? C'est pour ça que vous portez une robe pareille. C'est une invitation. J'accepte !

Il l'attira plus près.

Que pouvait-elle dire ? Elle n'osait pas provoquer son hostilité et, pourtant, la perspective du contraire était révoltante ! Certains compartiments étaient vides. Il devait savoir lesquels. Au moins dans le couloir y avait-il la possibilité que quelqu'un d'autre vînt utiliser les toilettes. Elle devait rester là, coûte que coûte.

— Le deuxième compartiment, dit-il.

Elle réfléchit à toute allure.

— Ne soyez pas si prévisible ! Un peu de danger… ajoute du piment.

C'était insensé. L'idée était repoussante et, pourtant, elle parvenait à parler sur un ton enjôleur.

— Un peu de danger, hein ? Et ça vous plaît qu'on vous fasse mal, juste un peu ?

Il raffermit sa prise sur les bras d'Elena, serrant si fort que c'en était douloureux.

Elle se refusa à crier. Peut-être était-ce précisément ce qu'il désirait.

— Seulement si ça marche dans les deux sens, rétorqua-t-elle en le regardant droit dans les yeux.

Sa jupe était-elle assez ample pour lui permettre de lever le genou et de le frapper à l'endroit où il était le plus vulnérable ? Peut-être pas.

Elle devrait la retrousser, faute de quoi elle risquait de déchirer la soie et de s'exhiber, ou pire, de découvrir qu'elle était incapable de mener son geste à bien.

— Dans les deux sens ? répéta-t-il, comme si l'idée l'intriguait.

— Oui.

Elle porta les mains à ses côtés, remonta les pans de sa jupe, et lui décocha un violent coup de genou.

Il se plia en deux, manquant de peu la renverser. Déséquilibrée, elle heurta la paroi du compartiment, mais elle était libre. Elle devait s'enfuir avant qu'il se saisisse d'elle de nouveau. Il n'y avait personne pour l'aider et elle aurait beau hurler à pleins poumons, nul ne l'entendrait par-dessus le vacarme. Ce ne serait qu'un son de plus ajouté au sifflement du vent, au raclement du métal contre le métal.

Elle trébucha et perdit l'équilibre alors que le train se penchait dans une courbe, mais eut tôt fait de se rétablir et s'enfuit dans la direction opposée à celle de son compartiment, bloquée par le contrôleur. Se cognant tantôt d'un côté, tantôt de l'autre, indifférente à la douleur, elle parvint au bout du wagon et batailla avec la portière pour pénétrer dans le suivant. Elle entendait l'homme jurer derrière elle, redoutait à tout moment de sentir une main sur son épaule.

La portière résistait ! Elle s'aperçut qu'elle tirait sur la poignée dans le mauvais sens. Elle poussa et ouvrit enfin. C'était la soute à bagages ! Pleine de valises, la dernière voiture du train. Aucun voyageur ne se trouvait au-delà. Personne qui pût la secourir. Ni même être témoin de ce qui lui arriverait. S'il prétendait qu'elle avait sauté, personne ne le contredirait.

Cela ne pouvait pas se terminer ainsi ! Que tenter, sinon se cacher parmi les piles de bagages ? Le contrôleur ne pourrait pas passer le reste du voyage à la chercher. Il devait bien avoir certaines tâches à accomplir. Et s'il la trouvait, elle ne se laisserait pas faire sans résister ! Il était vulgaire, grossier, mais il n'irait pas jusqu'à la tuer… si ?

Elle chercha des yeux une cachette qui ne fût pas aussi un piège. Il fallait qu'elle eût une issue. Plusieurs tas de malles et de valises se dressaient un peu partout. *Se placer derrière l'une d'elles. Pas la plus proche. Mais faire vite.* La portière n'était pas munie de verrou. Pourquoi y en aurait-il eu ? S'il y en avait un, il se trouverait à l'extérieur.

Elle entendit la poignée tourner, et une bande de lumière se dessina sur le plafond alors que le battant s'ouvrait. L'homme était à moins de trois mètres d'elle. Elle l'entendait respirer fort, haleter tel un animal.

Il déplaça une malle, puis une autre.

— Je vous trouverai, menaça-t-il tout bas. C'est la dernière voiture. Il n'y a rien derrière hormis la nuit… et la voie déserte ! Vous n'avez nulle part où aller, la dame fière en robe rouge. Vous vous prenez pour qui ? Sans cette robe, vous êtes exactement comme tout le monde.

Et sans son uniforme, il serait exactement comme n'importe quel gros homme ! Mais elle n'allait pas tomber dans le piège qui consistait à riposter.

Il était plus près maintenant, à deux mètres d'elle, peut-être, et continuait à déplacer des valises, ahanant sous l'effort. S'il s'emparait d'elle, elle était perdue. Dans cette soute, il pourrait lui faire ce qu'il voulait. Elle regarda autour d'elle, en quête d'un objet susceptible de lui servir d'arme. Rien. Les gens gardaient leurs petits bagages avec eux. Ne restaient que les malles et valises trop volumineuses pour être placées dans le filet à bagages.

Où était la pile la plus haute ? Et si elle la faisait basculer sur lui ? Elle osait à peine bouger, mais tant pis si elle faisait du bruit. Même la chute d'un poids en plomb serait étouffée par le grondement du train.

Elle choisit la pile. Il saisirait son mouvement mais, en faisant vite, elle pourrait grimper sur la première malle et faire tomber les autres. Cela lui donnerait le temps de gagner la sortie. Elle n'avait rien à perdre ; il allait la trouver d'une seconde à l'autre. Elle se hissa sur la malle.

Il la vit.

— Ah ! Je vous tiens !

Il se rua en avant. Elle attendit une seconde, puis poussa la valise du haut vers lui. Celle-ci dégringola et s'abattit sur l'épaule du contrôleur qui s'effondra sur le dos.

Elle ne s'attarda pas pour voir s'il était blessé. Elle fonça vers la portière et franchissait le seuil quand son cri indigné lui parvint. Au moins, il n'était pas mort. Tant mieux. Elle ne voulait pas le tuer ! Cela dit, elle ne voulait pas non plus qu'il soit indemne et doublement furieux. Pas le temps de regarder. Elle claqua le battant et courut aussi vite qu'elle l'osait dans le couloir, ballottée de droite et de gauche par le train qui filait dans les ténèbres.

Elle avait presque atteint l'autre extrémité quand elle sentit la main du contrôleur telle une griffe sur son épaule. Il la força à faire volte-face et la plaqua à la cloison, lui coupant le souffle. Son visage n'était qu'à quelques centimètres du sien. Elle sentait son haleine, l'odeur de sa sueur. Cette fois, il pressa son corps contre le sien, ses jambes trop proches pour qu'elle lui décoche un autre coup de genou. Pouvait-elle tenter un coup de tête ? Essayer de le mordre ? Elle le fixa avec toute la haine qu'elle éprouvait, pour tous les événements épouvantables et tragiques survenus depuis le moment où elle était montée dans le train à Naples. Et même avant… depuis que le cadavre de l'inconnu avait basculé hors du placard à linge.

Il hésita, comme troublé par la violence de la fureur qui émanait d'elle.

À côté de lui, la porte de communication entre les wagons s'ouvrit à la volée, le heurtant violemment au bras. Il pivota, surpris et en colère.

Pendant un bref instant, personne ne bougea. Walter se tenait figé sur place, horrifié.

Le contrôleur fut le premier à réagir. Poussant brutalement Elena de côté, il chargea Walter de tout son poids et le refoula sur la plate-forme qui reliait les deux voitures. Walter recula, tâtonnant dans son dos pour trouver la poignée de la portière.

Le contrôleur le suivit, fit un faux pas et vacilla. Il était plus gros et plus lourd que Walter. S'ils en venaient aux mains, il gagnerait à coup sûr. De plus, il portait l'uniforme, l'autorité était de son côté. Ce qu'il dirait serait cru.

Il rattrapa Walter et prit son élan, prêt à l'assommer. S'il visait juste, il pourrait lui briser le cou.

Chancelant, Walter ouvrit la portière à la volée avant de plonger sur le sol. Le contrôleur trébucha. Walter roula sur lui-même et le faucha des deux pieds en même temps. L'homme vacilla, battant des bras, cherchant en vain à se retenir. Bouche bée, il disparut dans la nuit, son hurlement perdu dans les ténèbres.

Walter se remit lentement debout, le visage défait par le choc. Puis il se ressaisit et attrapa la main d'Elena pour ne pas perdre l'équilibre.

— Tenez bon !

Elle s'agrippa à sa main, se penchant en arrière tandis qu'il attrapait la portière qui battait encore et la refermait d'un coup sec. Enfin, il s'affaissa contre la cloison.

Mille pensées traversèrent l'esprit d'Elena, mais aucune ne contenait de mots appropriés.

Walter se redressa.

— Ça va ? demanda-t-il, assez fort pour être entendu par-dessus le vacarme.

— Oui.

— Il ne vous a pas fait de mal ?

— Non, pas…

Elena prit une profonde inspiration.

— Non ! Il m’a mise dans une colère noire !

Walter partit d’un rire qui semblait presque incontrôlable. Il l’attira vers lui et l’entoura de ses bras, riant toujours, la tête enfouie contre son épaule.

Elle voulut le remercier, mais cela paraissait terriblement insuffisant. Au lieu de quoi, elle s’accrocha à lui avec un infini soulagement.

31

Le train ralentit et s'arrêta, cependant aucun quai n'était visible.

— Qu'y a-t-il ? s'inquiéta Elena.

— Ce n'est sûrement rien, répondit Walter.

Malgré tout, l'incertitude perçait dans sa voix et il regardait autour de lui, cherchant la raison pour laquelle ils s'étaient arrêtés dans un endroit où ils ne pouvaient pas descendre.

Il y eut quelques instants de silence. Puis la porte du compartiment s'ouvrit et un contrôleur apparut, l'air anxieux.

— Un de nos collègues a disparu, annonça-t-il sur un ton sombre. Complètement envolé ! C'est très grave.

— Vous êtes sûr qu'il est remonté dans le train à la frontière ? demanda Walter.

— Pourquoi serait-il descendu ? rétorqua l'homme, agacé. Ce n'est pas une plaisanterie. Il a un bon travail ! Un travail que n'importe qui voudrait garder !

Il se tourna vers Elena.

— Il a dit qu'il venait vous… interroger. C'est vrai ?

Elle réfléchit à toute allure. Que dire sans attirer de questions supplémentaires ? Ils étaient si près du but ! Ils étaient dans Paris !

Silence.

Walter se pencha en avant.

— Je l'ai vu, vers l'arrière du convoi. Il avait une bouteille de schnaps à la main. Vous êtes sûr qu'il ne dort pas quelque part dans une soute à bagages ? Il… titubait un peu…

Il laissa le sous-entendu planer dans l'air.

Elena se força à sourire.

— Quand vous aurez tout déchargé, peut-être…

Le contrôleur haussa les épaules.

— Encore soûl ! C'est tout ce qu'il mérite. Si… Si on le trouve…

Il sortit. Après ce qui sembla durer dix minutes, et qui n'en était sans doute que deux ou trois, le train repartit dans un soubresaut et s'immobilisa de nouveau. Cette fois, il était le long du quai.

En entendant parler français autour d'elle, Elena se sentit étourdie de soulagement. Les rares policiers qu'elle voyait étaient des gendarmes en uniforme français. Même l'odeur de l'air était différente ! C'était comme si elle se blottissait dans des bras familiers. Paris !

Elle pivota en souriant vers Walter, qui descendait derrière elle.

Il lui prit le bras.

— Nous y sommes presque. Dernière étape. Vous serez à la maison ce soir. Maintenant, nous ferions mieux de nous éloigner d'ici, pour qu'on ne nous associe pas au train en provenance de Berlin. Allons boire un café, qu'en dites-vous ? Ce sera du café français !

— Êtes-vous toujours décidé à m'accompagner… jusqu'au bout ?

Elle l'espérait, trop pour oser le lui montrer. Cette épouvantable nuit l'avait laissée plus effrayée encore qu'elle ne voulait l'admettre. Des recherches avaient été entreprises pour retrouver le contrôleur. On apprendrait bientôt que son corps avait été découvert sur la voie. Elle n'avait pas la moindre idée de l'endroit où cela s'était passé, mais c'était en France. Après qu'ils avaient franchi la frontière.

— Bien sûr que oui, confirma Walter en la poussant vers la sortie.

Il avait parlé sur un ton pressant qu'Elena comprit. Lorsqu'ils seraient dans la rue, personne ne saurait qu'ils étaient venus par ce train-là. Sans le vouloir, elle accéléra le pas.

— Attendez ! reprit-il, une sécheresse momentanée dans la voix. Ne marchez pas si vite. Nous avons l'air de nous enfuir !

Sa main se raidit sur le bras d'Elena, qui ralentit à regret.

Ils étaient presque arrivés. Elle ne devait pas se retourner. La tête haute, elle sortit de la gare, indifférente aux regards éventuels. La rue était déjà encombrée par la circulation matinale. Dans quelques instants, ils se seraient fondus dans la foule.

Elena s'efforça de ne pas penser aux gens qu'elle avait laissés derrière elle. Elle ne pouvait pas se sentir coupable. Elle n'était d'aucune utilité à personne à Berlin, encore moins morte. Malgré tout, une douleur la rongeait lorsqu'elle songeait à Jacob, Eli et Zillah qui étaient toujours là-bas et aidaient autrui de leur mieux, en courant de terribles risques. Tout comme l'homme dans le studio de photographie, prêt à mentir pour sauver une inconnue qui possédait des images d'une réalité atroce. Et Dieu savait combien d'autres Beimler donneraient leur vie pour lutter contre la noirceur qu'elle savait venir.

Ils entrèrent dans un petit bistrot et s'assirent à une table au fond. Il n'y avait rien à dire qui n'eût déjà été dit. Le silence persista tandis qu'ils sirotaient un café sombre, plein d'arôme, et dégustaient des croissants… chauds, délicieusement feuilletés.

À la gare du Nord, ils achetèrent des billets pour Calais et allèrent attendre sur le quai. Elena était trop épuisée, trop vidée émotionnellement, pour faire la conversation. Il restait encore trois étapes à accomplir : le train à destination de Calais, la traversée de la Manche par bateau, puis le trajet de Douvres à Londres.

Walter ne parla pas davantage, et son expression était inquiète. Elle se força à sourire.

— Nous sommes libres, murmura-t-elle. À partir de maintenant, c'est un voyage comme un autre.

— Sans doute, acquiesça-t-il. Mais nous devons être prudents tout de même. Je ne vous quitterai pas avant de vous avoir confiée à quelqu'un qui prendra soin de vous. D'après ce que vous m'avez dit, c'est votre grand-père. Ce sera plus sûr que d'aller chez votre père. Ce serait un jeu d'enfants que de découvrir qui il est et où il habite. Pour ma sécurité autant que la vôtre…

— Oui. J'irai chez mon grand-père. Il est anonyme aux yeux des autorités allemandes. Les Standish sont nombreux à Londres. La plupart doivent être dans l'annuaire. Merci.

— Pensiez-vous que j'allais vous abandonner sur un quai de gare à Londres ?

Il arqua les sourcils.

— Vêtue de cette robe rouge ? J'ai vu ce qui peut vous arriver.

Elle avait été résolue à lui dissimuler sa peur, mais elle sut qu'elle n'y parvenait pas – son visage, ses mains crispées, les frissons qui la secouaient malgré elle, tout la trahissait.

Il se pencha vers elle comme pour effleurer sa main, puis se redressa. Les mots étaient superflus.

Le trajet de Paris à Calais se déroula sans difficulté. Ils avaient quelques heures d'attente avant le prochain ferry, mais ils seraient à Douvres avant la nuit. Une fois ou deux, Elena crut reconnaître dans la foule un visage, des gestes ou une attitude qu'elle avait déjà vus, mais elle ne dit rien. Pas même lorsqu'elle saisit sur les traits de Walter une expression suggérant qu'il l'avait remarqué, lui aussi.

Elle fut tendue pendant le contrôle de police et ses doigts nerveux laissèrent échapper son passeport. Elle s'excusa auprès de l'agent.

— Je n'ai pas assez dormi, ajouta-t-elle.

Il ne fit aucun commentaire. Elle franchit la barrière couverte de sueur, tremblant de soulagement.

— Vous n'avez pas d'autres bagages ? s'étonna le douanier, incrédule.

La robe rouge ne concordait guère avec l'image d'une femme qui voyageait sans effets supplémentaires, sans même quelques sous-vêtements de rechange.

Elle réfléchit à toute allure.

— Ma valise a été égarée, dit-elle très vite. Je suis sûre qu'on va la retrouver et me l'expédier. Je rentre chez moi, par conséquent je n'ai besoin de rien dans l'immédiat.

Il ouvrit son sac et le fouilla.

— Bel appareil photo, fut son seul commentaire.

Il referma le sac et le lui rendit, en secouant la tête. Elle n'était pas sûre qu'il l'eût crue, mais peu importait désormais.

Walter avait pris des dispositions pour louer une voiture. Il apprit à Elena qu'il avait envoyé un télégramme à cet effet de la gare à Paris. Le véhicule les attendait. Quelques minutes plus tard, ils partaient pour l'intérieur du pays. L'ultime partie de leur périple.

Bientôt, ils eurent quitté les rues animées de Douvres et filaient à travers la campagne, sous le vaste ciel pâle du crépuscule, les ombres s'étirant sur la route. Un air parfumé s'engouffrait par les vitres baissées.

Ni l'un ni l'autre ne parlaient. Peut-être Walter était-il émotionnellement aussi las qu'elle. Peut-être avait-il tout autant de mal à croire que l'aventure s'achevait... pour eux, du moins. L'Allemagne était derrière eux.

Elle lui indiqua le chemin quand il le lui demanda mais, pour l'essentiel, les panneaux étaient clairs. Le silence était confortable. La nuit tombait, mais il faisait encore bon.

Elle se demandait ce qu'elle pouvait révéler à Lucas. Les photos étaient-elles arrivées ? Qu'en pensait-il ? Avait-il une idée de la meilleure manière de les utiliser ? En fait, étaient-elles aussi bonnes qu'elle l'avait imaginé ? La réprimanderait-il d'avoir été stupide ? Pas s'il avait véritablement conscience des enjeux. Pas s'il avait vu la violence, la peur, la haine. De là où il se trouvait, en sécurité en Angleterre, c'était presque inimaginable, bien que tout le monde connût le coût humain de la guerre, le carnage, la mutilation des corps et des esprits qui perdurait encore et encore... toute la vie, pour certains.

Pourtant, quelle alternative était réellement possible ? L'humiliation, la terreur et la honte ? La corruption de tout ce en quoi on pensait croire, lorsque les fusils étaient braqués sur votre tête ? Ou sur celle d'un être qu'on aimait plus que sa propre vie ? N'y avait-il rien de si précieux qu'on ne fût prêt à payer le prix ultime pour le préserver ? La plupart d'entre nous vivent et meurent sans jamais avoir à le découvrir. Elena, elle, y avait été confrontée de trop près pour continuer à plaider l'ignorance. Comment pouvait-elle révéler tout cela à Lucas ?

Walter s'engagea dans une rue.

— C'est près d'ici ?

Son attention revint au présent.

— Oui... oui, nous y sommes, c'est la prochaine maison.

Walter arrêta la voiture le long du trottoir, familier à Elena même dans la quasi-obscurité. Les rideaux étaient tirés, et aucune lumière n'était visible aux fenêtres, mais la lampe du palier était allumée.

Submergée de gratitude et, enfin, de sérénité, elle se tourna sur son siège et sourit à Walter.

— Je vous en prie, entrez manger quelque chose. Vous dégourdir les jambes. J'imagine que vous avez hâte de poursuivre votre route et d'arriver à destination, mais sinon, vous pourriez passer la nuit ici et repartir demain matin, vous êtes le bienvenu.

— Je vous remercie, mais non. Cela dit, j'aimerais bien me détendre le dos. Je ne sais pas si ma conduite vous a effrayée, mais elle m'a effrayé, moi.

Sans attendre sa réponse, il ouvrit la portière et descendit. Ses gestes furent gauches tout d'abord, puis il se redressa.

— Je vais sortir votre sac.

Elle descendit de son côté avant qu'il eût eu le temps de venir ouvrir sa portière. Se mettre debout fut un soulagement. Elle pivota pour s'assurer qu'il la suivait et le vit refermer le coffre, son bagage à la main. Elle commença à remonter l'allée, mais la porte s'ouvrit avant qu'elle l'atteignît et Lucas apparut sur le seuil.

Jamais elle n'avait été si heureuse de voir quiconque. Il incarnait tout ce qui était clair et bon et sûr, tout ce pour quoi cela valait la peine de se battre, et d'être la meilleure possible. Elle ne se souvenait pas de l'avoir jamais entendu lui dire qu'il l'aimait, pourtant c'était une certitude qui l'accompagnait depuis toujours.

— Bonjour, grand-père, dit-elle, d'une voix presque calme.

Elle jeta un bref coup d'œil par-dessus son épaule, puis se retourna vers Lucas.

— Je te présente Walter Mann.

Elle lui raconterait le reste plus tard – peut-être.

Lucas sourit et, l'espace d'un moment, son visage s'emplit d'une intense émotion. Ensuite, il regarda Walter derrière elle.

— Enchanté, Walter, déclara-t-il en lui souriant aussi.

Nous vous sommes très reconnaissants. Voudriez-vous entrer prendre un thé ou dîner avec nous ? Si vous êtes pressé, nous comprenons, mais nous aimerions vous témoigner notre gratitude.

Walter fit un pas en avant et se plaça juste derrière Elena.

— Merci, monsieur. C'est très aimable à vous. Un thé qui n'a pas été préparé par le service de restauration des chemins de fer serait merveilleux. Mais je ne voudrais pas vous déranger.

— Pas du tout. Entrez.

Lucas recula et ouvrit le battant en grand. Elena et Walter le suivirent dans le couloir, Walter tenant toujours le sac.

Josephine sortait du salon, les bras tendus. Elle serra Elena si fort que c'en fut douloureux.

— Si vous souhaitez vous rafraîchir, la salle de bains est au premier, tout droit, expliqua Lucas à Walter. Que diriez-vous d'un bon sandwich ? Nous avons du rôti de bœuf froid. Avec un peu de moutarde française, ou anglaise, si vous préférez ?

— La moutarde française sera parfaite, monsieur, répondit Walter, avec la déférence due à un homme de deux générations plus âgé que lui.

Elena s'approcha de lui. Elle voulait lui montrer sa reconnaissance, et s'assurer qu'il se sentait le bienvenu. Debout dans le couloir, il avait l'air un peu désorienté, presque comme sous le coup d'une violente émotion. Elle s'avisa soudain qu'elle lui avait dit que c'était la maison de ses grands-parents, mais qu'elle ne s'était pas acquittée des présentations. Quelle maladresse de sa part !

— Walter, je suis désolée. Voici mon grand-père, Lucas Standish, et ma grand-mère, Josephine.

Elle se retourna vers Lucas. Oui, elle lui raconterait tout : elle lui expliquerait que les événements de ces derniers jours avaient changé la personne qu'elle était, et déterminé celle qu'elle devait être dorénavant. Cependant, elle voulait en dire un peu plus long dès maintenant, afin de lui faire prendre conscience de la dette qu'elle avait envers Walter.

— Walter m'a tirée de plusieurs mauvais pas. Et il m'a ramenée ici de Douvres. Il est journaliste économique.

Lucas regarda Walter avec chaleur.

— Nous vous sommes doublement reconnaissants.

Le visage de Josephine était éclairé par le plaisir.

— Et nous aimerions vous offrir tout ce dont vous avez envie, renchérit-elle. Après les sandwichs, j'ai de la tourte aux pommes avec de la crème. Ce sont les pommes de l'année dernière, bien sûr, mais elles se sont très bien conservées.

Walter sourit, rougissant légèrement. Il paraissait tendu, les épaules raides après avoir conduit si longtemps, en roulant parfois à une vitesse dangereusement élevée. Elena voyait qu'il était épuisé.

— Merci, dit-il, un peu gêné. Je suis sûr que ce sera délicieux.

Josephine lui rendit son sourire.

— Dans ce cas, je vais aller m'en occuper. Voudriez-vous que la tourte soit réchauffée ? Pour ma part, je le préfère.

— Oui, s'il vous plaît.

Pourtant, il n'avait pas l'air davantage à son aise. Plutôt le contraire.

— La salle de bains est au premier étage, lui rappela Elena en souriant. Nous serons dans le salon, ajouta-t-elle en désignant la porte la plus proche.

Walter posa le sac d'Elena et s'engagea dans les marches tandis que Lucas la précédait dans la longue pièce familière aux rideaux bleus, où une arche indiquait l'endroit autrefois occupé par une cloison, abattue afin que le salon pût occuper toute la longueur de la maison.

Tout au bout se trouvait une porte-fenêtre qui s'ouvrait sur le jardin. Elena était née dans cette maison et, au fond d'elle-même, la considérait toujours comme son véritable foyer. Au-dessus de la cheminée était accrochée la reproduction d'une marine de Delft, toute en nuances de bleus et de gris, en ombres et lumières sur l'eau : on apercevait les contours des navires au repos dans le port, des fantômes de bâtiments derrière eux. Nul ne cherchait à prétendre qu'il s'agissait d'un original, et Elena avait vu nombre des tableaux les plus beaux du monde, mais elle n'en aimait aucun autant que celui-là.

Un petit feu pétillait dans l'être. Même au mois de mai, avec les jours qui se réchauffaient, une fraîcheur s'installait dans l'air après le coucher du soleil.

Resté seul avec Elena, Lucas l'observa avec plus d'attention. S'il remarqua la robe écarlate, il ne fit aucun commentaire.

— Ça va ? demanda-t-il gravement.

— Ça ira, répondit-elle à la question sous-jacente. J'ai une brûlure à la main et quelques bleus, mais sinon, je ne suis pas blessée, seulement fatiguée…

Elle tut le reste de la douleur et de la peur. Elle les lui dirait plus tard.

— Les choses… vont mal à Berlin. Les livres…

Elle eut un petit haussement d'épaules. Plus tard.

— Je suis au courant pour les livres, murmura-t-il. Et j'ai reçu tes photos. Nous parlerons quand Walter sera parti.

Lorsque ce dernier fut redescendu, Elena monta à son tour appliquer un peu de baume sur sa main, et refaire son pansement. La plaie paraissait rouge et irritée, et l'était. Le lendemain, elle irait peut-être consulter un médecin mais, ce soir, tout était supportable. Elle était à la maison. En sécurité.

Au moins, les photos étaient arrivées à bon port. En un sens, c'était tout ce qui comptait.

De retour au rez-de-chaussée, elle gagna la cuisine et commença à sortir des couverts du tiroir.

— Tu n'as pas besoin de faire cela, mon petit, déclara Josephine vivement. J'en ai encore pour un certain temps. Il faut faire réchauffer la tourte lentement, sinon elle va brûler. Va tenir compagnie à Mr. Mann. Je crois qu'il préfère ta gratitude à celle de Lucas.

Elle fronça les sourcils.

— Tu parais exténuée. C'est bon de te savoir à la maison. Ton absence nous a inquiétés. Tu devrais téléphoner à tes parents et leur dire que tu es rentrée. Margot leur a expédié un télégramme pour les prévenir qu'elle était en route pour Londres, elle aussi, et qu'elle apportait des nouvelles intéressantes.

Elle baissa les yeux sur le pain, le beurre, le bœuf et la moutarde disposés sur la table.

— Je vais commencer les sandwichs.

Elena se rendit dans le couloir et appela ses parents pour les rassurer. Son père lui posa plusieurs questions qu'elle éluda en invoquant la fatigue, et en promettant de lui donner des détails lorsqu'elle le verrait. C'était une promesse qu'elle n'avait pas l'intention de tenir. Des révélations l'inquiéteraient plus que nécessaire, et elle ne tenait pas à revivre ces moments-là.

Dans le salon, elle trouva Lucas et Walter en grande conversation. Ils parlaient d'un événement qui avait eu lieu pendant la guerre. Elena avait neuf ans quand celle-ci avait éclaté. Elle se souvenait avec netteté du splendide été qui l'avait précédée. « La fin de l'histoire et le début des temps modernes », avait dit Josephine. Walter avait à peu près le même âge qu'elle. Ses souvenirs devaient ressembler aux siens, contenir tous les sentiments liés à la guerre, à la peur et au deuil, mais il était trop jeune pour avoir pris part aux combats. Mike, de cinq ans l'aîné d'Elena, avait eu tout juste l'âge requis pour s'engager, encore qu'elle sût qu'en 1918 des garçons de douze ans avaient menti au sujet de leur âge pour se porter volontaires.

Les deux hommes pivotèrent lorsqu'elle entra, refermant la porte derrière elle. Walter se leva. Il se tenait gauchement, si tendu que son corps semblait verrouillé dans une certaine position, et le visage cramoisi, empreint d'une agitation qu'il contrôlait à grand mal. Sa main droite était crispée le long de sa cuisse.

Lucas l'observait, le visage non moins tendu.

— Peut-être devrais-tu aller aider ta grand-mère dans la cuisine ? suggéra-t-il à Elena, en plongeant ses yeux d'un bleu limpide, aussi clairs que le ciel, dans les siens.

Que se passait-il donc ?

— Grand-père... commença-t-elle.

En un éclair, Walter fut derrière elle, le bras gauche autour de sa taille.

— Non, je pense que vous devriez rester ici, dit-il tout bas, d'une voix totalement altérée. Il y a des années que cela doit arriver – depuis 1917, en fait –, mais maintenant, il est temps.

Lucas fit mine de se lever.

Le bras de Walter se resserra autour d'Elena, sa main droite lui effleura la nuque et soudain, elle sentit la pointe d'un couteau tout contre sa gorge. Elle voulut lutter contre l'évidence, mais déjà la sueur perlait sur son corps.

— Qui êtes-vous ? demanda-t-elle d'une voix étranglée par la peur.

Il avait changé du tout au tout ! L'ami qui avait volé à son secours dans les pires moments s'était évanoui, remplacé par un inconnu.

— Walter Mann ! Je vous l'ai dit. Walter Mannheim, plus précisément. Demandez à votre grand-père. Voyez s'il se souvient de Richard Mannheim, mon père !

Il avait prononcé les derniers mots avec tant d'émotion qu'ils étaient à peine intelligibles.

Le silence s'abattit sur la pièce. Une seconde. Deux.

— Mieux encore, reprit Walter, demandez donc à votre grand-père qui il est, lui ! S'il ne vous le dit pas, c'est moi qui le ferai !

— Walter… commença Lucas, avant de se taire aussitôt.

La main de Walter s'était raidie sur le manche du couteau. La pointe s'enfonça dans la peau d'Elena qui grimaça et sentit un mince filet de sang couler le long de son cou.

— Taisez-vous ! aboya Walter. Je vais le lui dire. Votre grand-père était à la tête du MI6 pendant la dernière partie de la guerre. Maître espion en chef. Un homme dont le pouvoir était secret, total, un homme qui n'avait de comptes à rendre à personne. Il n'avait qu'à ordonner l'exécution d'un homme, et c'était chose faite.

Le chagrin altérait sa voix, la rendait haut perchée.

— Quelqu'un a fait une erreur et mon père, Richard Mannheim, un des hommes de votre grand-père qui avait maintes et maintes fois risqué sa vie sur ses ordres, a été blâmé à tort. Lucas Standish l'a accusé d'être un traître et l'a fait pendre ! Il a été pendu… par le cou… il s'est tortillé au bout d'une corde… jusqu'à ce que mort s'ensuive. Votre grand-père a fait cela. Parce qu'il en avait le pouvoir ! Qu'il n'avait à se justifier devant personne.

Elena sentit le couteau frémir contre sa peau, s'enfoncer un soupçon davantage, le sang couler.

Le corps de Walter était rigide, noué de fureur et de chagrin. Sa voix était anormalement fluette, suraiguë.

— Vous savez comment c'est ? Vous le savez ? Vous avez la moindre idée des souffrances qu'il a endurées ? Trahi par l'homme en qui il avait une confiance absolue ?

— Walter, commença Lucas, laissez Elena partir. Ce n'est pas sa faute.

— Taisez-vous ! Et moi, était-ce ma faute ? Vous avez tué mon père en le couvrant de la pire honte. Un traître. Vous l'avez pendu comme un vulgaire criminel ! Mon père ! Vous imaginez comment ç'a été pour moi ? Ce n'est pas la faute d'Elena… bien sûr que non ! Elle ne le savait même pas. Vous avez commis vos crimes dans l'anonymat, là où nul ne pouvait vous trouver. Peu vous importait ce que vous avez fait subir à la famille de mon père, à ma mère, à moi ! Et pourtant, vous vous attendez à ce que je me soucie d'Elena, ou de votre femme ? Pourquoi ?

— Tuez-moi si vous pensez que cela peut vous soulager, mais laissez Elena…

Walter éclata d'un rire dur, rauque, affreux de douleur.

— Imbécile ! Je vais tous vous tuer ! Elena d'abord pour que vous puissiez être témoin de sa peur, regarder cette belle vie passionnée lui échapper… la regarder lutter… et perdre… sachant que c'est à cause de vous qu'elle meurt. Et vous serez rendu responsable. Je préférerais vous voir souffrir, vous voir essayer d'expliquer que vous n'êtes pour rien dans ce crime, être condamné et pendu. Mais ce n'est pas possible, parce que vous risqueriez de trouver le moyen de vous disculper. Je suppose que vous avez encore des amis. Vous faites peut-être encore partie du MI6, pour autant que je le sache, même si personne n'est venu au secours d'Elena en Allemagne ! C'est moi qui l'ai fait ! Moi – après avoir tué Newton.

Elena était abasourdie. Jamais cette idée ne lui était venue à l'esprit, mais maintenant qu'elle l'entendait, toutes les pièces du puzzle prenaient leur place, nettes et brutales dans leur réalité.

— J'ai inventé une mission de toutes pièces pour l'envoyer d'Amalfi à Berlin empêcher l'assassinat de Scharnhorst. Il croyait agir sur les ordres du MI6. J'ai éliminé son contact sur place, pour qu'il ne puisse pas vérifier. Et puis j'ai fait la connaissance d'Elena – de la douce et confiante Elena – à l'hôtel, et j'ai appris qu'elle était votre petite-fille. Par conséquent, j'ai tué Newton, parce que je savais qu'elle jouerait les héroïnes et qu'elle prendrait la relève – ce qu'elle a fait.

Elena se raidit, tenta de résister, mais il la tenait trop fermement.

Le regard de Lucas alla d'un point à l'autre dans la pièce, comme pour tenter de détourner l'attention de Walter.

— Non ! lâcha Walter entre ses dents. Il ne me faudra qu'un geste pour l'égorger.

Elena se figea.

— Elle est allée à l'ambassade de Grande-Bretagne à Berlin, continua Walter, pour les avertir qu'on allait attenter à la vie de Scharnhorst, mais ils n'ont rien fait. Vous le saviez ?

Il parlait à toute allure, trébuchant presque sur ses mots.

— Ils vous ont trahi ! Votre homme à Berlin vous a trahi. C'est moi qui ai abattu Scharnhorst et qui ai mis le fusil dans la chambre d'Elena. Comme une bonne petite Anglaise bien élevée, elle a fait exactement ce que je voulais qu'elle fasse.

Il resserra son étreinte, lui arrachant une grimace.

— Dommage. Je l'aime bien, mais c'est votre petite-fille, celle que vous aimez le plus. Peut-être que vous l'aimez autant que j'aimais mon père ? Qu'est-ce que vous en pensez, hein ?

Sa main se crispa encore.

— Il y a une symétrie là-dedans, vous savez. Elle a été une petite marionnette obéissante, sauf quand je l'ai perdue de vue, pendant un temps, après l'assassinat. Elle s'est cachée, mais j'ai fini par la retrouver. Elle n'a pas pu résister à l'envie de sortir pour l'autodafé, avec son ami juif.

Elena tenta une nouvelle fois de changer de position, de l'obliger à desserrer sa prise. Il la tira brutalement vers lui.

— Assez bavardé ! Je voulais que vous sachiez, parce

qu'il n'y aurait pas de justice si vous ne saviez pas pourquoi votre famille va être tuée sous vos yeux.

Il remonta la lame sur le cou d'Elena et lui égratigna la joue.

Le visage de Lucas était de cendre.

— Faites de moi ce que vous voulez…

Elena avait toujours aimé son grand-père plus que quiconque. Sans raison dont elle eût conscience. C'était ainsi, voilà tout, et elle était prête à le protéger à n'importe quel prix. Instinctivement, elle tendit la main droite en avant, puis recula le coude de toutes ses forces, droit sous les côtes de Walter qui, surpris, relâcha un instant son étreinte. En un éclair, Elena pivota et lui flanqua un coup de genou dans l'entrecuisse avant de perdre l'équilibre et de tomber à quatre pattes. Walter s'apprêtait à lui décocher un coup de pied en pleine figure quand une détonation retentit près de la porte. Il s'effondra sur elle dans une gerbe écarlate.

Lucas se rua en avant, se mit à genoux et dégagea Elena.

Elle s'essuya le visage et s'aperçut que ses mains étaient couvertes de sang. Elle fixa le seuil de la pièce où sa grand-mère se tenait debout, très pâle et complètement immobile, un lourd pistolet Luger entre les mains, désormais braqué sur le plancher. Elena regarda Walter. Sa figure était presque impossible à reconnaître. Ce n'était qu'une hideuse masse d'os et de chair sanguinolente.

Les bras de Lucas se resserrèrent autour d'elle.

— Ne regarde pas, murmura-t-il. C'est fini. Il n'est plus là.

Il se tourna vers Josephine qui commençait à trembler. Très lentement, elle laissa le pistolet glisser à terre.

— Comment as-tu su ? demanda Lucas.

— Je suis venue voir s'il voulait du thé tout de suite, répondit-elle, et je l'ai entendu parler. Je savais où tu gardais ton arme.

— Ah bon ? Je ne t'ai jamais dit que j'en avais une !

Il se radoucit.

— Ça va ?

Elle tremblait visiblement.

— Lucas, tu n'as pas besoin de me traiter comme une enfant. Je me suis battue pendant la guerre, moi aussi, et ç'a été épouvantable parfois.

Laissant le pistolet là où il était tombé, elle se dirigea vers Elena et la considéra anxieusement.

— Je suis fière de toi, ma chérie, murmura-t-elle. Il faut qu'on te mette un pansement à la joue et qu'on range tout ce désordre. Je ne crois pas que nous voulions signaler ces faits à la police, ajouta-t-elle en lui tendant la main.

Elena la prit et se remit debout assez gauchement. Elle regarda la robe rouge dont elle avait été si fière. Jamais elle ne pourrait la porter de nouveau, et d'ailleurs elle ne le voudrait pas. Elle se sentait un peu étourdie. Tout son univers avait basculé, la sécurité en laquelle elle avait cru toute sa vie avait volé en éclats. Sa grand-mère venait d'abattre Walter, qui avait eu l'intention de les tuer tous. Elle se tourna vers Lucas, abasourdie.

— Je suis désolé, ma chère, dit-il tout bas. Vraiment désolé. Maintenant, va en haut et retire cette robe. Nous allons te donner une tenue propre et soigner ces coupures. Allons.

Les larmes roulaient sur les joues d'Elena.

— C'est juste…

Elle secoua la tête. Il semblait exactement le même homme qu'auparavant. Tout chez lui était familier : les yeux bleus, les cheveux gris qui commençaient à se clairsemer, la gentillesse qui habitait ses tout premiers souvenirs.

— Rien n'est tel que je le pensais.

Elle pouvait à peine articuler les mots.

— Ni en Allemagne ni ailleurs… pas même ici.

Un chagrin intense se lisait sur les traits de Lucas, accompagné, elle le comprit avec stupeur, de la crainte qu'elle ne le rejetât. Elle enjamba le corps de Walter et entoura son grand-père de ses bras. Il avait les épaules carrées, mais il était plus mince qu'elle ne s'y attendait. Elle s'accrocha à lui aussi étroitement qu'elle le put et sentit qu'il la serrait contre lui.

Ce fut Josephine qui rompit l'instant.

— Qu'allons-nous faire, Lucas ? Dois-je appeler ce gentil jeune homme à qui tu parles si souvent ?

— Comment ? se récria Lucas, stupéfait.

— Nous avons besoin d'aide, clarifia Josephine. Dois-je avertir Peter Howard ?

— Tu...

— Je sais où trouver son numéro, lui rappela-t-elle. Il me l'avait donné au cas où j'aurais de graves ennuis en ton absence. Et je crois que nous avons de graves ennuis.

— Oui, s'il te plaît, répondit Lucas en lâchant Elena. Il faut que tu ailles te changer.

— Débarrasse-toi de cette robe, lança Josephine du seuil. Monte au premier et enfile quelque chose qui t'appartient, tout de suite ! Nous n'attendons personne, mais ne perds pas de temps. Je vais expliquer ce qui s'est passé à Mr. Howard et lui demander de venir sur-le-champ, avec l'équipement nécessaire. J'espère que nous pourrons sauver le tapis turc.

Elle ramassa le pistolet qui gisait sur le sol et sortit de la pièce.

Lucas conduisit Elena à la salle de bains et, avec des gestes très doux et étonnamment efficaces, nettoya la légère plaie qu'elle avait à la gorge et la seconde, plus profonde, sur sa joue. Elle ne pouvait pas voir ce qu'il faisait, mais la douleur s'atténua et le sang cessa de couler. Ensuite, elle se rendit dans sa chambre, retira la robe rouge et en enfila une qui lui appartenait, beaucoup moins glamour.

Quand elle redescendit, Lucas l'attendait.

— Te sens-tu capable de nous aider ? demanda-t-il gravement. Préférerais-tu rester dans ta chambre pendant que nous nous occupons de Walter Mann ?

— Oui, bien sûr que j'en suis capable ! Je vais vous aider. J'ai été interrogée par la Gestapo, tu sais. Et je ne leur ai pas dit qui m'avait aidée à Berlin.

Lucas la dévisagea calmement un instant, puis hocha la tête.

Elle regarda Walter. Il paraissait plus petit maintenant qu'il était étendu recroquevillé sur lui-même, le corps sans vie.

— Les gens que j'ai pris en photo avaient l'air à moitié humains, à moitié hors d'atteinte. Ils riaient, ils dansaient. Qu'est-ce qu'on peut dire à des êtres comme ça ?

Lucas la ramena aux choses qui comptaient.

— Tes photos sont superbes… et terribles, ajouta-t-il doucement. J'aimerais pouvoir t'affirmer que les choses vont s'améliorer et qu'il n'y aura pas de guerre, mais je ne crois pas que ce soit vrai. Je ne peux pas te dire non plus que je ne lutterai pas contre cette nouvelle folie de toutes les manières possibles. Ce ne serait pas vrai non plus.

Elle hocha très légèrement la tête.

— Je sais. Je vais me battre aussi. J'ai une peur bleue de ces choses-là. Mais je sais qu'elles sont réelles. Je te parlerai de Jacob. Il est toujours à Berlin.

Elle le fixa calmement, fouillant son visage, ses yeux.

— Je peux faire quelque chose, n'est-ce pas ?

— Oui, dit-il simplement. Tu as déjà commencé.

Il se dirigea vers la porte.

— Allons, viens, nous ne pouvons pas laisser tout le travail à ta grand-mère. Dans l'immédiat, nous avons besoin de nettoyer tout ça. De voir les dégâts causés au tapis.

— On assassine des gens à Berlin ! s'écria-t-elle soudain, sa voix hors de contrôle. Des personnes âgées, des femmes et des enfants ! Que diable importe un fichu tapis ?

— Il importe que nous effacions toute trace de ce qui s'est passé, déclara Lucas sur un ton ferme. Les espions opèrent en secret, Elena. Une fois qu'on sait qui ils sont, ils ne servent plus à rien. Nous ferions mieux de faire notre possible avant que Peter arrive. Il emportera le corps et sans doute mon pistolet. Personne ne doit le trouver ici. Il faudra que je m'en procure un autre.

Elle garda le silence et prit une longue inspiration saccadée, refoulant ses émotions jusqu'à ce qu'elle les maîtrise de nouveau.

Sa grand-mère revint munie d'un seau d'eau. Ils commencèrent par enrouler le corps de Walter dans une vieille couverture, après quoi ils bataillèrent pendant vingt bonnes minutes pour éliminer toutes les taches de sang laissées sur le tapis, lequel, par chance, avait un motif rouge et bleu foncé.

Josephine alla vider le seau et rapporta du thé sur un plateau, insistant pour qu'ils en boivent tous une tasse.

— Nous mangerons plus tard. Il faut garder nos forces. Et tu sais que tu ne vas rien raconter à tes parents, n'est-ce pas ?

Elena la dévisagea.

— Ils sont au courant du poste que ton grand-père a occupé pendant la guerre, mais ils en savent moins long à mon sujet. Il est absolument nécessaire que nous ne leur révélions rien de tout ceci, tu comprends ? Il n'est ni juste ni raisonnable de leur imposer ce fardeau. Nous avons tous notre propre charge à porter, et nos propres secrets.

Elle tendit la main et repoussa une mèche vagabonde sur le front d'Elena.

— Tu es l'une des nôtres désormais, ma chère, tu n'es plus l'une des leurs.

Elena savait que c'était la vérité. Peut-être l'avait-elle su depuis le soir de l'autodafé, mais c'était différent d'entendre quelqu'un d'autre le dire, quelqu'un qui la connaissait depuis toujours. Cependant, un coup sonné à la porte l'empêcha de répondre à cette considérable déclaration.

Elle se figea.

Lucas se leva et sortit dans le couloir pour aller ouvrir. Rien dans son attitude ne trahissait le fait qu'un homme mort était enroulé dans une couverture sur le tapis du salon, ni que sa petite-fille avait un pansement à la joue et un autre au cou là où on avait menacé de l'entailler avec un couteau.

Josephine était assise immobile, le corps raidi par la tension.

Des voix résonnèrent dans l'entrée, celle de Lucas et celle d'un autre homme. Puis la porte s'ouvrit et l'homme entra, les cheveux châtain clair, le visage quelconque, la démarche empreinte d'une certaine grâce.

Elena sentit une bouffée d'horreur l'envahir. C'était l'inconnu qui l'avait abordée à l'étal des *Reibekuchen* devant l'ambassade à Berlin. L'homme qu'elle avait laissé sans connaissance au pied d'un arbre. Elle tenta de parler, mais les mots s'étranglèrent dans sa gorge.

— Elena, voici Peter Howard. Je l'ai envoyé te chercher à Berlin, mais tu as triomphé de lui.

Ce dernier la dévisagea avec une pointe d'humour.

— Enchanté, Miss Standish, dit-il, la main tendue.

Lentement, encore tremblante, Elena la prit et la serra. Sa poignée de main était ferme et forte.

— Enchantée, Mr. Howard.

MIXTE
Papier issu de
sources responsables
FSC® C003309

10/18, une marque d'Univers Poche,
est un éditeur qui s'engage pour
la préservation de l'environnement
et qui utilise du papier fabriqué à partir
de bois provenant de forêts gérées
de manière responsable.

Imprimé en France par CPI

N° d'impression : 155993
X07434/01